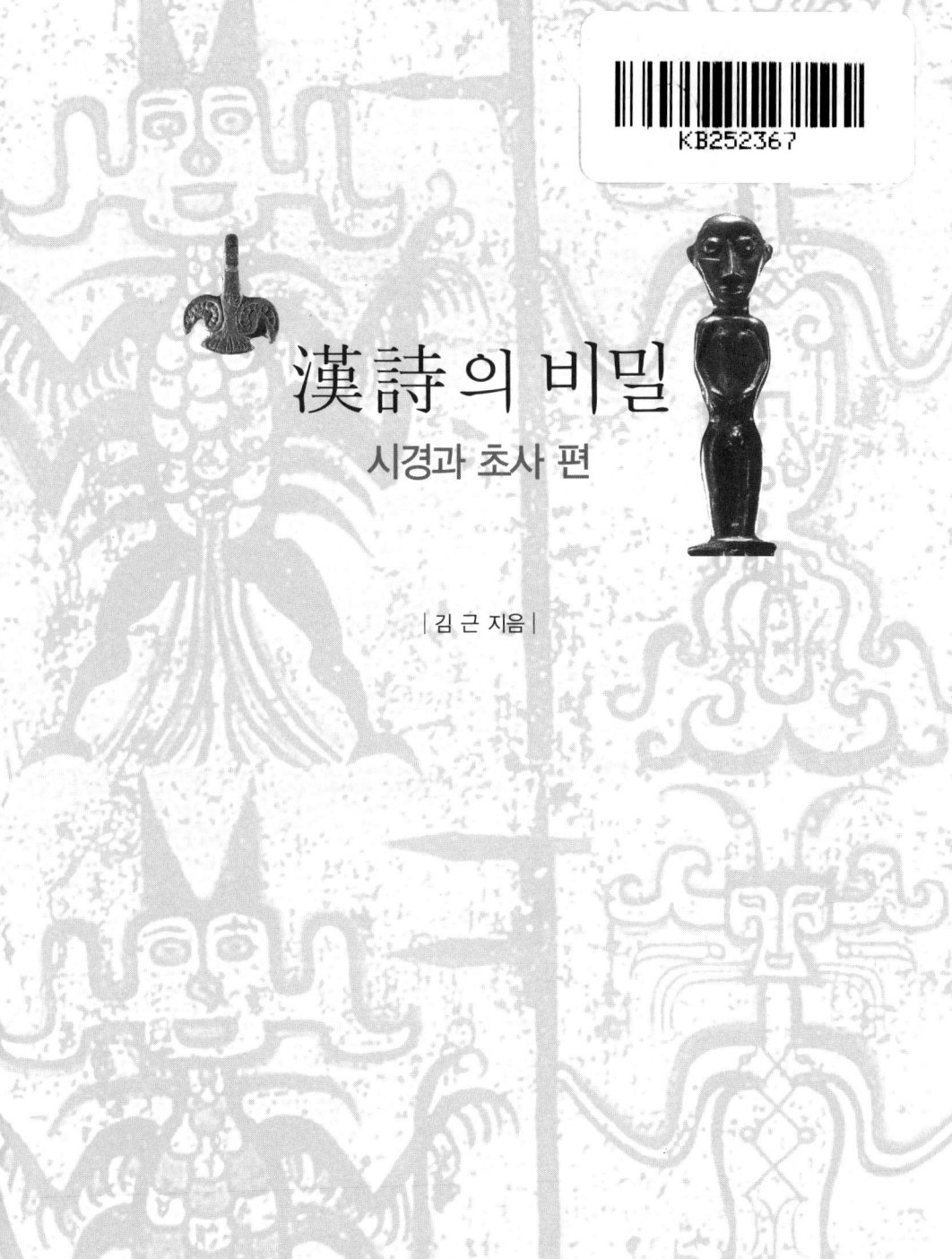

漢詩의 비밀

시경과 초사 편

| 김 근 지음 |

소나무

지은이 | 김근(金槿)

인천에서 자라나 서울대학교 중문학과를 졸업했다.
같은 대학원에서 문학석사와 박사학위를 받았다.
계명대학교와 한양대학교 중어중문학과 교수를 거쳤다.
지금은 서강대학교 중국문화전공 교수로 있다.
연구 분야는 중국 언어학이고, 주요 연구 주제는 언어와 이데올로기,
특히 권력으로서의 문화에 관심이 많다.
주요 저서에 『한자는 어떻게 중국을 지배했는가』
『욕망하는 천자문』 등이 있고,
역서에 『여씨춘추역주』(3권) 등이 있으며
「문언문으로의 회귀 속에 감춰진 욕망」 등 논문 다수가 있다.

서강인문정신 014

漢詩의 비밀 – 시경과 초사 편

초판 1쇄 발행일 | 2008년 1월 3일

펴낸이 | 유재현
기획편집 | 김석기 이혜영
마케팅 | 안혜련 장만
디자인 | 조완철
인쇄 | 영신사
제본 | 명지문화
필름출력 | ING
종이 | 한서지업사
라미네이팅 | 영민사

펴낸곳 | 소나무
등록 | 1987년 12월 12일 제2-403호
주소 | 121-830 서울시 마포구 상암동 11-9, 201호
전화 | 02-375-5784
팩스 | 02-375-5789
전자우편 | sonamoopub@empal.com
책값 | 15,000원

소나무 머리 맞대어 책을 만들고, 가슴 맞대고 고향을 일굽니다

소리의 아름다움과 보이지 않는 삶의 과잉

나는 개인적으로 음악을 매우 좋아한다. 초등학교 시절부터 음악 시간과 음악 선생님이 가장 좋았지만, 역설적이게도 성적은 언제나 '미'였다. 그래서 미침내는 중학교 입시에서 음악 성적이 안 좋아 '미역국'의 고배를 마신 쓰라린 경험도 했다.

중학교 시절에는 부유한 친구 집에 놀러 갔다가, 당시에는 아무나 갖기 힘들었던 피셔Fisher 스테레오 앰프와 에이아르AR 스피커에서 흘러나오는 드보르작의 교향곡을 들었다. 그때 감동에 취하여 며칠 동안 멍하게 지낸 적도 있었다. 그때의 결핍 때문에 장성한 나는 오디오 마니아가 됐는지 모른다. 아무튼 밥은 굶어도 음악은 늘 옆에 있어야 하는 일종의 소리 중독(?)을 앓는 환자가 되었다.

그런데 몇 년 전 니체를 읽으면서 나의 소리에 대한 집착이 병이 아니라, 소리의 아름다움이 나의 삶에 보이지 않는 과잉을 순간순간 감각하게 해주기 때문이라는 사실을 깨달았다. 이 과잉된 부분이 곧 삶의 원천이었으니, 이 힘에 의지하기 위하여 그렇게 음악에 집착했던 것이다. 니체 자신도 음악 애호가가 아니었던가?

따라서 초등학교 시절 음악 시간을 그렇게 좋아했음에도 성적은 좋지 않았던 비밀이 풀렸다. 아름다움을 힘으로 느끼는 것과 지적 능력은 확연히 다른 것이다. 오늘날 지적 발달로 보자면 첨단을 뛰고 있는 미국 등 서구 선진국의 뮤지션들이 아프리카 음악에서 음악적 영감을 구하고 있다는 사실은 지적 능력이 '삶의 과잉,' 곧 힘과는 거리가 있음을 입증하는 증거이다. 멀리 갈 것도 없이 난청의 잠재적 위험에도 불구하고 주야장천 MP3 이어폰을 귀에 꽂고 사는 요즘 젊은이들의 문화 현상을 어떻게 설명할 것인가?

감동적인 노래 한 소절은 필부라도 기꺼이 사지에 뛰어들게 만들지만, 논리적인 설득에 선뜻 목숨을 내놓는 경우는 매우 드문 법이다. 그가 아무리 용감한 혁명 전사라 하더라도 말이다. 음악의 이러한 힘은 어디에서 오는가? 그것은 음악 너머에 있는 그 무엇에서 오는 것이 아니라, 소리의 형식, 더 구체적으로 말하면 형식의 아름다움 자체에서 온다. "텍스트 바깥에는 아무 것도 없다"고 하지 않았던가?

슬라보이 지젝은 이데올로기를 설명하면서, "잠재적인 꿈·사고 속에는 무의식적인 것이라곤 아무 것도 없다"라는 프로이트의 말과 함께 "상품 형식 이면의 비밀이 아닌, 형식 그 자체의 비밀을 알아야 한다"라는 마르크스의 말을 인용한다.[1] 그럼에도 불구하고 시가 일으키는 힘의 비밀을 연구하는 요즈음의 우리 학술은, 형식 자체를 건너뛰어서는 그 너머의 무엇(X)에 초점을 맞춰 온 것이 사실이다.

---

1) 『이데올로기라는 숭고한 대상』, 이수련 역(인간사랑, 2002), 35쪽.

동요 「섬집 아기」의 제2절 노랫말로 비유하여 설명해 보자.

아가는 혼자 곤히 자고 있는데,
갈매기 울음소리 맘이 설레어
다 못 찬 굴 바구니 머리에 이고
엄마는 모랫길을 달려옵니다.

'다 못 찬 굴 바구니……'를 읊을 때 느낄 수 있는 생존의 욕망과 발걸음을 더디게 하는 모랫길의 저항으로 증폭되는 사랑의 욕망. 그리고 이 욕망들 사이의 갈등으로 생성되는 삶의 과잉이 이토록 가슴 아리게 만드는 노래가 또 있을까?

그런데 이 노래를 기껏 연구하고는, "시인은 탁아 사회복지의 혜택을 전혀 제공받지 못하는 인민들의 소외된 삶을 노래했다"라든가, 또는 "이렇게 소외된 노동환경에서도 굴하지 않고 살아가는 위대한 인민의 삶을 노래했다"고 평한다면 뭔가 좀 허탈하지 않겠는가? 조금 과장했을지 모르지만, 요즈음까지 우리나라에서 중국 문학을 연구하는 경향이 이런 식이었음은 결코 부정할 수 없다.

문학(시)이란 궁극적으로 언어의 형식을 통하여 무한한 존재에서 존재자를 생성하는 것이다. 따라서 문학 연구는 형식에 관심을 가져야 함에도 불구하고, 연구자들은 그 형식의 이면에 무언가 있을 것이라는 환상에 사로잡혀 그 존재를 찾는 일에 집중한다. 이렇게 밀고 가다 보면, 문학은 철학의 부용으로 전락할 수밖에 없는 운명에 처한다. 이것이 바로 우리나라의 철학 연구자들이 문학을 공부하지 않는 이유이기도 하다. 감각을 찾아내야 할 문학 연구가 개념으로 공부하는 철학에 의존해서 얻을 것은, 아마 공자가 말한 괴怪·력力·난亂·신神 말고는 별로 없을 것이다.

　문학을 이렇게 보는 관점에서 나는 중국의 고전 시가를 다시 조명해 보았다. 그들이 중국 언어의 시니피앙을 조직하여 만든 메시지(시)들은 무한한 존재에서 의미 있는 삶의 감각을 생성했으니, 이는 오늘날 우리의 삶에 과잉을 느끼게 해줌으로써 덧없는 인생에도 위안을 받으며 살아가야 할 이유를 깨닫게 해주기에 충분하다.

　반복해서 강조하지만, 개념화하기 쉽지 않은 이러한 감각의 힘은 순전히 시의 언어가 입에서 재현되는 형식적 과정에서 나온다. 이 사실을 간과한 대부분의 중국 시가 연구자들은 중국 시의 엄격한 형식, 곧 격률이 시인의 감성과 시정詩情을 제약한다고 여기는데, 참으로 답답한 주장이 아닐 수 없다. 욕망이란 대상이 아닌 금지에서 발원하는 것이 아니던가? 시의 맛은 규칙을 넘나드는 가운데 생기는 것인데, 격률을 해제하고 도대체 무엇을 기대하겠단 말인가? 이 책은 이와 같은 비판적 시각에서 중국 고전 시가의 본질과 그 흐름을 다시 보고자 한 것이다.

　중국의 역대 권력은 체제를 유지하려고 존재에 삶의 의미를 부여하는 시의 이러한 속성을 이데올로기로 활용해 왔다. 다시 말해서 시가 일으키는 삶의 과잉이 자칫 체제를 부정하거나 위협할 수 있으므로, 이를 무한자無限者로 남겨 두지 않고 이치(이론)로 합리화하여 시의 알 수 없는 잠재적인 힘을 길들여 왔던 것이다. 이는 바꾸어 말하자면, 개인적인 감성이 보편적 이론으로 객관화된 것과 다르지 않다. 그러므로 역사적으로 중국에서는 개성 또는 개인됨이 보편주의라는 명분에 눌려 인정받지 못하는 것이 전통으로 굳어져 내려왔던 것이다.

한류에 자극을 받은 중국 정부가 더 이상 중국의 대중문화가 한국에 의존하지 않도록 세계적인 대중 스타들을 키우겠다는 야심찬 정책을 발표한 바 있다. 하지만 별로 성과가 없을 것이란 게 나의 생각이다. 왜냐하면 감성은 문화적 풍토에서 길러지는 것이라서, 족집게 과외를 시킨다고 해서 하루아침에 생기는 것이 아니다. 그뿐만 아니라 무엇보다 중요한 것은 시(노래)를 이치로 이해하도록 길들인 권력이 궁극적으로 체제를 위협할지도 모른다고 여기는 개성 또는 개인됨의 문화를 용납할 리 만무하기 때문이다.

한류의 근원적인 힘은 밥은 굶더라도 노래 부르고 멋 내는 데 지대한 관심을 가졌던 우리네 문화 위에, 군사독재의 탄압에도 길들여지지 않은 감성이 얹혀서 형성된 것이 아니던가? 천박한 속담으로 바꿔 말하자면, "노는 것도 놀아 본 사람이 잘 노는 법"이니, 이치에 길들여진 그들의 감성이 개성들을 열광시킬 수 있는 대중문화 상품을 생산하려면 한참 동안 그것을 해소하는 시간이 필요하리라.

이 책은 삶의 과잉과 권력의 대립적 관계에서 중국 고전시의 흐름을 살펴보는 데 주안점을 두었다. 그래서 권력이 시를 왜곡한 최초의 원형인 『시경詩經』과 초사楚辭에서 시작해, 이것이 어떤 과정을 거쳐서 청나라 왕사정王士禎의 신운神韻에 이르렀는지 분석하려고 한다. 이 과정에서 제1권에 해당하는 이 책은 『시경』과 초사에 초점을 맞추었다.

이 책이 나오기까지 여러 사람에게 빚진 바 많지만, 그 가운데 특히 내가 봉직하는 서강대학교 중국문화 전공(학과) 학생들에게 크게 빚졌다. 잘 알려져 있다시피 요즘 대학에서 돈 안 되는 문학 강의는 폐강되는 일이 일쑤인 것은 서글프지만 현실이다. 그럼에도 불구하고 우리 학과 학생들은 학과에서 개설한 문학 강의들을 모두 꽉꽉 채워 주었다. 교수에게 아무리 훌륭한 연구 콘텐츠가 있어도 정작 자신이 가르치는 제자들에게 관심을 받지 못하고서야 어떻게 일반 독자들에게 읽어 달라고 호소할 수 있겠는가?

캄캄한 밤일수록 작은 별빛이 빛나 보이는 법. 지금은 하찮은 것처럼 보이는 그들의 문학적 관심이 자본에 의하여 쇠퇴해 가는 이 나라의 문화적 빈곤을 장차 살찌울 수 있는 씨앗이 되길 간절히 바란다.

2008년 1월 김근 적음

목 차

노래하는 자만이 그 이름을 남기네

1

　현실(또는 세계)은 우리가 알고 있는 것처럼 그렇게 명징한 것이 아니다. 원래는 카오스 상태로 존재하는 실재를 우리 나름대로 (또는 각자 나름대로) 현실을 구축하고는 그것을 재인식re-cognize하면서 살아갈 뿐이다. 그러므로 현실은 어떻게 구축하느냐에 따라서 당연히 다른 모습으로 다가온다. 이러한 현실을 구축하는 도구가 바로 언어라는 것은 이미 잘 알려진 사실이다. 따라서 현실은 우리가 사용하는 언어의 구조대로 구조화되어 있다고 할 수 있다.

　우리는 눈을 하얗다고만 인식하지만 에스키모들은 십여 가지의 각기 다른 색으로 변별한다는 사실은, 현실이 언어처럼 구조화되어 있음을 단적으로 입증하는 대표적인 사례다. 그러니까 객관적인 현실(의 사물)이 먼저 존재하고 이를 언어가 대표하는 것이 아니라, 언어가 현실(의 사물)을 만드는 셈인 것이다. 『요한복음』 제1장 1절에서도 "태초에 말씀이 계시니라"고 하지 않았던가?

이렇게 언어가 사물을 창조하는 것을 '표상representation'이라고 하는데, 이 말은 의미는 고정적인 것이 아니라 일종의 효과로서 생성된다는 뜻이다. 여기서 효과란, 이를테면 라디오 드라마의 음향 효과처럼 현실적으로 보이게끔 환상을 제작하는 행위이다. 그렇다면 표상이란 카오스인 부정형不定形의 실재를 정형定形의 언어 ― 좀 더 구체적으로 지적하자면 시니피앙 ― 를 이용해서 현실처럼 보이는 의미의 세계를 창조하는 일이다. 따라서 표상은 이를 어떻게 하느냐에 따라 전혀 다른 세계가 만들어진다는 의미에서 권력 행위가 된다. 권력의 장악을 언어의 장악에서 시작하는 것은 바로 이 때문이다.

이렇게 시니피앙이 생성하는 의미에는 명제적 의미와 감정적 의미가 있다. 전자는 참/거짓과 같은 논리적 판단을 내용으로 하는 의미이고, 후자는 화자의 감정을 표현하는 의미다. 모든 문장이나 말에는 이 두 가지 의미가 각각 다른 비율로 섞여서 생성된다. 이를테면 논문이나 학술 강연에서 사용하는 언어에는 명제적 의미가 주류를 이루고, 기쁨을 발산하거나 고통을 호소하는 언어, 그리고 시와 같은 문학 작품에서는 감정적 의미가 주류를 이룬다. 그러므로 우리가 시니피앙의 효과로 창조한 세계는 크게 두 가지로 나눌 수 있다.

이 두 세계를 아주 극명하게 드러내는 개인적인 경험을 간단히 소개하려고 한다.

1989년쯤 내가 미국 버클리대학의 중국학연구소에서 연구하던 시절의 일이다. 당시 나는 같은 대학의 물리학과에서 박사 과정을 막

졸업한 분을 알게 되어, 두 가족이 함께 옐로스톤국립공원으로 여행을 떠났다. 처음엔 아이들도 좋아서 좁은 차 안에서도 잘 놀더니, 열 시간 이상 갇혀 있으니 슬슬 티격태격하기 시작했다. 그러다가 목적지인 공원에 들어서면서 마침내 싸움이 터지고 말았는데, 이 싸움의 발단이 매우 철학적이었다.

당시 초등학교 1학년이던 우리 아이가 국립공원 초입부터 늘어서 있는 기암절벽에 감탄한 나머지, 저 바위는 곰이고 저 바위는 선녀라는 둥 외쳤다. 그러다가는 급기야 어디서 들었음직한 선녀바위 전설 같은 이야기를, 급조했는지 아니면 패러디했는지 계속 혼잣말로 중얼거렸다. 그렇지 않아도 심심하던 어른들이 그 이야기에 재미있어 하니까, 동급생이던 물리학자의 아들이 딴죽을 걸기 시작했다.

"야, 이 바보야. 저 바위들은 땅속의 마그마가 터져서 굳은 거야. 저게 무슨 선녀냐? 세상에 선녀가 어디 있냐? 곰하고 사람하고 어떻게 말할 수 있냐? 그런 건 다 거짓말이야. 이 멍청아!"

초등학교 1학년 아이의 말이라고 믿기지 않을 정도로 논리적인 비판이었다. 정말 물리학자의 아들다웠고, 아버지의 사고나 직업이 아이에게 미치는 영향이 얼마나 큰지 입증하는 순간이기도 했다. 이 과학적 담론에 반박할 말을 찾지 못한 우리 아이는 결국 '멍청이'라는 명예훼손을 빌미로 폭력을 행사했고, 마침내 물리적 충돌로 확전된 것이다. 사태가 심각해지자 나는 곧바로 차를 세우고, 두 아이가 알아듣도록 설명을 했다.

"얘들아, 사람에게는 두 개의 눈이 있잖니? 하나는 세상을 시적으로 바라보는 눈이고, 다른 하나는 과학적으로 바라보는 눈이란다. 그래서 세상에는 전설도 있고 과학도 있는 것이란다. 세상은 이 두 가지 눈으로 봐야 정확히 볼 수 있단다. 그러니까 너희 두 사람 말이 다 옳아요"

초등학교 아이들이 내 말을 알아들었는지는 잘 모르겠다. 하지만 인간이 세계를 감정과 논리라는 두 개의 시각으로 바라봄으로써, 시적 세계와 과학적 세계라는 두 가지 의미의 세계를 만들고 있다는 사실을 아이들의 모순을 통해 여실히 증명할 수 있었다. 중국의 경우는 전자의 세계가 문화 인프라로 자리를 잡아왔으므로, 중국 문화를 시성詩性 문화라고 부르기도 한다.

본론에서 좀 더 구체적으로 살펴보겠지만, 감정적 의미로 생성된 시적 세계는 감각으로 소통한다. 그래서 명제적 의미로 생성된 과학적 세계가 언어의 논리성을 강구하는 데 비해, 시적 세계는 언어의 다의성에 의존한다. 왜냐하면 감각이란 논리처럼 선적線的인 것이 아니라 다중적이기 때문이다.

시 또는 시적 수사법이 중국인 사이에서 주요한 소통 수단이 되는 것은 이러한 문화 인프라에 기인한다. 이러한 소통 방법은 의미가 모호할 수밖에 없다. 그래서 논리에 길들여진 사람은 이들과 소통할 때 꼼수를 부린다고 오해할 가능성이 높다. 더구나 이 때문에 많은 스트레스를 받을 것임은 굳이 말할 필요도 없다.

2

그렇다면 감각은 시적 세계에서 어떤 방식으로 소통 기능을 수행하는가? 그것은 언어의 소리에서 감각을 생성함으로써 이를 통해 존재를 인식시킨다. 그렇다면 이는 데리다가 『문자학』을 통해서 그렇게 비판하던 로고스 음성중심주의가 아닌가? 로고스는 아니지만 음성 속에 존재라는 영혼을 상정한다는 점에서 음성주의임을 부정할 수는 없을 것 같다. 나 역시 한때 데리다를 읽고 매우 공감하면서 로고스 음성중심주의에 의혹의 눈초리를 보낸 적이 있다. 그러나 그렇다고 해서 언어에서 음성(소리)을 도외시하면, 도대체 무엇이 남는단 말인가?

아주 비근한 예로, 우리는 야구장에 가서 이승엽 선수의 경쾌한 타격 소리만 들어도 직감적으로 홈런임을 알고 공이 담장을 넘어가기도 전에 흥분하지 않는가? 외야수들도 그 소리만으로 공의 비거리를 짐작해서 낙하지점으로 달려간다는 경험적 증언은, 소리가 존재와 갖는 관계의 진실성을 충분히 말해 준다.

이처럼 우리는 세계를 인식하고 존재를 파악하는 데 소리 감각에 상당 부분 의존한다. 따라서 세계와 인생을 알기 위해서 반드시 이성을 동원해야 할 필요는 없는 것이다. 물론 객관적으로 이해하기 위해서라면 대상들을 수치로 계량화해야 한다. 그러려면 명제적 의미의 구축 수단인 논리에 의존해야 한다. 그러나 논리는 앞서 말한 바와 같이 선적이기 때문에 다중성의 표현에 취약하다. 또한 계량화는 숫자로 나타내야 하는데, 그러면 숫자들 사이의 단절을 피할 수 없다. 따라서 과학적으로 설명한 대상은 언제나 언어가 표현할 수 없는 무한소無限素 부분을 빼놓게 되므로 영원히 모순으로부터 자유로울 수 없다.

이러한 모순 없이 이해되는 세계가 바로 감각으로 이해하는 시적 세계이다. 시인을 비롯한 예술가들은 바로 이 감각으로 세계와 인생을 이해하고 표현한다. 아주 가까운 예를 들어보자.

나 역시 그랬지만 예나 지금이나 관념적인 지식인들은 이른바 트로트(속칭 뽕짝) 가요나 가수들을 좀 천박하게 여긴다. 왜색의 흐느적거리는 곡조, 진부한 가사들, 그리고 과장된 비브라토의 목소리를 들으면 관념적인 지식에 익숙한 사람들은 그야말로 닭살이 돋을 지경이다. 포크나 발라드 가수들도 예외는 아니다. 그들은 왜 그렇게 마치 경쟁이나 하듯이 일탈하는 행위와 삶을 살아가는 것인지, 보기만 해도 '쯧쯧' 하고 혀를 차는 소리가 절로 나온다.

그러나 사회가 변하고 나이가 들면서 그토록 기대에 차서 추구하던 진리란 결코 도달할 수 없는 초월적 허구일 뿐만 아니라, 어떤 총명한 사람들은 이 허구로 권력을 만들어 우리네 인생을 교묘히 착취했고, 그래서 나는 나 자신을 위해 살지 않았다는 것을 깨닫게 되었다. 결국 나는 숨겨진 소외와 모순을 지각하지 못한 채 엉뚱한 데서 행복을 찾았던 것이다.

그러다가 어느 날 우연히 라디오에서 흘러나오는 트로트 가요의 곡조와 가사를 듣고는, 인생의 의미와 즐거움이 어디 먼 데 있는 게 아니란 것, 그들이 왜 그런 노래를 부르며 일탈 행위를 하지 않으면 안 되었는지 공감하게 되었다. 그들은 진정한 자신이 되고자 노래를 불렀고, 또한 그러한 자신을 적극적으로 노출함으로써 소외와 싸웠으며, 일탈 행위를 통해 제도의 억압과 권력의 착취에 저항했던 것이다. 요즘은 인기를 관리하려고 계획적으로 일탈 행위를 하는 경우도 있긴 하지만 말이다.

어떤 이는 대중가요와 가수들의 의미를 너무 확대 해석한다고 비난할지도 모르겠다. 아무려면 노래나 하는 그들이 소외를 극복한다는 것이 무엇인지, 권력과 모순에 저항하는 일이 무슨 의미인지 알았겠느냐는 의문일 것이다. 물론 그들은 학문을 하지 않아서 모를 가능성이 많다.

그러나 그들은 감각으로 소통하는 시적 세계에서 사는 데 익숙하기 때문에 논리적으로는 설명하지 못해도 인생의 가장 핵심적인 내용들을 소리 감각으로 이해했고, 이 감각이 노래가 되어 우리에게 감응을 불러일으켰던 것이다. 다시 말해서 우리가 이성을 총동원하여 파악하려 해도 결코 다다를 수 없었던 존재의 의미를 그들은 소리로 감각하고 노래로 표현했다는 말이다. 앞서 말했듯이 소리가 존재와 갖는 관계의 진실성을 감안한다면, 노래는 궁극적으로 적극적인 자기 노출이다. 논리적인 글쓰기로 아무리 자신이나 자신이 겪은 감응을 표현해 봐야 그들이 부르는 노래처럼 적극적이거나 진실하지 못하다.

서동욱은 들뢰즈를 설명하면서 "별도의 실체로서 존재가 있는 것이 아니라 존재자(시뮬라크르)들의 생성 자체가 곧 존재이다. 즉 존재는 모든 존재자들에 대한 하나의 '환영,' '환각'일 뿐이다"2)라고 했다. 다시 말해서 노래는 순간의 쾌락을 생성시키며 즐기는 수단이자 존재를 느끼게 하는 힘의 원천이다. 존재가 궁극적으로 환상에 지나지 않다는 것을 안다면 미래를 위해 현재의 즐거움을 버릴 필요도 없고, 또 미래를 담보로 나의 자유를 유보하고 착취하려는 권력에 매달리는 것도 무의미하다.

그렇다면 저들이 왜 자기 노출에 적극적이었고, 왜 미래를 생각하지 않으며 일탈을 일삼았는지 이해할 수 있다. 이러한 행위와 사고에 대한

2) 서동욱 지음, 『들뢰즈의 철학』(민음사, 2002) 125쪽에서 인용.

억압이 심하면 심할수록 주체는 오히려 여기서 삶의 과잉을 느끼게 된다. 옛날 군사독재 시절에 정권이 걸핏하면 강력하게 퇴폐 행위를 단속했지만, 없어지기는커녕 오히려 더욱 기승을 부렸던 것은 이 때문이다.

이러한 감응적인 힘을 지식에 길들여진 우리는 풍요로움 속에 각박함이 감춰져 있는 후기 자본주의의 모순적인 삶을 경험하고서야 비로소 감각하게 되었다. 그래서 사람들은 옛날 저 대중 가수들이 개척(?)해 놓은 적극적인 자기 노출 모드를 '따라 하기'에 이르렀으니, 이른바 '불량 패션'이 그 대표적인 예이다.

요즘 일부 여유 계층의 남녀들이 검은 가죽잠바에 두건을 쓰고 '할리' 오토바이를 타는 게 유행인 듯한데, 불량기가 줄줄 흐르는 이 복장의 주인공들이 겉보기와는 달리 체제 순응적인 중년의 사람들이라는 사실에 놀란다. 열심히 공부하여 성공한 이 사람들도 아마 학창 시절에는 이런 복장의 불량 학생들을 걱정스런 눈초리로 바라보았으리라.

자본주의 사회에서 성공하고 인생을 즐기는 사람들을 흔히 보보스 BOBOS라고 부른다. 이 말은 '부르주아'와 '보헤미안'을 합성한 말이라고 하니, 자유가 보장된 것 같은 자본주의 사회의 삶이 역설적으로 사람을 과중하게 억압하여 방랑하는 보헤미안을 욕망하게 만들었음을 충분히 짐작할 수 있다. 그렇다고 제도의 이점과 기득권을 누리는 입장에서 현실적으로 일탈할 수도 없는 게 그들이므로, 불량 패션으로나마 일탈의 힘을 경험하고 억압에서 오는 스트레스를 해소하려는 것이다. 그래서 이제는 미래를 위해서 오늘은 반듯하게 사는 삶을 최고 가치로 여기던 근대 이성의 시절처럼, 더 이상 패션이 모범생과 불량 학생을 구분해 주지 못한다. 또한 옛날 양공주를 떠올리게 하는 '천한' 패션과 화장을 여염집 여인들도 앞 다투어 따라 하는 시대가 된 것이다.

3

대중 가수들은 이러한 감응을 이미 그 옛날 가난에 찌든 삶에서도 느껴, 이를 주체하지 못해 노래라는 광대놀이에 삶을 맡겼던 것이다. 미래를 위해 저축하지 않고 돈이 생기는 대로 순간을 즐기고 노는 데 다 써 버리는 그들의 일탈을 우리는 단순하게 광기로 치부했다. 그러나 그들이 감각한 것은 최고의 이성적 능력을 자랑하는 당대의 지식인들이 후기 자본주의까지 다 겪고 나서야 머리를 쥐어짜 얻은 결론과 같은 것이다. 그것은 존재란 결국 시뮬라크르에 의한 환영에 지나지 않는다는 사실과, 따라서 주체에게 장밋빛 미래란 무지개를 좇는 일처럼 무한 반복의 순환이면서 동시에 권력이 단지 내 자유를 유보시키고자 던진 미끼일 뿐이라는 사실이다.

일찍이 이백李白은 『장진주將進酒』에서 이렇게 읊었다.

그대를 위하여 노래 한 곡조 부를 터이니
　　與君歌一曲
그대는 나를 위하여 귀 기울여 들어주시게
　　請君爲我傾耳聽
점잖은 음악과 진수성찬이라도 귀히 여길 바 못되니
　　鐘鼓饌玉不足貴

다만 오래도록 취해서 깨어날 필요가 없길 바랄 뿐이라네
　　　但願長醉不用醒
옛날 성현들이라 봤자 누가 알아줄 이도 없고
　　　古來聖賢皆寂寞
오로지 술 마신 자만 그 이름을 남긴다네
　　　唯有飮者留其名

　　진수성찬을 차려놓고 점잖은 고전음악인 아악雅樂을 듣는 귀족적인 삶을 살더라도, 그것은 권위와 권력을 만들려고 빛으로 보여주는 가식적인 기호 행위에 지나지 않는다. 인간이 가야 할 길과 비전을 보여준 옛날 성현들은 이를 초월한 것처럼 보이긴 하지만, 사람들은 그런 길과 비전이 무엇인지, 또 그들이 누구인지도 모르는 게 현실이다.

　　그러니 내게 남은 것은 오로지 취해서 나의 존재로 돌아갈 때 감각하는 존재의 힘이다. 어차피 존재는 순간적으로 느낄 수 있는 환영이니까 말이다. 그래서 이백은 "오로지 술 마신 자만 그 이름을 남긴다네"라고 노래한 것이다.

　　이백이 『진서晉書』 「장한전張翰傳」의 "나에게 출세와 명예가 생긴다 해도, 지금 마실 수 있는 한 잔의 술만 못하다(使我有身生名, 不如卽時一杯酒)"라는 구절을 읽고서 매우 분개했다는 고사가 있다. 귀한 깨달음을 이렇게 핍진한 시구로 자아냈으니, 늦게 태어나 선수를 빼앗긴 이백이 분개할 만도 하다. 이는 모든 진실이 노래 속에 있으니 자신의 노래에 귀를 기울이라고 읊은 것이다. 이 정도면 우리는 시인의 감각이 이미 예지의 차원을 넘나들고 있음을 충분히 짐작할 수 있다.

아르놀피니 부부의 초상　　　　　　　라스 메니나스

　이렇게 시적 예지가 논리에 앞서 있는 경우는 서양 미술사에서도 예를 찾을 수 있다. 이를테면 라캉은 욕망하는 주체를 설명하면서 주체가 바라보는 시선eye과 중첩되어 있는 '보여짐,' 곧 대상이 주체를 역으로 바라보는 응시gaze의 존재를 분석했다. 그러나 화가들은 이러한 이성에 의한 위대한 발견을 훨씬 이전에 감각했다. 얀 반 아이크Jan van Eyke(1370~1426)의 작품 '아르놀피니 부부의 초상Portrait of Arnolfini and his wife'과 벨라스케스Diego Rodriguez de Silva Velazquez(1599~1660)의 '라스 메니나스Las Meninas' 등이 그 대표적인 예이다. 이들은 그림 속에 거울을 그려서 그림 밖에서 또 다른 시선이 응시하는 시각의 이중성을 표현했다.

　그뿐만 아니라 폴 세잔Paul Cezanne(1838~1906)은 '쌩 빅투와르 산 Mount Saint-Victoire'을 그리면서 "풍경은 나를 보고, 나는 풍경의 의식이다"라고 했다. 이 말은 우연히 나온 것이 아니라 감각의 언어적 표현

쌩 빅투와르 산

이라고 봄이 옳다. 이처럼 라캉이 과학적인 분석의 방법으로 알아낸 사실을 예술가들은 오래 전에 감성적으로 느끼고 있었다. 따라서 감각으로 인지하는 시적 예지가 논리적 증명에 앞선다는 명제는 결코 과장이 아니다.

또한 예민한 감수성으로 인지한 예지는 노래를 통해서 듣는 이에게 논리적으로는 이해할 수 없는 감응을 주기도 한다. 그래서 스티븐 스필버그도 "나는 사람들에게 재미를 줄 수 있지만, 그들이 눈물 한 방울을 떨구게 하는 것은 존 윌리암스의 음악이다"3)라고 말했다지 않은가?

이처럼 노래와 음악을 듣고 감동했다는 것은 그것이 단지 우리의 감정만을 움직였기 때문이 아니라, 세계나 인생에 대한 어떤 진실을 감각하게 하거나 인지하게 했기 때문이다. 물론 이 진실은 어디까지나 카오스 상태로 감각했기 때문에, 논리적으로 명쾌하지 않고 모호하긴 하지만 말이다.

사람이 인생을 오래 경험할수록 논리적이고 분석적인 글보다는 인

---

3) 『한겨레21』 2007 신년호(641호) 53쪽에서 재인용.

구에 많이 회자된 명시나 명구名句에 고개를 끄떡이는 것은 바로 이 진실성 때문일 것이다. 시에 익숙하지 않은 사람들이라도 성어나 속담을 자주 입에 올린다. 이는 시의 변형인 성어와 속담에 카오스적인 진실이 담겨 있기 때문이다.

그래서 나는 시인들의 이러한 감성적 능력이 짙게 배어 있는 시와 노래를 다시 봐야 한다고 생각한다. 시란 궁극적으로 한 사회가 사용하는 언어의 음운 체계에서 발생할 수 있는 음소들을 심미적으로 조합한 것이다. 그리고 이를 감수성이 풍부한 음성으로 재현했을 때 노래가 된다. 다시 말해서 시니피앙이 현상적으로 내는 소리의 아름다움을 즐기는 것이 시와 노래이므로, 음성에 대한 감수성이 예민한 사람은 시나 노래의 언어가 지시하는 의미를 몰라도 쾌락을 감각한다.

몇 년 전 고은 시인이 국제펜클럽의 시 낭송회에서 자신의 시를 읊었더니, 외국 시인들이 무슨 내용인지도 모르면서 공감하고 좋아하더라는 뉴스를 본 적이 있다. 이 말은 거짓말 같기도 하고, 우스갯소리 같기도 하다. 그러나 시의 의의는 궁극적으로 의미에 있는 것이 아니라 메시지 자체의 심미성에 있다는 사실을 이해한다면, 이는 결코 허황된 말이 아니다. 우리는 과학과 논리에 너무 익숙해져 상대적으로 감성 능력이 퇴화되었다는 사실을 감지하지 못하고 있는 것이다.

4

중국은 일찍부터 시와 노래의 이러한 속성을 알아차리고, 이를 개념화하여 통치에 이용했다. 이른바 시교詩敎를 비롯하여 과거에서 시를 주요 시험 과목으로 채택한 예 등이 바로 그것이다. 중국처럼 광활한 지역을 다스리면서 교통·통신 수단이 원활하지 않다면, 실사구시적으로 경영하기란 사실상 불가능하다. 그래서 어쩔 수 없이 구체적인 현실을 무시하고 세계나 조직을 전체적으로 접근하고 파악하는 경영 방법을 취할 수밖에 없다. 그러기 위해서는 이성적 판단보다는 감성적 판단에 의존해야 한다.

현실을 부분적이고도 구체적인 데이터를 통해 파악한다는 점에서 전자는 환유적 경영 방식에 속한다. 반면 전체적으로 접근한다는 점에서 후자는 은유적 경영 방식이라고 할 수 있다. 따라서 중국을 통치할 때 시만큼 유용한 수단이 없다는 결론에 이른다.

그러나 구체적인 현실을 경시하고 전체적인 접근에만 의존하다 보면, 관념적으로 치우치기 십상이다. 중국의 시는 말할 것도 없고, 정치 사상과 문화 등이 시간이 흐름에 따라 '리理'의 경향, 곧 '이치'를 중시하는 풍토로 기운 것은 바로 이 때문이다. 이에 관해서는 본론에서 자세히 다룰 것이다.

시와 노래를 이런 개념으로 재조명한다면, 우리는 왜 고대 중국인이 시를 그토록 중시했는지 이해할 수 있다. 얼핏 보면 그들은 통치를 위한 효용적인 차원에서만 시를 이용한 것처럼 보인다. 하지만 시가 중국 문화 전반에 걸쳐 녹아든 것을 보면, 심미적 차원은 물론 인식 및 커뮤니케이션 기능이라는 폭넓은 차원에서 활용했음을 알 수 있다.

시의 이러한 기능들이 감성에 의존하고 있다는 점에서, 시란 개성적 표현임과 동시에 개성적 판단에 근거하여 읽어야 한다는 사실에서 벗어날 수 없다. 그래서 중국의 통치자들은 시에 보편성을 부여하려

했으니, 이것이 훈고학訓詁學이다. 나중에는 이것이 시학으로 발전하긴 했지만, 근본적으로 노래의 속성을 지니고 있는 시를 언어로 번역했다는 점에서 끝내 훈고학의 범주를 벗어나지는 못했다. 아무튼 훈고학을 통해 개성이 지양止揚된 보편성은 주체가 자기 자신을 망각하게 하지 못하기 때문에, 비개성적 타당성을 갖게 하는 힘도 부족하다. 중국 사상사에서 지식인들 사이에 진리에 대한 담론이 결여된 것은 바로 이 때문이다.

이렇듯 단순하게 문학의 한 장르로 시를 보는 전통적 관점으로는 중국에서 시가 어떤 기능을 수행했는지 전면적으로 파악할 수 없다. 들뢰즈의 말처럼 "권력은 개체의 활동에 하나의 고정된 방향을 부여하려는 욕망이고, 그런 점에서 삶의 방식을 고정하여 개체들의 활동을 제한하고 고정하려는 활동이다."[4] 그리고 정치가 "이러한 권력을 변형시키거나 전복하여 삶의 방식을 변형시키는 것"[5]이라면, 끊임없이 새로운 주체를 생성하는 시는 정치적일 수밖에 없다.

그래서 감응의 생성을 통해서 삶의 확장을 꾀하는 중국의 시와 이 힘을 길들여 권력에 접속·연합시키려는 시학(또는 훈고학) 사이의 갈등이 중국 시의 흐름을 형성해 왔다. 이 책은 바로 이러한 관점에 입각해서 중국 시의 발전과 시의 시대적 역할을 고찰하여, 중국 문화의 현주소와 앞으로 전망이 어떨지 들여다보고자 한다.

중국의 시는 『시경』과 초사를 모체 텍스트로 하여, 이것이 이동하면서 후대의 시들을 생성하는 형태로 발전했다. 그래서 이 책도 이 두

---

4) 이진경 외 공저, 『들뢰즈와 문학기계』(소명출판, 2002) 25쪽.
5) 같은 책, 25쪽 참조.

텍스트를 분석하면서 시작하려고 한다.

『시경』은 중국 북방 음악의 형식을 통해 삶을 노래하고, 존재의 힘을 표현했다. 그러나 한나라 때의 훈고학은 시학이라는 이름으로 『시경』을 이른바 주문主文·휼간譎諫으로 해석했다. 본론에서 자세히 논하겠지만, 주문·휼간이란 직간하지 않고 비유로 아뢰거나 완곡하게 풍자하여 간언한다는 뜻이다. 이는 시를 목적론적으로 비유하는 기능에 국한시키는 한계를 갖고 있다.

초사 역시 굴원屈原이라는 시인이 자신의 파란 많은 생애를 통해 깨달은 바를, 무가巫歌라는 남방 음악의 형식에 녹여 지은 작품들이다. 이는 시인의 개성적 감응을 표현했다는 점에서 『시경』과 대별된다. 중국 고대 문학에서는 드문 개성적인 작품이기에 주문·휼간이라는 보편자로 변형시키는 일이 쉽지 않다. 그러나 한나라 때의 시학은 작품보다는 굴원의 생애에 초점을 맞추어, 결국 주문·휼간이란 이념으로 이 작품을 해석했다.

이처럼 『시경』과 초사는 모두 남·북방 음악에 기초한 시가였다. 그러나 통치 권력은 시가의 음악적 감응의 힘이, 삶의 변형이라는 정치성을 상실하고 권력에만 충실히 봉사하도록 시학(또는 훈고학)의 언어로 이들을 설명하고자 끊임없이 시도했다. 이러한 시도는 한나라 때부터 대두되어 이후 중국 시학의 전통이 됐는데, 이는 바로 시인과 훈고학자 사이의 갈등이 빚어낸 결과이다. 이런 유물론적 관점에서 볼 때 중국의 시사詩史는 정치 투쟁의 역사였다고 해도 지나치지 않다.

내가 연구하고자 하는 학술 과제는 대략 두 편으로 나뉘는데, 시와 훈고학이 갈등하게 된 연원과 이후의 발전 부분이 그것이다. 그래서 이 책에서는 『시경』과 초사를 연원으로 보고, 그 갈등의 발원과 실제를 분석하는 일에 초점을 맞춰 서술했다. 현재 따로 기획·준비 중인 제2권에서는 위진·당·송으로 이어지는 시가 문학의 발전을, 앞서 언급한 유물론적인 관점에서 집필하고자 한다. 이후 제현들의 많은 관심과 질책을 당부 드리는 바이다.

제1장

왜 시를 통해
중국 문화를 이해해야 하는가

1. 중국인에게 시는 무엇인가

중국의 서점에 가면 어린이 서적 코너에 유난히 당시唐詩 낭송을 비롯한 각종 시 낭송 녹음테이프와 CD들이 즐비하게 전시되어 있는 것을 볼 수 있다. 한자는 어렵다는 편견에 사로잡힌 우리로서는 초등학교 학생들이 뭘 안다고 그 어려운 시를 읽어 주는지 의아하지만, 중국은 초등학교 과정에서 고전 시가 몇 백 수는 가르치고 외우게 한다.

우리나라의 어린이들도 어른들은 흉내 내기도 어려운 랩을 숨 한번 돌리지 않고 기관총처럼 내갈기는 것을 보면, 중국 어린이들이 난해한 고전 시가를 낭송한다고 그리 신기하게 여길 일은 아니다. 단지 우리가 부러워해야 할 것은 우리 어린이들이 대중음악에 너무 무방비로 노출된 데 비하여, 중국에서는 고전 시가에 대한 가치가 사회적 기반으로 자리 잡고 있어서 어린이들이 이를 배우지 않을 수 없는 문화 시스템 속에 있다는 점이다.

내가 견문이 좁은지는 몰라도, 문화 선진국 가운데 초등학생에게 고전 시가를 외우라고 그리 강조하지 않는 나라는 우리나라밖에 없지 않을까 싶다. 죽자고 외워 봤자 사회적으로 그 가치를 알아주는 문화적 기반이 마련되어 있지 않으니 누가 그 헛고생을 하려 하겠는가?

여기서 중국의 시 문화를 직접 겪은 내 경험 하나를 이야기해야겠다. 나는 평소 학생들에게 중국을 제대로 알려면 중국의 명시를 최소 일백 수 정도는 외워야 한다고 강조했다. 그러다 얼마 전 북경에 갔다가 칭화清華대학에 교환학생으로 가 있는 우리 학생들을 시내의 대중음식점에 불러 모아 격려한 적이 있었다. 그 자리에서 대화하다가 자연스럽게 시 이야기가 나와, 평소 내가 강조한 대로 돌아가며 그동안 중국에서 배운 시 한 수씩 외우기로 했다.

그때 한 학생이 당나라 왕발王勃의 「두소부지임촉주杜少府之任蜀州」를 외우다가 갑자기 다음 구절이 생각나질 않아 당황해 했다. 그러더니 무의식적으로 마침 서빙하던 여종업원에게 다음 구절이 어떻게 되느냐고 물어보는 것이었다. 그런데 놀랍게도 그 종업원은 웃으며 그 자리에서, "이 세상 어딘가에 내 벗이 있다면, 하늘 끝이라도 이웃과 같을지니. 헤어질 이 길목에서, 아이와 아낙처럼 수건을 적시지 마세나(海內存知己, 天涯若比鄰. 無爲在歧路, 兒女共霑巾)"라고 나머지 구절을 일러주는 것이 아닌가!

물론 이 시가 중국의 일반인들에게도 자주 회자되는 명시 명구에 속한다. 그러나 내가 묻고 싶은 것은 우리나라 대중문화에서 향가나 고시조의 이름난 구절들이 이처럼 곧바로 튀어나오고, 또한 그걸 인정받을 수 있는 문화 인프라가 구축되었느냐는 점이다. 이와 같은 예는 중국을 여행하다 보면 어렵지 않게 겪을 수 있다. 다시 말해서 중국에서는 시가 대중적이라는 이야기이다.

그렇다면 이들은 왜 일상생활에서 이렇게 시를 가까이 하면서 자녀들에게 가르칠까? 앞서 말했듯이 중국에서 시는 이미 문화생활의 인프라로 자리매김했기 때문에, 이를 모르면 교양인으로 대접받지 못한다. 뒤에 자세히 설명하겠지만, 중국인은 시가 인격을 형성하는 매우 중요한 도구라고 생각한다. 시로써 도야된 인격들은 속된 말로 서로 코드가 맞아 이야기가 통할 뿐만 아니라, 윤리적으로도 공통된 기반을 갖는다고 믿는 것이다. 따라서 시를 통해 감성을 훈련하지 않으면 중국에서 커뮤니케이션에 실패할 확률이 높다.

언어 자체가 이미 비유적인 것이라고 본다면, 시는 기실 비유의 예술이다. 비유는 크게 은유와 환유로 구분되는데, 맬컴 보위는 욕망의 운동을 설명하면서 이 두 가지를 다음과 같은 비유로 설명했다.

> 환유는 욕망을 기차의 레일 위에 올려놓는다. 그래서 욕망은 늘 다음 정거장을 향해 달려간다. 여기에 은유가 등장하여 환승역, 회차역, 지선 등을 풍부하게 마련해 준다.[1]

언어는 단어들이 사슬처럼 꼬리에 꼬리를 물면서 의미를 만든다. 단어들이 이렇게 선적線的으로 통합해서 말을 만드는 것이 바로 말의 환유적 성격이자 기능이다.

이렇게 환유적 흐름에 따라 단어들이 연쇄적으로 말을 만들기에, 거기에서 순차적으로 생성되는 말의 의미는 처음부터 결정되어 있지 않다. 오히려 뒤에 끊임없이 이어붙는 음절이나 단어에 따라 이미 앞에서 생성된 의미가 수시로 바뀌면서 다른 의미들로 대체된다. 이는 우리가 흔히 말장난의 한 예로 거론하는 "아버지가방에들어가신다"를 떠올리면 금방 이해할 수 있다. '아버지가 방에 들어가시는' 것인지, 아니면 '아버지 가방에 들어가시는' 것인지는 '가신다' 뒤에 이어질 단어가 나타날 때까지 유보된다.

---

1) 맬컴 보위 지음, 『라캉』, 이종인 옮김(시공사, 1999) 193쪽.

『논어』「향당鄕黨」편에 보면 "(선생님은) 술에 대해서만큼은 주량을 정하지 않으셨으나, 만취할 정도에 이르지는 않으셨다(惟酒無量, 不及亂)"라는 구절이 있다. 이를 일부 익살꾼들은 구두점을 바꿔서 "(선생님은) 음주에 있어서만큼은 한량이 없으셔서, 양이 차지 않으시면, 난리를 피우셨다(惟酒無量, 不及, 亂)"라고 해석하기도 한다. 이런 불경스런(?) 해학은 이 구절의 마지막 글자인 '란亂'자 다음에 또 다른 음절이나 단어가 연쇄되지 않았기에 가능하다. 말의 이러한 환유적 기능 때문에 우리는 앞의 욕망이 빗나가도 또 다른 욕망을 향하여 옮겨가며 삶을 영위할 수 있는 것이다.

언어는 이런 환유 기능을 바탕으로 은유 기능을 수행한다. 이를테면 "콜라 한 컵을 마시다"와 "콜라 한 사발을 마시다"를 비교하면, 후자는 왠지 어색하여 의미가 성립하기에 뭔가 부족한 느낌이다. 하지만 '콜라'의 자리에 그 대신 '막걸리'를 넣으면 의미가 자연스러워진다. 여기서 콜라와 막걸리, 컵과 사발은 각각 계열체로 대체되는 관계이므로 은유적 구조를 갖는다. 그런데 '콜라'는 '컵'과 '막걸리'는 '사발'과 인접해야만 어색하지 않다고 느끼는 것은, 은유가 환유를 전제할 때 가능하다는 사실을 시사한다. 다시 말해서 우리는 스스로 단어를 선택하는 게 아니라, 구조적으로 어쩔 수 없이 다음 단어를 선택하도록 강요당하면서 말을 한다는 것이다. 이것이 바로 말의 은유적 성격이다. 그렇기 때문에 은유의 구조는 계열체의 다른 단어를 대체·억압하면서 대신 새로운 의미를 생성한다.[2]

---

[2] 이에 관해서는 임진수, 「은유와 환유」(『현대비평과 이론』, 한신문화사, 1996년 봄호)를 참조 바람.

비유의 본질을 대단히 거칠게 설명했는데, 아무튼 이는 언어가 의미를 생성하는 기본적 메커니즘이다. 이처럼 언어는 단어들의 수평적 연쇄로만 의미를 만드는 게 아니라, 수직적으로도 의미들을 파생·비약시키는 방식으로 생성한다. 따라서 말이란 다중 음악을 듣듯이 다차원적으로 들어야 한다.

시는 바로 이 비유의 메커니즘을 예술로 승화시킨 것이다. 그래서 시를 통해 감성 훈련을 받지 않은 사람이, 그 사회에서 말에 의미를 부여하고 해석하는 커뮤니케이션 행위를 할 때 자칫 선문답을 할 가능성이 높은 것이다. 앞으로 자세히 설명하겠지만, 꺼내기 어려운 말이나 에둘러 표현하고 싶은 말은 시로 암시하거나 적어도 시적으로 표현하는 게 중국인의 문화이다.

2001년 4월 1일, 중국 남해안에서 정보를 수집하던 미공군의 정찰기가 중국 공군의 요격을 받아 해남도海南島에 불시착한 사건이 발생한 적 있다. 그런데 마침 당시 국가주석이었던 장쩌민이 미국을 방문하고 있어, 기자들은 그의 숙소로 달려가 이 사건에 대한 입장과 향후 처리 문제를 물었다. 이때 장쩌민은 기자들에게 다음과 같은 시로 대답을 대신했다.

아침에 백제성을 떠날 때 자욱한 구름 사이에 있더니
　　　朝辭白帝彩雲間
천리 밖 강릉을 한나절 만에 돌아왔네
　　　千里江陵一日還
양쪽 강변에 원숭이 울음소리 그치지 않는 가운데

兩岸猿聲啼不盡

경쾌한 배는 벌써 첩첩 산중을 지났네

輕舟已過萬重山

이 시는 이백李白의 절구絶句 「조발백제성早發白帝城」이다. 이 시는 그가 귀양을 가다가 백제성에서 사면과 함께 복직하라는 황제의 명을 듣고는 너무 기뻐서 돌아가며 쓴 것이다. 시의 "천리 밖 강릉을 한나절 만에 돌아왔네"와 "경쾌한 배는 벌써 첩첩 산중을 지났네"는 과장법이긴 하지만, 장강長江의 도도한 흐름을 타고 달리는 배의 경쾌한 속도를 절로 느끼게 만든다.

장쩌민은 역사적인 미국 방문을 통해서 미국과 화해 무드를 조성하고 있었다. 그런데 이런 중대한 사건이 터졌으니, 설상가상 미국에 머물고 있던 그로서는 대답하기가 더욱 난감했을 것이다. 미국의 불법적 침략 행위에 미온적으로 대처하자니 중국의 국제적 위상과 국내여론이 신경 쓰이고, 강경하게 나가자니 모처럼 이루어진 화해 무드가 깨질까 걱정되었을 것이다. 그래서 그는 이 난감한 심경과 향후 대처방안을 모호하게 이백의 시를 인용해 에둘러 표현한 것이다. 아무리어렵고 험한 문제라도 순리대로 처리한다면 금방이라도 해결할 수 있다는 암시였으리라. 결국 이 암시를 눈치 챈 미국이 공식적으로 사과하자, 과연 11일 만에 승무원들과 기체를 아무런 대가 없이 송환했다.

『논어』 「계씨季氏」편에 보면, 진항陳亢이라는 제자가 공자도 자기 아들은 더 사랑할 터이니 다른 제자들에게는 일러주지 않은 특별한 것을 가르쳐주지 않았을까 의심한다. 그래서 공자의 아들인 백어伯魚

에게 다른 사람들과 달리 더 들은 말이 없냐고 묻는 장면이 있다. 이때 공자가 아들 혼자 있을 때 들려주었다는 저 유명한 "시를 배우지 않으면 말할 수 없다(不學詩, 無以言)"라는 구절이 나온다. 이 말은 시를 배우지 않으면, 어떻게 말해야 좋을지 모른다는 뜻이다. 공자가 자기 아들이라고 해서 특별히 가르쳐준 것인지는 몰라도, 아무튼 공자의 이 말은 오늘날까지 중국인에게 보편적으로 주입된 문화 현상이 되었다.

프롤로그에서 잠깐 언급한 바대로, 말에는 언제나 두 가지 의미가 공존한다. 하나는 명제적propositional 의미이고, 다른 하나는 감정적 emotional 의미이다. 일상에서는 이 두 가지 의미를 명쾌히 구분해 언어 생활을 하지 않는다. 그러나 대체적으로 논리적 사고를 중시하는 사회에서는 전자에, 감성적 사고를 중시하는 사회에서는 후자에 초점을 맞춰 커뮤니케이션을 수행한다. 그러므로 전자에 길들여져 있는 사람이 만약 후자의 사회에서 살면, 그곳에서 겪는 자연스러운 오해의 고통을 상식이 통하지 않는 사회라서 그렇다며 비난하게 되는 것이다.3)

중국에서 시는 매우 일찍부터 문화 권력을 행사해 왔을 뿐만 아니라, 정치권력의 수단으로도 부동의 자리를 잡아왔다. 또한 시는 중국의 역대 제왕들이 즐겼을 뿐만 아니라, 과거 시험에서도 가장 중요한 과목이었다. 그러므로 중국에서 시를 잘 알고, 잘 짓는다는 것은 독서인(지식인)의 가장 뚜렷한 표지였다. 그리고 독서인이 된다는 것은 그만큼 권력에 가까이 있음을 의미하는 것이었다.

흔히 하는 말로, 창업할 때의 권력은 무력에서 나오지만 수성守成할 때의 권력은 글에 의존한다고 한다. 『사기史記』「육생열전陸生列傳」에

---

3) 이에 관해서는 김근 저 『여씨춘추』(살림, 2005) 20~21쪽 참조.

보면, 육생이라는 현사가 한 고조 유방劉邦에게 이 원리를 설득하는 장면이 나온다.

> 육생은 늘 황제에게 진언할 때마다 『시(경)』와 『서(경)』⁴⁾를 입에 달았다. 고조가 야단치기를, "(천하는) 말 위에서 얻은 것인데, 『시(경)』와 『서(경)』를 무엇에 쓴단 말이오?" 그러자 육생이 대답했다. "말 위에서 얻었다고 해서, 어떻게 말 위에서 다스릴 수 있겠습니까?" **陸生時時前 說稱詩書. 高帝罵之曰 : 乃公居馬上而得之, 安事詩書? 陸生曰 : 居馬 上而得之, 寧可以馬上治之乎?**

육생은 수성하는 권력은 글에서 나온다고 설파하면서 구체적으로 『시』와 『서』를 지적했으니, 이 구절은 옛날부터 시가 얼마나 권력과 밀접한 관계였는지 극명하게 말해 준다.

이렇게 중국에서 시가 권력의 수단일 수 있었던 것은, 시가 정서적으로나 이데올로기적으로 설득력을 갖고 있다는 사실에 기인한다. 곧 거칠게 정의하자면, 시란 글쓰기의 아트 art 형태이다. 시의 메시지(전언)를 어떻게 만드느냐에 따라, 또한 이를 어떻게 해석하느냐에 따라 느껴지는 감응 affect의 정도가 천차만별로 다르다. 따라서 이 아트 작업의 효과에 대한 평가는 참/거짓에 있지 않고 미美/추醜의 여부에 좌우되는 것이니, 시는 아름다울수록 감동과 설득력을 갖기 마련이다. 이는 나중에 자세히 설명하겠지만, 선험적으로 중국 언어의 특성과 관련이 깊다.

그렇다면 이러한 아트 작업을 하는 자는 언어와 언어 구사에 통달한

---

4) 당시는 아직 『시』와 『서』가 경으로 불리지 않았을 때이므로 ( )속에 넣었음.

사람이어야 하는데, 이런 사람이 바로 시인이다. 일찍부터 천자의 대리
자라는 개념의 관료제가 발달한 고대 중국은 계속 엘리트 정치 형태를
유지했다. 이때 엘리트 관료는 백성들에게는 천자의 입이 되고, 천자에
게는 백성의 혀가 되어야 하는 매개자 또는 매체의 위치에 섰다. 따라
서 풍부한 상상력과 언어 구사를 통해 새로운 감응과 세계를 창조하여
양쪽의 모순을 완화시킬 수 있는 시인이 엘리트의 중심에 설 수밖에
없었다. 이는 민간의 시를 채집하여 이를 통해 민심을 파악하고자 했던
고대 중국의 채시採詩 제도가 단적으로 입증한다.

시는 소리의 인위적 구성을 통해 감각을 자극함으로써 정서를 다스
리는 교화와 오락의 도구이기도 하다. 따라서 시의 본질은 그 말하고자
하는 의지나 내용에 있다기보다는, 감각을 직접 자극하는 메시지 자체
의 소리에 있다고 보는 것이 옳다. 중국 고전 시가에 자주 등장하는
후렴구는 말할 것도 없고 「부이芣苢」5) 같은 시가 별 내용도 없어 보이
는데『시경』300편에 실린 것은, 시의 메시지를 구성하는 소리의 조직
이 감각적이어서 어떤 특정한 정서를 불러일으키기 때문이다.

이에 관해서도 다음 절에서 자세히 논할 것이다. 그러나 여기서 잠
시 시의 이러한 기능을 좀 더 핍진하게 이해하기 위해서, 중국의 옛날
시보다는 우리에게 친숙한 속요를 예로 들어 분석하고 넘어가자.

영자야 내 동생아

몸 성히성히 잘 있느냐?

---

5) 「부이芣苢」는 "采采芣苢, 薄言采之(질경이를 캐고 캐자 캐어 오자)"라는 구절을
되풀이 하는데, '采之'의 채采 대신 유有·철掇·랄捋·결袺·힐襭 등 한 글자만 바꾸
어 여섯 번 반복한다.

여기에 있는 이 오빠는 장교가 아니란다.

여기에 있는 이 오빠는 장교가 아니라서

최전방하고도 ○○사단에서

빡빡 기는 쫄따구란다.

　매우 속된 이 노래는 군복무를 경험한 사람이라면 이 메시지에서 받았던 짜릿한 정서를 생생하게 기억할 것이다. 이 가사의 메시지에는 자신이 이름 없는 말단 사병으로서, 최전방에서 고생하고 있다는 자학적인 내용 말고는 특별한 것이 없다. 그럼에도 불구하고 이 노래를 젊은 사병들이 즐겨 부른 것은 소리의 감각, 곧 시니피앙이 주는 쾌감 때문이다.

　먼저 속된 말로 '뽕짝'이라고 부르는 트로트풍의 소리 감각이 모든 긴장에서 해방되고자 하는 욕망의 정서를 자극한다. 그리고 노래의 멜로디와 리듬에 따라서 '영자'라는 여인의 이름을 부르고, '성희'를 '성희성희'로 애드립하며(심지어는 '성희'를 서너 번 반복하기도 함) 장교라는 시니피앙을 반복하여, 부정하는 발음의 쾌감(고통에서 오는 쾌감이므로 사실상 향락으로 보는 것이 옳음)을 통하여 지배자인 장교들에 대한 원망을 삭이기도 한다. 그리고 '최전방 ○○사단'에 '하고도'를 삽입함으로써 리드미컬하게 자신이 처한 위치를 희화시킨다. 마지막에 '빡빡,' '쫄따구' 등 격음으로 악을 쓸 때는 감각이 절정에 이르러, 뭔가 억울하다는 정서가 그 순간 마조히즘적으로 순화되는 느낌을 갖는다.

　하필 이런 속된 노래를 예로 들어서 남우세스럽기는 하지만, 이 노래가 지닌 극단적인 형태의 메시지는 시니피앙의 기능을 명쾌하게 설명해 준다. 바로 이런 기능을 수행한다는 차원에서 시가 개인의 정서를 다스리는 교화와 오락의 도구라고 정의한 것이고, 고대 중국에서는 시의 이런 기능을 백성들을 교화하는 데 십분 활용한 것이 사실이다. 중국인은 이처럼 시를 세상을 보는 매체이자 살아가는 방도라고 여겼기 때문에, 도처에서 역사의식보다는 문학적 감성을 더 중시하는 경향을 보인다.

중국 역사에서는 제왕이 요염한 경국지색傾國之色에 빠져 정사를 게을리 하다가 정권이 멸망한 예를 무수히 찾아볼 수 있다. 그런데도 유독 당 현종玄宗과 양귀비楊貴妃의 염문만은, 제왕의 실정을 비판하는 것이 아니라 아름답고 감동적인 사랑 이야기가 되어 천 몇 백 년 이상 사람들의 입에 회자되었다. 이는 이 사랑의 고사가 당나라 백거이白居易의 『장한가長恨歌』, 당나라 진홍陳鴻의 전기傳奇 소설 『장한가전長恨歌傳』, 원나라 관한경關漢卿의 잡극 『당명황계예곡향낭唐明皇啓瘞哭香囊』, 원나라 유길보庾吉甫의 『양태진욕파화청궁楊太眞浴罷華淸宮』, 원나라 백인보白仁甫의 『오동우梧桐雨』, 청나라 홍승洪升의 『장생전長生殿』 등과 같은 주옥같은 문학작품이 되어, 사람들이 이를 친근하게 읊으며 읽어 왔기 때문이다.

이러한 일련의 다시쓰기rewriting는 기실 백거이의 장편 칠언 고시인 『장한가』로 인하여 촉발되었으니, 이를 통해서도 하나의 명시가 중국인에게 얼마나 큰 감동을 일으켰는지 짐작할 수 있다. 궁극적으로 이애정 고사를 지속적으로 다시 쓰기를 한 것은 중국인이 현종과 양귀비의 역사적 사실을 재현하고 싶어서가 아니라, 백거이의 『장한가』에서 느꼈던 감응을 다시 재현하고 싶은 욕망에서 발로했다고 보는 편이 사실에 가깝다. 그래서 중국이 항전하던 1942년, 적기가 공습하는 와중에도 쓰촨성四川省 충칭重慶의 국립음악원에서는 청중들의 갈채를 받으며 『장한가』를 끝까지 연주한 것이다.6)

---

6) 레이 황 지음, 『허드슨 강변에서 중국사를 이야기하다(赫遜河畔談中國歷史)』, 권중달 옮김(푸른역사, 2001) 270쪽.

2. 시의 관념화

시적인 감성을 중시하는 이러한 전통은 역사적으로 유서가 매우 깊기도 하지만, 무엇보다 이러한 전통이 형성될 수밖에 없는 선험적인 조건이 애초부터 갖춰져 있었다. 이들 선험적 조건들 가운데 가장 중요한 것이 한어漢語라고 하는 그들의 언어와 그들이 처하여 생존해야 하는 대륙의 광활한 생활환경이다.

한어는 기본적으로 하나의 음절이 하나의 의미를 갖는 음절 중심의 언어로서, 각 음절을 발음할 때 성조聲調가 실현되는 특성이 있다. 따라서 한어는 음절 중심의 특성에서 음절 숫자를 일정하게 맞추고자 하는 욕구와 아울러, 성조라는 특성에서 평측平仄의 변화를 조화시키려는 미학적 욕망을 갖게 만든다. 그래서 한어의 언어 리듬은 4언시, 5언시, 7언시 등의 정형시를 생산했을 뿐만 아니라, 심지어는 산문조차도 이 리듬에 영향을 받아 4·6 구조로 이루어진 변려체駢儷體를 만들었다. 이것이 중국 글쓰기의 기본 틀로 기능해 왔다.

또한 한어는 고립어孤立語라서 어미변화나 격변화 등 논리성을 변별해 줄 수 있는 문법 범주가 빈약하여, 어의가 무규정적인 특성을 보인다. 그러나 이런 점 때문에 오히려 시적인 감성을 표현하는 데는 유리하다. 따라서 이러한 한어의 특성들은 시가 중국 사회에서 문화 인프라로 자리 잡는 데 중요한 선험적 조건이 되었던 것이다.

또 하나의 조건은 그들이 처하여 살아가는 대륙의 광활한 생활환경이다. 중국은 애당초 광활한 자연환경에 자리 잡았기 때문에 안보를 확보하려면 작은 집단보다 거대 집단이 유리했다. 그래서 거대 집단을 확보하다 보니 권력을 중앙으로 집중시킬 수밖에 없었고, 그 결과 통계에 근거한 실사구시적인 통치가 사실상 불가능했다.

이런 환경에서는 처음부터 각 지역이나 개인의 특수한 사정을 감안하여 정치한다는 것을 기대하기가 어려웠다. 그래서 고안한 효과적인 방법이 관념적인 이치나 이론을 설정한 다음, 이를 전국에 예외 없이 일괄 적용하는 것이다. 그 결과 모든 결정의 근거는 황제에게서 나와, 황제의 결정이 이치와 동격이 되었다. 황제의 지시를 성지聖旨라고 부르는 것은 바로 이 때문이다.[7]

이처럼 황제라는 매개를 통하여 이치라는 형이상학적 원리를 세상을 다스리는 일에 일괄 적용하는 것이 중국 통치 문화의 구조다. 그러다 보니 중국의 역대 학자들도 자연히 이 이치라는 개념에 조점을 맞춰서, 각 분야의 근본적인 이치는 무엇인지 또는 어떤 이치가 옳은지 그른지 등을 탐구하는 경향을 보이게 되었다. 량치차오梁啓超가 그의 『선진정치사상사先秦政治思想史』에서 "중국의 학술은 인류의 현세 생활의 '이치와 법理法'을 연구하는 것을 중심으로 삼았기에, 고금의 사상가들은 모두 이 방면의 각종 문제에 정력을 집중했다"라고 한 구절은 바로 이런 배경에서 나온 말이다.

이러한 문화적 구조는 역사적으로 언제나 통일된 중국을 원하는 백성들의 욕망을 충족시키기에 매우 유효했다. 그래서 하나하나 개별적인 특수한 상황을 고려하기보다는, 대국적인 이치를 중시하는 문화

---

7) 같은 책, 31쪽 참조.

가 오늘날의 중국 인민들의 뇌리에도 깊이 뿌리박히게 되었다.

중원 땅은 일찍부터 황하문명권을 형성하여 사람들이 거대 집단을 이루어 생활했다. 그들은 이 거대 집단을 효과적으로 운영하려고 일종의 기강이 필요했다. 그리고 이런 기능을 수행한 것이 바로 예禮이다. 예는 근본적으로 인간과 인간 사이의 관계를 규정하기 위한 것인데, 이는 형식으로 구현된다. 무규정적이고 카오스적인 인간과 인간 집단을 형식으로 규정한다는 것은, 사실상 형이상학적 이치를 부여한다는 말과 같다.

형식으로 형이상학적 이치를 구현한다는 의미에서 고대 중국인은 예가 시와 매우 비슷한 기능을 수행한다고 믿었다. 관혼상제 의식이 거행되는 곳에서는 반드시 음악을 연주했다는 사실이 예禮와 악樂이 불가분의 관계였음을 단적으로 증명한다. 한나라의 유학에서 예교禮敎와 시교詩敎를 자주 거론하는 것을 볼 수 있는데, 형식을 통해서 인성을 온유돈후溫柔敦厚하게 만든다는 점에서 그 기능은 같다고 말할 수 있다.

『모시毛詩』8) 「서序」의 "(시는) 감정에서 발로되었지만 예의에서 멈춘다(發乎情 止乎禮義)"는 구절은, 시와 예의 상호 직조織造된 기능을 단적으로 말하고 있다. 『논어』에서도 공자가 예를 설명하면서 이따금씩 『시경』의 구절을 인용하는 모습을 볼 수 있는데, 이 역시 그 기능이 비슷하기에 가능한 것이다.9) 이러한 배경에서 시는 형이상학적 이치

---

8) 『모시』는 『모시고훈전毛詩故訓傳』의 준말로서, 모형毛亨이 자하子夏에게 시학을 전수받아 지은 책이라고 전한다. 한대의 『시경』에는 금문본과 고문본이 있는데, 『제시齊詩』·『노시魯詩』·『한시韓詩』는 전자이고, 『모시』는 후자이다.

9) 이에 관해서는 다음 장에서 자세히 다룰 것이다.

의 원천이 되었다. 그리고 여기서 얻은 권위가 나중에는 권력으로까지 발전하는 것이 중국에서 시가 갖는 위상이다.

앞서 말한 바와 같이 예가 인간관계와 행위 규범의 형이상학적 근거가 된다면, 그 예는 사람이 마땅히 갖춰야 할 존재 방식이 됨과 아울러 그런 존재가 되게 하는 방도가 되기도 한다. 쉽게 말해서 예라는 수단을 통하여 예의범절을 갖춘 사람이 된다는 것인데, 이것이 바로 예교이다. 그렇다면 같은 원리로 시교는 시를 통해서 시적인 인성을 갖추는 것이 된다.

고대 중국인은 시가 규범적인 인성을 갖추는 수단이 되는 것은 시의 규범적 형식에서 기인한다는 사실을 알았던 것 같다. 『예기禮記』 「악기樂記」에 보면 "(음악은) 감정이 마음속에서 움직여서 소리로 모습을 나타낸 것이다(情動於中 故形於聲)"라는 구절이 있다. 『모시』 「서」는 이를 받아서 "(시는) 감정이 마음속에서 움직여 말로 모습을 나타낸 것이다(情動於中而形於聲)"라고 다시 썼다. 이처럼 시와 음악은 그 핵심이 형식에 있음을 인지했던 것이다.

그러므로 시와 음악을 배우고 즐기면 『상서尚書』 「순전舜典」에서 말하는 바와 같이, "팔음을 조화시켜 질서를 잃지 않게 하면 이로써 신과 사람이 화해한다(八音克諧 無相奪倫 神人以和)." 여기서 '신과 사람이 화해한 상태'가 바로 시와 음악의 성률聲律, 곧 형식상의 미가 궁극적으로 추구하는 바이다.

공자가 "꾸밈과 바탕이 고루 섞인(文質彬彬)" 사람을 군자로 정의한 것은[10] 형식이 인품에 영향을 끼친다고 믿는 인지에 바탕을 둔 말이다.

---

10) 『논어』 「옹야雍也」, "文質彬彬, 然後君子也."

그래서 시는 규범적이어야 한다는 믿음이 유가의 전통적인 시학의 흐름이었고, 이런 배경에서 나중에 정형시의 극치인 율시律詩와 형식미를 극도로 추구한 변려문이 생겼다고 봄이 옳다.

시는 "감정에서 발로되었지만 예의에서 멈춘다"는 『모시』의 구절 때문에 예는 사람의 감정을 절제하고, 심지어는 억압하기까지 하는 형식으로 알고 있는 것이 보통이다. 실제로 후대에 가서 예는 이렇게 기능했다. 하지만 예가 처음부터 성정을 배제한 것은 아니었다. 오히려 '연정제례緣情制禮'라는 말에서 알 수 있듯이, 감정을 올바로 토로하기 위한 방도로서 예가 생겨났던 것이다. 여기서 '올바로'라는 말을 풀어 이야기하자면, '윤리적으로 용납할 수 있도록' 쯤으로 이해할 수 있을 것이다.

감정 자체를 윤리라는 개념으로 판단할 수는 없겠지만, 만일 정도가 지나친다면 윤리적 문제가 발생할 수도 있다. 다시 말해 감정은 강도intensity에 따라서 생명에 해를 끼칠 수도 있고, 또는 단순한 감정 토로가 아닌 신선한 감각의 경험도 될 수 있는 것이다. 그렇다면 이러한 감각의 경험은 강도적인intensive 질質의 생성이라는 의미에서 들뢰즈가 말한 감응affect으로 이해할 수 있다.[11]

왜 예를 강도적인 질의 생성이라고 정의하느냐면, 감정이란 아무런 제어 없이 표출된다고 해서 그 강도가 절정에 다다르는 것은 아니기 때문이다. 인위적 의례나 코드의 제약을 거부하고 개인에게 일어나는 욕망을 마음껏 표현하면 자유와 만족을 향유할 것 같지만, 실제로는 전혀 그렇지 않다. 오히려 강력한 금지가 부여됐을 때 감각이 최대가

11) 클레어 콜브룩 저, 『질 들뢰즈』, 백민정 옮김(태학사, 2004) 68쪽 참조.

되는 경우를 경험할 수 있다. 이것이 바로 새로운 질의 생성인 것이다. 곧 예는 이러한 메커니즘에서 생긴 감응을 겨냥해서 나타난 형식이자 제도이다. 앞서 말한 감정을 올바로 토로하려는 방도라는 '연정제례緣情制禮'는 바로 이런 의미로 이해해야 정확하다.

질의 생성은 강도적이기 때문에 고정되어 있지 않고 늘 변화한다. 따라서 예라는 형식을 실천한다고 해서 언제나 똑같은 감응이 재현되는 것은 아니다. 『논어』에 보면 안회顏回가 죽자 공자가 통곡했다는 구절이 있다. 이에 함께 따라갔던 사람이 그렇게 통곡하는 것은 예에 어긋나지 않느냐는 투로 물었다. 그러자 공자는 "내가 통곡했던가? 저 사람을 위해 통곡하지 않으면 누구를 위해 통곡한단 말인가?"[12]라고 반문했다고 한다. 이처럼 감응은 예를 실천하면서 재현되는 것이 아니라, 예라는 형식의 안팎을 드나들면서 생성되는 것이다.

감응은 의미로 조식뇌지 않은 감각할 수 있는 것이나 감성이다.[13] 이것이 외연적으로 개념화되기 시작하면 경직화가 일어나는데, 이것을 우리는 흔히 의견doxa이라고 부른다. 앞서 공자의 예에서 본 바와 같이, 예는 어디까지나 감응의 토로를 위한 방도이므로 감응의 생성에 따라 통곡을 자제할 수도 있고 통곡할 수도 있다. 그러나 감응을 배제하고 통곡의 자제를 예로 개념화하면 의견이 되는데, 이 의견에 따라서 통곡의 자제를 기호로 잘 연출하면 거기서 경건과 권위가 발생한다. 이것을 권위주의에 기초한 권력이 활용하면, 이러한 예의 실천으로부터 또 다른 성격의 신화적인 권력이 확대 재생산된다.

---

12) 『논어』「선진先進」, "有慟乎? 非夫人之爲慟, 而誰爲?"
13) 클레어 콜브룩, 앞의 책, 63쪽.

이렇게 해서 예는 경직화의 길로 들어선다. 이러하면 예가 '이례절인以禮節人,' 곧 개인의 성정을 절제한다는 취지를 넘어 개인을 억압하는 예가 되거나, 인성을 온유하게 만드는 기능과는 전혀 관련 없이 권위와 권력만 생산하는 기계가 된다. 그래서 루쉰魯迅은 그의 『광인일기狂人日記』에서 예교禮敎가 사람을 잡아먹는 교활한 수단이라며 신랄하게 비판한 것이다.

『후한서後漢書』「장홍전臧洪傳」은 낙향하여 놀고 있는 자신을 불러다가 군郡의 공조功曹라는 벼슬을 맡긴 지방 태수太守를 위하여 충성을 바친 장홍의 이야기를 적고 있다. 당시 태수는 조조曹操에게 죽임을 당하고, 장홍 자신은 원소袁紹에게 포위를 당했다. 성안에는 먹을 것이 없어 병사들이 주리고 있었다. 그래서 장홍이 자신의 애첩을 죽여 그 고기를 병사들에게 먹이자, 그들이 눈물을 흘리며 아무도 쳐다보지 못했다는 기록이다.

후대의 역사가들은 이 사건을 '장렬壯烈'이니 '충의忠義'니 하는 말로 평가했다.[14] 하지만 오우吳虞는 이에 대해, "태수와 공조 사이는 삼강三綱의 도리로 보더라도 꼭 죽어야 할 명분은 없다. 자신을 알아주어 죽음으로 보답해야겠으면 자신이나 죽을 것이지, 왜 애꿎은 애첩을 죽였는가"라고 비난했다. 그런 다음 결론적으로 "사람을 먹은 자는 예교를 떠들던 자였다! 예교를 떠드는 자는 사람을 먹는 자이다!"라고 주장했다.[15]

이처럼 권력은 감응이 배제된 예의 실천을 '충의'라는 말로 다시

---

14) 『당서唐書』「충의전忠義傳」 참조.

15) 쑨위孫郁·장멍양張夢陽 공편, 『식인과 예교(吃人與禮敎)』(河北敎育出版社, 2002) 3~4쪽.

포장하여 절대화함으로써, 이후에 이와 비슷한 행위들이 확대 재생산되도록 조장한다. 위의 고사는 감응을 개념화하고 여기에 목적론적인 의미를 덧씌우는 일이 얼마나 끔찍한 경직성을 불러오는지 명쾌하게 말하고 있다.

이상에서 살펴본 것처럼 예와 시는 인성을 형성하는 형식의 기능이라는 점에서 서로 밀접하게 엮여서 중국문화 생활에 매우 깊숙이 스며들어가 있다. 이것은 앞서 설명한 바와 같이, 형이상학적 이치를 설정하고 이를 현실에 부여해서 다스려야 하는 중국의 특수한 환경과 역사적 배경에서 연유한다. 그래서 당초 감응을 표현하기 위한 형식이었던 예가 형이상학적 이치로 경직되면서 식인食人의 예로 전락한 것이다.

그런데 시는 예와 다른 특성이 있다. 그것은 바로 시는 형이상학적 이치로 수렴하고 담론화하더라도 감응이 잘 사라지지 않는다는 점이다. 언제나 잠재된 채로 내면성을 그대로 유지하는 것이 시의 힘이다. 중국의 시학 전통은 『상서尚書』「순전舜傳」에서 "시는 뜻을 말한다 (詩言志)"라고 정의했듯이 본래 시를 '언지言志,' 곧 뜻(의지)을 말하기 위한 도구로 본다. 이런 관념은 도가의 경우도 예외는 아니어서, 우리는 『장자莊子』「천하天下」에서도 "시는 이로써 뜻에 이르기 위한 수단이다(詩以道志)"라는 구절을 볼 수 있다.

그런데 여기서 '뜻'이란 무엇인가? 『모시毛詩』「서」는 이에 대해 다음과 같이 설명했다.

> 시란 뜻이 가는 바이다. 마음속에 있으면 뜻이고, 말로 표출하면 시이니, 감정이 마음속에서 움직여서 말로 모습을 나타낸 것이다. 詩者, 志之

所之也. 在心爲志, 發言爲詩, 情動於中而形於言.

시를 마음속에 품은 의지의 움직임이라고 정의했다면, 이는 실질적으로 서사敍事나 또는 적어도 담론을 지칭하는 것이라고 해석할 수 있다. 거칠게 말하자면 형식은 시이지만, 내용은 담론이라는 이야기다. 그래서 전통적으로『시경』을 직간하지 않고 비유로 아뢰거나 완곡하게 풍자하여 간언한다는 뜻의 주문主文·휼간譎諫으로 보는 것이 주류였다. 곧 시는 이치를 말하는 수단이었던 셈이다.

물론 시를 정서나 개성을 표현한 전언(메시지)으로 보는 관점이 전혀 없었던 것은 아니다. 앞서『모시』의 "감정이 마음속에서 움직여서 말로 모습을 나타낸 것이다(情動於中而形於言)"라는 구절은 분명 이런 인식을 보여주고 있다. 그렇지만『순자荀子』「악론樂論」에서 "군자는 종과 북을 두드림으로써 뜻을 말한다(君子以鐘鼓道志)"라고 주장한 것처럼, 음악마저도 뜻을 말하기 위한 것이라는 이 오래된 '언지言志'의 전통은 뛰어넘지 못했다.

정서를 토로하기 위한 수단이 시라는 개념인 '시연정詩緣情'이 나온 것은, 그로부터 한참 뒤인 진晉나라 육기陸機(261~303)의 「문부文賦」에서였다. '시연정'은 '시언지'란 중국의 전통 시학에 새로운 바람을 불어넣었다. 그 결과 그동안 서사에 의해 억제되었던 감각적이고 개성적인 측면이 촉발되어, 남북조 시대의 유미주의적인 문학작품들을 대량으로 생산해냈고, 급기야 성당盛唐 시기의 주옥같은 율시律詩들을 낳게까지 했다.16) 그러나 이치와 법을 중시하는 중국의 주류 시인이나 학

---

16) 이에 관해서는 제2권에서 자세히 논할 것이다.

자들은 시가 이렇게 감각적이고 개성적으로 흘러가도록 그냥 놔두지 않았다.

순자는 예의 규범적 기능을 중시했다. 순자의 주장처럼 예가 규범의 기능을 효과적으로 수행하려면 누구든지 이 예를 준수해야 한다. 예가 이처럼 보편성을 가지려면 모든 사람은 똑같은 토대 위에 있어야 하는데, 이것이 바로 모든 사람은 똑같은 성정을 갖고 있다는 이른바 '천인만인지정千人萬人之情'이다.

예의 정당성을 위한 이러한 정치적 담론은 차츰 시대정신을 반영하는 보편자로 발전하여, 자연히 같은 기능을 수행한다고 여긴 시에도 영향을 주었다. 특히 공자는 『시삼백詩三百』을 한 마디로 개괄하여 "거짓됨이 없이 솔직하다(思無邪)"[17]라고 정의했는데, 한나라의 훈고학자들은 이 '무사無邪'를 다시 "(도덕적으로) 올바른 곳으로 돌아가다(歸于正)"로 해석했다.[18]

이러한 훈고는 시의 본질이 도덕성을 함양하는 기능에 있다는 관념을 깊이 심어 주었다. 이러한 토대에서 시는 보편적 성정을 추구하는 규범적 도구로만 인식될 수밖에 없었다. 그래서 한나라 때 『시삼백』은 경전이 되었고, 경전은 그 속성대로 개인의 감정이나 성정을 경전의 이치로 수렴하거나 억압하여, 앞의 '모든 사람은 똑같은 성정을 갖고 있다'는 담론을 보편자로 고착시켰다.

이런 상황에서도 굴원屈原의 초사楚辭처럼 개인의 감정을 진솔하게 표현하고 상상력이 풍부한 작품을 중시하자는 사상이나 경향이 없었

---

17) 『논어』 「위정爲政」의 구절. 치엔무錢穆 저, 『논어신해論語新解』(巴蜀書社, 1985)의 해석을 따랐음.
18) 하안何晏의 『논어집해論語集解』 참조.

던 것은 아니다. 그러나 이치와 보편성을 지상 가치로 추구하는 경학經學의 힘은 개인의 성정을 바탕으로 한 문학적 욕망과 그런 작품들을 억압하거나 폄훼하는 관념을 낳았다. 그것이 바로 『시경』과 같은 경전은 정통으로 높이 받들고, 「이소離騷」와 같은 문학은 폄하한다는 이른바 '종경변소宗經辨騷'이다.

'종경변소'는 앞서 말한 '시언지'의 전통에 기초한 것으로서, 이는 개성에 바탕을 둔 감각과 감정을 길들임으로써 '이치와 법'을 형이상학적인 것으로 굳히기 위한 것이다. 따라서 '종경변소'의 관념은 역사적으로 중국 문학에 끊임없이 개입하여, 개성적 가치를 중시하는 개별자가 출현하거나 또는 그런 경향으로 흘러가는 것을 철저히 통제했다.

더구나 송나라 때에는 이학理學이 출현하면서 이러한 경향은 더욱 강화되었다. 그래서 이치를 잘 보존하고 욕정을 없애야 한다는 이른바 '존리멸욕存理滅欲'의 명분 아래 애써 감성과 개성의 의미를 무화無化하려 했다. '욕欲'과 '정情'이 정확히 같지 않은 것임에도 불구하고, '리理'와 대척을 이룬다는 이분법적 사고에서 이 둘을 모두 배제 대상으로 삼은 것이다.

이러한 경향이 명나라 황종희黃宗羲에 이르러서는 아예 "성정이란 고금을 통하여 같은 것(萬古之性情)"이라고 단정하게 된다. 그 결과 개성을 인정하지도 않을 뿐만 아니라, 감정도 일정한 논리로 다스릴 수 있는 이치 안으로 흡수시키고 말았다. 성정이 이치에 속하니 열심히 공부하면 이치에 통달할 수 있는 것처럼, 열심히 학문을 닦으면 자연스럽게 성정에 통달하고 다스릴 수 있게 된다는 결론에 도달했다. 청나라의 시인들이나 학자들이 "시인의 말과 학자의 말은 일치한다(詩人之言

與學人之言合)"라든가, "성정은 학문에 뿌리를 두고 있다(性情根柢於學問)"라고 한 말들은 모두 이런 배경에서 나온 것이다.

글이란 도를 싣는 도구일 뿐이라는 이른바 '문이재도文以載道'를 주창하는 당나라의 고문운동古文運動이라든가, 산문 글쓰기의 정신으로 시를 쓴다는 '이문위시以文爲詩' 경향의 송시宋詩, 그리고 초월적인 미학을 추구하는 청나라의 신운설神韻說과 격조설格調說 등의 배경에는 대부분 '종경변소' 이래로 형성된 '존리存理,' 곧 이치를 잘 양생시키고자 하는 욕망이 숨겨져 있다.

이렇게 성정과 개성을 억압하는 흐름 속에서도 이에 저항하는 세력이 전혀 없었던 것은 아니다. 감각을 길들이려는 권력이 있었다는 것은 분명히 이에 저항하는 세력도 존재했다는 반증이다. 왜냐하면 니체의 말대로 역능力能에의 의지가 인간의 본능이므로, 인간이 자신을 확장하고자 하는 힘을 권력이 끝내 길들일 수는 없기 때문이다. 그래서 원굉도袁宏道를 비롯한 공안파公安派 시인이나 원매袁枚 같은 시인들은 성령性靈이라는 개념을 고안하여 고군분투했다. 하지만 획일적인 통치를 통하여 정치적 역능을 실현하고자 하는 권력에 저항하기란 쉬운 일이 아니었다.

저우쉰추周勛初는 『중국문학비평사中國文學批評史』의 서문에서, 중국 문학사조의 발전에 대한 루어건찌羅根澤의 학설을 도표로 만들었다. 거기에서 보면 중국의 문학사조는 재도載道 문학과 연정緣情 문학의 충돌과 발전으로 개괄할 수 있다. 그 가운데 연정 문학이 문학사에 떠오른 시기는 대략 위진육조魏晉六朝·오대五代·만청晚淸, 5·4운동 시기로 꼽을 수 있다.[19) 개성과 성정은 감정을 토로하는 연정 문학에서 발현될 가능성이 높은데, 이 시기들은 정치적·사회적 혼란 때문에 권력의 사회 장악력이 느슨했다는 공통점은 우리에게 시사하는 바가 크다.

이런 관점에서 거칠게 보자면, 궁극적으로 중국 한시의 발전은 초월적인 이치가 추구하는 역능과 어떠한 외부나 관념이 개입하지 않은 초월론적인 개성이 추구하는 역능 사이의 모순이 그 동력이라고 할 수 있다.

---

19) 루어건쩌羅根澤 저, 『중국문학비평사中國文學批評史』(上海書店出版社, 2003) 6쪽 참조

3. 음악과 디오니소스

앞서 설명한 바와 같이 중국은 광활한 지역에 거주하는 거대 집단을 통치하려고 권력을 중앙으로 집중시켜야 했다. 그런데 이는 자연스럽게 중앙집권을 지향하는 사상을 주류로 등장시키게 되었다. 이런 사상이나 경향은 개별적인 감각이나 개성을 인정하기보다는, 어떻게든 이들을 동일화하거나 추상화함으로써 이들 감각이나 개성보다 상위의 사물이나 가치를 구성하려는 데 온힘을 기울였다.

이를테면 어둠과 밝음이라는 감각은 절대적인 것이 아니라 감각의 강도에 따라 상대적으로 정해지는 것이다. 그러므로 들뢰즈의 주장대로 이러한 감각은 결코 어디에도 환원되지 않는 특이한 것이다. 그런데도 미세한 밝기 차이를 어둠이란 동일성과 밝음이란 동일성으로 환원시켜 음양陰陽을 구성하고, 아울러 그 둘 사이의 변화 원리를 조직한 것이 바로 음양론이다. 이렇게 하면 음지와 양지를 형이상학적 원리에 속한 하부 요소나 속성으로 종속시킬 수 있다. 그뿐만 아니라 "음지가 양지 되고, 양지가 음지 된다"는 변화 원리는, 스스로 음지나 양지 어느 한쪽에 속해 있다고 생각하는 사람들에게 기대나 긴장을 유지시켜 주는 효과가 발생한다.

앞서 언급한 바 있는 공자의 "거짓됨 없이 솔직하다(思無邪)"라는 말은 『시삼백』의 감각성에 대한 표현이었다. 그런데 이 말이 도덕적 속성을 표현한 말로 인식된 것은 한나라의 경학자들이 『시삼백』을

『시경詩經』으로 경전화經典化하여, 『시삼백』에 흐르는 초월론적인 시적 감각들을 도덕성이라는 보편자로 환원했기 때문이다.

이렇게 환원될 수 없는 차이를 동일하게 만들지 않으면 안 되는 까닭은, 더 말할 것도 없이 어떻게든 생존을 위해 거대 집단을 유지해야 한다는 중국인들의 욕망 때문이다. 이를 위해서는 모든 구성원들이 공통적으로 인식하는 하나의 세계를 가정해야 한다. 또한 이러한 세계를 공유하려면 언어로 지시하고 표현할 수 있는 공통 감각(또는 상식)을 설정해야 한다.[20] 이것은 분절된 의미를 재조직한 기의를 일정한 기표에 고정시키는 재인식re-cognition 과정을 통해서 만들어진다. 이와 동시에 일반화된 주체가 형성되는 것은 말할 것도 없다. 이렇게 해서 의견doxa이 만들어지기 때문에 의견 자체가 정치적인 것이 되는 것이다.[21]

이러한 정치적인 의견에 기초한 이데올로기를 사회 구성원들이 이치 또는 진리로 받아들이고 이에 복종할 때, 그들이 욕망하는 체제의 통일과 일사불란한 통치가 유지된다. 형이상학적 이치로 구성된 세계를 욕망한다는 의미에서 보면, 체제의 통일과 유지라는 중국인의 이데올로기에는 분명히 서사적인 요소가 잠재되어 있다고 볼 수 있다.

이런 의견들은 초월적인 이치의 속성을 갖는다는 의미에서 근본적으로 허무주의적이다. 게다가 주체를 일반화시켰다고 해서 주체의 욕망이 통일되는 것도 아니다. 삶은 욕망에 의하여 작동되는데, 욕망은 실재계에서 끊임없이 환상을 생산하여 주체가 계속 환상을 향하여

---

20) 클레어 콜브룩, 앞의 책, 46쪽 참조.
21) 같은 책, 51쪽.

자신을 확대하도록 긴장시킨다. 이것이 니체가 말한 '역능에의 의지'이다. 이 자기 확대 방식에는 아폴론적인 것과 디오니소스적인 것 두 가지가 있다.

거칠게 설명하자면, 전자는 이성적인 힘에 의지하여 세계를 명료하고 질서 있게 구성하고자 하는 삶의 태도를 말한다. 그리고 후자는 혼돈 상태를 긍정하면서 상상력에 의지한 예술적 창조를 지향하는 삶을 말한다. 이런 각도에서 본다면 중국이라는 거대 집단을 유지하려고 고안한 형이상학적 이치는 아폴론적인 성격의 의견doxa이다.

니체가 제기한 아폴론과 디오니소스의 관계를 들뢰즈는 다음과 같이 해석했다.

> 아폴론은 매개적으로 조형적 이미지의 관조 속에 있고, 디오니소스는 직접적으로 재생산 속에, 또 의지의 음악적 상징 속에 있다. 디오니소스는 아폴론이 그 위에 훌륭한 외관을 수놓는 기초와 같다. 하지만 아폴론 밑에서 불평하는 자는 바로 디오니소스이다. 그러므로 반테제 그 자체는 해소되어야만 하고, "통일로 변화해야만" 한다.[22]

조형물이나 조형적 이미지는 그 물질(성) 자체를 의미로 갖는 것이라기보다는 어떤 기의를 상징하는 기표로 기능하는 것이므로 매개(또는 매체)라고 볼 수 있다. 형이상학적 이치는 분화되지 않은 혼돈으로부터 그들이 욕망하는 세계에 대한 기의를 상징한다는 의미에서 매개이자 아폴론적인 것이다.

---

22) 질 들뢰즈 지음, 『니체와 철학』, 이경신 옮김(민음사, 신장판 1판 2001) 37쪽에서 인용.

그러나 형이상학적 이치가 구성하는 조화롭고 통일된 세계의 기초에는 또 다른 역능에의 의지가 있으니, 그것이 바로 혼돈의 원시적 존재로 회귀하기 위해 개별적인 자기 동일성을 상실하고자 하는 디오니소스이다. 디오니소스는 삶과 고통을 긍정하면서 원초적 존재를 창조하고자 하는데, 이것은 취기와 음악으로 드러난다.

광활한 지역을 중앙집권적 체제로 일사불란하게 통치하고자 한 고대 중국인의 아폴론적인 관점에서 보면, 취기와 음악은 파괴 행위이므로 통치자들에게는 분명히 경계 대상일 수밖에 없다. 그래서 중국의 고대 문헌을 살펴보면 자주 술을 경계하라는 구절이나 고사가 눈에 띈다. 그 가운데 『상서尙書』 「주고酒誥」가 그 대표적인 예이다. 이 글의 훈계를 읽어보면 체제를 위협하는 가장 위험한 요소로 술을 간주하고 있음을 알 수 있다.

이와 함께 또 경계한 것이 바로 음악이다. 앞의 들뢰즈의 인용문에서 언급했듯이 디오니소스는 음악으로 발현되는데, 이 음악은 매개적인 것이 아니라 직접적인 것이다. 기호학적인 측면에서 보면 음악은 동기motivation가 매우 낮은 기호체이다. 곧 기호와 그 기호가 재현하는 대상 사이에 유사성이 거의 없다는 말이다. 왜냐하면 음악이란 언어의 도움 없이는 그 재현 대상을 설정하기 어렵기 때문이다. 이처럼 음악은 사실상 기의가 없기 때문에 혼돈 또는 원시적 존재 그 자체가 된다. 이러한 음악에는 이데올로기적 요소가 비집고 들어올 틈이 없다는 점 때문에 니체가 음악을 특별히 좋아했다.

뤼디거 자프란스키는 그의 저서 『니체』를 다음과 같은 말로 시작하고 있다.

음악은 참된 세계이다. 음악은 또한 괴물이다. 우리는 음악을 들으면서 존재를 확인한다. 음악이 끝난 뒤에도 삶은 있을 것이다. 그러나 사람들이 그러한 삶을 견딜 수 있을까?[23]

소리의 예술인 음악은 감각을 자극한다. 음악은 소리의 시간적인 변화 기술art로서, 강도적인 질質을 생성하여 이를 듣는 주체가 스스로 자신의 존재를 확인하게끔 만든다.

동물 가운데 발정기가 따로 없는 것은 인간이 유일하다. 니체는 이것을 인간은 동물적인 발정의 한계를 극복한 존재라고 표현했다. 그래서 인간은 필요한 시기일 때만이 아니라 늘 쾌락을 추구한다는 것이다.[24] 그러나 쾌락이란 추구할 때마다 얻을 수 있는 것이 아니기 때문에 스스로 쾌락을 창조하는 길로 들어서게 된다. 여기서 비극적인 사실은 설사 쾌락을 만들었더라도 인간의 감각은 얼마 지나지 않아 그 쾌락에 적응하기에 쉽게 권태를 느낀다는 점이다.

그래서 인간은 이 권태를 극복하려고 다시 다른 자극을 찾거나 창조한다. 쾌락을 생성하기 위해서 이런 과정을 반복하는 것은 궁극적으로 긴장감을 유지하기 위한 것이다. 왜냐하면 긴장감 없이 권태가 지속되면 자신의 존재를 확인할 길이 없어, 결국은 허무주의에 빠져 자칫하면 삶을 위협할 수도 있기 때문이다. 그래서 니체는 "권태로부터 도주함이 예술을 태어나게 했다"[25]고 정의한다.

여러 예술 가운데 특히 음악은 시간적 예술이기 때문에 일정 시간의

---

23) 뤼디거 자프란스크 지음, 『니체』, 오윤희 옮김(문예출판사, 2003) 15쪽에서 인용.
24) 같은 책, 21쪽.
25) 같은 책, 22쪽에서 재인용.

긴장감을 보장해 준다. 그뿐만 아니라 앞서 설명한 바와 같이 취기의 상태, 곧 원시적 존재로 돌아가게 해주는 기능도 강력하다. 그러므로 권태롭고 진부하다고 느껴지는 삶에 시간적으로 생성되는 감응affect 으로써 생기를 불어 넣는 것 가운데 음악만큼 큰 영향력을 발휘하는 것을 찾기란 쉽지 않다.

이런 관점에서 보자면 인생 자체의 의미도 긴장감에서 찾을 수 있다. 다시 말해 인생의 긴장감이란 삶 자체가 들숨과 날숨의 반복으로 유지 되듯이, "양지가 음지 되고 음지가 양지 되는" 세상사와 인생사의 부침 浮沈과 명멸明滅의 반복에서 발생한다.

그러나 음양론적으로 변화할 것이라고 믿는 세상사와 인생사가 실 제 삶에서는 그렇게 단순히 이치대로 돌아가지 않고 간극을 경험하는 것이 보통이다. 이러한 간극에서 오는 소외를 위로받는 곳이 바로 음악 이다. 왜냐하면 음악은 고저高低·강약强弱·완급緩急 등 서로 대립하는 것 같으면서도 모순이 해소되는 두 힘들의 변화로써 쾌락을 생성하기 때문이다. 이런 의미에서 음악은 세상사와 내적인 연관성을 가지는 동시에 삶과 죽음의 비밀을 감각하게 한다. 이러한 음악 체험을 니체는 "현존재가 갖는 일상적인 장애와 한계를 극복하면서 느끼는 디오니소 스적 황홀경"이라고 정의한다.26)

이러한 디오니소스적 황홀경에 빠지면 주체는 음악의 흐름에 삶을 완전히 맡기게 된다. 니체의 말대로 "끊임없이 계속되는 멜로디 — 파도에 자신을 완전히 맡기면서 우리는 도달해야 할 육지를 잃어버린 다."27) 그래서 음악을 통해 원초적 존재로 회귀한 주체는 음률의 파도

---

26) 같은 책, 20쪽에서 재인용.

에 탐닉하여 삶의 목적과 방향을 잊게 된다. 이것은 아폴론적인 의견에 젖어 있는 통치자의 입장에서 보면 술만큼, 아니 그 이상으로 체제에 매우 위협적인 일이다. 그래서 고대 중국의 현명한 통치자들은 음악의 위험 요소를 경계하고, 이를 일정한 틀 안으로 장악하려 했다.

『여씨춘추呂氏春秋』「대악大樂」은 음악을 도道라는 형이상학적 이치에 속한 것으로 규정한다.

> 음악에 힘을 기울임에는 그 방도가 있으니, 반드시 평정함을 통해 나와야 하는 것이다. 이 평정함은 공정으로부터 나오고, 공정은 도로부터 나온다. 그러므로 오로지 도를 터득한 사람이라야만 더불어 음악을 이야기할 수 있다. 務樂有術, 必由平出. 平出於公, 公出於道. 故惟得道之人, 其可與言樂乎.

> 무릇 음악이라는 것은 천지의 화합이고, 음양의 조화이다. 凡樂, 天地之和, 陰陽之調也.

음악을 천지·음양·도 등과 같은 형이상학적 단어와 관련시켜 개념 정의한 것을 보면 그 의도가 충분히 짐작된다. 그들이 이렇게 정의한 것은 근본적으로 음악은 디오니소스적이어서, 세계를 명료하고 질서 있게 구성하고자 하는 의지를 무너뜨릴 위험이 있어 음악에 이데올로기적 성격을 부여하기 위한 것이다.

실제로 강도적인 질의 생성을 추구하다 보면, 그럴수록 음악은 그 규모가 커지는 경향이 있다. 고대 중국에서는 이를 치악侈樂, 곧 '사치

---

27) 같은 책, 19쪽에서 재인용.

스런 음악'이라고 규정하며 이를 매우 경계했다.『여씨춘추』「치악」
에는 다음과 같은 구절이 있다.

　　무릇 옛날의 훌륭한 임금들이 음악을 소중히 여긴 이유는 즐거움 때문
이었다. 하나라의 걸桀과 은나라의 주紂는 사치스런 음악을 일삼았으니,
큰북·편종·편경·피리·퉁소 등의 음을 내면서 거대한 것을 아름답게 여
기고, 많은 것을 장엄하고 화려하다고 여겼다. 그리고 기이하고 상궤를
벗어난 것을 추구하여, 일찍이 귀로 들어본 적이 없는 것, 일찍이 눈으로
본 적이 없는 것 등으로써 서로 과도하게 만들려고 힘쓰고, 음악을 만드
는 표준 도량을 사용하지 않았다. 송나라가 쇠락할 때 천종千鍾28)을 만
들었고, 제나라가 쇠락할 때 대려大呂29)를 만들었으며, 초나라가 쇠락할
때 기이한 무속 음악을 만들었다. 음악이 무절제해지면 겉만 화려해지는
것이니, 도 있는 사람으로부터 이를 본다면, 음악의 실질을 잃은 것이다.
음악의 실질을 잃으면 그 음악이 즐겁지 않다. 음악이 즐겁지 아니하면,
그 백성들은 반드시 슬퍼하게 되고, 그 본성은 반드시 상한다. 凡古聖王
之所爲貴樂者, 爲其樂也. 夏桀殷紂作爲侈樂, 大鼓鐘磬管簫之音, 以
鉅爲美, 以衆爲觀, 俶詭殊瑰, 耳所未嘗聞, 目所未嘗見, 務以相過, 不
用度量. 宋之衰也, 作爲千鍾. 齊之衰也, 作爲大呂. 楚之衰也, 作爲巫
音. 侈則侈矣, 自有道者觀之, 則失樂之情. 失樂之情, 其樂不樂. 樂不
樂者, 其民必怨, 其生必傷.

　　다시 말해서 니체가 말한 '디오니소스적 황홀경'을, 고대 중국의

----

28) 웅장한 소리를 내고자 일천 개의 종을 매달아 연주했다고 함.
29) 초저음을 내고자 제작한 거대한 종 이름. 악의樂毅가 제나라 도성을 함락시킨
　　뒤 이 종을 연나라로 옮겨 원영궁元英宮에 진열했다고 함.

통치자들은 망국의 음악(亡國之音)이나 어지러운 세상의 음악(亂世之音)으로 보았던 것이다. 그래서 그들은 음악을 일정한 틀 속에 넣어 통제하려고 했는데, 그 첫 번째 조치가 음악에 일정한 표준을 정하는 것이었다. 『여씨춘추』「적음適音」의 다음 구절은 이런 조치의 일부분을 잘 대변한다.

표준이란 무엇인가? 음조의 표준보다 가볍지도 않고 무겁지도 않다는 뜻이다. 가볍지도 않고 무겁지도 않다는 말은 무슨 뜻인가? 종鐘의 음률 높이가 균鈞이 내는 소리를 초과하지 않고, 종의 무게가 120근을 초과하지 않는 소리로서, 작지도 않고 크지도 않으며, 가볍지도 않고 무겁지도 않은 음조이다. 황종黃鐘의 궁宮음은 음조의 기본으로서 높지도 않고 낮지도 않다. 높지도 낮지도 않은 것이 바로 표준으로서, 표준에 맞는 마음으로써 높지도 낮지도 않은 음을 들으면 평화롭다. 악기 구성에 일정한 제약을 초과함이 없을 때, 화평이 올바로 잡힌다. 何謂適? 衷音之適也. 何謂衷? 大不出鈞, 重不過石, 小大輕重之衷也. 黃鐘之宮, 音之本也, 淸濁之衷也. 衷也者適也, 以適聽適則和矣. 樂無太, 平和者是也

음의 한계를 정한다고 해서 감응의 생성이 제약을 받는 것은 아니지만, 음악의 디오니소스적 성격과 그 영향을 간파한 통치자들로서는 이렇게라도 해야 할 조치였을 것이다.

두 번째 조치는 사물을 인식할 때 감각이란 부분을 하위 범주나 개념으로 낮추는 일이다. 나중에 자세히 설명하겠지만, 중국의 역대 정권은 권력의 정통성을 입증하려고 경서를 경전화經典化하여, 지속적으로 이에 대한 훈고訓詁 작업을 수행했다. 훈고란 간단히 말해서 일종의 해석 작업인데, 이를 통해서 감각적인 것을 하위 범주로 낮추거나 주변적인 것으로 폄훼한 것이다.

그래서 『시경』의 경우, 할 수 있는 한 시의 음악적인 성분은 약화시키고, 가사 부분만 문자로 해석하여 음악을 언어 안으로 포섭하려고 했다. 시와 노래에는 분명히 언어가 포섭할 수 없는 부분이 존재하는데도 말이다. 앞에서 설명했듯이 이렇게 하는 것이 초월론적인 성정이나 개성을 초월적인 이치로 관념화하는 작업이고, 또한 이렇게 해야 권력은 개인들을 일정한 틀 안에 장악하여 길들일 수 있는 것이다.

4. 소리란 무엇인가

거칠게 개괄해서 시를 정의하자면, 언어의 예술이라고 할 수 있다. 시가 예술일 수 있는 것은 시적 구성을 통해서 언어에 음악성이 부여되고, 신화성이 강화되기 때문이다. 앞서 설명했다시피 언어에는 명제적 의미와 감정적 의미가 공존하고 있는데, 신화성은 이 가운데 후자의 의미를 조직하고 증폭시킴으로써 발생한다. 레비스트로스가 신화는 언어에서 의미의 측면을 강조한 결과라고 말한 것을[30] 구체적으로 지적하면 바로 감정적 의미가 되는 것이다.

여기서 감정적 의미가 조직·증폭되는 것은 바로 음악성에 의해서 이루어진다. 이 부분을 레비스트로스는 신화의 구조에서 음악의 형식이 무의식적으로 빌려온 것이라고[31] 역설적으로 이야기하고 있다. 그러나 무의식은 말의 행위 속에 존재한다는 정신분석학적 명제를[32] 받아들인다면, 말의 음악성이 감정적 의미를 고양시켜 신화를 만드는 과정을 이해할 수 있을 것이다.

예를 들어 월드컵 4강 신화의 열기를 뜨겁게 달궜던 '대~한민국'이라는 구호를 의미론적으로 분석해 보자. 여기에는 명제적 의미인 '우리나라의 국호'라는 객관적 의미는 매우 미약하다. 대신 '자랑스러운

---

30) 클로드 레비스트로스 지음, 『신화와 의미』, 임옥희 옮김(이끌리오, 2000) 106쪽.
31) 같은 책, 102쪽.
32) J.-D. 나지오 지음, 『자크 라캉의 이론에 대한 다섯 편의 강의』, 임진수 옮김(교문사, 2000) 102쪽.

대한민국 축구팀 힘내라' '우리 대한민국 국민은 하나되어 대표팀을 응원한다' '우리 대한민국은 위대하다' 등의 분절되지 않은 감정적 의미들이 혼재된 상태로 충만한 구호이다. 이 구호는 응원에 참여한 시민들에게 어느덧 신화로 기능했고, 신화를 결국 현실로 만들었다.

그렇다면 명제적 의미로는 속된 말로 썰렁하기까지 한 이 단순한 구호가 온 시민을 하나로 묶은 힘의 모티프는 무엇인가? 그것은 다름 아닌 '대~한민국(♩ ♪ ♩ ♩)'이라는 4/4박자 리듬을 가진 음악적 구호였다. 전형적인 4박자의 리듬 형식을 부여받은 구호는 누구나 쉽게 따라 할 수 있어 쉬이 말의 행위로 전이되었고, 바로 이 행위 속에 존재하는 집단적 무의식이 구호의 신화성을 강화하여 신화로 작용한 것이다.

이처럼 시는 언어의 음악성을 바탕으로 신화적 의미를 생성한다. 이것을 고대 중국의 시인들과 철학자들은 언외지음言外之音, 곧 '언어로 표현할 수 없는 언어 밖의 의미'라고 묘사했다. 이를 다시 들뢰즈의 개념으로 이야기하면, '내재성의 평면plane of immanence'이 된다.

내재성의 평면을 개략적으로 설명하자면 베르그송의 이미지 존재론부터 이해해야 한다. 베르그송은 이미지를 "주체와 객체 사이에 놓여 있는 것, 다시 말해서 객체 또는 사물보다는 덜 존재하는 듯하고, 의식보다는 더 존재하는 듯한 중간적 성격이라고 여겼다."[33]

들뢰즈는 이를 받아들여 "세계는 주체나 객체도 아니고, 의식이나 사물도 아닌 궁극적으로 중간적인 성격의 이미지들로 구성되어 있다"[34]고 보았다. 그러니까 우리가 일상적으로 보는 이미지는, 주체와

---

33) 박성수 지음, 『들뢰즈』(이룸, 2004) 40쪽에서 인용.

객체 사이에 연속적으로 이어진 무한 이미지들의 흐름 가운데 어느 한 지점이나 단면에 해당하는 이미지를 인식할 수 있는 상태로 동결시킨 것이라고 할 수 있다. 따라서 한 이미지가 그 흐름의 중간에 존재한다는 것은 기실 연속체의 무한소를 향하고 있는 것이다.

이를 수학으로 비유하자면 유리수와 무리수로 이어지는 수학적 연속체에서, 지정할 수 없는 무리수의 지점을 대충이나마 알기 위하여 양쪽의 유리수를 끊어서 불연속으로 만드는 지점, 그래서 무리수로 확장하기 위해 출발점으로 동결한 이미지에 해당한다. 이것을 들뢰즈는 내재성의 평면이라고 불렀던 것이다.[35]

그러므로 내재성의 평면은 우리가 사물의 단면이나마 인식하고자 어쩔 수 없이 정지시킨 지점이기 때문에, 이곳을 볼 때에는 언제나 정지되기 이전의 연속된 상태 또는 흐름의 상태를 전제해야 한다. 이를테면 기업의 경쟁력을 알아보기 위해서는 대차대조표와 손익계산서 등의 재무제표라는 내재성의 평면을 보는데, 이 평면은 분석하기 이전의 기업 생명력을 상정할 때 진정한 의미를 갖는다. 생명이란 나누어지지 않는 무한소의 영역에 속한 것이기 때문이다.

이런 관점에서 보면 말이 명제적 의미 말고 이른바 언외지음을 갖는 것은 언어의 음악성 때문임을 알 수 있다. 왜냐하면 언어는 근본적으로 사물을 분절하여 의미를 만드는 것인 반면, 음악은 앞서 말한 바와 같이 분절 이전의 원시적 존재로 회귀시키는 것이기 때문이다. 다시 말해서 앞서 설명한 바와 같이 언어는 상징 기능이 있는 매개체인

---

34) 같은 책, 40쪽에서 인용.
35) 이에 관해서는 같은 책, 40~42쪽을 참조 바람.

데 반하여, 음악은 매개가 아닌 직접적인 것이다. 그러므로 시에 음악성이 더하면 더할수록 시의 언어가 복원해야 할 상징적 의미, 곧 언외지음은 더 커 보인다. 이럴 경우 시는 무한소를 향해 있는 내재적 평면에 해당한다.

이처럼 시에서 소리音란 요소는 매우 중요하다. 희열이나 고통에서 나오는 외침의 소리는 매개나 상징이 아닌 실재의 직접적 발현이다. 외침에는 외국어가 없다는 사실이 이를 증명한다. 그러므로 이 외침의 소리는 외칠 때 실재가 재현되는 것이 아니라 감각된다.

외침은 재현의 원본이 없다는 점에서 시뮬라크르지만, 질료로 감각된다는 점에서는 생성이다. 다양한 외침이 다양한 감응을 생성시키기 때문에, 어떠한 형식이든지 음악성을 부여받은 언어는 언어 사용자들에게 의미 작용보다는 소리와 그 강도로 유통된다. 앞에서 인용한 '대~한민국'은 말할 것도 없고, 아무 생각 없이 듣고 흥얼거리는 광고나 익숙한 관용어, 속담들도 의미 작용 자체로 기호를 사용하지 않는다는 것이다.

실제로 우리는 광고 카피로는 크게 흥행했지만, 막상 소비자들은 그게 어떤 제품을 선전하는 것인지를 몰라서 매출에는 별로 도움이 안 된 경우를 종종 볼 수 있다. 또한 "하룻강아지 범 무서운 줄 모른다"는 속담에서 '하루'가 일일一日인지 아니면 한 살이라는 뜻의 '하릅'인지 몰라도, 이 속담을 들먹이면 누구든 비슷한 감응을 공유한다.

더 핍진한 예로 '독불장군獨不將軍'이라는 성어가 있다. 이 성어를 어원대로 이해하자면 "혼자서는 장군이 될 수 없다"이다. 하지만 우리는 이 말을 "무슨 일이나 혼자서 제 뜻대로 처리하는 사람"이란 뜻으로 더 많이 쓰고 있다. 이는 '독불'의 발음(소리)이 우리말의 음운체계에서 강하고 거친 이미지의 의미를 많이 생산한다는 경험에 근거하여 유추한 결과이다. 이러한 예들은 우리가 언어를 사용하는 것은 소리 (또는 음성)의 형식, 다시 말해서 언어의 음악성에 의지하는 부분이 생각보다 크다는 사실을 말한다.

그렇다면 언어의 음악적 형식은 어떻게 강도적인 질을 생성하여 감응을 주는가? 이것은 표면 효과 effect of surface라는 스토아학파의 개념으로 설명할 수 있다. 기호학적인 관점에서 보자면, 언어는 기표 (시니피앙)와 기의(시니피에)로 이루어졌다. 그러나 라캉이 이미 입증했듯이 언어에서 기의(의미)란 그 영역이 따로 있는 것이 아니라, 기표의 연쇄에 의하여 순간적으로 주체에게 느껴졌다가 사라지는 일종의 효과이다.36)

따라서 기표가 언제나 기의에 대하여 우위를 점하는 것이고, 말의 형식, 곧 음악성이 중요하게 취급되는 것이다. 실재는 물체이고, 사건은 물체와 물체의 표면에서 발생하는 표면 효과라고 보는 스토아학파의 관점에서 보자면, 기표 효과인 의미는 분명히 실재가 아닌 사건이다. 우리가 언어를 통해 느끼는 감응은 의미(기의)라는 사건에서 비롯

---

36) 그래서 의미를 기표 효과라고 부르기도 하는데, 이는 라캉이 예로 든 gentlemen / ladies의 기표 작용을 보면 쉽게 이해가 간다. 곧 gentlemen과 ladies는 각각 '신사'와 '숙녀'라는 고정된 기의를 갖는 것처럼 보인다. 그러나 두 개의 문짝 위에 gentlemen과 ladies라는 표시가 걸려 있다면 우리는 곧바로 자연스럽게 '신사용 화장실'과 '숙녀용 화장실'이라는 의미로 받아들인다. 그러나 영어사전에서 gentlemen과 ladies를 아무리 찾아봐도 거기에 '신사용 화장실'과 '숙녀용 화장실'이라는 의미는 발견되지 않는다. 왜냐하면 gentlemen / ladies라는 기표가 순간적으로 의미를 만들고는 사라졌기 때문이다. 그래서 의미는 기표들이 만든 효과effect인 것이다.

되는데, 이 의미라는 사건은 순간적으로 나타났다가 사라지므로 시뮬라크르에 속한다.

그렇다면 무엇이 이 시뮬라크르라는 환상을 만드는가? 그것은 당연히 기표들이다. 그리고 이 기표들의 실재는 입안의 각 발음기관들이다. 곧 각 발음기관의 표면들이 접촉하여 만든 기표의 소리들이 기의라는 사건을 생산한 것이다. 그러니까 기의라는 환상에서 쾌감을 느꼈다면, 그것은 각 발음기관이 서로 부딪치고 마찰할 때 생성된 강도의 질이 그 원천인 셈이다.

이것이 궁극적으로 감응으로 이어지기 때문에 우리는 진리를 깨닫는 사건을 '듣다 listen'라 하고, 진리에 순종하는 사건도 '듣다 聽從'라는 말로 표현한다. 공자도 "아침에 도를 들으면 저녁에 죽어도 괜찮다(朝聞道 夕死可矣)"라며 도를 '듣다'라고 표현했다. 이는 감응이 어떤 방식으로든 소리라는 실재에 의존하고 있음을 입증한다. 따라서 "정신분석가는 환자가 내심 의도한 것보다 실제로 말한 것에 주의해야 한다"는 핑크의 주장은 감응을 일으키는 소리(시니피앙)의 기능이라는 측면에서 다시 평가할 필요가 있다.37)

우리는 소리로부터 일어나는 감응에서 기쁨을 경험하고, 이를 깨달

---

37) 브루스 핑크 지음, 『라캉과 정신의학』, 맹정현 옮김(민음사, 2002) 53쪽 참조. 이 말은 언어란 본질적으로 다의적이기 때문에 환자가 한 말은 선택된 것으로 간주하고 그 이면의 의미를 해석해야 한다는 뜻으로 쓴 것이다. 다시 말해 동성애자인 환자가 "아버지가 말 그대로 뒤에 계시다"라고 했다면, 이는 "아버지는 항문 섹스만 좋아한다"와 같은 말로 이해할 수 있다는 것이다. 설사 환자는 아버지가 자신의 든든한 후원자라는 뜻으로 한 말 이외에 아무 뜻도 없다고 주장하더라도 말이다. 그러나 환자의 이 말은 그의 인식을 가능하게 하는 환원될 수 없는 차이에 의해서 내뱉어졌다는 차원에서 본다면, 소리(시니피앙)에서 그 근원을 찾을 수 있다는 것이 나의 주장이다.

음의 궁극적인 희열로 표현한 경우를 고전에서 종종 찾아볼 수 있다. 『논어』「선진先進」편에 보면, 공자가 제자들에게 앞으로 포부가 무엇이냐고 묻고 답하는 장면이 나온다. 자로는 천승千乘의 나라를 잘 다스려 용감하고 의롭게 만들겠다 하고, 염유는 작은 고을의 땅이라도 잘 다스려 백성들이 풍족하게 살도록 하겠다 하고, 공서화는 종묘 제사나 제후들이 만나는 회담 자리에서 의전 행사를 관장하는 일을 하고 싶다는 포부를 밝혔다. 마지막으로 공자가 증석曾晳에게 묻는다.

> "점點아, 너는 어떠하냐?" 점은 약한 소리로 거문고를 타다가 탁 멈춘 뒤, 거문고를 밀어 놓고 일어나 대답했다. "(저의 포부는) 앞의 세 사람과 달리 훌륭하지 못합니다." 공자가 말했다. "꺼릴 게 뭐 있겠느냐? 그냥 각자의 포부를 말하는 것일 뿐인데." 대답하기를, "봄이 다 지나갈 즈음에 새로 지은 봄옷을 치려입고, 어른 대여섯 명과 아이들 예닐곱 명과 함께 기수沂水에 가서 얼굴 씻고 발 담그며 놀고, 무우舞雩에 가서 바람을 쏘이고서 노래를 부르며 돌아오는 것입니다." 선생님이 감탄하며 말했다. "나는 점의 말이 마음에 든다." 點, 爾何如? 鼓瑟希, 鏗爾, 舍瑟而作, 對曰：異乎三子之撰. 子曰：何傷乎! 亦各言其志也. 曰：莫春者, 春服旣成, 冠者五六人, 童子六七人, 浴乎沂, 風乎舞雩, 泳而歸. 夫子喟然嘆曰：吾與點也.

증석은 공자가 자신의 장래 포부를 묻자 삶의 궁극적인 의미와 즐거움으로 대답했다. 전통적으로 이 대답은 '낙도樂道'라는 개념을 설명할 때 자주 인용된다. 마음에 맞는 사람들끼리 함께 경치 좋은 곳에 바람 쏘이러 가서 한가하게 물에 발 담그고 노는 것이야말로 도를 즐기는 방도이다.

그러나 이러한 낙도 행위도 며칠을 계속하여 적응이 되면 권태로워지는 것이 사실이다. 자기 확장의 긴장감이 저하되어 권태가 나타나는 것인데, 이 권태에서 도주하는 방법이 곧 음악(예술)이라는 것은 앞에서 니체가 말한 바와 같다. 그렇다면 증석이 추구하는 낙도의 정점은 "노래를 부르며 돌아오는 것(泳而歸)"이다. 공자도 이 말에 감탄하면서 찬동한다는 뜻으로 "나는 점의 말이 마음에 든다(吾與點也)"고 했다. 여기서 '여與'자에 '참여하다'라는 의미가 있다는 사실을 상기한다면, 공자가 증석의 말에 얼마나 공감했는지 짐작할 수 있다.

소리로부터 오는 감응에 대한 깨달음은 유가에서만 볼 수 있는 것이 아니다.『장자』에도 소리에 대한 이야기가 자주 나온다. 일례로「양생주養生主」의 저 유명한 '포정해우庖丁解牛'라는 고사를 보자.

숙수熟手 정丁이 문혜군을 위해 소를 잡은 일이 있었다. 손을 대고, 어깨를 기울이고, 발로 짓누르고, 무릎을 구부리는 동작에 따라 (소의 뼈와 살이 갈라지면서) 서걱서걱 빠극빠극 소리를 내고, 칼이 움직이는 대로 싹뚝싹뚝 울렸다. 그 소리는 모두 음률에 맞았고, (은나라 탕임금 때의 명곡인) 상림桑林의 무악에도 조화되었으며, 또 (요임금 때의 명곡인) 경수經首의 음절에도 맞았다.

문혜군이 감탄했다. "아아, 훌륭하구나. 기술도 어찌하면 이런 경지에 이를 수가 있느냐?" 그러자 정이 칼을 놓고 대답했다. "제가 좋아하는 것은 도입니다. 잔재주보다야 우월한 것입죠. 제가 처음 소를 잡을 때 눈에 보이는 것이란 모두 소뿐이었으나, 3년이 지나자 이미 소의 모습은 눈에 띄지 않았습니다. 요즘 저는 정신으로 소를 대하지 눈으로는 보지 않습죠. 눈의 작용이 멈추니 정신의 작용이 저절로 하려고 하는군요. 자연적인 이치에 따라 (소가죽과 고기, 살과 뼈 사이의) 커다란 틈새와 빈 곳에 칼을 놀리고 움직여 소 몸이 생긴 그대로를 따라갑니다."[38]

庖丁爲惠文君解牛. 手之所觸, 肩之所倚, 足之所履, 膝之所踦. 砉然 嚮然. 奏刀騞然. 莫不中音. 合於桑林之舞, 乃中經首之會.

惠文君曰 : 譆, 善哉. 技蓋至此乎. 庖丁釋刀對曰 : 臣之所好者道 也, 進乎技矣. 始臣之解牛之時. 所見無非牛者. 三年之後, 未嘗見全牛 也. 方今之時, 臣以神遇, 而不以目視, 官知止而神欲行. 依乎天理, 批 大郤.

홈런왕 이승엽 선수의 경기를 관전할 때 그가 야구방망이로 공을 치는 순간 우리는 보지도 않고 그 공이 홈런인지 아닌지 직감할 수 있다. 이는 그 묵직하고도 경쾌한 소리 때문이다. 저자는 숙수 정의 소 잡는 기막힌 기술도 소리를 가지고 묘사하며, 이 소리를 고대의 명곡인 상림과 경수에 비유했다. 이는 소리 속에 진실한 감응이 배어 있고, 사람들은 이 순간적인 사건(시뮬라크르) 때문에 긴장하고 감동 한다는 사실을 입증한다.

위의 인용문에서 볼 때, 우리가 사물을 판단하는 데 중요한 자료로 삼는 시각 자료는 감응의 생성에 그리 큰 영향을 끼치지 않는 것처럼 보인다. 숙수 정의 말대로 '정신 神'이 작용하여 감응을 생성하려면 시각 기능이 정지하여 소가 보이지 않아야 한다. 왜냐하면 칸트의 도식 화 이론처럼, 시각이 이질적인 것을 동질화할 때 효용성이 없는 것은 부재인 양 취급하거나 무시하기 때문이다.[39] 이질적인 것을 배제하고

---

38) 안동림 역주, 『장자』(현암사, 2002 개정판)에서 일부 고쳐 인용했음.

동질화하여 이론(또는 이치)화하는 것을 칸트는 도식이라 하고, 숙수정은 '잔재주(技)'라고 불렀다. 다양한 이질적인 존재자들을 배제함으로써 이론을 만들어 간편하게 효능을 극대화했기 때문에 이를 '잔재주'로 정의했으리라.

모든 소가 같은 구조로 형성된 유기체라 할지라도 소가 물체로 감각되는 것은 존재자들 때문에 가능한 것인데, 이들은 매우 이질적이다. 그러므로 도식화된 손놀림으로 소를 잡는 것을 보고 문혜군이 감탄하지는 않았을 것이다. 문혜군이 감탄한 것은 홈런 타구의 소리처럼 소를 잡는 칼의 움직임 소리였을 것이다. 이 소리 속에는 모든 이질적인 것들의 존재가 그대로 감각으로 묻어나오기 때문이다. 이것이 장자가 말하는 존재론적인 도의 실체이다.

그래서 당나라의 문호 한유韓愈는 그의 「송맹동야서送孟東野序」에서 "무릇 사물은 평정을 유지하지 못할 때 운다(凡物不得其平則鳴)"라는 명제를 근거로, 작가의 소리(한유는 '소리'를 '문사文辭'라는 말과 구분 없이 사용했음)는 존재의 '평정이 깨지는不平' 데서 비롯된다고 보았다. 존재가 감각되는 것은 평정의 상태인데, 이를 바꿔 말하면 존재란 상투성에서는 느낄 수 없고 특이성을 가진 사건을 통해서만 감각할 수 있다는 이야기다. 이를 설명하기 위해서 잠시 실재계의 개념에 대해서 살펴보자.

라캉은 실재계를 설명하면서 아리스토텔레스의 『자연학Physica』에 나오는 투케tukhe와 아우토마톤automaton을 원용했다. 투케는 길 가는 행인의 머리 위에 떨어진 벽돌처럼 우연히 만나는 사건이고, 아우토마

---

39) 박성수, 앞의 책, 88쪽 참조.

톤은 '저절로 일하다'는 문자적 의미에서 알 수 있듯이 "자연은 헛되이 일하지 않는다" 또는 "우연은 없다"는 필연성을 뜻한다. 필연성은 모든 것을 기호로 설명할 수 있다는 점에서 표상 세계가 되는 셈이므로, 라캉은 아우토마톤을 '기표의 그물망'으로 파악했다. 이 표상 세계는 모든 것이 필연적이어서 기표로 설명할 수 있기 때문에, 이런 굳건한 토대 위에서 우리는 안심하고 일상을 살아갈 수 있다.

그런데 살다 보면 행인의 머리 위에 떨어진 벽돌처럼 필연을 벗어난 우연을 만난다. 이 우연은 기표로 설명할 수 없다는 점에서 앞의 '기표의 그물망'을 빠져나온 실재계로 보는 것이 라캉의 견해이다. 다시 말해 우리의 존재는 기표의 그물망이 구성해 주지만, 그것이 다는 아니기에 "그물망에 포착되지 않은 것은 어느 때고 우리의 존재를 비집고 들어온다는 것이다." 그래서 그는 투케를 실재계와 만나는 것으로 파악했다.[40]

슬라보이 지젝은 이 견해를 이어 다음과 같이 확대했다.

> 일반상대성 이론에서 질료는 공간의 만곡彎曲을 야기하는 원인이 아니라 그 효과이다. 마찬가지로 라캉의 실재계 — 사물 — 는 (상징 공간에 균열을 들여와) 상징 공간을 '만곡시키는' 비활성의 현존이 아니라 오히려 이러한 균열의 결과이다.[41]

일상을 비집고 들어와 방해하는 균열의 결과가 실재에 대한 감각이자 효과라면, 실재계는 이 방해물로밖에는 접근할 방법이 없다는 말이

---

40) 맬컴 보위 지음, 『라캉』, 이종인 옮김(시공사, 1999) 154~155쪽 참조.
41) 슬라보이 지젝 지음, 『죽은 신을 위하여』, 김정아 옮김(길, 2007) 122쪽.

다. 다시 말해서 그 방해물 자체가 실재계와 맞닿아 있는 접촉면 interface이기에, 우리는 이를 통해서 그(실재계) 모습을 엿볼 수 있다는 뜻이다. 물론 접촉면을 통해 본 그 모습이란 궁극적으로 환영에 지나지 않지만 말이다. 따라서 실재계는 그것을 환영으로밖에는 인식할 수 없다는 점에서 존재와 비슷하다.[42]

이처럼 존재는 균열(한유의 말로 바꾸면 '불평不平')에 의해서 감각되고 인식된다. 이 균열은 존재의 일상을 방해하기는 하지만, 이것 없이는 존재를 알 길이 없다. 라캉은 이것을 꿈을 방해하는 노크 소리에 비유했다. 곧 기표의 그물망으로 이루어진 표상 세계가 꿈이라면, 꿈을 깨우는 노크 소리는 균열이니, 노크 소리가 방해하지 않는다면 꿈밖의 현실을 어떻게 깨어 알 수 있겠는가? 그래서 이 균열이라는 특이성의 사건에서 질서정연한 아우토마톤의 일상이 깨지는 소리가 나오는 것이고, 이 소리가 존재의 일부나마 알게 해주는 것이다. 슬픈 일로 아픔을 겪고 있는 이를 위로할 때 기쁜 노래보다는 슬픈 노래로 해야 효과가 있는 것은, 슬픈 노래만이 그 균열의 존재가 무엇인지를 설명할 수 있기 때문이다.

이처럼 특이성의 속성을 가진 사건이란 실재계는 기표의 그물망을 뚫고 들어온 효과이므로 기표와 기표 사이에 존재한다. 한유는 "무릇 사물은 평정을 유지하지 못할 때 운다"를 부연하여 다음과 같이 썼다.

사람의 소리 가운데 정수가 말이고, 문사가 말에 대하여 갖는 관계 또한 그 정수가 되므로, 더욱이나 잘 우는 이것을 골라 이를 빌려 (대신)

---

42) 존재의 환영에 대해서는 본서 201~202쪽을 참조 바람.

울게 하는 것이다. 人聲之精者爲言, 文辭之於言, 又其精也, 尤擇其善鳴者而假之鳴.

한유는 문사를 소리로 보았으므로, '잘 우는 것善鳴者'이란 곧 잘 쓴 시나 문장을 뜻한다. 그러니까 '불평不平'이라는 균열은 잘 쓴 시문 안에, 곧 우는 소리와 소리 사이에 사건으로 존재하게 되는 것이다. 이를 한유는 "잘 우는 이것을 골라 이를 빌려 (대신) 울게 하는 것이다"라고 표현했다. 그러므로 시는 기표와 기표 사이에 실재계를 담고 있다고도 말할 수 있다. 그러나 시 속에 담겨 있는 실재계가 주체를 침범할 수 없는 것은, 시가 궁극적으로 언어이기 때문에 실재계는 상징(기표)의 그물망 속에 다시 환원되어 걸러지기 때문이다.

이처럼 언어의 소리(기표)와 소리 사이에는 존재의 이질성들이 내재되어 있으면서 이것이 음악성을 형성한다. 이 음악성이 감응을 생성시키고, 이는 다시 언어에 신화적 의미를 부여하고 증폭시킨다. 따라서 사물의 분절을 통해 형성된 언어에 풍부한 음악성이 융합된 시는 문자 그대로 존재의 무한소를 향하는 출발점인 내재성의 평면이 된다.

자프란스키는 "음악에는, 무엇보다도 멜로디의 본질에는 인간의 마지막 비밀을 풀 수 있는 열쇠가 들어 있다"는 레비스트로스의 말을 인용하면서, 음악은 가장 오래된 보편적인 언어이며 모든 이에게 이해되기는 하지만 그 어떤 다른 말로 번역되지 않는다고 했다.[43] 음악은 원시적 존재의 직접 실현으로서, 여기에는 세상사의 비밀이 그대로 녹아 있다는 니체의 주장은 이미 설명한 바와 같다.

---

43) 뤼디거 자프란스키, 154쪽.

형이상학적 이치로 세계를 통일적으로 구성하려는 권력자들에게 음악은 악보라는 원본에 의거해서 재현되는 것이다. 그들은 이 재현이 인간을 일정한 주체로 형성시키는 틀의 기능을 한다고 여겼다. 그러나 음악에 자신을 맡긴 사람이 설사 같은 곡을 연주하더라도 그때마다 다르고, 또한 연주자에 따라서도 각기 다른 음악이 된다. 왜냐하면 감응은 소리에서 비롯되기 때문이다.

음악이 주체들에게 이렇게 인식된다면 통일적 구성을 지향하는 권력자들에게는 큰 문제가 아닐 수 없다. 그래서 음악을 실재에서 떼어내 기호로 길들이는 작업이 권력으로부터 나왔으니, 중국의 경우에는 훈고학訓詁學이 이 일을 떠맡았다. 훈고학은 『시삼백』의 시에서 음악성을 약화시키고, 노래 가사를 산문으로 해석하여 시를 내러티브로 전환시켰다. 그러니까 『시삼백』과 『시경』의 실제 차이는 음악성의 차이만큼이라고 보면 거의 틀림없다. 이에 관해서는 다음 장에서 자세히 논할 것이다.

제2장

고대 중국 시의 모습과 낭송

거칠게 정의하자면 시란 언어의 음악적 요소를 예술이라는 형식으로 승화시킨 결과라고 말할 수 있다. 시의 음악성은 주체를 디오니소스로 인도하지만, 의미를 표출하는 기호성은 주체에게 아폴론적인 비전을 보여준다. 시의 이러한 양면성은 중국의 문학은 물론, 관념과 사상 등 문화의 발전을 좌우하는 동적 요소로 작용했다. 따라서 역사적으로 볼 때 중국 시는 중국 인민의 통치에 지대한 영향을 미쳐 왔다고 해도 전혀 과장이 아니다.

이번 장에서는 고대 중국인이 어떤 모습으로 시를 창작하고 즐겼으며, 또한 이를 어떻게 세상사에 활용했는지 살펴보고자 한다. 이를 짐작할 수 있는 유용한 자료로는 『시경』을 들 수 있는데, 여기에 실린 시들이 음악과 관련이 깊다는 사실은 이미 잘 알려져 있다. 그래서 우리는 먼저 『시경』을 실마리로 해서 고대 중국인의 음악에 대한 이해와 아울러, 이것이 어떻게 사물과 사건의 내재성을 표현하는지 알아볼 필요가 있다.

1. 충서忠恕 — 음악의 시작

『시경』의 시는 원래 노래를 부를 수 있도록 악곡을 붙였던 가사다. 『논어』를 비롯한 고대 문헌에서는 공자가 『시경』의 중요성을 강조하거나 그 시를 인용하는 것을 자주 볼 수 있다. 그런데 여기서 공자가 중시한 것은 기실 가사보다는 악곡이었다 해도 과언이 아니다.

꾸욱꾸욱 물수리	關關雎鳩
황하 모래톱에서 우는데	在河之洲
아리따운 아가씨	窈窕淑女
대장부의 좋은 배필일세	君子好逑
올망졸망 마름풀	參差荇菜
이리저리 찾노라면	左右流之
아리따운 아가씨	窈窕淑女
자나 깨나 그리네	寤寐求之

이렇게 시작하는 『시경』 「관저關雎」를 평한 공자의 저 유명한 "「관저」 시는 즐거우면서도 지나치지 않고, 슬프면서도 마음을 다치게 하지 않는다(關雎樂而不淫 哀而不傷)"라는 구절은, 사실 악곡을 겨냥해서 한 말이라고 보면 거의 틀림없다. 왜냐하면 속된 말로 썰렁하기까지 한 가사만 본다면 공자의 이런 극찬에 가까운 평어에 수긍하기가 어렵

기 때문이다.

아리따운 아가씨를 오매불망 그리워하다가, 마침내 그녀를 얻어서 잘 살게 되었다는 내용이 뭐 그리 슬프고 즐겁단 말인가? 공자의 평어는 「관저」 시에 붙여진 악곡이 연주되었을 때 그 감각이 불러일으키는 감응이 그렇다는 말로 보는 것이 실제에 가까울 것이다.

이처럼 공자는 음악에 지대한 관심을 갖고 있었다. 이런 사실은 다음 몇 가지 예에서 그대로 드러난다.

> 선생님께서 제나라에서 소韶 음악을 들으시고, 석 달 동안이나 고기 맛을 모른 채 식사하시면서 말씀하시길, "음악이 이런 경지까지 이를 수 있으리라고는 생각하지 못했다." 子在齊聞韶, 三月不知肉味, 曰 : 不 圖爲樂之至於斯也.[1]

> 악관인 태사 지摯가 노래를 연주하기 시작할 때부터, 「관저」에서 모 든 악기가 합주하는 것으로 마칠 때까지, 아름다운 소리가 내 귓속에 가득 찼도다! 師摯之始, 關雎之亂, 洋洋乎盈耳哉.[2]

> 선생님께서 노나라 태사에게 말씀하셨다. "음악 (연주의 과정)은 알 수 있는 것입니다. 처음 연주가 (종소리로써) 시작하면 듣는 이들이 모두 하나같이 진작되고, 모든 악기가 연주되는 본장에 들어가면 한 사람도 빠짐없이 어울리게 되며, (그러면서도) 각 연주는 각기 뚜렷하게 들리면 서 앞뒤의 곡조를 서로 이어갑니다. 이렇게 하면서 한 곡이 끝나는 것입 니다." 子語魯太師樂, 曰 : 樂之可知也. 始作, 翕如也. 從之, 純如也,

---

1) 『논어』 「술이述而」.
2) 『논어』 「술이」.

噭如也, 繹如也. 以成.[3]

　　선생님은 다른 사람과 함께 노래를 부르시다가 그 사람이 노래를 잘
부르기라도 하면, 반드시 다시 불러 달라고 청하시어 (듣고), 그러고 나서
그 사람과 함께 부르셨다. 子與人歌而善, 必使反之, 而後和之.[4]

　이처럼 공자가 음악에 지대한 관심을 가졌을 뿐만 아니라, 조예도
깊었다는 사실은 여러 문헌에서 자주 보인다.

　공자가 원래 3천여 편의 시 가운데 예의禮義에 적합한 3백 편의 시만
골라서 『시경』을 편집했다고 하는 『사기史記』 「공자세가孔子世家」의
기록이나, 또는 이러한 산시설刪詩說에 입각하여 공자가 노나라로 돌
아와 음악을 바로잡으면서 『시경』의 시에 곡을 붙였다는 량치차오梁啓
超의 입악설入樂說 등은 그리 믿을 만한 것이 아니다.

　구지강顧頡剛의 고증에 따르면, 『시경』 3백 편에는 원래 모두 악곡이
붙어 있었다고 한다.[5] 그리고 『좌전』 「양공襄公 29년」에는 오吳나라
공자公子 계찰季札이 노나라를 방문하여, 주나라 음악을 청하여 듣고서
각 지방의 음악에 대하여 일일이 평한 구절이 보인다. 이러한 정황으로
미루어 보아, 『시경』은 노나라 악관들이 정리하고 보존해 온 악곡임이
틀림없을 것이다. 이러한 『시경』에 공자가 지대한 관심을 가졌고 또
수시로 대화에서 인용했다는 사실은, 그동안 공자를 이성적인 엄숙한

---

3) 『논어』 「팔일八佾」.

4) 『논어』 「술이」.

5) 구지강顧頡剛, 「시경에 수록된 시는 모두 악가임을 논함(論詩經所錄全爲樂歌)」,
　『고사변古史辨(第3冊)』(上海古籍出版社 1982), 下篇 608~657쪽 참조.

인물이었을 것이라고 생각한 것과는 달리 매우 감성적이고 나아가 감각적인 인물이었다는 사실을 짐작할 수 있다.

그렇다면 공자는 왜 앞의 인용문에서 밝혔듯이 악관에게 음악을 설명할 만큼 박식했고, 또한 석 달 동안 고기 맛을 잊고 식사할 만큼 음악에 심취했을까?

『논어』의 기록을 보면 공자가 사물의 내재성에 대하여 고민한 흔적을 어렵지 않게 발견할 수 있다. 공자의 도를 한 마디로 말한다면, 그것은 '충忠'이란 단어로 대표할 수 있다. 『논어』 「이인里仁」편에 공자가 "나의 도는 하나로 관철되어 있다(吾道一以貫之)"라고 말한 것을, 증자가 받아서 동문들에게 선생님의 도는 오직 '충서忠恕'라고 해석하는 구절이 보인다. 증자는 스승과는 좀 다른 개념으로 '충'을 거론했다. 하지만 『논어』 「학이學而」편의 "충신忠信을 중심으로 삼다(主忠信)"라는 공자의 말을 염두에 둔다면, '진실한 마음(忠)'이 그의 핵심 화두였음은 부정할 수 없다. 공자의 가르침이 후대에 유교로 발전하여 종교성을 갖게 된 것도 이 '진실한 마음'에서 비롯된 것이리라.

이를테면 『논어』 「팔일」편에 "조상을 제사할 때에는 조상이 (실제로) 있는 것처럼 하고, 귀신을 제사할 때에는 귀신이 있는 것처럼 한다(祭如在, 祭神如神在)"라는 구절이 있다. 이렇게 조상이 실재하지 않는데도 실재하는 조상에게 대하듯 할 수 있는 것은 '진실한 마음'이 있어야 가능하다. 이렇듯 '충'은 공자 사상의 기초를 받치고 있는 매우 중요한 관념이다.

그렇다면 이러한 진실한 마음이란 어떤 것인가? 공자의 충서忠恕를 계승한 사맹思孟학파의 대표 저작인 『중용中庸』에, "군자는 홀로 있을 때를 조심해야 한다(君子愼其獨也)"는 말이 있다. 곧 '신독愼獨'이란 남(타자)의 시선이 없는 곳에서도 도덕적 행위가 일관되어야 하는 '진실한 마음'을 의미한다.

그러면 '진실한 마음'의 근거는 어디에 있는가? 주체인가, 아니면 타자인가? 라캉은 프로이트의 관점을 이어받아 이상적 자아 ideal ego와 자아 이상 ego ideal을 다음과 같이 구분했다. 거칠게 말하면, 전자는 주체가 스스로 상상하는 자아의 이미지이다. 그리고 후자는 타자의 시선, 곧 상징적 질서에 의해서 만들어지는 자아이다.

골퍼가 드라이버 클럽을 힘차게 휘두를 때에는 대개 스스로 타이거 우즈나 소렌스탐 같은 스타 선수들의 스윙 자세와 같다고 생각하며 헤드를 던지는데, 이 경우의 골퍼는 이상적 자아에 해당한다. 그런데 이 골퍼가 타이거 우즈와 자신을 동일시하며 드라이버를 휘두를 때 누군가의 시선을 의식하면서 던졌다면 이는 상징의 차원이 되고, 아울러 자아 이상의 영역에 속한다. 다시 말해 상징이 자아를 만들어 낸 결과가 자아 이상이므로, 이는 타자의 시선이 없다면 형성될 수 없다.

따라서 타자의 시선을 의식하지 않고서도 도덕적 행위를 지속할 수 있도록 스스로 경계하는, 앞서 말한 '신독愼獨'이 어려워진다. 이에 비하여 전자는 타자가 전제되어 있지 않은 상태에서 이상적 대상만을 향해 있기 때문에 '진실한 마음'에 가깝다. 그러나 타자의 인정認定이 결여되어 있기에 믿을 수 없는 나르시스적인 환상에 지나지 않는다.

이처럼 자아는 분열되어 있어서 '진실한 마음'의 상태를 형성하는 것이 쉽지 않다. 그래서 공자도 '충忠'에다 '서恕'를 더함으로써 타자를 전제했다. '서'란 공자 스스로 정의했듯이, "자신이 원하지 않는 것을 남에게 베풀지 않는 것(己所不欲, 勿施於人)"6)이다. 곧 자신의 '진정한 마음'을 타자의 입장에서 검증함으로써, 주체 스스로가 일방적으로 규정하는 주관적인 '충'이 되지 않게 하려 한 것이다. 왜냐하면 사람은 타자의 관점보다는 자신의 시선이 곧 세계라는 나르시시즘적인 착각에 쉽게 빠지게 때문이다.

그래서 공자는 이러한 착각에서 벗어나 타자의 존재를 인정하고 상징적 질서에 복종하기를 요구했으니, "자신을 묶어서 예로 돌아가게 한다"는 이른바 '극기복례克己復禮'가 그것이다. 그리고 이게 바로 '인仁'이라는 것이다.7)

그렇다면 예라는 상징적 질서에 복종하면 '인'이 성취되는 것인가? 앞서 설명한 바와 같이 상징은 근본적으로 타자의 시선을 의식하는 데서 출발하기 때문에, 다시 진실성의 문제를 야기한다. 공자는 "약빠른 말과 선한 듯이 꾸민 얼굴에는 드물다, 인이(巧言令色, 鮮矣仁)"8)라고 말한 적이 있다. '약빠른 말과 선한 듯이 꾸민 얼굴'이란 타자의 시선을 의식한 상징 행위이기 때문에, 진실성이 의심스러워 인이 될 수 없다는 것이다.

공자는 이 '진실한 마음'의 문제를 해결하려고 주체의 순수한 감각에서 인식의 기초를 찾고자 했는데, 그것이 바로 '효제孝悌'이다. 공자는 「학이」편에서 '효제'를 다음과 같이 말했다.

효성과 우애는 인을 실천하는 근본이다. 孝悌也者, 其爲仁之本與.

---

6) 『논어』「위령공衛靈公」.
7) 『논어』「안연顔淵」, "克己復禮爲仁."
8) 『논어』「학이學而」.

부모와 형제에 대한 사랑은 특별한 경우를 제외하고는 타자의 시선을 의식하지 않고서도 진실성을 갖는 것이 보통이다. 부모에게 효도하고 형제와 우애로운 것은 굳이 다른 사람에게 보이기 위한 것은 아닐 터이므로, '효제'를 느낄 때에는 비교적 쉽게 '진실한 마음'의 상태를 경험할 수 있다.

옛날에는 아버지 앞에서 아들이 자신을 낮춰 부를 때 '불초不肖'라고 했다. 이 명칭은 아버지의 훌륭함을 닮지 못한 못난 자식이란 뜻으로서, 바꿔 말하면 아버지는 아들의 이상적 자아여야 한다는 사회적 욕망을 드러낸 말이리라. 곧 아버지는 바라보고 닮아야 하는 대상이지, 타자의 시선이 아니라는 말이다. 앞에서 말했듯이 주체가 바라보는 시선은 나르시시즘적인 환상일 가능성이 매우 높다. 그러나 다행히도 그 대상이 아버지이기에 그것이 설령 환상이더라도 그에게 아무리 무리하게 진실한 마음을 가져도 결코 지나침이 없을 뿐만 아니라, 의심도 받지 않을 것이다.

『논어』「태백泰伯」편에 보면 "지도자가 육친肉親에게 돈독히 하면, 백성들 사이에서 인자한 기풍이 일어난다(君子篤於親, 則民興於仁)"라는 공자의 말이 있다. 이는 백성들이 지도자의 말이나 정책 등은 자신들의 시선을 의식한 상징적 행위일지도 모른다고 의심할 수 있지만, 육친에게 '효제'하는 독실한 행위는 아무 의심도 하지 않고 그 진실성을 신뢰하기 때문에 가능한 것이다. 따라서 이러한 진실한 상태의 감각을 그대로 연역하여 다른 사람에게 적용하면 진정한 '인'이 되므로, 효성과 우애가 인을 실천하는 근본이라고 말한 것이다. "육친을 가까이 하는 것이 인이다(親親仁也)"라는 맹자의 말은 바로 공자의 이 깨달음을 계승한 것이리라.

사회적 윤리의 기초적 덕목인 인을 이렇게 정초했다면, 누구보다 공자야말로 형이상학적 윤리를 추구했을 것 같다는 그동안의 인상과는 달리 개인의 감각을 매우 중시한 사람이었다고 재평가할 수 있다. 그동안 '극기克己'라는 말을 자신을 매어 타자에 복종시킨다는 뜻만 강조한 결과, 공자가 깨달은 이상적 자아가 감각하는 진실성의 측면을 간과했다. 그 결과 공자를 동아시아에서 개인주의가 싹트지 못하게 한 장본인쯤으로 여겨 온 것이 사실이다. 나중에 설명하겠지만, 한자 문화권에서 개인주의가 일어나지 못한 것은 후대 정치권력의 경전 해석에 책임이 있지, 공자의 깨달음을 탓할 수는 없다.

철학적 관점에서 보자면, 공자는 관념론자라기보다는 경험론자다. 경험은 감각에서 비롯되기 때문에 언어로 표현하기가 쉽지 않다. '진실한 마음'을 경험했더라도 그 감응을 언어로 옮기고 나면 언제나 초월적일 수밖에 없다. "군자는 말에는 어눌하고 행동에는 민첩하고자 한다(君子欲訥於言而敏於行)"는 공자의 말은, 바로 언어에 대하여 초월적일 수밖에 없는 경험의 속성에 근거한 말이리라.

그래서 공자는 '인'에 대해서 말할 때 이를 적극적으로 규정하지 않고, 언제나 "무엇은 (또는 아무개는) 인 (또는 인자한 사람)이라 일컬을 만하다"와 같이 소극적으로 규정하거나, "어디에는 (또는 아무개에게는) 인이 드물다"와 같은 부정적인 방식으로 설명한다. 이러한 말들은 평소 공자가 사물의 내재성에 대하여 깊이 고민했음을 시사한다. 따라서 『논어』에 실린 공자의 말은 상당 부분 내재성의 평면을 내포하고 있다고 볼 수 있다.

이를테면 『논어』 「자한子罕」편에 "날씨가 추워진 연후에 소나무와 잣나무가 더디 낙엽이 진다는 것을 깨닫는다(歲寒, 然後知松柏之後彫也)"는 공자의 말이 있다. 우리는 흔히 이 말을 평소에는 누가 진정한 선비인지 알 수 없지만, 어려운 일을 당하고 나면 절개 있는 선비가 저절로 드러난다 또는 이와 유사한 사실을 비유한 것으로 알고 있다. 그러나 이 말에서 정작 중요한 글자는 '후後'자다. 곧 소나무와 잣나무가 훌륭한 것은 낙엽이 지지 않아서가 아니라 '더디' 지기 때문이다.

호된 고난을 당했는데 끝까지 절개를 지키기란 그리 쉬운 일이 아니다. 아무리 훌륭한 선비의 지조라 하더라도 역사적 상황이 바뀌면 어쩔 수 없이 굴복하거나 명분이 퇴색할 수밖에 없는 것이 현실이니만큼, 선비가 단심丹心을 지키는 일은 죽음의 고통을 넘을 때까지가 아니라 다음 대안이 나타날 때까지임을 의미하는 것으로 보는 것이 공자의 '인'에 어울릴 것이다. 소나무가 낙엽을 '더디(後)' 지게 해서 이듬해 나올 새잎을 기다리듯이 말이다.

'후'자가 바로 이런 의미를 암시하고 있는 것이다. 다시 말해 선비로서 절개를 지켜야 한다는 윤리적 강박관념과 그때 치러야 할 엄청난 대가 사이에서 갈등하는 인간에게 이 '후'자가 줄 위안을 생각한다면, 공자의 이 말이 얼마나 인간적인지 짐작할 수 있다. 그러므로 인간을 수절 또는 변절로만 판단하는 차원을 넘어, 갈등과 더불어 시간적으로 변화할 수밖에 없는 현실을 포괄적으로 표현했다는 점에서 이 구절은 내재성의 평면이라고 볼 수 있는 것이다.

공자는 일찍이 "아침에 도를 들으면, 저녁에 죽어도 괜찮다(朝聞道, 夕死可矣)"고 말한 적이 있다. 경험(또는 감각)에서 비롯된 감응은 주체에게 말할 수 없는 희열을 제공한다. 특별히 내재성의 평면을 통해서 그 내재성과 하나가 된다고 느낄 때, 바꿔 말하면 하나의 상징체계로 이루어진 큰 타자(Other) 안에 안길 때 느끼는 영혼의 희열은 기실 영생적永生的 감각이기 때문에 죽음이 초개처럼 느껴지는 법이다. 그러므로 공자가 듣고자 한 도는 바로 감응과 같은 것으로 보아도 무방하리라.

『논어』의 이 구절을 남송의 주희朱熹는 "도라는 것은 사물이 마땅히 그래야 하는 이치이다(道者, 事物當然之理)"라고 주를 달아, 도를 보편자인 형이상학적 이치로 해석했다. 그러나 보편자의 실천에 목숨을 건다는 것은 기실 현실성 없는 이야기가 아닌가? 따라서 공자가 듣고자 한 도는 환원할 수 없는 특이한 경험인 감응이다. 이 감응을 감응의 한 평면인 언어로 표현하다 보니 '도'가 되어 텍스트로 남은 것인데, 주자는 자신이 처한 시대적 관점에서 이를 '이치'로 해석한 것일 뿐이다.

2. 청각적인 감응을 중시한 유가와 감성적인 공자

공자는 감응을 중시하고 이를 근거로 생각하고 행동했을 뿐만 아니라, 감응의 생성을 교육에 적용하려 했다. 그래서 자연히 음악에 지대한 관심을 갖지 않을 수 없었다. 왜냐하면 감응은 소리에서 비롯된다는 무의식적 가정에서 유가가 출발했기 때문이다.

『주례周禮』「춘관春官」에 보면 고대 중국에는 '고瞽'라고 하는 시각 장애인 악사樂師 제도가 있었음을 알 수 있다. 『시경』「유고有瞽」에서 정현鄭玄이 "고瞽는 눈이 어둡다는 뜻이다. 이들을 악관으로 삼은 것은 눈에 보이는 바가 없으므로 음성에서 깊이 살필 수 있기 때문이다 (瞽, 矇也, 以爲樂官者, 目無所見, 于音聲審也)"라고 전전箋을 달았듯이, 유가는 처음부터 청각에 의한 감응의 생성과 감상을 중시했다. 앞에서 설명했듯이 타자의 시선은 상징으로 표현된다. 그런데 이 상징은 소리, 곧 말로써만이 그 진실성을 짐작할 수 있다.

공자는 언어의 중요성을 『논어』「자로子路」편에서 다음과 같이 말했다.

이름이 바르지 못하면 말의 논리가 바르지 못하고, 말의 논리가 바르지 못하면 일이 성사되지 않는다. 일이 성사되지 않으면 예악이 일어날 수 없고, 예악이 일어나지 않으면 형벌이 정당하게 적용되지 않는다. 형벌이 정당하게 적용되지 않으면, 백성들이 수족을 어떻게 두어야 좋을지 모르니, 그러므로 군자는 이름을 부를 때에는 반드시 말이 될 수 있게 하고, 말을 할 때에는 반드시 이를 실천할 수 있게 한다. 名不正則言不順, 言不順則事不成, 事不成則禮樂不興, 禮樂不興則刑罰不中, 刑罰不中則民無所措手足. 故君子名之必可言也, 言之必可行也.

이처럼 공자는 언어가 예악과 밀접한 관계를 갖는다는 언설을 전개했다. 이는 소리와 언어를 통해 사물의 내재성에 접근하려고 했기 때문이다. "말의 논리가 바르지 못하면 일이 성사되지 않는다. 일이 성사되지 않으면 예악이 일어날 수 없는" 것은 바로 앞에서 말한 바와 같이, 말에 '진실한 마음'이 결여되어 있기 때문이다.

설사 진실한 마음이 결여되어 있지 않더라도, 언어의 구성이 제대로 되어 있질 않아서 진실한 마음이 드러나지 않는다면 역시 마찬가지의 결과가 빚어질 것이다. 그래서 이를 위한 근본적인 조치가 바로 '이름을 바로잡는 일(正名)'인 것이다. 앞서 말했듯이 경험을 언어로 표현하는 것은 근본적으로 용이한 일이 아니다. 그렇지만 이름을 바로잡는 일부터 시작한다면 그나마 경험에 접근할 수 있다고 보는 것이다. 이 이름을 바로잡는 일을 오늘날의 철학적 용어로 환원하면, 곧 내재성의 평면을 잘 구성하는 일이 될 것이다.

공자는 이렇게 말로써 내재성의 평면을 정교하게 구성하는 일을 공문 4과孔門四科[9] 가운데 하나인 '언어言語'로 보았다. 그는 정나라에서 외교문서를 신중하게 작성하는 것을 보고는 여기에 빗대어 문장 작성을 4단계로 구분했다. '초창草創' '토론討論' '수식修飾' '윤색潤

---

[9] 공문 4과는 덕행德行, 언어言語, 정사政事, 문학文學으로 이는 『논어』 「선진先進」 에 보인다.

혼'10)이 바로 그것이다. 예나 지금이나 외교문서는 그 특성상 이분법적 개념으로 명쾌하게 의미가 드러나도록 작성하면 안 된다. 사실을 기술하면서도 문제가 될 만한 내용은 교묘히 덮거나 피하는 그야말로 내재성의 평면을 말해야 한다. 공자는 이를 위해서 문장을 4단계로 나누어 갈고 닦은 정나라의 예를 칭찬한 것이다.

그렇다면 이 내재성의 평면은 어떻게 구성되어야 하는가? 이는 소리의 구성에서부터 시작해야 한다. 『신약성경』 「로마서」 10장 17절에 "믿음은 들음에서 나며, 들음은 그리스도의 말씀으로 말미암았느니라"라는 구절이 있다. 이는 공자가 "육십이 되어서는 귀로 들으면 그 뜻을 알았다(六十而耳順)"라고 한 말과 일맥상통하는 바가 있으니, 소리는 사물의 내재성을 이해하는 데 중요한 열쇠임을 시사한다. 정현은 이 구절에 "귀로 어떤 말을 들으면 그 말에 숨겨진 의미를 알 수 있다(耳聞其言, 而知其微旨)"고 주를 달았다. 이는 귀로 느끼는 소리의 감각이 진실성을 파악하는 데 얼마나 중요한 통로가 되는지 잘 말해 준다.

『예기』 「교특생郊特牲」의 "소리를 내어 부르는 것은 천지 사이의 모든 귀신들을 불러 흠향하게 하는 방도이다(聲音之號, 所以詔告于天地之間也)"라는 구절은, 고대 중국인이 소리를 신과 교통하는 수단으로 여겼음을 보여준다. 다시 말해 진실성은 소리에 있다는 믿음이다. 앞서 설명한 바 있지만, 정신분석에서도 환자가 내심 의도한 것보다 실제 말한 것에 주의해야 한다고 주장하지 않았던가?

소리를 의미론의 관점에서 중시한 것은 유가만이 아니라 도가도 마찬가지다. 『장자』 「제물론齊物論」에 보면 다음과 같은 구절이 있다.

---

10) 『논어』 「헌문憲問」.

이제 나는 (이전의) 나를 잃어버렸으니, 그대는 이를 아는가? 그대는 사람들이 만든 피리소리는 들으면서 땅의 피리소리는 듣지 못했고, 그대는 땅의 피리소리를 들었다 해도 하늘의 피리소리는 듣지 못했도다!

今者吾喪我, 汝知之乎? 汝聞人籟而未聞地籟, 汝聞地籟而未聞天籟.

이 구절은 장자가 우주 본체를 사물 중심으로 보는 형이상학에 빠지지 않고, 소리라고 하는 사건 중심적으로 보았음을 극명하게 말한 것이다. 뒤의 「천운天運」에서는 우주 본체를 아예 '천악天樂'이라고 표현하기까지 했다. 이처럼 소리는 감각의 사건으로서, 사물의 내재성을 감응의 생성을 통하여 말해 준다.

이러한 내재성으로부터 받은 감응을 표현한 것이 예악이므로, 이 예악을 실천하면서 감응이 생성된다. 예악에 감응이 결여되어 있다면 그것은 '저녁에 죽어도 괜찮기는커녕' 개성을 속박하고, 루쉰의 표현대로 '사람을 잡아먹는' 예교로 발전하기 마련이다. 음악은 근본적으로 소리를 질료로 삼을 뿐만 아니라, 소리의 예술적 형식이 곧 음악이다. 따라서 음악은 감응에 접근하는 길, 곧 내재성의 평면이 된다.

『논어』에 수록된 공자의 말을 분석하면, 그가 감응의 경험에 초점을 맞추어 말하고 썼음을 알 수 있다. 이는 공자가 이성적인 사람이라기보다는 매우 감각적인 사람이었음을 말한다. 「향당鄕黨」편의 구절들은 이 사실을 여실히 입증한다. 몇 가지 예를 들어보면 다음과 같다.

빛깔이 나쁜 음식은 먹지 않았고, 맛이 변한 음식도 먹지 않았다. 설익거나 너무 익은 음식도 먹지 않았고, 제철이 아닌 음식도 먹지 않았으며, 법도에 따라 썰지 않은 음식도 먹지 않았고, 그 음식에 적합한 제 양념(소스)이 없어도 먹지 않았다. 色惡, 不食. 臭惡, 不食. 失飪, 不食. 不時, 不食. 割不正, 不食. 不得其醬, 不食.

이 구절을 언뜻 보면, 공자가 음식에 매우 까다로웠던 것처럼 보인다. 공자의 가르침을 발양광대發揚廣大하고자 했던 후대의 도학자道學者들은 이 구절을 그대로 읽기가 민망했던지, 공자의 예의법도에 대한 경건성에만 초점을 맞춰 해석하려고 무진 애를 쓴 흔적이 뚜렷하게 보인다. 그도 그럴 것이 공자가 직접 "거친 음식을 먹고 물을 마시고 살더라도 즐거움이 또한 거기에도 있다(飯疏食飮水, 樂亦在其中矣)"고 말했으니, 공자가 까다로운 식도락가처럼 보이는 것을 그들은 참을 수 없었으리라.

그러나 공자의 말에서 '역亦'자와 '의矣'자에11) 주의해서 살펴보면, 거친 음식과 물을 마시는 생활 속에도 즐거움이 있다는 것이지 그런 생활이 절대적 즐거움은 아니라는 뜻이 숨어 있음을 알 수 있다. 다시 말해 의로움義을 안다면 그런 생활도 즐겁다는 뜻이지, 의로운 사람은 거친 음식과 물만 먹어야 한다는 뜻은 아니다. 물론 나중에는 이를 절대적으로 신봉한 나머지 자신의 의로움을 나타내고자 일부러 은연중에 거친 음식을 먹는 모습을 보여주는 사람도 생기긴 했지만 말이다.

그러나 이 구절들이야말로 공자의 감각적인 진면목을 알 수 있는 주옥같은 텍스트라고 생각한다. 1960~1970년대 비림비공非林非孔 운동이 중국 대륙을 강타할 때에는 바로 이 구절들을 증거로, 공자는 원래 귀족으로서 인민을 착취한 인민의 적이라고 비판한 적도 있다.12)

---

11) '의矣'자는 어기語氣 조사로서 객관적 사실이나 판단을 진술하는 것이 아니라, 자신의 주관적 생각을 피력한다는 의미를 나타낸다.

아마 어떤 이는 위 인용구에 속해 있는 "밥은 쌀이 정갈하다고 해서 더 많이 드시지 않았고, 회는 가늘게 잘 썰었다고 해서 더 드시지 않았다(食不厭精, 膾不厭細)"라는 구절을 지적하면서, 공자는 이성적인 힘으로 식욕을 억제한 사람이므로 감각을 중시하지 않았다고 반박할 수도 있다. 그러나 식탐과 감각은 전혀 다르다. 맛있는 음식을 즐긴다고 해서 많이 먹는 것은 아닐뿐더러, 식탐을 잘 억제한다고 해서 이성적인 사람은 아니라는 말이다. 오히려 공자는 "마음이 하고자 하는 바대로 좇아가도 규범을 넘지 않았다(從心所慾不踰矩)"라는 말에서도 알 수 있듯이, 감각을 억제하지 않고 최대한 즐긴 사람이다.

음식뿐만 아니라 공자의 평소 몸가짐에 대한 기록을 보더라도 그가 매우 감성적인 인성의 소유자였음을 알 수 있다. 외교사절을 맞이하는 국가 의전 행사에 참여한 공자의 몸가짐을 기록한 「향당」편의 다음 구절을 보자.

> 임금의 규圭를 잡고 있을 때는 몸을 굽힌 듯 서 있었는데, 마치 그것을 이기지 못하는 것 같았다. 규를 위로 올릴 때에는 읍하는 높이 정도로만 했고, 내릴 때에는 물건을 하사하는 높이 정도로만 했다. 執圭, 鞠躬如也, 如不勝. 上如揖, 下如授.

규는 임금의 상징이므로, 이를 들고 있을 때에는 보는 사람이 위엄과 경건함을 느껴야 한다. 크기와 무게가 얼마 안 되는 작은 물건을 이런 느낌이 들도록 잡는 것은 감각이 뛰어난 사람이 아니면 실현하기

---

12) 이런 비판적 논조는 차이상쓰蔡尚思 저, 『중국전통사상총비판中國傳統思想總批判』(湖南人民出版社, 1981)을 보면 잘 나타나 있다.

어렵다. 너무 위로 치켜세워 들면 가볍게 보일 뿐만 아니라 상대국에 대한 예의가 아니고, 너무 아래로 낮춰 들면 위엄이 없어질 뿐만 아니라 진지성이 결여되어 보인다. 가볍고 작은 규를 마치 "이기지 못하는 것 같이(如不勝)" 들고 있는 것이 바로 감각적 행위인 것이다.

이러한 감각적 행위들은 이를 실천하는 사람이나 보는 사람들의 인성 형성에 지대한 영향을 끼치므로, 공자는 "자리가 바로 깔려 있지 않으면 앉지 않는(不正, 不坐)" 등 매사에 감각을 염두에 두었다. 「향당」편의 기록들은 그의 이러한 철학을 엿볼 수 있는 자료다. 그 가운데 다음 구절은 감각의 의미와 중요성을 매우 심장하게 드러내고 있다.

> (꿩이) 기색이 좋지 않은 것을 눈치 채고 날아올라 가서는 공중에서 몇 번 선회하더니 (안전한 곳에) 내려앉았다. 공자가 "산 다리목 까투리는 때를 아는구나, 때를 아는구나!"라고 말했다. (이 말씀을 듣고) 지로가 두 손을 모아 (경의를 표하자), 세 번 눈치를 보고는 날아가 버렸다. 色斯舉矣, 翔而後集. 曰：山梁雌雉, 時哉, 時哉. 子路共之, 三嗅而作.

「향당」편은 주로 공자의 평소 생활 모습을 기록하고 있는데, 이는 천하를 주유하고 돌아와 제자들을 가르칠 때로 추정된다. 그래서 고향에서 유유자적하는 모습을 묘사한 「향당」편의 마지막에 이 구절을 편집해 넣어, 때를 아는 공자의 지혜를 암시했다.

이 구절에서 공자는 나아가고 물러날 때를 알아야 한다는 가르침을 꿩이 사람을 경계하며 날고 앉는 모습에 빗대어 말한다. 공자는 자신의 정치철학을 실천하고자 한때 천하를 주유했지만, 직접 참여하는 것으로는 한계가 있다는 사실을 깨닫는다. 그리고는 대신 고향으로 돌아가

후진 교육에 힘쓰기로 작정한다. 곧 주유천하라는 경험을 통해서 교육이라는 대안을 결과로 얻었다.

이때 그는 "돌아가야겠다, 돌아가야겠다! 내 고향의 젊은이들은 포부가 원대하고 소질은 잘 갖춰져 있으나 이것을 다듬어 마름질할 줄 모른다(歸與, 歸與. 吾黨之小子, 狂簡斐然成章. 不知所以裁之)"라고만 말했지 구체적으로 왜 이런 결론에 이르렀는지, 또는 앞으로 제자들을 배출해서 어떻게 천하를 다스려야겠다는 등의 비전은 일절 언급하지 않았다. 왜냐하면 공자 자신이나 듣는 제자들은 이미 감성적으로 이를 파악하고 있었기 때문이다. 그렇다면 위의 인용구에서 한 공자의 말에는, 일개 미물인 꿩도 감각으로 자신이 처할 곳을 아는데 자신은 천하를 주유하고서야 이를 깨달았다는 회한이 감춰져 있다고 볼 수 있으리라.

이상에서 알아본 바와 같이 감응은 일단 진실성과 내재성의 터득에서 오는 것인데, 음악은 이 두 가지를 현실적으로 충족시키는 텍스트이다. 그래서 공자가 특별히 음악에 관심이 많았다는 것은 앞에서 설명한 바와 같다.

앞에서 공자가 음악을 설명하면서, "처음 연주가 (종소리로써) 시작하면 듣는 이들이 모두 하나같이 진작되고, 모든 악기가 연주되는 본장에 들어가면 한 사람도 빠짐없이 어울리게 되며, (그러면서도) 각 연주는 각기 뚜렷하게 들리면서 앞뒤의 곡조를 서로 이어갑니다"라고 말한 부분은 주체의 긴장, 곧 자기를 확장하려는 의지를 뜻한다. 다시 말해 듣는 이들이 처음엔 진작되고, 이윽고 어울리게 되는 일은 분명 자기가 확장되는 느낌의 과정이다. 그러나 모두가 동일하게 하나가 된다면 주체는 오히려 사라질 위기에 처한다. 그래서 각 연주가 각기 뚜렷하게 들리면서 자기 역할을 이어가는 과정을 따로 구분하여 말한 것이다.

인간의 삶은 자기 확장의 의지에 기초한다는 철학적 사실을 공자는 음악을 통해서 느낀 것이다. 『한시외전韓詩外傳』의 "말초적인 것을 통해서 근본적인 것에 도달하는 사람이 성인이다"[13]라는 구절은 바로 공자의 이러한 면을 두고 한 말일 것이다. 감각이란 도학자적인 관점에서 보자면 말초적인 것이 아니던가?

「술이」편에 보면 공자가 자신을 가리켜 "답답하던 마음이 한 번 터지면 식사를 잊고, 그러한 즐거움으로써 근심을 잊는다(發憤忘食, 樂以忘憂)"라고 묘사한 대목이 있다. 곧 자신은 배우고 깨닫는 학문의 즐거움으로 근심을 잊고 사는 사람이라는 뜻이다. 그런데 여기서 말한 학문이란 후대의 학자들처럼 사리를 따져서 이치를 궁구窮究하는 행위를 가리키는 것이 아니다.

공자가 식사를 잊고 근심을 잊을 만큼 빠져든 학문이란 스스로가 "옛것을 좋아하여 재빨리 그것을 구하기에 힘쓰는 사람이다(好古, 敏以求之也)"라고 말했듯이, 텍스트로 경험하는 감응의 즐거움을 찾는 일이다. 텍스트의 주요 원천은 주로 문文 또는 문학일 것이고, 당시의 문학이란 음악과 분화되지 않은 상태였음은 굳이 말할 필요도 없다. 『한시외전』의 다음 구절은 이 사실을 잘 설명해 준다.

> 공자가 사양자師襄子에게 거문고를 배웠는데 진척이 나지 않았다. 사양자가 말하기를 "선생님께서는 꽤 나아지셨습니다"라고 하니, 공자가 "나는 연주하고픈 곡이 떠오르긴 했는데, 솜씨가 아직 안 되는군요"라고

---

13) 『한시외전韓詩外傳』 권5, "聞其末而達其本者聖也."

대답했다.

얼마 있다가 (사양자가) 말하기를 "선생님께서는 꽤 나아지셨습니다" 라고 하니, (공자가) "나는 솜씨는 좋아졌는데, 아직 감응이 느껴지지 않는군요"라고 대답했다.

좀 더 있다가 다시 "선생님께서는 꽤 나아지셨습니다"라고 말하니, "나는 (이 곡이) 누구의 곡이란 걸 알겠는데, 그분에게 걸맞은 연주가 되질 않는군요"라고 대답했다.

얼마 더 있다가 공자가 말하기를 "아득히 멀리 바라보이듯이 넓고도 풍성하도다! 틀림없이 그분이 이 곡을 지으셨을 게다. (이 곡은) 그윽할 정도로 컴컴하고 헌걸차게 크다.14) (그분은) 이로써 천하에 왕 노릇하셨고, 이로써 제후들을 내조來朝케 하셨을 테니, 그 분은 오로지 문왕 한 분일 뿐이리라!"고 했다.

사양자가 자리를 피하여 두 번 절하고 말하기를 "훌륭하십니다. 저는 이 곡이 틀림없이 「문왕지조文王之操」일 거라고 생각합니다"라고 했다. 그러므로 공자가 문왕의 소리를 가지게 된 것은 문왕의 사람됨을 알았기 때문이다.

사양자가 "감히 묻건대, 무엇으로써 (그 곡이) 「문왕지조」임을 아셨습니까?" 물으니, 공자가 대답하기를 "그렇소이다. 무릇 인자한 사람은 부드러운 것을 좋아하고, 온화한 사람은 아름답게 분바르는 것을 좋아하며, 지혜로운 사람은 탱탱한 것을 좋아하고, 은근한 의미를 좋아하는 사람은 고운 것을 좋아합니다. 나는 이러한 것으로써 「문왕지조」임을 알았소이다"라고 했다.15)

---

14) 이 부분의 원문은 "黙然異, 幾然而長"인데, 취서우위안屈守元이 "黝然黑, 頎然而長"으로 교감한 것에 의거하여 번역함일 것임. 취서우위안 저, 『한시외전전소韓詩外傳箋疏』(巴蜀書社, 1996) 458쪽 참조.

15) 『한시외전』 권5, "孔子學鼓瑟於師襄子而不進. 師襄子曰 : 夫子可以進矣. 孔子

이 글은 공자가 거문고를 배우다가 차츰 나아가 주나라 문왕의 경지를 이해하게 되었다는 고사를 적고 있다. 이 과정을 다시 요약하면 다음과 같다. 공자가 먼저 '득곡得曲'했다는 것은 연주하고 싶은 곡의 악상이 떠올랐다는 뜻이다. 그 다음이 이를 연주할 수 있는 연주 기량(數)을 닦는 일이었고, 그런 다음 '득의得意,' 곧 감응을 느끼는 단계에 들어섰다. 그리고 악곡의 감응이 느껴지자 이 곡에서 문왕을 떠올렸는데, 아직 연주 솜씨가 모자라서 문왕의 인품을 감각하지는 못했다.

이후 연습에 더 힘을 기울이자 마침내 문왕의 인품을 느꼈으니, "아득히 멀리 바라보이듯이 넓고도 풍성하도다"라는 감탄사는 이 벅찬 느낌을 표현한 것이다. 이러한 감응은 천하를 덕으로 감복시킨 문왕이라야 생성시킬 수 있는 것이므로, 이것이야말로 문왕의 곡인 「문왕지조」일 것이라고 믿었다. 왜냐하면 「문왕지조」는 당시에는 곡목만 전해져 내려올 뿐, 실제 곡조는 없어진 지 오래되었기 때문이다.

결국 훌륭한 연주란 훌륭한 소리의 구성을 생성하는 기술art로서, 공자도 연주의 미美/추醜를 평가하는 기준을 감응의 여부에서 찾았던 것이다. 감응은 (음악) 텍스트 자체에 있는 것이 아니라, 이것이 퍼포먼스로 진행되는 사건 속의 음과 음 사이에 존재한다. 공자도 처음부터 연주하고 싶은 곡의 악상은 떠올렸지만, 궁극적으로는 아름다운 연주에 이르고서야 그 속에서 문왕을 느끼지 않았던가?

曰:丘已得其曲矣, 未得其數也. 有間曰:夫子可以進矣. 曰:丘已得其數矣, 未得其意也. 有間, 復曰:夫子可以進矣. 丘已得其人矣, 未得其類也. 有間, 曰:邀然遠望, 洋洋乎! 翼翼乎! 必作此樂也. 黙然異, 幾然而長. 以王天下, 以朝諸侯者, 其惟文王乎! 師襄子避席再拜曰:善. 師以爲文王之操也. 故孔子持文王之聲, 文王之爲人. 師襄子曰:敢問何以知其文王之操也? 孔子曰:然. 仁者好偉, 和者好粉, 智者好彈, 有殷勤之意者好麗. 丘是以知文王之操也."

이처럼 공자가 상상한 관념적인 성인은 '문왕의 소리(文王之聲)'를 통해서 구체적으로 감각되고 있음을 분명히 알 수 있다. 이것이 바로 앞서 말한 말초적인 것을 통해서 근본적인 것에 도달한 상태이므로, "아침에 도를 들으면 저녁에 죽어도 괜찮은" 것이다. 그러니까 공자가 추구한 학문이라는 것은 소리를 통해서 느끼는 것이지, 논리적으로 이치를 따지는 게 아니라는 말이 된다. 따라서 "즐거움으로써 근심을 잊을 때(樂以忘憂)"의 '즐거움'은 소리로써 주체를 긴장시키고, 이를 통하여 세계의 내재성과 진실성으로 자기를 확장해 들어가는 과정인 것이다.

3. 음악의 통치적 기능

공자가 이처럼 음악을 중시하긴 했지만 공자 자신이 "옛것을 기술하여 전하기만 할 뿐 내가 만들지는 않았다(述而不作)"라고 고백했듯이, 음악의 사회적 기능을 중시하는 전통은 이미 공자 이전에도 있었다. 『주례』「대사도大司徒」에 따르면 공·경·대부의 자제들은 8살이 되면 소학小學에 들어가 교육을 받았는데, 이때 보씨保氏라는 직책의 교사는 이들에게 이른바 육예六藝를 가르쳤다. 그 내용은 예절(禮)·음악(樂)·활쏘기(射)·말 몰기(御)·글자 익히기(書)·셈하기(數)였다. 곧 어릴 때부터 예와 더불어 음악을 가르치는 전통은 주나라 때부터 있었음을 알 수 있다. 나중에 공자가 전통적인 국학과는 다르게 사학私學을 만들면서 국학의 교과과정인 육예를 시詩·서書·예禮·악樂·역易·춘추春秋로 개혁했는데, 그래도 예와 음악은 그대로 계승했다.

이렇게 어릴 때부터 음악을 가르쳤던 것은 음악이 그만큼 인성의 도야뿐만 아니라, 개인들을 사회적으로 묶어 다스리는 데 중요한 기능을 한다는 것을 이미 깨달았기 때문이었을 것이다. 『예기』「명당위明堂位」의 다음 기록은 이를 잘 말해 준다.

무왕이 죽자, 성왕이 너무 어렸으므로 주공이 천자의 자리에 서서 천하를 다스렸다. 섭정 6년에 명당에서 제후들을 입조케 하여, 예의를 제정하고 음악을 만들며 표준 도량형을 반포하니, 천하 사람들이 크게 복종했다. 武王崩, 成王幼弱, 周公踐天子之位, 以治天下. 六年, 朝諸侯於明堂, 制禮作樂, 頒度量, 而天下大服.

음악을 작곡하고 정리하는 일은 예법과 의전을 제정하는 일, 도량형을 통일하는 일 등과 함께 국가를 창업할 때 기본적으로 정비해야 하는 중대사이다. 그래서 천자가 일방적으로 정하여 반포하는 것이 아니라 제후들을 불러 모아 중지를 모은 뒤 합의하여 결정한다. 왜냐하면 이런 것들은 국가 체제를 형성하고 유지하는 일종의 상징적 질서 체제를 구성하기 때문에, 이것이 순리대로 정비되어야 백성들을 설득하고 하나의 체제 속에 편입시킬 수 있기 때문이다. 그래서 고대 중국의 정권들은 예악을 초등교육부터 주요 교과과정으로 채택해 가르친 것이고, 공자도 이 전통을 그대로 따라 제자들에게 교육시킨 것이다.

음악과 예를 정비하는 이른바 작악제례作樂制禮가 통치의 주요 수단이기에 주나라 이후의 역대 정권들은 예악, 특히 음악에 집중적으로 투자했다. 이념상으로는 이른바 주지육림酒池肉林의 방탕한 생활로 타락한 은나라 주紂왕의 정권을 타도하고 세웠다는 주나라 정권도 음악에서만은 절제가 예외였던 것으로 짐작된다.

주나라는 문왕을 서백西伯이라고 불렀던 사실에서도 알 수 있듯이 중원의 서쪽에 있던 변방의 제후국이라 그리 발달한 문화를 갖고 있지 않았다. 그래서 정권을 수립한 초기에는 왕권을 상징할 만한 제례祭禮 음악과 가무가 없어서 은나라의 「상송商頌」을 그대로 이어받아 고쳐 쓴 흔적이 곳곳에 보인다.

이를테면 『시경』 「주송周頌」의 「재견載見」편은 내용으로 보면 「상송」의 「열조烈祖」편과 매우 비슷하다. 전자는 무왕에게 제사지내면서 쓴 음악이고, 후자는 탕임금에게 제사지낼 때 연주한 악곡이다. 또한 무왕이 문왕의 제사를 지낼 때 연주했다고 하는 「주송」의 「옹雍」편은 은나라의 중흥을 일으킨 무정武丁 임금의 제사에서 불렀다고 전하는 「상송」의 「현조玄鳥」편과 비슷하다. 그리고 「주송」의 「무武」편은 주공이 무왕의 무공을 기린 내용이고, 「상송」의 「은무殷武」편은 은나라 후예들이 고종高宗의 무공을 노래한 내용이므로 역시 서로 흡사한 면모를 지니고 있다.16)

이처럼 제사의 악무로 썼다고 하는 『시경』의 송頌을 가지고 비교해 보자면, 주나라에는 나름대로의 전통이 없어 「상송」의 한계를 넘지 못한 채 이를 답습했음을 알 수 있다.

『예기』「교특생郊特牲」에 "은나라는 소리를 숭상했다(殷人崇聲)"라고 했듯이, 은나라는 음악을 매우 숭상하여 음악을 위주로 하여 제사를 지냈다. 주나라도 이 관습을 이어받으려 했지만 은나라의 음악을 그대로 답습하면 왕권의 권위가 제대로 서지 못함은 물론, 백성들에게 개혁이라는 새로운 이념적 인상을 심어 줄 수 없다. 그래서 악무의 규모를 대폭 확대하여, 여기에서 일어나는 감흥으로써 권위를 수립하고 새로운 감응을 각인시키려 했다. 이는 악무의 발전사에서 보면 형식상의 큰 변혁이라고 할 수 있다. 이 때문에 앞에서 방탕한 정권을 물리치고 새로 일어난 윤리적 정권이 추구해야 할 절제의 덕 가운데 음악은 예외였다고 말한 것이다. 이러한 상황은 「주송周頌」의 「유고有瞽」편을 보면 대략 짐작할 수 있다.

16) 류스린劉士林, 『중국시성문화中國詩性文化』(江蘇人民出版社, 1999) 285쪽.

장님 악공들이	有瞽有瞽
주나라 종묘 뜰에 있네	在周之庭
종과 경틀 세우고	設業設虞
종과 경 다는 조각판에 오색 깃을 꽂았네	崇牙樹羽
작은북 큰북 달아매고	應田縣鼓
손북과 축어를	鞀磬柷圉
다 갖추고 연주하니	旣備乃奏
퉁소 피리도 이에 화답하네	簫管備擧
덩덩 그 소리들이	喤喤厥聲
엄숙하고 조화되어 울리니	肅雝和鳴
선조들께서 들으시고	先祖是聽
손님들도 오셔서	我客戾止
언제건 이 음악 들으리라17)	永觀厥聲

『모시』「서」에 따르면, 이 시는 처음으로 음악을 작곡하여 문왕의
사당에서 합주한 노래라고 한다. 이 시를 읽어보면 당시의 화려하고
장엄한 악대 구성을 짐작할 수 있다. 이러한 짐작은 『주례』「춘관春官」
의 문헌 자료를 보면 결코 짐작만이 아님을 충분히 고증할 수 있다.
시에 나오는 '장님 악공'인 고瞽 진용의 방대함을 『주례』는 다음과
같이 기술했다.

---

17) 번역문은 김학주 역, 『시경詩經』(명문당, 1971)에서 인용했음. 이하 인용될 『시경』
시들의 번역문도 동일함.

태사大師는 하대부下大夫 2명, 소사小師는 상사上士 4명으로 이루어 졌다. 고몽瞽矇은 각각 상고上瞽 40명, 중고中瞽 100명, 하고下瞽 160명으로 이루어졌고, 시료眡瞭는 300명으로 이루어졌다. 大師, 下大夫二人; 小師, 上士四人; 瞽矇, 上瞽四十人, 中瞽百人, 下瞽百有六十人; 眡瞭三百人

여기서 고몽은 시각 장애가 있는 악공을, 시료는 시각 장애가 없는 악공을 가리킨다. 시료는 고몽의 조수 역할을 했다. 이를 근거로 계산 하면, 태사를 비롯한 악공들이 모두 606명 정도인데, 이는 오늘날의 세계적인 관현악단과 비교하더라도 대단한 규모임에 틀림없다. 이를 통해 고대 중국의 정권이 얼마나 음악에 심혈을 쏟았는지, 또 그 사회적 기능을 얼마나 중요하게 파악했는지 짐작할 수 있다.

앞서 우리는 음악에는 이데올로기적 요소가 비집고 들어올 틈이 없기 때문에 니체가 특별히 음악을 좋아했다고 말했다. 그런데 이렇게 음악이 권력을 위하여 사회적 기능을 수행했다면, 이는 이데올로기와 관련이 있는 것이 아닌가?

음악은 그 자체로 어떤 의미를 생산하는 것은 아니기 때문에 이데올로기적 기능이 있다고 볼 수 없다. 단지 우리는 음악이 연주되었을 때 그로부터 감각되는 소리의 아름다움과 장엄함, 그리고 기세와 진동 등 퍼포먼스가 생성하는 강도적인 질에서 감응을 얻는다. 그리고 이러한 감응에 특정한 의미를 부여할 때 음악은 이데올로기적이 된다. 곧 사실상 분절할 수 없는 또는 설명할 수 없는 예술적 감응이, 마치 권력의 헤게모니를 의미하는 것처럼 메타적으로 설명하는 훈고 작업 때문에 음악의 이데올로기 기능이 가능한 것이다.

여기서 신화는 파롤parole로부터 나온다는 롤랑 바르트의 정의를 다시 확인할 수 있다. 똑같은 시 낭송을 들더라도 일반인의 목소리로 듣는 것보다는 잘 다듬어진 유명 아나운서의 목소리로 듣는 것이 훨씬 더 큰 감동을 불러일으키는 게 현실 아닌가?

이와 같이 퍼포먼스에서 감응을 생성시키려는 주나라 음악은 자연히 볼거리 위주의 예악 전통으로 자리를 잡았다. 그래서 주나라 이후의 역대 정권들은 여기에 집중 투자하여, 장관壯觀적인 연주를 연출하는 관습을 형성했다. 그래서 앞서 인용한 「유고有瞽」편의 "언제건 이 음악 들으리라(永觀厥聲)"에서 알 수 있듯이, 당시 사람들은 음악을 듣는 일을 볼거리를 감상한다는 뜻의 '관觀'자로 쓰곤 했다.

또한 『좌전』「양공 29년」에 보면 오나라 공자公子 계찰季札이 노나라를 방문하여 주나라 음악을 들려 달라고 청하는 구절이 나오는데, 이를 "(계찰이) 주나라 음악을 보게 해 달라고 청했다(請觀于周樂)"라고 기록했다. 음악을 듣는 것이 아니라 '보는 것(觀)'으로 표현한 것인데, 이는 당시의 음악이 일종의 장관으로서 연주되던 관습을 그대로 드러낸 증거로 볼 수 있다. 왜냐하면 "주나라의 예는 노나라에 모두 갖춰져 있다(周禮盡在魯矣)"는[18] 한韓 선자宣子의 말은, 당시의 음악이 주나라의 음악을 재현한 것임을 입증하고 있기 때문이다.

이렇게 현장성을 강화하여 볼거리를 겸한 연주 전통은 춘추 시기에 오면 매우 사치한 방향으로 흘러, 책임감 있는 통치자들은 경계하는 대상이 되기도 했다. 이미 앞에서 설명한 바와 같이, 음악에 대한 취향이 이렇게 변화하는 것은 자기 확장에 대한 욕망이라는 측면에서 보면 기실 자연스런 현상이다. 그러나 음악의 감응에 너무 자기 확장을 실현

---

18) 『좌전』「소공昭公 2년」.

하면 사치와 타락으로 연결될 위험성이 크기에 현자들이 이를 경계하도록 권면한 것이다. 앞장에서 잠시 언급한 바 있는 『여씨춘추』 「치악侈樂」편과 「적음適音」편의 예는 이를 단적으로 잘 말해 준다.

이러한 갈등이 춘추 시기뿐만 아니라 이후의 역대 정권들에서도 끊임없이 일어났던 것은, 음악이 근본적으로 디오니소스적인 것이기 때문이다.

4. 음악 속의 언어, 또는 시

언어는 시니피앙(기표)에 의미를 부여하고 해석하는 의미 작용을 통해 의사를 나누고 사람을 설득한다. 음악도 기호로 구성된 텍스트이긴 하지만 동기motive가 매우 낮기 때문에, 언어처럼 '의미부여 – 해석' 모델의 의미 작용을 일으킨다기보다는 언어에 의해서 메타적으로 의미가 규정되는 경향이 짙다. 다시 말해서 음악은 기호체와 그것이 지시하는 대상 사이의 유사성이 희박하기 때문에 듣는 이가 그 의미를 파악하기가 쉽지 않다. 그래서 악곡의 의미는 언어를 가지고 메타적으로 정의한다.

그런데 이러한 정의는 작곡자나 연주자의 의도에서 벗어나 어떤 목적을 함의할 가능성이 크므로 이데올로기적이 된다. 그러므로 이를 역으로 하여 언어에 음악 기능을 끌어와 결합시키면 언어의 신화성이 강화된다. 이때 음악의 기능을 수행하는 효과는 (음악) 텍스트 자체보다는 그 질료인 소리의 작용에 더 의존한다.

비근한 예로, 작고한 가수 배호가 부른 '돌아가는 삼각지'나 '안개 낀 장충단 공원' 같은 노래는 대중들이 꾸준히 좋아하기에 현역 가수들은 물론 모창 가수들까지 옛날 배호가 일으킨 감응을 CD에 재현하고 있다. 그러나 배호가 부른 노래의 감응을 맛본 사람들은 이들에 대하여 고개를 내저으며, 굳이 한 장에 몇 십만 원이나 하는 골동품 비닐 레코드를 구해다 턴테이블에 얹어서 듣는 게 현실이다. 이는 음악의 기능이 텍스트보다는 소리에 더 의존적이라는 사실을 입증하는 좋은 예이다.

언어는 이러한 음악의 기능을 결합하여 의미의 강도적 질을 강화함으로써, 신화를 만들고 설득력을 높인다. 신화와 설득력은 말할 것도 없이 이념을 비롯한 이데올로기의 전파에 적극 이용될 수 있지만 말이다. 고대 중국인은 이와 같이 매개체의 속성이 약한 음악이 주체에게 심대한 영향을 끼친다는 사실을 모호하게나마 감지했다. 그래서 그들은 음악이 소리의 측면에서 강도가 확대되는 경향을 매우 경계했다. 앞서 인용한『여씨춘추』「치악侈樂」편에서 송나라와 제나라의 쇠락과 멸망을 각각 천종千鍾과 대려大呂 탓이라며 비판한 것은 이러한 그들의 시각을 잘 반영한다.

공자가 저 유명한 "거짓됨 없이 솔직하다(思無邪)"라고 평가한『시경』에 왜 대표적인 음풍淫風이라 불리는「정풍鄭風」의 시들이 실렸는지에 대하여, 그동안 많은 학자들이 여러 설명을 내놓았다. 하지만 그 어느 것도 사람들을 명쾌하게 납득시키지 못하고 있다.

『논어』「위령공衛靈公」에 보면 안연이 나라의 제도를 정비하는 일에 관하여 묻자, 공자가 그 일 가운데 하나로 정나라 음악(鄭聲)을 금지하라고 주문하며 "정나라 음악은 너무 지나치다(鄭聲淫)"라고 이유를 설명한 대목이 있다. 청나라 모기령毛奇齡은 이에 대하여 "(공자가) '음淫'이라고 한 것은 소리가 지나치다는 뜻이다. 물이 평지보다 넘치면 '음'이라 하고, 소리가 시보다 넘치면 '음'이라 한다. 소리가 시보다 넘칠 수 있다면, 시가 어떻게 소리보다 넘치게 할 수 있겠는가?"[19]라고

---

19) 모기령毛奇齡,『단연록丹鉛錄』, "淫者聲之過也. 水溢於平曰淫, 聲溢於詩曰淫.

설명했다. 여기서 "소리가 시보다 넘치는 것(聲溢於詩)"을 '음음(淫)'이라고 규정한 것은, 곧 음악이 언어의 울타리를 넘지 못하게 하기 위한 것이다. 이는 언어를 가지고 음악을 메타적으로 정의하지 않으면 언제라도 이데올로기를 무너뜨릴 수도 있는 위험 때문이다.

『국어』「진어晉語」에 보면 진 평공平公이 유행 음악(新聲)을 좋아하여 악관인 사광師曠이 간언하기를, "(음악이란) 시를 잘 다듬어서 읊은 것이고, 예를 잘 다듬어서 마디로 나눈 것입니다. 무릇 덕이란 넓고도 멀지만 시간적인 마디가 있기 때문에, 먼 데 사람들은 복종하고 가까운 데 있는 사람들은 (충정이) 바뀌지 않는 것입니다"[20]라고 한 대목이 있다. 여기서 음악을 시와 예를 통해서 설명한 것은, 음악에서는 언어와 절주(리듬)가 가장 중요한 요소라는 점을 강조하기 위한 것이다.

던져진 이 세계는 본질적으로 카오스이므로, 그 속에서 살고 또 다스리려면 마디마디로 분절한 뒤 다시 문화적인 공간으로 구성해야 한다. 이러한 문화적 공간은 연속체를 분절해서 재구성한 세계이므로 궁극적으로 시간이라는 개념과 만나게 되고, 그럼으로써 주체를 유한有限 속에 가두는 모순을 낳는다. 이 시간의 모순을 해결하려고 고안한 방도가 바로 리듬이다. 우리가 들숨과 날숨의 반복 리듬을 통해 존재를 지속시키듯이, 세계는 밀물과 썰물, 그늘과 양지, 갈라짐과 합침 등의 리듬을 반복하면서 영원으로 들어간다.

이는 곧 언어가 카오스를 분절해서 세계를 구성하여 시간이라는

聲能溢詩, 詩豈能溢聲乎." 주치엔즈朱謙之 저, 『중국음악문학사中國音樂文學史』 (北京大學出版社, 1989) 79쪽에서 재인용.
20) 『국어』「진어晉語 8」, "修詩以詠之, 修禮以節之. 夫德廣遠而有時節, 是以遠服而邇不遷."

모순을 잉태시켰으니, 다시 언어에 리듬을 결합시키면 현실적인 시간이 신화적인 시간으로 환원된다는 것이다. 다시 말해서 언어가 리듬놀이에 젖어 있을 때 물리적인 시간은 무화되고, 대신 감각되는 것은 리듬이라고 하는 원초적 시간뿐이라는 말이다.[21] 신화적 사고에서는 반복 순환만 있을 뿐 시간은 없다는[22] 명제는 여기에 근거한 말이다. 그러니까 '넓고도 먼' 카오스 상태의 덕은 '시간적인 마디,' 곧 리듬이라는 음악성 때문에 그 존재를 느끼게 되므로, '먼 데 사람들은 복종하고 가까운 데 있는 사람들은 (충정이) 바뀌지 않는' 다스림이 완성된다는 것이다

이처럼 고대 중국에서는 음악이란 언어와 절주, 다시 말해서 시와 소리가 적절히 조화를 이루어야 아름답다고 여겼다. 소리의 절주 없이 시만으로는 음악이 될 수 없음은 말할 것도 없고, 시 없는 소리의 절주도 음악으로서는 바람직하지 않다는 말이다. 왜냐하면 언어(시)가 개입되지 않은 음악은 사람의 정신을 혼미하게 만들기 때문이다. 사광이 평공을 꾸짖은 까닭은, 그가 좋아하는 음악이 바로 이 조화를 깨고 소리에 치중하는 유행 음악(新聲)이었다는 데 있다.

명나라 양신楊愼이 "정나라 음악이 너무 지나치다는 것은 정나라에서 지은 음악의 소리가 시를 지나쳤다는 뜻이지, 「정풍」의 시가 모두 지나쳤다는 말이 아니다"[23]라고 지적한 바와 같이, 『시경』 「정풍」과 정나라 음악은 구분할 필요가 있다. 전자는 시가 있는 노래이고, 후자

---

21) 옥타비오 파스 지음, 『활과 리라』, 김홍근·김은중 옮김(솔, 1998) 72쪽 참조.
22) 조르주 귀스도르프 지음, 『신화와 형이상학』, 김점석 옮김(문학동네, 2003) 162쪽.
23) 양신楊愼, 『승암경설升庵經說』「음성淫聲」, "鄭聲淫者, 鄭國作樂之聲過於詩, 非謂鄭詩皆淫也."

는 시적 요소가 결핍되어 있는 음악이기 때문이다.

「정풍」과 같은 남녀상열지사男女相悅之詞라 하더라도 언어가 개입된 음악은 '거짓됨 없이 솔직하다'는 평가를 받을 수 있지만, 소리에 치우쳐 있는 정나라 음악(鄭聲)은 경계 대상이다. 한의학에서도 병 때문에 목소리가 정상적이지 않은 것을 정성鄭聲이라고 하는데,[24] 이는 음악에서 음이 언어 메시지와 조화를 이루지 못함으로써 의미 생성에 실패한 데서 기인한 파생어로 보인다.

앞서 말한 바와 같이 음악은 매개적이지 않고 감각적이다. 뤼디거 자프란스키는 음악의 이러한 특성을 니체의 글을 토대로 하여 다음과 같이 썼다.

> 사람들은 이러한 음악 체험이 너무 강렬해서 자신의 허약한 자아가 음악적 황홀 때문에, 곧 음악 오르가슴 때문에 무너져 버리지 않을까 두려워한다. 그러므로 음악과 디오니소스적인 황홀경을 느낄 수 있는 청중 사이의 거리를 어느 정도 유지하게 하는 중간 장치를 삽입하는 것이 필수적이다. 언어와 장면, 그리고 극적인 줄거리로 이루어진 신화가 바로 그것이다.
>
> 이러한 의미를 갖고 있는 신화는 우리를 음악으로부터 보호한다. 신화 때문에 음악은 전면에서 후면으로 밀려나는데, 그곳에서 음악은 전면에 등장하는 신화적 줄거리와 언어, 그리고 장면이 더욱 집약적으로 의미를 갖게 한다. 이러한 과정을 통해서 청중은 마치 가장 심오한 사물의 내면이 그들이 직접 들을 수 있도록 이야기하는 것처럼 느끼게 되고, 자신들이 이 모든 것을 들었다고 느낀다.[25]

---

24) 왕부지王夫之, 『논어패소論語稗疏』 「정성鄭聲」, "醫書以病聲之不正者爲鄭聲."

음악이 우리에게 가리키는 저 다른 존재 방식을 우리는 견딜 수 없다. 부드러운 중간 매개물이 그 사이에 있어야 한다.[26]

음악이 매개적이라면, 음악이라는 기호체 또는 텍스트에 의미를 부여하거나 해석함으로써 주체에게 욕망을 일으키거나 또는 포기시킬 수 있을 것이다. 그런데 이것이 직접적이고 감각적이라 그 강렬한 감응 때문에 주체가 쉽사리 디오니소스적인 황홀경에 빠져 버린다. 그래서 이러한 주체를 음악으로부터 보호하고자 중간 매개물을 두어 중화시키는데, 그 중요한 매개가 바로 시나 신화와 같은 언어다.

다시 말해서 언어의 사물을 규정하는 메타인식 기능을 음악 속에 개입시켜 카오스를 분절하여, 개념화하려는 힘이 카오스로 회귀하려는 디오니소스적인 욕망에 저항하도록 만드는 것이다. 그래야 미래의 빛을 지향하고 있는 아폴론적인 힘이 주체를 지탱하고 또 지배할 수 있기 때문이다. 고대 중국인은 음악의 이런 특성을 파악했기 때문에, 음악에서 시가 배제되지 않고 정치적인 힘의 균형을 유지하도록 끊임없이 훈고 행위를 시도한 것이다.

그러나 음악이란 자연스럽게 감각적인 흐름을 따라 갈 수밖에 없다. 그래서 이른바 신성新聲, 곧 사람들을 신선한 감각으로 유혹하는 유행 음악은 언제나 주체들에게 디오니소스와 아폴론 사이에서 윤리적인 갈등을 일으키도록 한다. 위魏 문후文侯와 자하子夏의 다음과 같은 대화는 이를 잘 대변한다.

---

25) 뤼디거 자프란스키, 앞의 책, 20쪽.
26) 같은 책, 157쪽.

위 문후가 자하에게 물었다. "내가 단정히 의관을 갖추고 고전 음악을 들으면 오로지 잠이 올까 봐 겁나는데, 정나라와 위衛나라의 음악을 들으면 도무지 지루한 줄 모르겠으니, 감히 묻건대 고전음악은 어째서 저러하고 유행 음악은 어째서 이런 것입니까?"

자하가 대답하기를 "이제 임금님께서 물으신 것은 음악이고, 임금님께서 좋아하신 것은 소리입니다. 무릇 음악이라는 것은 소리는 서로 비슷한 것 같으면서도 다릅니다. …… 천하가 크게 안정되고 난 다음에 육률六律을 바로잡고, 오성五聲을 어울리게 하며, 시와 송頌을 악기에 맞춰 노래 불러야 하는 것이니, 이것을 일컬어 덕음德音이라 하고, 덕음이 곧 음악인 것입니다"라고 했다.27)

위 문후가 고전음악을 들으면 졸음이 온다고 고백한 것은 감응을 느낄 수 없기 때문인즉, 이는 고전음악이 그에게 감각적이지 않다는 뜻이다. 곧 감각적이어야 할 음악에 언어라는 매개물이 개입되면 그로부터 어떤 의미를 해석할 수 있어야 하는데, 그것이 여의치 않을 때 권태가 밀려오는 것이다. 왜냐하면 자하의 설명처럼 음악이란 기본적으로 "시와 송頌을 악기에 맞춰 노래 불러야 하는 것"이라는 관념이 당시 지식인들에게는 이미 보편화되었기 때문이다.

반면 새로운 유행 음악은 가사(시)보다는 소리의 미적인 감각성을 강구하기 마련이다. 그래서 굳이 의미를 해석할 필요도 없이 단지 느끼기만 하면 된다. 그래서 지루하지 않은 것이고, 이것을 자하는 위 문후

---

27) 『예기』 「악기樂記」, "魏文侯問於子夏曰 : 吾端冕而聽古樂則唯恐臥, 聽鄭衛之音則不知倦, 敢問古樂之如彼何, 新樂之如此何也? 子夏對曰 : 今君之所問者樂也, 所好者音也, 夫樂者與音相近而不同, …… 天下大定, 然後正六律和五聲, 弦歌詩頌, 此之謂德音, 德音之謂樂."

가 소리에 빠졌기 때문이라고 규정한 것이다. 그리고 공통 감각에 의거해서 아폴론적인 비전을 이야기해야 하는 군주는, 소리의 디오니소스를 지양하기 위해서 근본적으로 덕음, 곧 시송詩頌의 관념에서 벗어나면 안 된다는 것이 자하의 생각이다.

그렇다면 가사가 들어가 있는 노래는 모두 권태로운가? 그건 그렇지 않다. 노래를 포함한 모든 음악의 감응은 가사 자체보다는 소리의 예술적인 감각성에서 연유한다고 보는 편이 옳다. 이를테면 영화 『쇼생크 탈출』에 보면, 주인공이 감옥의 방송실에 침입하여 허락 없이 『피가로의 결혼』이란 오페라 음반을 트는 장면이 나온다. 그 음악에 죄수들을 한참 동안 멍하니 음악의 감동에 빠진다. 그들은 아무 영문도 모른 채 아리아 「편지의 이중창」에 한껏 매료되는데, 그들을 사로잡은 것은 군둘라 야노비츠Gundula Janowitz의 목소리로 부르는 노랫소리였지 가사 자체는 아니다. 영화 속의 내레이션도 어떤 이탈리아 여가수가 부르는 어떤 노래라고 설명할 정도로, 그 노래에서 가사는 철저히 무시된다.

사실 그 노래의 가사도 알고 보면 여주인공 수잔나가 백작 부인이 부르는 대로 비밀 편지를 받아쓰는 내용이라, 영화의 맥락과는 아무 관련도 없다. 그래도 그 노래는 죄수들을 매료시켰을 뿐만 아니라, 영화를 감상한 관객들까지도 무슨 노래인지 알고자 인터넷을 검색한 사람들이 부지기수였다. 또 이 음반이 날개 돋친 듯 팔린 걸 보면, 음악의 본질은 어디까지나 소리의 예술성과 디오니소스에 있음을 부인할 수는 없을 듯하다.

이탈리아어로 쓴 오페라 가사를 영어나 우리말 등 다른 언어로 번역하여 부르는 것을 들으면 어딘가 어색하다. 이 역시 감응이 소리에서 기원함을 입증하는 예다. 롤랑 바르트도 신화는 파롤에서 생긴다고 말하지 않았던가?

『예기』「악기樂記」에서 "정나라 음악은 뜻(의지)을 넘쳐서 쏟아 흘려버리는 경향이 있다(鄭音好濫淫志)"라고 규정한 것처럼, 이 소리의 디오니소스는 사람의 정치적인 의지를 약화시키기에 공자가 정나라 음악을 경계한 것이다. 정나라 음악을 이렇게 보는 관념이『한비지韓非子』에 와서는 아예 "나라를 망하게 하는 음악(亡國之音)"이라고 폄훼되었고,[28]『여씨춘추呂氏春秋』에서는 "사람의 본성을 해치는 도끼(伐性之斧)"라고 극언[29]하기에까지 이르렀다.

요컨대 고대 중국인은 문학이 개입되지 않은 음악의 형태를 바람직하지 않은 모습으로 보았다. 그들이 가장 이상적으로 여겼던 음악의 모습은 아마도 공자가『시경』「관저」를 평가한, "즐거우면서도 지나침으로 흐르지 않고, 슬프면서도 다치지 않는 것(樂而不淫, 哀而不傷)"이라고 할 수 있을 것이다.

음악은 본질적으로 '즐거움(樂)'과 '슬픔(哀)' 같은 감각으로 흐를 수밖에 없다. 그런데 이것이 지나치거나 상처를 주지 않도록 지양할 수 있는 힘을 기능하게 하는 것이 바로 시(가사)다.『순자』「권학勸學」편의 "시란 중용적인 소리가 머무는 바이다(詩者中聲之所止)"라는 말은, 직접적인 감각과 매개적인 의미라는 두 가지 모순된 힘의 균형을 가리킨다.

---

28)『한비자』는「십과十過」에서 정성鄭聲의 유래를 설명하면서 망국지음이라고 규정한다.

29)『여씨춘추』「본생本生」참조.

5. 낭송의 의미론

이러한 음악과 언어(가사)의 상관관계에 익숙한 고대 중국인은 이 특성을 잘 활용하여, 텍스트를 음악적으로 읽어서 그 감응을 느끼고 즐기는 이른바 낭송 문화를 만들었다. 중국에서는 낭송을 음송吟誦이라고 부른다. 음송을 다시 세분하면 흔히 '음'은 음악적 리듬을 중시하고 '송'은 언어적 리듬을 중시한다고 말하지만, 실제 음과 송을 들어보면 명확하게 차이가 나지 않는다. 그러므로 음송은 음성에 음악미를 가미하여 읊는 행위로 개괄하여 이해하는 것이 보편적이다. 음송에는 기본적으로 일정한 규칙이 있긴 하지만, 음송하는 사람의 기분에 따라 즉흥적으로 애드리브를 하여 흥을 더 돋우기도 한다.

『상서』「순전舜典」에 "시는 뜻을 말한다"는 이른바 '시언지詩言志'를 이야기하면서 "사물에서 느낌을 받아 움직임이 있을 때 이것을 말로 규정하면 '지志'가 된다(感物而動, 乃呼爲志)"라고 서술한 구절이 있다. 이를 근거로 한방기韓邦奇는 그의 『원락지악苑洛志樂』 권8에서 "시는 본래 마음으로부터 생기는 것이고, 마음은 본래 사물로부터 느낌이 일어나는 것이다(詩本生於心, 心本感於物)"라고 부연 설명했다. 이것이 전통적으로 중국인이 시를 보는 대표적 관념이 된 게 사실이다.

그러나 기실 따지고 보면 마음의 움직임, 곧 감동이란 사물로부터 오는 게 아니다. 스토아학파의 개념으로 말하자면 감동이란 본질적으로 시뮬라크르이기 때문에 사물과 같은 실재에서 생기는 것이 아니라,

사건에서 생기는 것이다. 이에 관해서는 앞으로 자세히 설명해 나가겠지만, 사건이란 시를 구성하는 언어의 절주節奏, 곧 음악성에 있다.

앞서 우리가 이미 살펴보았던 것처럼, 소리는 감각의 사건으로서 사물의 내재성을 감응의 생성을 통하여 말해 준다. 곧 감응의 경험은 감각한 사물을 완전히 파악한 것 같은 효과를 발생시킨다. 그래서 중국에서는 매우 오래 전부터 낭송을 중요한 교육 방법으로 채택했고, 또 많은 사람들이 낭송의 중요성을 강조했다.

『주례』「대사악大司樂」의 "노래 가사로써 공경대부의 자제들을 가르치는데, 그 세목은 흥興·도道·풍諷·송誦·언言·어語이다(以樂語敎國子, 曰∶興·道·諷·誦·言·語)"라는 구절에서 알 수 있듯이, 학동들에게는 언어와 더불어 풍송諷誦을 가르쳤다. 이 풍송이 바로 낭송이다. 옛날에는 계절에 따라 가르치는 과목을 달리 하여 낭송은 봄에 가르쳤다.30)

고대부터 내려온 전통적 교육 방식인 낭송은 1920년대에 신식 교육이 도입되면서 구시대의 유물로 치부되기 시작했다. 그러자 일부 지식인들은 이를 유지하고자 노력을 시도했는데, 그 가운데 하나가 시아가 이쭌夏丏尊과 예성타오葉聖陶가 공동으로 쓴 『문심文心』이란 책의 발간이다. 그들은 이 책에서 낭송의 중요성을 다음과 같이 설파했다.

소리 내어 읽는다는 것은 원래 중요한 것이어서, 옛날 사람들이 책을 읽을 때는 대부분 문법도 익히지 아니하고 해석도 중시하지 않은 채, 단지 소리 내어 읽는 일에만 죽자고 노력했다. 그들은 아침저녁으로 낭송하고 낭독했는데, 이렇게 읽다 보면 문자도 자연히 통하게 되고,

---

30) 『예기』「문왕세자文王世子」, "春誦·夏弦·秋學禮·冬讀書."

의미도 저절로 이해되었다. …… 근래에 학생들이 학교에서 독서한다고 말하고는 있지만, 기실 소리 내어 읽는 경우는 매우 드물고 단지 글자만 볼 뿐이다. 나는 다른 과목은 상관하지 않겠으나, 국문·영문 같은 언어학과는 눈과 마음만 써서는 안 되고, 눈과 마음 이외에 반드시 입과 귀를 더하여 사용해야 한다고 생각한다. 소리 내어 읽는 것은 마음·눈·입·귀 등을 함께 사용하는 학습 방법이다.[31]

여기서 주목할 만한 구절은 "아침저녁으로 소리 내어 읽다 보면 문자도 자연히 통하게 되고, 의미도 저절로 이해되었다"이다. 분석도 안 하고 의미도 천착하지 않는데, 어떻게 저절로 문자가 통하고 의미를 이해한단 말인가? 이것이 정말 가능한가?

앞서 설명했듯이 낭송이란 강도의 질을 생성하여 이를 감각하고, 그럼으로써 감응을 경험하는 일련의 과정이자 사건이다. 예성타오는 이것을 일컬어 "낭송하면 연구하고자 하는 대상을 이지적으로 이해할 뿐만 아니라, 절실하게 체득하여 나도 모르는 사이에 내용이 이치로 변화하여 독자 자신의 것이 된다"[32]라고 표현했다. 절실하게 몸으로 체득하여 나도 모르는 사이에 내용이 내 것으로 변하는 것이란, 낭송이라는 내면성의 평면을 통해서 분화되지 않은 사물의 내면성을 경험(감각)하는 것이다. 이것이 바로 감응을 이야기하는 것이다.

여기에서 예성타오는 "내용이 이치로 변화한다"고 하여 이해와 체득의 원리를 설명하는데, 이처럼 감응을 이치로 설명하려는 것은 기실

---

31) 천사오쑹陳少松 저, 『고시사문음송연구古詩詞文吟誦硏究』(社會科學文獻出版社, 1997 北京) 18쪽에서 재인용.
32) 같은 책, 19쪽.

어울리지 않는 말이다. 이를 통해서도 우리는 중국인이 평소 얼마나 이치에 강박관념을 갖고 있는지 짐작할 수 있다. 이처럼 낭송을 긍정적으로 보는 사람들은 그 효과만 감지했을 뿐, 그것이 왜 그런 효과를 갖는지는 분석적으로 설명하지 못했다.

아무튼 이렇게 감응을 중시한 독서법은 그들의 말대로 '문법과 해석을 중시하지 않았기 때문에,' 중국의 전통 학문에서는 문법학과 논리학 같은 것이 그리 발달하지 않았다. 주쯔칭朱自淸도 그들의 주장에 동조하면서 당시 학생들이 문언문文言文, 곧 고문으로 쓴 고전 작품을 감상할 줄 모르는 것은 바로 낭송할 줄 모르기 때문이라고 지적했다.[33] 왜냐하면 고전 작품은 애당초 낭송의 감각에 초점을 맞춰 지은 텍스트들이기 때문이다.

앞에서 잠깐 알아보았듯이, 중국에서 낭송의 역사는 매우 오래되었다. 좀 더 정확히 말하자면 한어漢語는 성조 언어이기 때문에, 소리의 고저高低와 완급緩急에 따라 의미가 달라진다는 언어적 특성이 낭송 문화를 발달하게 한 조건이기도 하다. 그래서 『춘추春秋』를 해석한 『춘추공양전春秋公羊傳』과 『춘추곡량전春秋穀梁傳』이 사실상 같은 내용임에도 불구하고 다른 책으로 전해진 것은, 『춘추』의 경문經文을 낭송하는 방법이 달라서 결과적으로 해석에 차이가 생겼다는 사실은 상식에 속한다.

이런 선험적인 조건 말고도 중국의 통치자들 자신이 앞서 낭송 문화를 제창하고 즐겼기 때문에, 시인 및 문인들이 우대를 받음과 동시에 좋은 작품을 많이 생산하도록 매우 큰 영향을 미쳤다. 그래서 낭송

---

33) 같은 책, 19쪽.

문화는 당唐나라 때에는 "나무꾼과 목동들도 모두 낭송할 줄 알고,"[34] "어린이도 「장한곡長恨曲」을 낭송할 줄 알고, 오랑캐(소수민족)도 「비파편琵琶篇」을 노래할 줄 알 정도로"[35] 대중적으로 애호했다고 당시의 기록들은 전하고 있다.

문언문은 성조라는 선험적 조건을 갖추고 있기 때문에, 문언문으로 쓴 텍스트는 낭송을 전제하지 않으면 저자의 내면성에 들어가기가 쉽지 않다. 한유韓愈의 「진학해進學解」에 보면 "선생님의 입은 육예의 문장을 끊임없이 낭송하셨고, 손은 백가의 책들을 멈추지 않고 펴셨습니다(先生口不絶吟于六藝之文, 手不停披于百家之編)"라는 구절이 있다. 문장을 쓸 때에는 형식적인 아름다움은 지양하고 도학道學적인 내용을 담아야 한다는, 이른바 문이재도文以載道를 극력 주장한 고문운동가 한유도 육예의 고전을 읽을 때에는 낭송했음을 알 수 있는 대목이다. 인의仁義의 수양과 교화의 내용을 담은 도학적 기풍의 문장에서는 음악성과 같은 감각적 요소는 배제할 수밖에 없다. 그럼에도 불구하고 한유가 육예의 고전을 낭송했다는 것은 그도 언어만으로는 설명할 수 없는 경험적인 감응에 의존했음을 말한다.

한유는 「답이익서答李翊書」에서 기氣의 작용에 대해 다음과 같이 언급했다.

기는 물이고, 말은 (물에) 떠 있는 물체이다. 물이 크면 사물 가운데 뜨는 것들은 크던 작던 모두 떠 있다. 기가 말과 갖는 관계가 꼭 이와

---

34) 『전당시화全唐詩話』 권1, "藻思沉鬱, 尤長五言. 雖樵童牧子, 亦皆吟諷."
35) 당唐 선종宣宗 「조백거이弔白居易」, 『전당시全唐詩』 권4, "童子解吟長恨曲, 胡兒能唱琵琶篇."

같다. 기가 풍성하면 말의 장단과 소리의 고하가 모두 마땅하게 들어맞는다. 氣, 水也; 言, 浮物也. 水大而物之浮者大小畢浮. 氣之與言猶是也, 氣盛則言之長短與聲之高下者皆宜.

이것이 바로 "기가 풍성하면 말이 (저절로) 타당해진다"는 이른바 '기성언의氣盛言宜'의 원전에 해당하는 말이다. 여기서 '말의 장단과 고하'란 그가 철저하게 비판하는 변문騈文의 형식, 곧 구마다 4·6자로 구성하고 엄격하게 평측법平仄法을 지켜서 인위적으로 아름답게 꾸미는 기술을 가리킨다.

그러니까 한유가 말하고자 하는 바는 문학 텍스트의 감동은 언어의 형식에서 나오는 게 아니라, 그 형식을 '떠받치는(浮)' 기에서 나온다는 것이다. 그리고 이 기는 도학적인 수양으로 기른다. 그렇다면 기는 공자가 말한 "아침에 도를 들으면, 저녁에 죽어도 괜찮다"의 '도'처럼 생성되는 것이므로, 기란 곧 감각에 바탕을 둔 감응이라는 사건에 해당하는 것이다.

도학자인 한유까지 감응으로 문학 텍스트를 판단할 정도였으므로, 중국의 역대 문인들이 낭송을 작품의 중요한 심미적 요소로 본 것은 매우 보편적인 현상이었다. 주밀周密의 『제동야어齊東野語』에 보이는 소식蘇軾의 다음 고사는 이를 극명하게 보여준다.

옛날에 시를 지어서 소동파에게 바친 사람이 있었다. 그가 그 시를 낭송하고서는 "이 시에 점수를 줄 수 있겠습니까?" 물으니, 소동파가 "100점이요"라고 대답했다. 그 사람이 크게 기뻐하자 소동파가 천천히 말하기를, "단지 시가 30점이고, 낭송이 70점이라서…"라고 했다.[36]

昔有以詩投東坡者, 朗誦之而請曰：此詩有分數否? 坡曰：十分. 其人大喜. 坡徐曰：三分詩, 七分讀耳.

당송팔대가唐宋八大家의 한 사람으로서 송나라의 고문 운동을 주도한 소식이, 이 익살스러운 일화에서처럼 낭송의 감각적 기술을 시의 가치를 결정하는 주요 요소로 보았다고 말할 수는 없을 것이다. 그러나 낭송의 아름다움 때문에 감동을 자인한 것은, 문학 텍스트에서 음악성 또는 음악적 퍼포먼스의 기능이 매우 중요한 비중을 차지한다는 사실을 무의식적으로 인정한 것이라고 보아도 무방할 것이다.

이렇게 보면 이치를 중시하는 중국의 도학자적인 학문 전통이라는 것도 실체에 대한 담론이라기보다는, 관념적으로 규정되고 서술되는 이데올로기에 지나지 않을지도 모른다는 생각이 직감적으로 든다. 다시 말해서 그들이 노니 이치니 하는 깃도 결국 감각적인 것외 다른 이름일 것이라는 말이다. 이것은 주쯔칭의 다음 글에서도 그대로 드러난다.

> 량치차오 선생은 이의산李義山의 일부 시는 무슨 뜻인지는 도대체 모르겠으나, 소리 내어 읽으면 어떤 맛이 느껴지는 바가 있다. 이런 맛은 아마도 일부는 글자의 이미지에서 오는 것이기도 하고, 일부는 칠언율시七言律詩의 음악성에서 오는 것이기도 하다. …… 의미의 감상에 관해서 말하자면 모든 감각을 종합하는 상상력에 의존해야 하는데, 이것은 오랜 기간 교양을 쌓아야 가능한 것이다. 그러나 교양이 깊은 량치차오 선생 같은 사람도 가끔은 감각이 앞서 가게 할 때도 있었으니, 이를 통해

---

36) 천사오쑹陳少松, 앞의 책, 24쪽에서 재인용.

감각의 힘이 얼마나 큰지 족히 알 수 있다.[37]

주쯔칭은 감각적인 상상력으로 의미를 이해할 수 있는 경우가 있다고 설파하면서, 그 전제조건으로 교양의 축적을 내세우고 있다. 이때 교양은 말할 것도 없이 이치 중심의 도학적 학문의 함양을 의미한다. 다시 말해서 도학적으로 수양이 된 사람이라야 감각의 힘에 휘둘리지 않고 적절히, 그것도 가끔 이용할 수 있다는 말이다. 왜냐하면 감각이란 그 기능이 중요하기는 하지만 그만큼 영향력도 크기 때문이다.

주쯔칭의 이 말은 감각의 힘을 인정하면서도 그것이 지배하는 것은 경계하는 이중적 사고를 반영한다. 낭송 문화를 주창하는 주쯔칭의 생각이 이럴진대, 중국의 지식계와 문화계에서 감각적인 것을 어떻게 다루었는지를 상상하는 것은 그리 어려운 일이 아니다.

---

37) 주쯔칭 저, 「백번 읽어도 물리지 않음에 관하여 논함(論百讀不厭)」, 같은 책 25쪽에서 재인용.

6. 훈고학訓詁學 : 음악의 소외

이상에서 살펴본 바와 같이 소리는 의미 작용을 넘어서는 자신만의 감응을 통하여 하나의 역능power을 갖는다. 이 역능이란 소리 ― 이것이 구호이든 소음이든 관계없이 ― 에 감응을 느낀 사람들이 그 소리에 몸을 맡기거나, 합창에 참여할 때 그들 각자가 자기 동일성을 잊고 거대한 '우리'로 확장된 느낌을 갖게 하는 힘을 말한다.

앞서 예로 들었던 '대~한민국'이란 구호는 디오니소스답게 개별화된 자아를 무너뜨려서 분화되지 않은 '우리'로 환원시킴으로써 확장된 힘을 감각하게 만드는 것이다. 이렇게 보면 소리는 우리를 표상하는 상징을 넘어, 우리를 구성하고 스스로를 감각할 수 있는 실체가 된다. 삶이 움직임의 사건에서 느껴질 수 있듯이, 나 (또는 우리)의 존재나 정체성도 소리의 반복적 외침에서 지각된다.

이렇게 디오니소스적으로 하나가 되는 것은 개인의 삶에서는 쾌락적인 일일 수도 있으나, 체제를 유지해야 하는 아폴론적 관점에서 보면 이는 위아래도 없는 광기에 속하므로 권력은 이를 경계할 수밖에 없다. 그래서 권력은 언제나 소리와 음악을 길들여 왔다. 중국의 경우 시에서 음악을 떼어내는 시도가 이렇게 해서 시작되었다.

이에 관해서는 차차 자세히 논하겠지만, 권력이 음악을 통제하거나 또는 통제의 일환으로 시에서 음악을 길들일 수밖에 없는 이유를 『시경』「신대新臺」편의 시를 통해서 간단히 설명하면 다음과 같다. 먼저

「패풍邶風」의 「신대」편을 읽어보자.

새 누대는 산뜻하고	新臺有泚
황하는 질펀하다	河水瀰瀰
고운 님 찾아왔건만	燕婉之求
죽지도 않을 더러운 자 만났네	籧篨不鮮

새 누대는 솟아 있고	新臺有洒
황하는 평평하다	河水浼浼
고운 님 찾아왔건만	燕婉之求
죽지도 않을 더러운 자 만났네	籧篨不殄

고기 그물을 쳤는데	魚網之設
큰 기러기가 걸렸네	鴻則離之
고운 님 찾아왔건만	燕婉之求
이런 꼽추 같은 자가 걸렸네	得此戚施

『시경』에 나오는 대부분의 시가 그렇지만, 이 시의 내용에 대한 해석도 전통적인 것과 현대의 것이 매우 다르다. 현대의 학자들은 대체적으로 이 시를 여자가 원치 않는 혼인에 대하여 불만을 토로한 애원시哀怨詩라든가, 또는 엄격한 도덕규범에서 오는 일상의 스트레스와 수치감 등을 해소하고자 하는 일시적인 금기해제적인 시라는 데 동의하고 있다.

그도 그럴 것이 위 시의 내용을 살펴보면, 아리따운 아가씨가 시집 가는 날인만큼 새로 지은 누대와 풍성한 강물이 넘실대는 황하의 풍경부터 노래하기 시작한다. 그러다 갑자기 꼽추 늙은이가 등장하여, 이 아가씨가 추악한 늙은이에게 돈에 팔려 원치 않는 시집을 가는 실정임을 암시한다. 현대의 학자들은 이런 가사 내용 때문에 애원시로 분류한 것인데, 곡조가 사라졌기에 문자만 보고 이야기하면 그렇게 이해해도 무리가 아니다.

그런데 류스린은 이 시가 희가喜歌, 곧 각설이 타령이라는 설을 제기한다.[38] 우리도 옛날에는 그랬지만, 중국도 동네에서 혼인 잔치가 열리면 각설이들이 와서 동냥 타령을 부르곤 했다. 류스린은 바로 이런 옛날 관습을 상상하면 이 노래의 본질을 알 수 있다는 것이다. 그런 노래들은 각설이들이 잔치 분위기를 띄우려고 과장법과 반어법 등의 수사법을 써서 익살스럽게 표현하는 것이 보통이다.

류스린은 그 예로 영화『붉은 수수밭(紅高粱)』의 결혼식 장면을 상기시킨다. 그것은 예쁜 신부를 태워 오는 가마꾼들이 격한 율동에 맞춰 노래를 부르는 장면이다. 노랫말을 들어보면 신부는 게을러서 머리에서 이를 반 사발이나 잡을 수 있고, 너무 못 생겨서 추한 늙은이도 도망갈 정도라고 익살을 떠는 내용이다. 말할 것도 없이 과장과 반어들로 가득하다.

혼인은 축제다. 이 축제는 채무자(신랑 측)는 빚을 갚고 채권자(신부 측)는 빚을 받는 자리이기 때문에 즐거운 시간이자 장소이다.[39] 빚을

---

38) 류스린劉士林, 앞의 책, 215~216쪽.
39) 서동욱, 앞의 책, 139~140쪽 참조.

갚는 축제의 자리에 참여하는 사람들은 각자의 빚 또한 탕감해 주거나 탕감 받을 수밖에 없다. 왜냐하면 음악의 디오니소스가 이들을 분화되지 않은 원초적 존재로 환원시키기 때문이다. 그러므로 축제의 음악에는 반어적인 희화와 일상의 금기를 범하는 것이 허락되는 것이다. 이를 통하여 축제 다음날부터 불공평한 현실이 바뀐 것은 없지만, 그래도 공평한 기분으로 새로운 삶을 시작하는 효과가 발생한다.

『시경』과 같은 고전적인 노래는 아니지만, 민요풍의 중국 유행가 「열여덟 살 처녀(十八的姑娘)」도 이러한 기능을 잘 보여준다. 이 노래도 장이머우張藝謀 감독의 영화인 『말로 합시다(有話好好說)』에서 잔칫집 장면에서 부른다는 점에서 매우 상징적이다. 이 노래의 가사를 보면 대충 다음과 같다.

열여덟 처녀는 한 떨기 꽃	十八的姑娘 一朵花 一朵花
모든 사내 그녀를 그리워하지만	每個男人都想她 都想她
돈 없는 젊은 녀석 사랑하지 않고	沒錢的小伙 她不愛 她不愛
돈 많은 늙은이에게도 시집가지 않는다네	
	有錢的老頭 她不嫁 她不嫁
아아	啊
처녀 열여덟 한 떨기 꽃일세	姑娘十八 一朵花 一朵花
열여덟 처녀는 한 떨기 꽃	十八的姑娘 一朵花 一朵花
아름다운 청춘 좋은 세월일세	美麗青春好年華 好年華
처녀가 다 자라면 집에 놔둘 수 없는 법	
	姑娘長大不可留 不可留

시집을 가니 마니 하더니 웬수가 되었네

留來留去 成冤家

아아 　　　　　　　　　　　　啊

처녀 열여덟 한 떨기 꽃일세　　　姑娘十八 一朵花 一朵花

　이 노래도 열여덟 꽃다운 나이의 처녀를 선망하는 내용으로 시작하다가, 갑자기 시집도 못 가서 집에서 빈둥거리는 천덕꾸러기로 전락시키는 익살로 끝을 맺고 있다.

　미래의 이상을 계획하는 아폴론적인 청사진은 우리들이 꿈을 꾸게하고 희망도 갖게 만든다. 그러나 현실에서 이러한 꿈은 언제나 통치자들이 정치적 의도로 주는 것일 뿐, 실제로 이루어지는 법은 없다. 곧 꿈이란 콧대 높은 열여덟 꽃다운 처녀가 어느 사이에 노처녀 '웬수'가 되듯이, 머지않아 천덕꾸러기가 되는 게 오랜 경험을 통해서 얻은 지혜다. 그러니 이런 부질없는 꿈을 희화하고 무화시킴으로써 원초적 존재로 회귀하게 하고, 아울러 그 회귀하는 낙차로부터 쾌락을 즐기는 것이 음악의 디오니소스다.

　이러한 노래와 음악은 주체의 입장에서 보자면 감응의 생성을 통한자기 확장이기 때문에 삶의 의지를 고취시켜 준다. 하지만 체제를 유지해야 할 통치자의 입장에서 보면 『시경』「신대」편의 노래는 위아래도 없는 광기로, 「열여덟 살 처녀」는 미래의 비전을 무너뜨리는 반사회적인 퇴폐주의로 보일 것이 뻔하다. 그래서 음악의 기능을 잘 알고 있는 통치자들은 이러한 광기 어린 노래들을 순화시켜야 할 필요성을 느꼈으니, 이에 등장한 것이 훈고학訓詁學이다.

훈고학이란 간단히 말해서 고대의 문헌 언어를 당대當代의 언어로 해석하는 학문이다. 훈고학이 제도 학문으로 수립된 것은 한나라 때의 일이지만, 그 맹아는 이미 춘추 시기에 생겨나 전국 이후 제자백가와 같은 지식인들 사이에서 성행했다. 훈고는 기본적으로 고대 문헌 텍스트(이를테면 『시경』과 같은 경서)를 당대의 언어로 해석하는 일이지만, 이 해석이라는 것이 그 속성상 의미의 영도零度를 유지할 수는 없는 법이다. 그러니 자연히 이 해석에는 특정 집단이나 계급의 이익 또는 이데올로기가 개입될 수밖에 없다는 점에서 매우 정치적인 행위라고 정의할 수 있다.

이러한 정치적 행위에서 가장 중요한 기능을 하는 것이 바로 해석, 곧 언어를 가지고 메타적으로 규정하는 일이다. 시적 텍스트는 감응에 따라 쓴 것인데, 훈고는 이 감응을 언어로 개념화하겠다는 것이다. 이렇게 감응을 개념화하려면 누구나 동일하게 느낄 수 있는 공통 감각적인 것으로 설정해야 하는데, 앞에서 이미 살펴본 것처럼 감응이란 강도적인 질의 생성에서 나오는 것이므로 이는 사실상 불가능한 일이다. 시적 텍스트의 언어는 내면성의 평면일 뿐이지 개념화의 수단은 아니다. 따라서 훈고학자들이 시의 언어를 다른 언어로 바꾸는 일은 목적론적인 기의, 다시 말해서 이데올로기를 기표에 고정시키는 재인식re-cognition 과정이라고 규정할 수 있다.

이러한 과정에서 「신대」편 역시 훈고학자의 메타언어에 의한 정의를 피할 수 없었으니, 그것은 이 시가 위衛나라 선공宣公의 비윤리적인 행위를 비난하려는 풍자시라는 해석이다. 『모시毛詩』「서」는 『춘추전春秋傳』의 기록40)에 의거해 이렇게 해석했다는 것인데, 공영달의 『모시정의毛詩正義』의 주를 참고해서 종합하면 그 내용은 대략 이렇다.

선공은 자기 아들 급伋을 위하여 제나라의 여자를 며느리로 맞아들이기로 했다. 그런데 제나라의 여자 강씨姜氏가 출중한 미색이라는 소문을 듣고는 자기 여자로 취하고 싶었다. 그래서 강씨의 마음을 사로잡으려고 황하 옆에 누대를 새로 짓고, 여자가 오기를 기다렸다가 중간에서 가로채 자기 여자로 삼았다. 그녀가 바로 선강宣姜이다.

그런데 위나라 사람들이 이 일을 매우 혐오하여, 노래를 지어 풍자한 것이 바로 「신대」편의 시라는 것이다. 그러니 궁극적으로 「신대」편이 지향하는 의미는 통치자들의 비윤리적인 행위를 풍자하고 비난하여 위정자들의 윤리 도덕적인 의식을 고취시키는 데 있다는 것이다. 전통적으로 『모시』의 이런 목적론적인 해석은 정설로 받아들여졌기 때문에 다른 주해들도 이를 근거로 편찬되었다.

그런데 근인近人 가오헝高亨은 이런 해석에서 탈피하여, 그의 『시경금주詩經今注』에서 "이 시는 잘생긴 남자에게 시집가고 싶어 했던 어느 여인이 못생긴 남편을 만난 일을 묘사한 것"이라고 풀이했다. 그리고 진치후아金啓華는 『시경전역詩經全譯』에서 "혼인에 불만을 품은 여자가 자신이 못생긴 남자에게 시집갔다고 원망하는 내용의 시"라고 해석했다. 현대 『시경』학자들의 이러한 해석은 전통적 해석과는 달리 실사구시적으로 보인다. 하지만 텍스트의 문자적 의미에 의거하여 실제에 부합하도록 시를 해석한 것은, 역사적 사실의 고증에 근거하여 시를 해석한 『모시』의 태도와 크게 다르지 않다고 생각한다.

이처럼 음악적 감응으로 지은 시를 언어로 바꿔서 설명하면 시의

---

40) 『좌전』「환공桓公 16년」에 이에 관한 기사 내용이 있음.

효과는 사라진다. 대신 시의 감응을 설명된 기의(또는 이데올로기)로 대체하여 집중 투자하면 그 기의는 일종의 시대정신이 되기도 한다. 시를 역사 사실을 가지고 고증하거나 시적 언어를 실사구시적으로 의미화하는 작업은 누구나 모두 똑같이 인식한다는 공통 감각을 전제로 한 행위로서, 시를 개념화하는 수단에 다름 아닌 것이다. 개념화의 내용이 진실에 부합하는지 아닌지를 떠나, 감응을 기의로 대체했다는 사실 자체가 이미 시의 본질을 부정했다는 비판을 면키 어렵다.

자프란스키는 『니체』에서 디오니소스적인 삶의 어두운 배경은 음악을 통해서 묘사된다고 하면서 다음과 같이 썼다.

> 『비극의 탄생』에는 '음악을 통한 광란의 축제'라는 단어가 나온다. 그는 음악을, 곧 바그너의 음악을 너무나도 강렬하게 받아들였기 때문에 무대에서 펼쳐지는 음악극의 동작이나 무대에서 연출되는 신화를 단지 하나의 장면으로만 본 것이 아니라, 청중을 사로잡는 순수하고 절대적인 음악의 힘에 대항하는 일종의 보호 장치로 이해했다. 음악이 우리에게 가리키는 저 다른 존재 방식을 우리는 견딜 수 없다. 부드러운 중간 매개물이 그 사이에 있어야 한다.[41]

주체는 음악의 감응이 지배하는 힘에 저항할 수 없기 때문에, 여기에 주체를 맡겨 놓으면 광란의 축제로 발전할 수밖에 없다. 그러므로 중간 매개물을 개입시켜 이를 완화함으로써 주체를 보호해야 하는데, 그것이 바로 연출되는 음악극의 동작이나 이야기라는 것이다.

니체의 이 말을 훈고학에 적용한다면, 주체를 원초적 존재로 환원시

---

41) 자프란스키, 앞의 책, 157쪽에서 인용.

키는 노래의 감응을 훈고의 언어가 중간 매개물이 되어 감쇄하거나 투자를 통하여 방향을 전환시키는 것이다. 이렇게 해야 주체들은 통치자들이 제시하는 아폴론적인 꿈을 꾸고 희망을 가질 수 있기 때문이다.

우리는 군사독재의 억압을 받은 쓰라린 현대사를 겪었다. 그 억압 가운데서도 특별히 잊을 수 없는 것이 있는데, 바로 퇴폐를 조장한다는 이유로 사람들이 부르지도 못하게 한 금지곡 리스트이다. 오늘날의 안목으로 보면 "이런 노래가 뭐 어때서 금지했나" 의아해 할지 모른다. 그러나 당시만 해도 꿈만 같았던 '1000불 소득, 100억 불 수출'을 이룬 부유한 사회, 또는 좀 유치하지만 '정의로운 사회 구현' 등과 같은 비전을 제시하고 국민을 이끌고 가겠다는 독재 정권의 입장에서 보자면, 모든 꿈을 희화하고 속된 말로 '김새게' 만드는 디오니소스적인 노래는 그야말로 '공공의 적'이었을 것이다. 문화 정책과 전략이 빈곤했던 당시로서는 이들을 단순히 금지하는 방법 말고는 다른 대안이 없었으리라.

공자가 "옛날 전장典章을 그대로 받아 기술했을 뿐이지 새로이 지어내지 않았다 (述而不作)"라고 고백했듯이, 예악은 공자가 만든 개념이 아니라 주나라 예제禮制에서 비롯되었다. 그렇다면 주나라의 통치자들은 이미 음악의 기능을 알고 있었을 뿐만 아니라, 소리를 장악하는 일이 권력을 장악하는 데 매우 중요한 기초 사업이라는 사실도 알았다는 뜻이다. 그래서 주공周公이 예악을 정비했던 것이다. 공자는 춘추 시기를 거치면서 무너진 통치 체제와 사회 정체성을 회복하려면, 예악이 매우 중요한 기능을 한다는 사실을 상기시켰다. 그리고 한나라의 유가는 이를 다시 제도화하여, 체제를 유지하는 전통적인 수단으로 만들었다. 물론 이 과정에서 예의 기능은 더욱 강화되었고, 음악의 기능은 약화되는 변화가 생기긴 했지만 말이다.

예악, 곧 예와 음악은 그 속성상 상호 대립적이다. 통치 체제를 구성하려면 먼저 원초적인 혼돈 상태를 구분하여 구조를 만드는 일부터 시작해야 한다. 이때는 이분법으로 두 부류로 구분한 뒤, 그 가운데 한 부류에 우월성을 부여한다. 이를테면 통치 집단은 임금과 신하로 구분하여 임금에게 우월성을, 가족은 부자·부부·형제 등으로 구분하여 전자(아버지·남편·형)에게 우월성을, 인간관계는 남녀·장유長幼 등으로 구분하여 역시 전자(남자와 연장자)에 우월성을 부여한다. 이렇게 하면 자연히 우월한 부류가 열등한 부류에 대하여 권력을 갖는 것이 당연해지는 헤게모니가 발생한다. 이것이 거칠게 본 중국의 전통적인 사회 권력 구조의 핵심이다. 『천자문』의 "예는 윗사람과 아랫사람을 분별한다(禮別尊卑)"는 말은 이 핵심을 함축적으로 말한 것이다.

사람을 존비尊卑로 구분하려면 가시적인 매개체, 곧 상징이 필요하다. 그리고 이것이 바로 예이다. 그렇다면 차등을 당연한 것으로 형식화한 것이 예라는 말이다. 『논어』 「팔일八佾」편에 보면, 공자가 대부大夫인 계씨季氏가 감히 자기 집 마당에서 천자만 즐길 수 있다는 여덟 열列의 대무隊舞를 추게 한 사실을 알고 한탄한 구절이 있다. 예라는 상징이 침범을 당하면 위아래가 모호해지고, 위아래가 모호해지면 사회체제와 질서가 문란해진다. 그러므로 문란한 사회를 복원하려면 먼저 무너진 예를 회복해야 한다고 주장하는 것이 공자의 생각인 것이다.

사회가 효과적으로 운영되려면 구별과 동시에 통합이 이루어져야 한다. 대나무처럼 겉은 마디로 구성되어 있으면서도, 속은 한통속으로

뚫려 있어야 유연성을 확보하여 강한 바람에도 견딜 수 있는 것과 같은 이치이리라.

강력하게 예를 시행하여 구별의 기능만 강화한다면 결코 사회 통합은 이루어지지 않는다. 그래서 통합을 위하여 동원된 것이 바로 음악이다. 앞서 설명한 바와 같이 음악의 디오니소스는 취기의 상태, 곧 개별적인 자기동일성을 상실하고 원시적 존재로 회귀하게 만드는 효과가 있다. 다시 말해서 음악은 존비의 벽을 소통시킴으로써 사회를 하나로 통합시킨다는 말이다. 『여씨춘추』「대악大樂」편의 "좋은 음악은 임금과 신하, 아비와 아들, 연장자와 연소자가 함께 즐거워하고 기뻐하는 바이다(大樂, 君臣父子長少之所歡欣而說也)"라는 말은 바로 이를 가리키는 말이다. 이것이 바로 현명한 통치자들이 원하는 초기 음악의 기능이다. 공자는 이를 『논어』「양화陽貨」편에서 다음과 같이 말하고 있다.

> 사람으로서 주남周南과 소남召南을 배우지 않으면 그것은 마치 벽을 맞대고 서 있는 것과 같다. 人而不爲周南召南, 其猶正墻面而立也與.

중국 고대 음악에는 동음, 서음, 남음, 북음이란 네 계통이 있다. 이 가운데 남음이 가장 중요한 위치를 점했다고 한다.[42] 이러한 남음의 유래를 『여씨춘추』「음초音初」편은 다음과 같이 쓰고 있다.

> 우임금이 치수治水한 성과를 돌아다니며 시찰하다가 도산씨塗山氏의 딸을 만났는데, 그는 짝을 정하는 예식을 행하지 않고서 남쪽의 나라들을 두루 살펴보러 갔다. 그러자 도산씨의 딸이 자신의 여종들로 하여금

---

42) 주치엔즈朱謙之, 『중국음악문학사中國音樂文學史』(北京大學出版社, 1989) 70쪽.

도산의 남쪽에서 우임금을 기다리게 하고 자신은 노래를 지었다. 노래의 가사가 「님을 기다리네」였는데, 이것이 사실상 남방 국풍國風 음조의 시초가 되었다. 주공과 소공이 이로부터 음조를 취하여 주남과 소남을 만든 것이다.43) 禹行功, 見塗山之女, 禹未之遇而巡省南土. 塗山之女乃令其妾待禹于塗山之陽, 女乃作歌, 歌曰候人兮猗, 實始作爲南音. 周公及召公取風焉, 以爲周南召南.

공자가 말하는 주남과 소남은 도산씨의 딸이 지었다는 남방 노래에 기초한 초기의 음악을 말한다. 유가에서 남음을 숭상한 것은 이것이 우임금의 부인인 도산씨의 딸에게서 유래했다는 사실 때문이기도 하다. 하지만 그보다는 그녀가 집안일을 돌보지 않고 공적인 일에 몰두하는44) 지아비를 사적인 감정에 얽매어 닦달하지 않고, 오히려 우임금이 일하는 지방에 첩들을 보내 그를 위로하면서 자신은 집에서 지아비를 그리는 노래를 지어 불러 모든 여성의 윤리적 수범이 되었기 때문이다. 따라서 도산씨의 딸이 우임금을 그리며 부른 노래는 개인보다는 공적인 것, 곧 집단이나 사회 전체를 중시하는 가치관이 내재되어 있음을 암시한다. 그래서 중국에서는 전통적으로 남음을 북음과 비교하여 삶의 음악으로 숭상했다.

유향劉向의 『설원說苑』「수문修文」편에 보면, 공자가 자로의 거문고 타는 소리를 듣고는 그의 연주음에 북음45)이 들린다 하여 이를 걱정스

---

43) 김근 역주, 『여씨춘추』 1권(민음사, 1993) 275쪽에서 번역문 인용.

44) 우임금이 얼마나 공무에 몰두했는지, 동분서주하다가 우연히 자기 집 앞을 지날지라도 들르지 않았다는 '과문불입過門不入'이란 고사가 유명하다.

45) 북음을 원문에서는 '북비지성北鄙之聲'이라고 표현했다. '비鄙'란 가장 작은 행정 구역 단위명이지만, 실제로 쓰는 관용적 의미는 '시골구석'이나 '산골' 등과 같이

럽게 비평하는 대목이 나온다. 여기서 공자는 선왕이 만든 중용의 음은 북방으로 가지 않고 남방으로 유입되었다고 설명하면서, 다음과 같이 남음과 북음을 비교한다.

남쪽은 생육의 지방이고 북쪽은 살벌의 지역이므로, 군자는 중용을 잡는 것을 근본으로 삼고, 삶에 힘쓰는 일을 기초로 삼는다. 그러므로 그 음악은 온화하고 중용에 처함으로써 생육의 기운을 닮았으니, 근심스럽고 비통한 감정이 마음에 더해지지 않는다. …… 그러나 저러한 소인은 그렇지 않아서 지엽적인 것을 붙들고서 근본을 논하려 하고, 경직된 일에 힘쓰는 것을 근본으로 삼는다. 그러므로 그 음악은 쓸쓸하고 사나우면서 미세한 지엽으로 치우쳐 있는 것이 살벌의 기운을 닮았으니, 온화하면서도 절제가 있는 중용의 감정이 마음에 더해지지 않는다. 南者生育之鄉, 北者生育之域, 故君子執中以爲本, 務生以爲基, 故其音溫和而居中, 以象生育之氣, 憂哀悲痛之感, 不加乎心. …… 彼小人則不然, 執末以論本, 務剛以爲基, 故其音湫厲而微末, 以象殺伐之氣, 和節中正之感, 不加乎心.

남방은 물산이 풍부하여 경쟁적으로 살지 않아도 되므로, 정서가 극단적이지 않고 온화한 문화를 갖고 있다. 그래서 북방처럼 불확실한 미래를 대비하고 계획하며 사는 아폴론적인 문명이 발달하지 않았다. 공자가 남음을 숭상한 것은 문명으로 분화되지 않은 이러한 원시적 삶의 질을 유지할 수 있는 사회를 동경했기 때문이다.

이쯤 되면 공자가 왜 주남과 소남을 배워야 한다고 강조했는지 알

비하하는 뜻이 있다. 따라서 '북비지성'은 북음을 문명하지 못한 음악으로 폄하하고자 하는 의도가 엿보이는 말이다.

수 있다. 「양화」편의 인용문에서 "주남과 소남을 배우지 않으면 벽을 맞대고 서 있는 것과 같다"라는 말은, 사람들과 함께 노래하지 않고 고립되어 있다는 뜻이다. 이 구절은 공자가 음악이 원시적 존재로의 회귀, 곧 계층 사이의 소통을 위한 방도가 된다는 사실을 매우 깊이 인식했다는 증좌다.

앞서 설명한 바와 같이 원래 음악은 의미론적으로 중립적이다. 그런데 권력은 이 음악에 의미를 부여함으로써 예의 부속물로 만들었다. 그리고 나중에는 예에도 밀려 『악기樂記』가 『예기』에 편입되는 지경에까지 이르렀다.[46]

음악에는 이러한 순기능도 있는 반면, 감응의 생성을 극대화하다 보면 자칫 과도한 사치로 흐를 수 있다는 역기능도 존재한다. 『여씨춘추』「치악」편은 정권 명운命運의 쇠락과 음악 사치의 상관관계를 설명했다. "송나라가 쇠락할 때 천종千鍾을 만들었고, 제나라가 쇠락할 때 대려大呂를 만들었으며, 초나라가 쇠락할 때 기이한 무속 음악을 만들었다는 사실"[47]은 대표적인 예이다. 그래서 중국의 고대 성인들은 술, 여자와 더불어 음악의 사치를 통치자들이 경계해야 할 대상으로 삼았던 것이다.

당시의 지식인들은 음악이 자칫 사치로 흘러 통치자가 정치를 등한히 하게 할 위험이 있기에 경계해야 한다고 주장했다. 하지만 그보다

---

46) 『천자문』에 보면 "음악은 신분의 높음과 낮음을 차이 짓고(樂殊貴賤)"라는 구절이 있는데, 이는 훈고학이 음악을 예의 부속물로 만들어 기능을 왜곡한 결과이다. 음악에는 오히려 분리된 계층 사이를 소통시키는 기능이 있음은 누차 설명한 바와 같다.
47) 본서 64쪽의 인용문 참조.

더 불안하게 느낀 것은 기실 음악이 위아래를 모호하게 만드는 기능이었을 것이다. 앞서 『여씨춘추』의 "좋은 음악은 임금과 신하, 아비와 아들, 연장자와 연소자가 함께 즐거워하고 기뻐하는 바이다"라는 구절을 역설적으로 해석하면, 위아래의 벽이 허물어져 원시적 존재로 회귀하기에 질서가 흐트러질 수도 있다는 뜻이 된다. 당시의 지식인들은 여기까지는 명쾌하게 인식하지 못하고, 단지 그 무의식적인 불안감을 음악의 사치성에 돌려서 비방했을 것이라고 짐작할 수 있다.

음악에 대하여 가장 비판적인 시각을 가진 사람은 묵자墨子와 그의 추종자들이었다. 그들은 『묵자』에 음악을 비판하는 내용을 담은 「비악非樂」편을 두었을 정도로 음악을 곱지 않게 보았다. 그들의 이른바 비악 사상을 대표하는 구절이 바로 "옛날의 훌륭한 임금들은 음악을 즐기지 않았다(聖王不爲樂)"[48]이다. 곧 역대의 제왕들은 "선왕들의 음악은 자기 스스로 즐기는 것이라는 원칙을 준수해 왔는데(因先王之樂又自作樂)," 시간이 지나면서 오히려 정치는 퇴보하여 "음악은 갈수록 화려해졌으니, 이는 정치가 갈수록 결핍되었기 때문(其樂逾繁者其治逾寡)"이라는 것이다. 그래서 그들은 "음악은 천하를 다스리는 방도가 되지 못한다(樂非所以治天下也)"라고 규정했다. 이러한 시각은 예악을 중시하는 공자의 시각을 완전히 부정하는 것이다.

고대 중국의 시적 텍스트 언어에서 음악이 홀시되기 시작한 계기는 음악에 대한 지식인들의 이러한 비우호적인 시선에서 비롯되었다. 이는 묵자와 순자荀子 등의 당시로서는 획기적인 언어관의 영향이 크다. 묵자는 언어는 대상을 객관적으로 표상할 수 있어야 한다는 이른바

---

48) 『묵자』「삼변三辯」.

'취실여명取實予名'의 입장을 표방했다.[49] 달리 말하면 현실은 언제나 변할 수밖에 없으므로, 현실에 맞춰 언어가 표상하는 의미를 바꿔야 한다는 뜻이다. 다시 말해 언어가 현실을 정확하게 반영하려면 그것이 표상하는 의미가 객관적이어야 한다는 말이다.

그런데 언어에 시적(또는 음악적)인 것이 용인되면, 그것이 표상하는 의미에 신화성이 제고되어 언어가 현실을 제대로 반영할 수 없게 된다. 그뿐만 아니라 이렇게 시적 의미로 채워진 언어는, 잘못 쓰이고 있는 언어를 바로잡아야 무너진 사회 질서를 회복할 수 있다는 공자의 이른바 정명론正名論과도 정면 배치가 된다.

순자는 여기서 한 걸음 더 나아가, 언어란 본질적으로 규약에 지나지 않는다는 사실을 제기했다.[50] 그리고 명가名家의 사상가들은 언어를 비틀어 궤변을 말함으로써 언어의 불합리성을 폭로하기도 했다.

이러한 새로운 사상들은 언어의 음악성뿐만 아니라, 음악 자체에 대한 관념에 중대한 변화를 가져왔다. 귀족들의 과소비와 사치에 강력한 반대 운동을 전개한 묵가는 말할 것도 없고,『여씨춘추』「대악」편에서 저자가 "세상의 배운 자들 가운데 음악을 비방하는 자가 있다(世之學者, 有非樂者矣)"고 한탄하면서 음악의 유용한 효능을 재차 강조해야 할 정도로 당시 지식인들 사이에서는 음악에 대한 비판적 시각이 팽배했던 게 사실이다.

춘추전국 시기의 사회 분위기는 주나라의 쇠락으로 예악 사상이 무너짐과 함께 제자백가의 지식인들이 음악의 기능을 평가 절하하면

---

49) 이에 관해서는 김근 저, 『한자는 어떻게 중국을 지배했는가』(민음사, 1999) 127~137쪽을 참조 바람.
50) 이에 관해서는 같은 책, 137~147쪽을 참조 바람.

서, 음악과 악사들을 사치 향락의 대명사쯤으로 여기며 푸대접하는 풍조가 만연했다. 앞에서 인용한 바 있는 공자가 「문왕지조文王之操」를 연주했다는 『한시외전』의 고사를 보면, 춘추 말기에 이미 아악雅樂을 아는 사람이 별로 없었다는 사실을 짐작할 수 있다. 이에 따라 일자리를 잃은 악관과 악공들이 전국으로 뿔뿔이 흩어진 사실을 『논어』 「미자微子」편은 다음과 같이 그대로 적고 있다.

> 태사 지摯는 제나라로 갔다. 두 번째 식사의 음악을 맡은 간干은 초나라로 갔다. 세 번째 식사의 음악을 맡은 요繚는 채나라로 갔다. 네 번째 식사의 음악을 맡은 결缺은 진나라로 갔다. 고수鼓手인 방숙方叔은 황하 근처에 은둔했고, 땡땡이 북을 흔드는 무武는 한수漢水 근처에 숨었다. 소사少師인 양陽과 경磬을 치는 양襄은 바다의 섬에 은둔했다. 大師摯適齊, 亞飯干適楚, 三飯繚適蔡, 四飯缺適秦, 鼓方叔入于河, 播鼗武入于漢, 少師陽擊磬襄入于海.

이렇게 전국으로 흩어진 악관과 악공들은 먹고 살기 위해서 계속 연주를 했을 터이고, 그들의 연주곡목에는 분명 아악들도 포함되어 있었을 것이다. 그래서 권신 귀족이나 호사가들의 연회에 불리어 가서 이런 아악을 연주하거나 연주해 달라고 청탁을 받았을 것이고, 귀족들은 이전에 천자들이 즐겼던 아악을 즐기면서 권력의 맛에 심취했을 것으로 짐작할 수 있다.

『논어』에는 공자가 이러한 참람한 행위를 개탄한 구절이 자주 나온다. 노나라 권신인 계손씨季孫氏가 자기 집 앞마당에서 천자만 즐길 수 있는 팔일무八佾舞를 추게 한 사건이나, 맹손씨孟孫氏를 비롯한 삼대부가三大夫家에서 제사를 지내고 상을 물릴 때 천자가 종묘에서 사용하던 「옹가雝歌」를 연주한 사건51) 등은 바로 이러한 시대적 상황에서 발생한 것으로 보는 것이 옳다.

이렇게 음악에 대한 관념이 전통적인 것에서 벗어나 왜곡되어 가는 상황에서, 제자백가 이후 중국의 훈고는 언어의 음악성을 무시하고 문자적 의미에만 관심을 가질 수밖에 없었다.

---

51) 두 사건 모두 『논어』 「팔일八佾」에 보임.

제3장

시경의 비흥比興과
주문主文·휼간譎諫

1. 상징과 음악

앞에서 우리는 분화되지 않은 상태의 음악(또는 시)의 본질과 아울러 이것이 역사적으로 획득한 정치적 함의를 알아보았다. 음악(또는 시)은 말 속에 사라져 버린 '나'로 돌아가게 해준다. 부연하자면, 상징계 안에서의 비존재적인 삶을 죽음의 공포 없이 실재계의 자리로 환원시키는 것이 음악이라는 말이다. 훈고訓詁의 의의를 알기 위해서는 이에 관하여 거칠게나마 설명할 필요가 있다.

프로이트의 경구 가운데 "Wo es war, soll Ich werden"이란 말이 있다. 라캉은 이것을 "거시기가 있던 곳에 나는 주체로서 생긴다"[1]로 번역했다. '거시기 Es'란 이전에는 '이드Id'라고도 불렀던 것으로서, 우리말에서도 신체의 생식기 부분을 암묵적으로 지시할 때 쓴다. 그렇다면 '주체'는 생물학적으로 던져진 실재계의 '나'가 상징계로 진입하면서 형성된 상징의 결과라는 말이 된다.

이를 비유적으로 설명한다면, 실재계에 상징의 그물을 던져서 건져 올린 부분이 주체이고, 그물을 빠져나간 부분은 죽음이라고 볼 수 있다. 그런데 상징은 언어에 기초하고 있으므로, 이를 바꾸어 말한다면 언어라는 그물을 통해서 주체가 등장한 반면 실재계의 '나'는 사라졌다는 뜻이 된다. 그래서 라캉은 앞의 프로이트의 경구를 다음과 같이 변주한다.

---

1) 질베르 디아트킨 저, 『자크 라캉』, 임진수 역(교문사, 2000) 137쪽에서 인용.

그렇다. 그런 식으로 거시기가 있던 곳에서 나는 온다. 도대체 누가 '내'가 죽었다는 것을 알겠는가?

나는 거시기가 있던 곳에서, 꺼졌지만 아직 빛나고 있는 것과 넘어졌지만 개화하는 것 사이에서, '나'는 나의 말dit로부터 사라짐으로써 존재할 수 있다.[2]

실재계의 '나'가 말이라는 상징에 의해서 건져져서 주체가 되었다면, 주체는 비존재의 존재인 셈이다. 다시 말해서 존재를 떠받치고 있는 것은 죽음이라는 말이다. 이렇게 상징으로 살아야 삶을 영위할 수 있는 게 인간이다. 따라서 실재계는 결코 상징으로 이야기할 수 없으면서도 상징이 전제될 때 가능한 세계이므로, 실재계란 죽음이 드러나는 순간이라고 정의할 수 있는 것이다.

편집증이나 망상증 환자들은 늘 환각과 망상에 따른 공포에 시달리고 있다. 이 공포는 어디에서 오는 것일까? 그들이 시달리는 공포의 본질은 기실 죽음에 대한 공포이다. 동물들에게는 인간들이 느끼는 공포증이 없다. 왜냐하면 생명이 위협받는 위험 요소가 발생하면 그들은 무조건 달아나면 되기 때문이다. 오직 인간만이 죽음의 공포를 느낀다. 이는 앞서 말한 것처럼 죽음이 상징을 떠받치고 있기 때문이다. 곧 상징계가 죽음(실재계)의 공포를 막아 주고 있는 셈이다.

따라서 상징계가 제 기능을 못하면 실재계가 나타나 공포를 야기한다. 상징계가 제 기능을 못한다는 말은 시간이 지나 상징의 효력이 상실, 곧 폐기foreclosure되었다는 뜻이다. 비유컨대 법이 본래의 기능

2) 같은 책, 137쪽에서 재인용.

을 발휘하지 못해서 살인자를 법대로 처형하지 못하면, 개인이 총을 들고 나서서 사형私刑을 자행하는 공포의 무법천지가 되는 것과 마찬가지 효과다. 이것이 인간이 느끼는 공포증의 본질이다. 물론 프로이트는 이것을 죽음의 욕동이 출현하는 것으로 보긴 했지만 말이다.

이처럼 주체는 상징에 의존한 비존재의 존재이기 때문에, 상징의 견고성과 효력의 강약에 따라서 불안감의 강도가 결정되기 마련이다. 그래서 프로이트의 말처럼 좀 더 안정되고 견고한 상태의 '나,' 곧 타나토스(죽음의 욕동)를 욕망하는 것인지도 모른다. 그러나 실재계의 '나'는 상징계를 부정함으로써 도달하는 죽음의 경지이므로, 현실적으로 주체에게는 이것이 쉽지 않다.

여기서 공포가 없는 타나토스의 대안으로 등장하는 것이 음악이다. 아주 거칠게 말하자면, 음악이란 상징계에 속해 있으면서도 주체에게 죽음의 공포만 제거한 실재계의 견고한 '나'로 돌아간 것 같은 환상을 감각하게 해주는 소리이다. 공자의 "아침에 도를 들으면 저녁에 죽어도 괜찮다"는 경구를 상기해 보라. 따라서 음악은 실재계와 상징계의 경계를 이루고 있으며, 이것이 또한 디오니소스의 본질이라고도 볼 수 있으리라.

이렇게 본다면 음악은 상징계에서 이루어지는 비전과 환상을 부정하는 셈이다. 이는 통치자의 입장에서 보면 매우 위험스런 도전이다. 더구나 자기를 확장하려는 욕망이 죽음의 충동으로 향하여 있는 주체를 그냥 놔두면 통치자들이 제시한 비전은 실현될 길이 사라지고, 이는 곧 권력의 상실을 의미한다. 그러므로 그들은 음악을 길들이지 않으면 안 되는 것이다. 권력은 그 명분으로 음악이 사람을 사치하고 퇴폐적으로 만들기 때문이라고 말하지만 말이다.

앞서 말한 바대로 상징이 든든해야 사회가 불안하지 않기에, 권력은 이러한 작업에 착수한다. 중국에서는 바로 훈고에 의해서 이런 일이 이루어졌다. 이 훈고가 겨냥한 텍스트들의 중심에 『시경』이 있었다.

2. 시경의 권위와 기능

앞에서 지적한 것처럼, 『시경』은 원래 『시삼백詩三百』 또는 그냥 『시』라고 부르던 것이었다. 이것은 노나라의 악관들이 정리하고 보존해 온 일종의 악곡집이었다는 것이 정설이다. 한나라 때에는 훈고학을 장려하면서 오경박사五經博士 제도를 두었는데, 이 오경 가운데 『시삼백』이 포함되면서부터 경전이라는 의미의 『시경』으로 부르게 되었다. 이후 『시경』은 윤리 도덕의 준거가 되는 경전 텍스트로서만이 아니라, 중국 전통 문학의 발전에도 지대한 영향을 미쳤다.

이렇게 『시삼백』이 한나라 정권에게 경전으로 각광 받은 것은 전적으로 공자의 권위에 힘입은 바가 크다. 그러나 『시삼백』은 한나라 이전의 춘추전국 시기에도 인구에 회자되는 영향력 있는 텍스트였다. 이것은 『춘추좌전』 등과 같은 당시의 기록에 자주 등장하는 이른바 인시引詩와 부시賦詩로 입증할 수 있다.

인시란 『시삼백』의 시구를 인용하여 논설의 신뢰성을 높이는 수사법의 하나다. 그리고 부시란 시를 지어 읊거나, 또는 『시삼백』에서 상황에 맞는 시를 선정하여 읊어 자신의 의지를 완곡하게 전달하는 의사 표현 기술이다. 이 두 가지는 말하는 사람이 자신의 의도와 상황에 따라서 시를 활용하는 것이므로, 시나 시구의 본래 의미와는 관계없이 자의적으로 해석해서 쓸 가능성이 높다는 점에서 이른바 단장취의 斷章取義를 벗어나기가 힘들다.

『좌전』「민공閔公 원년」에 기록된 인시의 예를 하나 들어보기로 하자.

북쪽에 사는 오랑캐가 형邢나라를 침략했다. 관경중管敬仲이 제나라 임금(환공)에게 진언하기를, "변방에 사는 오랑캐들은 승냥이와 여우들이어서 결코 만족할 줄 모릅니다. 중원의 제후국들이 서로 친밀해야 한다는 이념은 포기해서는 안 됩니다. 안일함에 빠지는 일은 독약과 같으므로 이를 마음에 품어서는 안 됩니다. 『시』에 '어찌 돌아가고 싶지 않으리? 긴급 명령이 두려워서 못 가는 거지'라는 구절이 있습니다. 긴급 명령이란 바로 적을 함께 미워하고 서로 구제해 주라는 뜻을 가리킵니다. 청컨대 긴급 명령에 복종하여 형나라를 구하십시오"라고 했다. 마침내 제나라 군대가 형나라를 구해 주었다. 狄人伐邢. 管敬仲言于齊侯曰: 戎狄豺狼, 不可厭也. 諸夏親暱, 不可棄也. 宴安酖毒, 不可懷也. 詩云: 豈不懷歸, 畏此簡書. 同惡相恤之謂也. 請救邢以從簡書. 齊人救邢.

위에서 관중이 제 환공에게 출병을 설득하는 과정에서 인용한 시는 「소아小雅」의 「출거出車」편에 나오는 한 구절이다. 『모시』「서」에 따르면, 이 시는 주나라 문왕 때 전장에서 돌아온 장수들을 위로하며 부른 노래라고 한다. '어찌 돌아가고 싶지 않으리? 긴급 명령이 두려워서 못 가는 거지'라는 구절은, 장수들이 천자의 지엄한 명령에 복종하여 집에 돌아가고 싶은 마음을 억누르고 열심히 싸웠다는 당시 상황을 회고한 내용이다.

여기서 간서簡書라는 것은 대나무 한 쪽에 간단히 긴급한 내용을 적어 보내는 서신이나 군령을 말한다. 옛날에는 종이가 없어 대나무를 여러 쪽으로 쪼개 이들을 한데 엮어 책册을 만들었다. 그러나 긴급한 상황이 발생하면 길게 사연을 쓸 여유가 없어서 대나무 한 쪽에 몇 글자만 써서 보냈는데, 이것을 간서라 한다.[3]

관중은 출병의 당위성을 세 가지로 요약했다. 첫째는 "변방에 사는 오랑캐들은 승냥이와 여우들이어서 결코 만족할 줄 모른다"는 말로서, 이는 곧 오랑캐를 쫓아내자는 것이다. 둘째는 "중원의 제후국들이 서로 친밀해야 한다는 이념은 포기해서는 안 된다"는 말로서, 이를 계기로 환공이 중원의 제후국들을 하나로 묶는 맹주가 되어야 한다는 것이다. 셋째는 "안일함에 빠지는 일은 독약과 같으므로 이를 마음에 품어서는 안 된다"는 말로서, 맹주가 되려면 현재의 위상에 만족하면 안 된다는 것이다. 다시 말해 관중은 환공이 제후들을 실질적으로 지배하는 패주霸主가 되려면, 주나라 천자를 받들어 모시고 오랑캐들을 물리쳐야 한다는 존왕양이尊王攘夷 이념을 이야기한 것이다.

그러면서 그는 당시 사람들이 성군으로 여기던 문왕의 간서가 들어가 있는 『시삼백』의 구절을 인용하여 환공을 설득했다. 이때 환공의 입장에서는 문왕의 간서에 복종함으로써 존왕양이의 이념을 그대로 실현하는 효과가 발생한다. 관중은 『시삼백』의 간접적 암시를 좀 더 구체화하려고 간서의 내용을 "긴급 명령이란 바로 적을 함께 미워하고 서로 구제해 주라는 뜻"이라고 아예 직설적으로 훈고해 버렸다. 물론 관중의 이 해석은 출거의 원래 내용과는 거리가 있는 단장취의지만, 당시 환공을 설득하는 상황에서는 매우 적절한 수사법이었다고 평가

---

3) 이러한 긴급한 군사 문서를 후대에는 우격羽檄이라고 불렀다. 긴급성을 나타내려고 문서에 새 깃털을 꽂아 보낸 데서 유래한 말이다. 『춘추좌전회전春秋左傳會箋』을 참조 바람.

할 수 있다.

이번에는 부시의 예를 「양공 27년」의 기록을 통해 보자.

제나라 경봉慶封이 (노나라에) 사절로 왔는데, (그가 타고 온) 수레가
아름다웠다. 맹손孟孫이 숙손叔孫에게 일러 말하기를 "경봉의 수레가
정말로 아름답지 않소?" 하니, 숙손이 "제가 듣기로는 '옷을 잘 입는
사람은 추어주지 말지니, 반드시 나쁜 일로 끝나리라' 합니다. 아름다운
수레가 무슨 소용이 있겠소?"라고 대답했다. 숙손이 경봉과 식사하는
자리에서 경봉이 매우 무례하여, (숙손이) 그를 위해 「상서相鼠」편을
노래했지만 그래도 그는 그 의도를 알지 못했다. 齊慶封來聘, 其車美.
孟孫謂叔孫曰: 慶季之車, 不亦美乎? 叔孫曰: 豹聞之, 服美不稱, 必以惡
終. 美車何爲? 叔孫與慶封食, 不敬. 爲賦相鼠, 亦不知也.

숙손은 경봉의 무례를 넌지시 나무라고자 『시삼백』가운데 「상서相
鼠」편을 읊었다. 그 내용을 보면 다음과 같다.

쥐를 봐도 가죽이 있는데	相鼠有皮
사람이면서도 체모가 없네	人而無儀
사람이 체모가 없다면	人而無儀
죽지 않고 무얼 하는가	不死何爲
쥐를 봐도 이가 있는데	相鼠有齒
사람이면서도 버릇이 없네	人而無止
사람이 버릇이 없다면	人而無止

죽지 않고 무얼 기다리나	不死何俟

쥐를 봐도 몸집이 있는데	相鼠有體
사람이면서도 예의가 없네	人而無禮
사람이 예의가 없다면	人而無禮
어찌 빨리 죽지 않는가	胡不遄死[4]

숙손은 경봉의 무례함을 직접 질책하지 않고, 그 앞에서 『시삼백』의
「상서」를 읊어 에둘러 자신의 의사를 표현했다. 숙손의 이러한 행위를
바로 부시라고 한다. 이렇게 해도 경봉처럼 그 숨은 뜻을 모른다면
사람도 아니라는 것이 『좌전』의 의도다.

『논어』「술이述而」편에 보면 자공이 공자의 정치적 의도를 알아보
려고, 짐짓 백이伯夷와 숙제叔齊도 원망했냐고 물어보는 대목이 나온
다. 여기서 공자는 백이와 숙제는 스스로 "마음이 편한 쪽을 선택하여
마침내 마음이 편해졌으니, 무엇을 원망했겠느냐(求仁而得仁, 何怨)"[5]고
대답했다. 이를 뒤집어 말하면, 뭔가 만족스럽지 못할 때 마음이 편하
려면 어떻게든 불편한 심기를 드러내야 한다는 뜻이다. 그러나 공자가
「학이學而」편의 첫머리에서 "남이 알아주지 않더라도 노여워하지 않
는다면, 이 또한 군자가 아니겠는가(人不知而不慍, 不亦君子乎)?"라고 했

---

4) 김학주, 앞의 책에서 번역 인용.
5) 아버지인 고죽군孤竹君이 동생인 숙제를 임금으로 세웠는데, 형인 백이가 이를
   어기고 왕위에 오르면 불효가 되어 마음이 편하지 않으니 도망을 갔다. 숙제의
   입장에서는 형이 달아났는데 자신이 왕위에 오르면 우애롭지 못한 일이니, 이 역시
   마음이 불편하게 된다. 그래서 자신도 달아나 마음이 편해졌다. 그들은 모두 마음이
   편한 쪽을 선택하여 효孝와 제悌를 실천하였으므로 공자가 인이라고 말한 것이다.

으니, 군자로 보이려면 남을 함부로 원망할 수도 없는 노릇이다.

그래서 등장한 대안이 바로 시다. 「양화陽貨」편에 보면 "시는 이로써 자신을 일으킬 수 있고, 천지의 사물을 보는 법을 알 수 있으며, 무리에서 어떻게 처신할지를 알 수 있고, 어떻게 원망할지를 알 수 있다(詩可以興, 可以觀, 可以群, 可以怨)"라는 구절이 있다. 곧 숙손이 「상서」편을 부시하여 자신의 불편한 심기를 에둘러 토로하면 굳이 성내지 않아도 되니, 자신의 군자적 성품에 해가 되지 않는 것이다.

이와 같이 시구를 단장취의하여 격한 감정을 다듬고 완곡하게 의사소통할 수 있게 한다는 점에서, 이른바 온유돈후溫柔敦厚한 성품을 배양한다고 하는 『시삼백』이 대화와 설득에 활용된 것이다. 또한 이러한 대화 방식은 예법에 맞는 행위이다. 그러므로 결국 고대 중국에서 시와 예는 같은 기능을 수행했고, 시교詩敎와 예교禮敎는 같은 효과를 발생시켰다.

「팔일八佾」편에 보면, 공자가 "그림을 그릴 때에는 먼저 색채를 칠한 다음 맨 나중에 흰색으로 윤곽을 그려 마무리한다(繪事後素)"고 설명한다. 그러자 자하子夏가 "예가 마무리란 뜻입니까(禮後乎)"라고 대답하는 장면이 나온다. 곧 흰색의 윤곽을 통해서 그림이 드러나듯이, 궁극적으로 내용을 규정하는 것은 형식이라는 말이다. "예술은 우리를 우리 자신에게서 해방시켜 질료를 따르게 한다는 점에서 감각적인 생성이다"[6]라는 들뢰즈의 말을 상기한다면, 공자는 시라는 질료를 통해 시와 같은 온유돈후한 인격을 형성시켜 예를 실현하려 했음을 충분히 짐작할 수 있다.[7]

---

6) 클레어 콜브룩, 앞의 책, 121쪽.

시는 음악의 감각적인 생성을 통해서 주체를 원초적 존재로 회귀시키고, 거기에서 새로운 감응을 느끼게 한다. 그러나 사회가 발전·분화하면 자연히 감응보다는 이득을 중시하는 가치관으로 변한다. 그럴 경우 사회는 모호한 것보다는 명쾌하고 분석적인 것을, 완곡한 것보다는 직설적인 것을 요구하게 된다. 맹자는 춘추 시기의 이러한 현상을 "천자의 흔적이 사라지자 『시(삼백)』가 없어졌고, 『시』가 없어진 다음에 『춘추』를 지었다"[8]라고 개탄했다.

이는 시와 같이 의미가 모호하고 완곡한 의사소통 수단으로도 각박하지 않게 살 수 있었던 주나라의 도가 무너져, 도저히 시로는 옛날의 도를 회복할 길이 없기에 산문으로 알기 쉽게 풀어쓴 『춘추』가 나왔다는 말이다. 곧 『시삼백』과 『춘추』는 같은 기능을 하는 텍스트인데, 그 형식이 시와 산문이란 차이가 날 뿐이라는 것이다.

그만큼 사회가 음악에서 멀어져 시의 감응을 이해하지 못하게 되자, 시를 인용하는 사람들은 그때마다 일일이 훈고를 하기에 이르렀다. 앞의 인시引詩의 예에서 관중이 『시삼백』의 시구를 인용하며 훈고한 것은 『시(삼백)』가 없어진 다음에 『춘추』를 지었다는, 바꿔 말하면 시적 사회에서 산문적 사회로 전이했다는 사회 현상을 입증하는 대표적인 예다. 물론 이때의 시는 음악이 없어진 상태이므로 그 감응이 전혀 다르긴 하지만 말이다.

---

7) 공자가 혼자 있을 때 아들인 백어伯魚에게 당부한 두 가지 공부, 곧 "시를 배우지 않으면 말을 어떻게 해야 좋을지 모른다(不學詩, 無以言)"와 "예를 배우지 않으면 입신을 어떻게 해야 좋을지 모른다(不學禮, 無以立)"를 상기하면, 공자가 시와 예의 관계를 얼마나 긴밀하게 여겼는지 이해할 수 있다. 『논어』「계씨季氏」편 참조.
8) 『맹자』「이루離婁 하」, "王者之迹熄而詩亡, 詩亡然後春秋作."

이렇게 춘추 시기는 산문적 사회로 전이했다. 그럼에도 수사법에서는 여전히 인시와 부시라는 방식을 자주 쓴 것은, 시 자체의 감응과 더불어 『시삼백』의 권위 때문인 것 같다. 앞의 인시와 부시의 예도 궁극적으로는 화자들이 『시삼백』의 권위에 의지했다고 보는 편이 옳다. 『시삼백』의 권위란 시 자체로부터 경험한 감응이 역사적으로 누적되어 형성된 것임은 더 말할 필요도 없다.

『주례周禮』에 보면 행인行人이라는 관직이 있다. 행인이 하는 일은 자국을 방문한 제후나 사절들을 접대하거나 응대하는 의전을 담당하는, 오늘날로 말하자면 청와대 비서실의 의전팀이나 외교통상부의 의전담당관 같은 업무이다. 이들이 외교 실무를 수행할 때의 지상 과제는 어떻게든 상대방을 설득하는 일이다. 그래서 이들은 자기 논설의 설득력을 높이려고 당시로서는 권위 있는 텍스트인 『시삼백』을 자주 거론했다.

그들의 이런 모습은 『좌전』의 기록에서 자주 발견할 수 있다. 『좌전』 「문공文公 4년」에 다음과 같은 일화가 있다.

> 위나라 대부 영무자寗武子가 (노나라에) 사절로 방문했다. 우리 임금님께서 그에게 연회를 베풀어주면서 「잠로湛露」편과 「동궁彤弓」편을 노래하게 하여 들려주셨다. 그런데 그는 이에 대해 감사의 말도 하지 않고, 화답하는 시도 읊지 않았다.
>
> 행인을 시켜서 슬그머니 그에게 연유를 물어보게 했더니, 그가 대답하기를 "저는 그 시들이 (저를 위해 베풀어진 것이 아니라) 연습하려고 연주한 것인 줄 알았습니다. 옛날에 제후들이 천자에게 신년 하례하러 내조하면 그들에게 잔치를 베풀어 즐겁게 해주었는데, 이때 「잠로」편을

연주하게 했습니다. 이는 곧 천자는 양陽에 해당하고, 제후는 그 명령에 따라야 한다는 뜻입니다. 천자가 분개하는 자를 제후가 대적하여 그를 무찌른 공로를 바치면, 천자는 그에게 붉은 활 한 개와 붉은 화살 일백 자루, 그리고 검은 활과 화살 일천 자루를 하사하는데, 이때 「동궁」편을 연주하여 이것이 공로에 대한 보답의 연회라는 사실을 밝힙니다.

　이제 제후의 밑에서 천자를 모시는 신하인 저는 과거의 우호 관계를 이어가기 위하여 (노나라에) 왔는데, 임금님께서 과분하게도 저에게 연회를 베풀어 주셨으니, 어찌 감히 천자와 제후의 예를 범하여 스스로 죄를 부를 수 있겠습니까?" 했다. 衛寗武子來聘, 公與之宴, 爲賦湛露及彤弓. 不辭又不答賦. 使行人私焉. 對曰 : 臣以爲肆業及之也. 昔諸侯朝正于王, 王宴樂之, 于是乎賦湛露, 則天子當陽, 諸侯用命也. 諸侯敵王所愾, 而獻其功, 王于是乎賜之彤弓一, 彤矢百, 旅弓矢千, 以覺報宴. 今陪臣來繼舊好, 君辱貺之, 其敢干大禮以自取戾.

『모시』「서」에 따르면, 영무자가 설명한 대로 「잠로」편은 천자가 제후들에게 잔치를 베풀 때 부르는 노래다. 그리고 「동궁」편은 공을 세운 제후에게 붉은 활과 화살을 하사할 때 잔치를 베풀면서 부르는 노래다. 그러나 춘추 시기는 주나라도 이미 제후국 수준으로 추락하여 천자의 권위가 사라진 지 오래된 상태였다. 그래서 이미 앞에서 설명한 바와 같이, 옛날 같으면 천자의 잔치에서만 연주할 수 있는 음악(아악)이 권세만 있으면 누구든 즐길 수 있는 상황으로 변했다.

『좌전회전左傳會箋』은 이 구절에 대하여 "「잠로」편을 부른 것은 거기서 '취하지 않고서는 돌아가지 못하리(不醉無歸)'라는 뜻을 취한 것이고, 「동궁」편을 부른 것은 '나에게 반가운 손님이 오셨으니 아침부터 큰 잔치로 대접하네(我有嘉賓, 一朝饗之)'라는 뜻을 취한 것이다. 이는 모두 단장취의하여 노래한 것이므로 굳이 안 될 것은 없다"라고 주를 달았다.

「잠로」편에는 "축축한 이슬은 햇볕 나기 전에는 안 마르겠네 / 흐뭇한 술자리가 밤에 벌어졌으니 취하지 않고서는 돌아가지 못하리(湛湛露斯, 匪陽不晞. 厭厭夜飲, 不醉無歸)"라는 구절이 있다. 또 「동궁」편에는 "느슨한 붉은 활을 받아서 잘 간직했다 / 내게 반가운 손님 왔으니 진심으로 그에게 주며 / 종과 북을 벌여 놓고 아침부터 큰 잔치로 대접하네(彤弓弨兮, 受言藏之. 我有嘉賓, 中心貺之. 鐘鼓既設, 一朝饗之)"라는 구절이 있다. 그러므로 여기에 의미를 부여하여 노래함으로써 우호적인 사절을 접대하는 진심을 표현했다는 것이다.

그런데 시에는 근본적으로 원초적 존재로 회귀함이 숨어 있어 의미가 모호하다. 그래서 여기에 화답하면 자칫 노나라와 위나라의 관계가 정치적으로 천자와 제후의 관계로 오해되거나, 또는 악의적으로 왜곡될 수도 있다. 이를 간파한 영무자는 짐짓 대례大禮를 범할 수 없다는 핑계를 둘러댄 것이다. 이렇게 보면『시삼백』의 권위는 당시 외교 행위에서 첨예한 모순을 완화시키거나 피하는 매우 중요한 의사소통 수단이었음을 알 수 있다.

『시삼백』은 당시 국가들 사이에서 불균형한 정치 관계를 맺고 유지할 때, 종종 미묘한 현실을 감추고 서로 실리를 취할 수 있는 명분적인 코드로 활용되었다. 이는『시삼백』이 이미 표준적인 예법의 권위로, 곧 오늘날의 용어로 말하면 국가 사이의 친소親疏 관계와 지위를 규정짓는 일종의 프로토콜로 통용되었기 때문이다. 이를 「문공 3년」의 다음 사건으로 설명하겠다.

(문공 2년에 진晉나라 사람이 우리 임금님[문공]이 자기에게 와서 알현하지 않았다고 해서 쳐들어왔으므로 우리 임금님께서 진나라에 가셨다. 여름 4월 기사己巳일에 진나라 사람이 양처보陽處父를 [노나라에] 보내서 우리 임금님과 맹약을 맺어 우리 임금님을 욕보였다. 그래서 우리 『춘추』의 기록에 "진나라의 처보와 맹약을 맺었다"라고만 쓰고 우리 임금님이 진나라에 간 사실은 적지 않았다.)

진나라 사람들은 그들이 전에 우리 임금님에게 무례를 범한 사실을 두려워하여, 지난번에 체결한 맹약을 고치자고 했다. 우리 임금님께서 진나라에 가셔서 진나라 임금과 더불어 맹약을 맺으셨다. 진나라 임금이 우리 임금님을 대접하는 자리에서 「청청자아菁菁者莪」편을 읊었다.

(노나라 신하인) 장숙莊叔이 우리 임금님에게 계단 아래로 내려가서 절하게 한 다음 말하기를, "작은 나라가 큰 나라에게 명을 받을 때는 감히 의례를 신중히 하지 않을 수 없습니다. 임금님께서 우리에게 천자의 의전으로 대해 주시는데, 어떤 기쁨이 이보다 더할 수 있겠습니까? 작은 나라의 기쁨은 큰 나라가 베풀어주는 것입니다"라고 했다.

진나라 임금이 계단을 내려와 극구 사양하고는 (함께) 계단을 올라와 나머지 절을 끝내니, 우리 임금님께서 「가락假樂」편을 읊으셨다.

晉人懼其無禮于公也, 請改盟. 公如晉, 及晉侯盟. 晉侯饗公, 賦菁菁者莪. 莊叔以公降拜, 曰 : 小國受命于大國, 敢不愼儀. 君貺之以大禮, 何樂如之. 抑小國之樂, 大國之惠也. 晉侯降, 辭. 登, 成拜. 公賦假樂.

당시 진나라는 국력이 강하고 노나라는 약해, 두 나라의 맹약은 어쩔 수 없이 불평등한 관계로 맺을 수밖에 없었다. 그래서 진나라는 노나라를 가벼이 여기고는 조약을 체결하는 자리에 신하를 보낸 것이다. 이러한 행위는 상대국인 노나라나 제3국들에게 진나라가 예법보다는 힘으로 지배하려고 한다는 인상을 줄 수밖에 없다. 더구나 노나라는 주공의 예법을 계승하고 보존한 나라로 알려져 있는데, 이런 나라도 이렇게 대한다면 다른 나라는 어떻게 대할지 불을 보듯 뻔한 일이다.

여론이 이렇게 돌아가자 진 양공襄公은 다급하게 맹약을 다시 체결하자고 노 문공을 불렀다. 그리고 그 리셉션 자리에서 위와 같은 『시삼백』의 시를 매개로 외교 행위를 했다. 노나라는 이미 불평등할 수밖에 없는 현실을 인식하고 있었지만, 이를 드러내 놓고 인정해도 될 만한 명분이 필요했다. 그리고 진나라의 입장에서는 무리하지 않고 노나라를 실질적인 종속관계에 두는 실리를 취할 방도가 필요했다. 그것이 바로 공인된 의전, 곧 프로토콜을 통하여 암묵적으로 서로 확인하는 방법이었다. 여기서 암묵적으로 확인한 방법은 다름 아닌 부시였다.

먼저 진 양공이 「청청자아菁菁者莪」편을 부시했다. 이 시는 손님을 맞아 잔치할 때의 즐거움을 노래한 것이다. 두예杜預가 "시 가운데 '군자를 만나니 / 즐겁고도 예의바르네(旣見君子, 樂且有儀)'라는 구절을 취한 것이다"라고 주를 달았듯이, 양공이 이 시를 읊은 것은 자신은 예를 아는 사람으로서 노나라를 주나라의 전통을 계승한 나라로 예우할 테니 현실적인 불평등은 인정하라는 뜻을 암시하려는 의도였다.

이에 눈치 빠른 장숙이 노 문공을 계단 아래로 내려가 절하게 하며, "임금님께서 우리에게 천자의 의전으로 대해 주시는데, 어떤 기쁨이 이보다 더할 수 있겠습니까? 작은 나라의 기쁨은 큰 나라가 베풀어주는 것입니다"라고 말했다. 여기서 '천자의 예(大禮)'와 '작은 나라(小國)' 라는 두 단어가 명분과 실리의 미묘한 이중성을 보여준다. 곧 진나라는 노나라를 주나라의 적통으로 대우하여 천자의 예로써 명분을 세워 주었다. 그리고 노나라는 스스로를 소국으로 규정하며 문공이 계단 아래로 내려가 절하여 실질적인 종속을 인정했다. 그러자 진 양공이 황급히 계단 아래로 내려가 문공을 데리고 올라와서 절하여, 명분상으로는 두 나라가 대등한 관계임을 표명했다. 이를 통해 노나라는 물론 제3국들을 안심시킨 것이다.

이윽고 문공은 「가락假樂」편을 부시했다. 이 시는 주나라의 성왕成王을 기린 시로 알려져 있다. 두예가 "이 시에서 '아름답고 즐거운 군자님은 아름다운 덕이 밝고도 밝네 / 백성이나 관리들을 적절히 다스리시니 / 하늘에서 복을 받으셨네(假樂君子, 顯顯令德. 宜民宜人, 受祿于天)'라는 구절을 취한 것이다"라고 주를 달았듯이, 문공이 진 양공에게 감사하고 축복하는 마음을 전함과 동시에 양공을 성왕에 비유하여 자신이 실질적으로는 그의 아래에 있음을 다시 한 번 확인시켜 준 것이다. 이렇게 『시』라는 프로토콜을 이용해서 진나라는 대국의 면모를 손상하지 않고 실리를 찾았고, 노나라는 진나라와 주종 관계에 있다는 현실적 수모를 겪지 않아도 되었다.

전국시대에 들어서면 정치적인 합종연횡을 도모하려고 각 나라들을 돌아다니며 유세하는 이른바 종횡가縱橫家들이 출현했다. 이들은 바로 주나라 및 춘추 시기에 활동한 행인들의 경험을 자신들의 설득행위에 이용했다. 그래서 『시삼백』을 대화 코드로 한 인시와 부시는 여전히 종횡가들의 주요 설득 방법이었다. 앞서 설명한 바대로 이러한 것들은 모두 『시삼백』의 감응이 사회적으로 누적되어 온 권위에 의지한 결과다.

3. 부賦·비比·흥興에 대한 재해석

그렇다면 『시삼백』의 감응은 어떤 메커니즘을 통해서 생성되었는가? 이를 알아보려면 비흥比興의 분석부터 시작해야 한다.

비흥이란 원래 『모시』 「서」에서 "시(삼백)에는 육의六義가 있다(詩有六義)"고 하면서 이를 "풍風·부賦·비比·흥興·아雅·송頌"으로 열거한 데서 기원한다.9) 역사적으로 육의에 대해서는 갖가지 해석이 분분했다. 그 가운데 가장 보편적으로 인정받는 설은 당나라 공영달孔穎達과 송나라 주희朱熹의 해석이다.

공영달은 그의 『모시정의毛詩正義』에서 "풍·아·송이란 각 시의 형태가 다른 것이고, 부·비·흥이란 시의 언사가 다른 것이다. (형태와 언사는) 그 크기가 같은 것이 아닌데도 한데 엮어 육의라고 일컫는 것은 부·비·흥은 시의 '용用'이고, 풍·아·송은 시의 '체體'이기 때문이다"10)라고 정의했다. 그는 이와 같이 풍·아·송은 시의 형태상의 분류로, 부·비·흥은 언어 운용상의 분류로 보았다.

주희도 그의 『주자어류朱子語類』에서 육의를 시의 뼈대(骨子)로 보면서 풍·아·송은 시의 삼위三緯로, 부·비·흥은 시의 삼경三經으로 구별했다. 부·비·흥을 풍·아·송보다 우위에 두어 '경'이라 부른 것은, 풍·

---

9) 『주례』 「춘관春官」에도 같은 구절이 있다. 거기서는 육의를 육시六詩라고 불렀다.

10) 『모시정의毛詩正義』, "風雅頌者, 詩篇之異體. 賦比興者, 詩文之異辭耳, 大小不同而得幷爲六義者, 賦比興是詩之所用, 風雅頌是詩之成形."

아·송으로 분류한 모든 시들에 공통적으로 부·비·흥이 들어 있기 때문이다. 루쉰의 『한문학사강요漢文學史綱要』는 오히려 이와는 반대로 풍·아·송을 삼경으로, 부·비·흥을 삼위로 보고 있지만 말이다.

아무튼 육의를 체와 용의 관계로 이분하여 본 공영달의 설이나 경과 위의 관계로 이분하여 본 주희의 설은, 철학적 개념으로 말하자면 모두 사물과 사건의 관계로 파악한 셈이다. 다시 말해서 『시삼백』의 시들은 각기 풍·아·송 가운데 한 형태로 존재하는 텍스트이면서, 부·비·흥의 방식으로 언어를 운용하여 쾌락 또는 감동을 자아내는 시뮬라크르인 것이다.

사물인 텍스트가 더 중요한 건지, 아니면 사건인 감동이 더 중요한 건지는 시를 보는 관점이나 시의 효용에 따라 다를 것이다. 그러나 음악이 시간적 예술이라는 특성을 감안한다면, 시가 생성하는 감동은 시간성과 밀접한 관계가 있다. 따라서 언어가 어떻게 감동을 생성하는지 알려면 부·비·흥을 좀 더 세밀하게 분석할 필요가 있다.

부·비·흥에 대한 정의는 전통적으로 주희의 해석을 가장 많이 따라 왔다. 그는 『시집전詩集傳』에서 부·비·흥을 다음과 같이 정의했다.

부란 어떤 사건을 넓게 펴서 풀어 쓰되 직접적인 서술로 표현하는 것이다. 賦者, 敷陳其事而直言之者也.

비란 한 사물을 다른 사물과 견주는 것이다. 比者, 以彼物比此物也.

흥이란 먼저 다른 사물을 언급하고서 (그로부터) 읊고자 하는 말을 이끌어 내는 것이다. 興者, 先言他物以引起所咏之詞也.

이를 좀 더 쉬운 말로 하면, 부는 대상을 직설적으로 묘사 또는 진술하는 글쓰기 방법이고, 비는 비유를 뜻하며, 흥은 말하고자 하는 본론을 이끌어 내기 위한 일종의 말의 두서頭緖라고 보면 된다.

후대의 문학가들은 대체적으로 주희의 이 정의를 그대로 따랐다. 루쉰도 그의 『한문학사강요』에서 "부·비·흥은 (글쓰기) 체제의 면에서 말한 것이다. 부는 자신의 정감을 직설적으로 토로하는 것이고, 비는 사물을 빌어서 자신의 의지를 말하는 것이며, 흥은 어떤 사물에 의탁하여 말을 꺼내는 것이다(賦比興以體制言：賦者直抒其情, 比者借物言志, 興者托物興辭也)"라고 요약했다. 부·비·흥을 체용體用 관계에서 용의 측면에 놓는다면, 앞서 말한 것처럼 텍스트의 체제가 아닌 그 안에서 시적 감동을 생성하기 위해서 언어를 활용하는 방식이라고 보는 것이 옳다.

당시에는 언어를 분석하는 능력이 부족하여, 부를 가리켜 "감정을 직접적인 서술로 표현한다"고 정의했다. 그러나 언어 자체가 이미 비유인 이상 '직접적인 서술로 표현함'이란 말은 실질적으로 성립하지 않는다. 따라서 현대적인 안목으로 보면 부와 비는 명쾌하게 구별되지 않는다.

흥도 그렇다. 현실에서는 특별한 경우가 아니라면 누구든지 말을 꺼내거나 의지를 서술할 때 본론부터 불쑥 내뱉지 않는다. 그렇기 때문에 흥을 두서라는 의미로 정의한 것은 실제에서는 의미를 갖기 어렵다. 이것은 텍스트의 형태에만 근거한 형이상학적인 인식의 차원에서 정의한 것이기 때문에, 자기 말고 어떤 근거도 지니지 않은 경험이나 생성을 사유한다는 경험론적인 차원에서 보면 전혀 공감을 얻을 수 없다.

따라서 우리는 주체에게 생성을 감각하게 한다는 경험론적인 측면에서 부·비·홍을 다시 정의할 필요가 있다. 쉽게 설명하기 위해서 순서상 홍과 비부터 먼저 설명하는 편이 좋을 듯하다.

(1) 홍興

홍은 앞서 설명한 대로 시의 첫 구절이나 첫 장을 먼저 시인이 바라본 주변 사물이나 경물로 묘사하고, 그로부터 다음의 서정적인 내용을 이끌어 내는 표현 수법으로 알려졌다. 「패풍邶風」의 「동풍谷風」편에서 예를 보자.

이 시는 남편에게 버림받은 여인이 자신의 고통과 원망을 읊은 내용인데, 그 서두는 다음과 같이 시작한다.

살랑살랑 동풍에	習習東風
흐렸다 비가 왔다 하네	以陰以雨
한마음으로 힘써 살아왔으니	黽勉同心
성내어선 안 되지요	不宜有怒
순무나 무를 캠은	采葑采菲
뿌리만을 위한 것이 아니니	無以下體
언약을 어기지 않았을진대	德音莫違
그대와 죽을 때까지 함께 하려 했어요	及爾同死

위 시의 첫 구절 "살랑살랑 동풍에 흐렸다 비가 왔다 하네"를 읽는 순간, 앞으로 전개될 내용이 어떤 불행한 사람의 이야기일 것이라는 예감이 든다. '흐리고 비가 오는 광경(以陰以雨)'은 보통 불행을 상징하거나 연상시키기 때문이다. 그리고 이어서 버림받은 여인의 슬픈 이야기가 시작된다. 바로 이러한 형태를 일컬어 흥이라고 정의한다. 다시 말해서 서정抒情의 단서가 곧 흥이라는 것이다.

『논어』「팔일八佾」편에 보면 다음과 같은 고사가 있다.

> 자하가 묻기를 "'귀엽게 웃는 입술 붉기도 하며 / 아름다운 눈들 까맣고 희기도 한데 / 흰 분을 덧칠해서 아름답게 꾸몄다네'라는 이 구절은 무엇을 일컫는 말입니까?"라고 했다. 선생님이 "그림을 그릴 때에는 먼저 색채를 칠한 다음 맨 나중에 흰색으로 윤곽을 그려 마무리한다"고 대답했다.
>
> 자하가 다시 "예가 마무리란 뜻입니까?" 물으니, 선생님이 "나를 일깨워 주는 사람은 상(자하)이로다. 이제 비로소 더불어 『시』를 논할 수 있게 되었구나"라고 말했다. 巧笑倩兮, 美目盼兮, 素以爲絢兮. 何謂也? 子曰：繪事後素. 曰：禮後乎. 子曰：起予者商也. 始可與言詩已矣.

자하가 시구의[11] 의미를 공자에게 물었다. 그러자 공자는 화공이 그림을 그릴 때 채색하고 나서 마지막에 흰색으로 윤곽을 그려 그림을 완성하는 내용이라고 대답했다. 그랬더니 자하가 이 과정을 예와 연관시켜서, 내적으로 수양된 인격을 밖으로 아름답게 드러나도록 완성시

---

11) 자하가 인용한 시구 가운데 앞의 두 구는 「위풍衛風」의 「석인碩人」편에 나오는 구절이지만, 세 번째 구절은 『시삼백』에 보이지 않는다. 이 세 구절은 아마 편집된 『시삼백』에서 빠진 일시逸詩였을 것으로 짐작된다.

키는 과정이 바로 예가 아니냐고 반문했다. 그러자 공자는 자신도 미처 깨닫지 못했던 바를 자하가 일깨워 줬다고 감탄했다.

여기서 공자는 자신이 몰랐던 바를 다른 사람의 말을 통해서 깨달은 것을 '기起'라고 표현했다. '기'는 '일어서다'라는 뜻으로서, 이 글자를 고대 한어漢語에서는 흔히 '흥興'과 바꿔 쓰기도 했다. 『국어國語』 「진어晉語」에 보면, "옛날에 토벌을 행할 때에는 백성을 일으키는 것이 백성을 위한 것이었는데, …… 이제는 임금이 백성을 일으키는 것이 자신의 권력을 두텁게 하기 위한 것이다(昔者之伐也, 興百姓以爲百姓也, … 今君起百姓以自封也)"라는 구절이 있다. 여기서 '흥興'과 '기起'를 '일으키다'라는 뜻으로 쓴 예를 볼 수 있다.

이 구절에서 '일으키다'란 말은 '백성을 동원하여 전쟁에 참여시키다'라는 뜻을 품고 있다. 생업에 바쁜 백성을 위험한 전쟁에 동원하려면 감정을 흥분시켜서 분연히 일어나게 해야 하는데, 이것이 바로 '흥'과 '기'이다. 전쟁이란 일단 백성들에게 싸울 의지를 심어 주어 떨쳐 일어나도록 해야 한다. 여기에는 의義/불의不義라든가 이利/해害를 따질 공간이나 시간도 없다. 일단 백성을 일으켜 세워야 하고, 그렇게 하려면 감성에 호소해야 한다. 그런데 이 감성은 감각에 의해 자극된다. 이 자극을 극대화하기 위해서 시나 시적 텍스트들을 십분 활용하는 것이 고금의 보편적인 방법이라는 것은 잘 알려진 사실이다.

앞서 인용한 바 있는 『논어』 「양화陽貨」편의 "시는 이로써 (자신을) 일으킬 수 있다(詩可以興)"라는 구절의 '흥'은 배우고자 하는 자발적인 마음, 곧 학문에 강렬한 욕망이 일어나는 것을 의미한다. 그래서 공자는 『논어』 「태백泰伯」편에서 다음과 같이 말했다.

『시(삼백)』에서 일어나고, 예에서 몸을 세우며, 음악에서 완성된다.
興於詩, 立於禮, 成於樂.

여기서 한나라의 주석가인 포함包咸은 '흥'자를 '기起'로 해석하고는, "몸을 수양하려면 마땅히 먼저 『시』를 배워야 한다(修身當先學詩)"고 주를 달았다. 이는 왜 수양해야 하는지에 대한 동기 부여가 먼저 이루어지려면 『시(삼백)』를 배워야 한다는 뜻이다. 앞에서 시를 계기로 자하와 공자가 각각 자신 이외에 어떤 근거도 지니지 않은 경험이나 생성을 사유한 것처럼, 시의 특이한 경험론적인 감응이 자발적인 마음을 생성시키기 때문이다. 이 자발적인 마음이란 자기 확장을 뜻하는 것이고, 이는 곧 니체가 말한 역능에의 의지다.

그런데 무슨 일에 자발적인 마음이 일어났다고 해서, 그것이 반드시 좋고 옳은 일이라고 단정할 수는 없다. 흥이란 주체의 특이한 경험이나 생성과 같은 개별자에 속하므로, 이를 이야기하려면 자연히 보편자인 의義를 언급하지 않을 수 없다.

『좌전』「환공 2년」에 다음과 같은 구절이 있다.

무릇 이름은 (이로써) 의를 만들고, 의는 (이로써) 예를 낳으며, 예는 (이로써) 정치를 구현하고, 정치는 (이로써) 백성을 바로잡는다. 夫名以制義, 義以出禮, 禮以體政, 政以正民.

이 말에 따르면, 의는 예의 근거가 된다. 그래서 고대 중국에서는 흔히 의를 예와 붙여서 예의禮義라고 썼다. 『순자』「예론禮論」에 보면 "옛날의 임금님들은 이러한 어지러움을 미워했으므로, 예의를 만들어

이를 근거로 각자에게 몫을 나누어 주었으니, 이로써 사람들의 의욕은 기르고 필요한 것은 제공할 수 있었다(先王惡其亂, 故制禮義以分之, 以養人之欲, 給人之求)"라는 구절이 있다. 곧 예의란 집단적 시각을 반영한 사회적 규범으로서, 오늘날의 개념으로 보자면 사회정의를 실현하기 위한 준거로 기능했던 것이다.

예의가 사회를 구성하고 유지하는 틀로 기능한다는 점에서, 이것은 라캉이 말하는 '아버지의 법'을 상징하는 것이자 도덕이라고 볼 수 있다. 그래서 고대 중국에서는 사회적 질서의 틀이라는 개념으로 이야기할 때는, 추상적인 '의'보다 더 구체성을 띤 '직直'자를 많이 썼다.

『논어』「위정爲政」편에 "곧은 사람을 등용해서 삐뚤어진 사람들 위에 놓으면 백성들이 심복한다(擧直錯諸枉則民服)"라는 구절이 있다. 앞에서 설명했듯이 상징이 효력을 상실하여 불안해지면, 죽음의 공포가 엄습하여 무법천지가 된다. 그래서 공자가 "곧구나, 사어史魚는! 그는 나라에 도가 있어도 화살처럼 곧게 나아가고, 나라에 도가 없어도 화살처럼 곧게 나아간다"[12]고 높이 평가한 사어와 같은 곧은 사람을 상징으로 세우거나 상징을 지키는 자리에 두어 광기의 상태를 다스려야 한다.

'직直'자의 고대 자형字形을 분석하면, '눈 목目'과 '열 십十'으로 이루어졌다. 이 자형의 의미는 "열 개(모든 것)가 다 갖춰져 있는지 감시하다"라는 뜻도 되고,[13] 궈모뤄郭沫若의 설대로 "열 사람의 눈으로 보다"[14]라는 뜻도 된다. 그러니까 '직'은 반드시 지켜야 할 상징이기도

---

12) 『논어』「위령공衛靈公」, "直哉史魚. 邦有道如矢, 邦無道如矢."
13) 김근 저, 『욕망하는 천자문』(삼인출판사, 2003) 479쪽 참조
14) 류스린, 앞의 책, 162쪽에서 재인용.

하고, 열 사람의 눈, 곧 사회적으로 공감하는 집단적 인식이기도 하다. 『논어』「헌문憲問」편에 "곧음으로써 원수를 대하고, 덕으로써 덕을 대하라(以直報怨, 以德報德)"라는 구절이 있다. 여기서 '직'은 열 사람(모든 사람)이 보기에 공평무사한 보편적인 질서 또는 틀을 의미한다. 따라서 '직'은 바로 예이고, 의인 것이다.

이와 같이 의가 사회 구성원들에게 공통적으로 인식되는 틀이 되려면 화살대처럼 꼿꼿하게 움직이지 않는 상징으로 남아 있어야 한다. 그리고 이렇게 하려면 어쩔 수 없이 공통 감각에 의지해야 한다. 따라서 예의는 재인식 과정을 통해 형성되는 의견doxa으로 남아 있을 수밖에 없다. 그러므로 자신 말고 어떤 근거도 지니지 않은 경험이나 생성을 사유함으로써 발생하는 흥과는 거리가 멀 수밖에 없다. 다시 말해서 환원되지 않는 주체의 초월론적인 경험과 열 사람의 눈으로 보는 공통 감각 사이에는 메울 수 없는 간극이 있을 수밖에 없다는 말이다.

그래서 사회나 국가를 유지해 나가야 할 통치자나 권력자의 입장에서는 공통 감각으로 재인식되는 세계를 설정하게 된다. 이 세계를 구성하는 틀이 바로 의이고, 예인 것이다. 공자는 "『시(삼백)』에서 일어난(興於詩)" 다음 "예에서 몸을 세우는(立於禮)" 단계를 설정했다. 여기서 '몸을 세운다'는 말은, 요즘 언어로 풀면 주체의 사회적 정체성을 형성시킨다는 의미와 같다. 이것은 공자가 개인의 욕망을 넘어선 사회적 보편성을 염두에 두고 한 말일 것이다.

예의는 기실 집단의 공통 감각에 기초하고 있기 때문에 어느 주체에게도(또는 어느 누구의 흥에도) 만족을 제공할 수 없다. 그뿐만 아니라 그 보편적인 의가 정말로 옳은지 그른지도 판단할 수 없다. 말이 좋아

보편성이지, 의란 언제나 이해利害의 논리 위에서 구성되는 것이 아닌가? 그러므로 궁극적으로 의(또는 예의)는 흥과 거리가 멀다. 만일 의에서 흥이 생긴다면 그것은 집단적인 흥분의 오인일 것이다. 그리고 이런 흥분은 대개 권력의 유혹에서 비롯된다는 점에서 광기일 가능성이 높다. 그러므로 의는 시나 문학이 추구하는 바가 될 수 없는 것이다.

사회를 구성하는 주체들의 욕망은 초점이 맞춰지지 않은 상태로 존재할 수밖에 없다. 그러므로 예의와 같은 의견doxa을 가지고 정체성을 형성시켜 주지 않으면 광기로 흐를 가능성이 상존한다. 그래서 권력은 각 주체들의 욕망을 초월하는 의라는 것을 설정하여, 주체들이 여기에 수렴하도록 유도하거나 강제한다.

그러나 의란 궁극적으로 이해利害의 바탕 위에 세워진 것이다. 그만큼 계급이나 계층 등 이해 집단의 입장에 따라 편차가 다양하다. 그렇기 때문에 실제적으로 이에 근거해서 사회를 통합한다는 것은 매우 어렵다. 더구나 초월적인 것은 근본적으로 동일성의 지점들이 차이로부터 추상화된 것임에도 불구하고, 오히려 차이와 변이가 동일성으로부터 가능한 것이라고 생각하는 오류15)를 안고 있다. 다시 말해서 주체의 경험에 기초한 흥은 의라는 동일성에서 비롯되는 것이 아니라, 흥이라는 차이들을 추상화해서 의를 설정한 것이다. 그래서 의라는 의견doxa의 견고성은 매우 불안하다는 것이다.

이 흥(차이)과 의(동일성)의 불일치를 메우기 위한 방도가 바로 음악을 활용하는 것이니, 이것이 바로 공자가 말한 '음악에서 완성되는(成於樂)' 단계이다. 앞서 설명한 바와 같이 음악은 공포가 없는 타나토스의

---

15) 클레어 콜브룩, 앞의 책, 130쪽 참조.

대안이다. 그리고 매개적이지 않고 감각적이므로, 예나 의처럼 집단을 구분하지도 않는다. 아니 오히려 삶과 고통을 긍정하여 집단 사이의 벽을 허물고 원초적 존재로 회귀하게 만든다.

앞서 공자가 자하와 대화하면서 마지막에 "이제 비로소 더불어 『시』를 논할 수 있게 되었구나"라고 칭찬한 것은, 이제 자하가 시가 무엇인지 알았다는 뜻이다. 여기서 '비로소(始)'라는 말을 쓴 것은 '흥'을 알았다는 것은 시작일 뿐이라는 의미를 암시한다. 곧 시는 흥에서 그 기능이 끝나는 것이 아니라, 음악적 요소까지 고려한다면 완성의 단계까지 나아갈 수 있다는 의미를 내포하고 있음을 짐작할 수 있다. 공자는 「태백」편에서 시와 음악의 단계를 나누어 말했지만, 이는 분석 방법이 그리 발달하지 않았던 당시의 화법일 뿐이다. 궁극적으로 공자에게 시는 알파와 오메가인 셈이었다.

앞의 주에서 언급한 것처럼 『주례』에서는 풍·아·송·부·비·흥을 육시六詩라고 기록했다. 그러다 한나라에 와서야 육의六義라고 불렸다는 사실은 우리에게 시사하는 바가 크다. 의가 아무리 공평무사한 보편적인 질서라 하더라도 궁극적으로는 계층이나 집단의 이해에 기초한 것일 뿐이다. 그러니 특정한 권력이나 정권의 이익을 반영하지 않을 수 없다. 그렇다면 권력의 필요에 따라 발생했고, 또 그렇기 때문에 권력을 대변하지 않을 수 없는 훈고학이 육시를 육의로 개명한 의도를 충분히 이해할 수 있다. 나중에 다시 설명하겠지만, 이것은 『시삼백』에서 시의 감각적인 기능을 축소하여, 자신들의 이익을 『시삼백』의 축적된 권위에 의지해 의라는 이름으로 인식시키려는 정치적 전략이다.

『예기』「중니연거仲尼燕居」편에 "예라는 것은 이치다(禮者也, 理也)"

라는 구절이 있다. 주체의 경험에 근거하고 있는 흥의 다양한 초점들을 한데 모으기 위하여 "예에서 몸을 세우는(立於禮)" 단계를 설정한 것이라면, 『예기』의 이 말은 예를 의리義理나 이치와 등가로 보고 싶어하는 한나라의 훈고학자들에게 매우 중요한 명제였을 것이다.

그렇다면 한나라 때 육시六詩를 육의六義로 부르게 된 사건은 이치라는 명분으로 시를, 좀 더 구체적으로 말하자면 흥을 억압한 거의 최초의 예이다. 또한 동시에 개인의 성정과 개성을 통제하고자 했던 중국의 주류 문학사조인 '종경변소宗經辨騷'와 '존리멸욕存理滅欲'의 싹이었다고 해도 과언이 아닐 것이다.

(2) 비比

잎서 인용한 바와 같이 비比란 기본적으로 "하나의 사물을 다른 사물과 견주는 것(比者, 以彼物比此物也)"이다. 허신許愼의 『설문해자說文解字』에서는 비比자를 '친밀하다(密也)'라 해석하며, 그 자형字形을 "사람인人자 두 개를 붙이면 따를 종从자가 되고, 종从자를 뒤집어 놓으면 견줄 비比자가 된다(二人爲从, 反从爲比)"고 풀이했다. 이 정의는 '종从'자가 두 사람 사이의 종속 관계를 함의하는 반면, '비比'자는 두 사람이 대등하면서도 친밀한 관계를 나타내고 있음을 암시한다. 따라서 『시삼백』의 육시에서 비가 의미하는 바는 남녀가 번갈아 가며 부르거나 함께 부르는 형식의 화창和唱으로 이루어진 노래, 또는 그 형식에서 출발하고 있음을 짐작할 수 있다.

라캉은 일찍이 소쉬르의 구조주의 언어 이론을 발전시켜, 의미란 사물이나 항목 자체의 특유한 성질을 말하는 것이 아니라 변별적인 음(시니피앙)의 차이가 의미를 대립적으로 만들고, 이런 관계가 체계화된 것이 언어라고 생각했다. 의미가 사물 자체의 성질에서 비롯되지 않고 단지 시니피앙의 차이가 대립적으로 생성시킨 결과라면, 실제 세계와 언어가 지시하는 의미의 세계 사이에는 엄청난 간극이 존재할 수밖에 없다. 그래서 존재론적인 측면에서 본다면, 대립적인 이분법에 기초한 언어의 기술은 진실을 말하는 데 한계가 있을 수밖에 없다. 따라서 언어는 믿을 수 없다는 비난을 피할 수 없다.

그래서 도가 철학자들은 노자의 "도를 말로써 설명할 수 있다면 (그것은) 어떤 경우에도 완전히 존재할 수 있는 도가 아니고, 이름을 말로써 부를 수 있다면 (그것은) 어떤 경우에도 그 사물을 완전히 지시할 수 있는 이름이 아니다 (道可道 非常道; 名可名 非常名)"라는 경구를 즐겨 인용했다. 장자도 통발은 물고기를 잡는 도구이므로 물고기를 잡으면 통발을 잊는 것처럼, 뜻을 파악했다면 말은 잊는 법이라는 이른바 '득의망언得意忘言'[16]을 설파했다.

그러나 이 말을 뒤집어 보면, 뜻을 파악하려면 언어를 쓰지 않을 수 없다는 사실을 시사하기도 한다. 다시 말해서 언어의 기술과 실제 사이에는 어쩔 수 없는 간극이 존재하지만, 그나마 이러한 언어가 없다면 진실의 감각도 느낄 수 없는 것이 사실이다. 그래서 우리는 말하고자 하는 사물이나 대상에 내재성을 가정하고 그곳에 접근하기 위한 평면을 설정하는데, 그 미분적인 평면을 언어를 가지고 구성하는 것이다. 곧 말을 어떻게 표현하느냐에 따라서 진실에 접근해 있다는 느낌을

---

16) 『장자』 「외물外物」.

얻는다는 것이다. 이와 같이 언어의 형식으로써 내재성의 평면을 구성하는 행위, 우리는 이것을 문학예술이라고 부른다.

『장자』「응제왕應帝王」에 보면 이른바 '혼돈칠규渾沌七竅'라는 고사가 나온다. 혼돈이 숙儵과 홀忽을 융숭하게 대접했더니, 그들이 이에 보답하려고 서로 의논했다. 그들은 "사람에게는 눈·귀·코·입 등 일곱 구멍이 있어서 그것으로 보고 듣고 먹고 숨을 쉬는데, 혼돈에게만 없다. 그러니 그에게도 우리처럼 일곱 구멍을 뚫어 주자"고 했다. 그리고 날마다 구멍 하나씩 뚫었는데, 7일이 지나자 혼돈은 죽고 말았다는 내용이다.

이 우화는 인위적인 행위가 존재의 죽음을 야기한다는 의미를 상징적으로 이야기하고 있다. 그리고 언어 역시 인위적인 것이므로 이 한계에서 벗어나지 못함을 시사한다. 그러나 언어가 예술의 형식을 지닌다면 혼논을 죽이지 않고도 그에게 구멍을 뚫어 줄 수 있다. 그러한 언어의 기술이 바로 시인 것이다.

이러한 시(또는 노래)의 원시적 형태 가운데 하나가 바로 남녀의 화창이다. 그러니까 남녀의 화창은 언어의 대원칙인 시니피앙의 변별적 차이에 의한 의미의 대립적 생성에 근거한 언어의 원시적 기술art이다. 남녀의 점대점點對點이 대위법counterpoint적으로 의미를 생성하는 방식이 여기서는 바로 내재성의 평면이 된다. 이것이 바로 비의 원형으로서, 후대에 내려오면 여기에서 평측平仄·대장對杖·대련對聯 등과 같은 여러 수사 형식들이 파생되어 나온다.

이렇게 남녀의 화창 같은 비를 수행하여 강도적인 질質의 생성을 감각했다면, 그것이 곧 흥이 된다. 그러니까 비는 흥을 일으키는 수단인 셈이다. 앞에서도 인용한 바 있지만, 한나라의 유자들은 "몸을 수양하려면 마땅히 먼저 『시』를 배워야 한다(修身當先學詩)"고 믿었다. 시를 배워야 하는 이유는 근본적으로 흥을 일으키기 위한 것이다. 흥이란 시의 내용 자체가 직접적으로 마음에 실현되어 뜻을 세우게 하는 것이 아니라, 자발적으로 깨닫게 하는 작용이다.

이러한 흥이 일어나는 것은 차이의 감각에서 비롯된다. 그런데 이를 위해서는 두 개의 대상을 비교하는 행위, 곧 비比가 필요하다. 이 비를 통하여 주체는 차이를 감각하고, 이를 기초로 비유·연상·추리 등의 관념 작용으로 확장한다. 『논어』 「학이學而」편의 다음 예를 보자.

> 자공이 "가난하지만 아첨하지 않고, 부유하지만 교만하지 않다면, 이런 사람은 어떻습니까?"라고 물었다. 선생님이 대답하기를 "괜찮기는 하나, 가난하면서도 도를 즐기고 부유하면서도 예를 좋아하는 사람이 더 낫다"라고 했다.
>
> 자공이 "『시』에 이르기를 '자른 듯하고, 다듬은 듯하고, 쫀 듯하고, 간 듯하네'라는 구절은 이 말씀을 두고 한 것이겠지요?"라고 하니, 선생님이 말하기를 "사賜야, 비로소 너와 더불어 『시』를 논할 수 있게 되었구나. 이미 있던 말을 일러주니까 아직 일러주지 않은 것까지 알아내는구나"라고 했다. 子貢曰 : 貧而無諂, 富而無驕, 何如. 子曰 : 可也. 未若貧而樂, 富而好禮者也. 子貢曰 : 詩云如切如磋, 如琢如磨, 其斯之謂與. 子曰 : 賜也. 告諸往而知來者.

"가난하지만 아첨하지 않고, 부유하지만 교만하지 않다"는 말 자체가 이미 비의 구조이다. 그래서 자공은 이 비가 일으키는 흥에서 스스로 깨달은 바가 있어, 공자 앞에서 자랑하고 싶었던 것이다. 그런데 공자는 이 비를 "가난하면서도 도를 즐기고 부유하면서도 예를 좋아하는 사람이 더 낫다"라고 고치니, 여기서 또 다른 흥이 발생한 것이다. 자공은 스스로 깨달은 덕성보다 공자가 가르친 덕성에 좀 더 정진精進된 차이가 있음을 느꼈던 것이다. 이것은 자공의 비와 공자의 비가 대비되어 제2의 비를 구성하여 제2의 흥을 일으킨 것이다. 이 흥은 곧 배움에는 끝이 없다는 의미를 깨달은 것이다.

　이 흥은 여기서 그치지 않고 예술 형식인 시를 연상시켰다. 그것이 바로 「위풍衛風」의 「기욱淇奧」편에 나오는 "자른 듯하고, 다듬은 듯하고, 쫀 듯하고, 간 듯하네'라는 구절이다. 이 구절이 소재한 원시의 일부는 다음과 같다.

저 기수淇水의 물굽이를 바라보니	瞻彼淇奧
왕골과 마디풀이 우거져 있네	綠竹猗猗
깨끗하신 우리 님이여	有匪君子
자른 듯하고 다듬은 듯하고	如切如磋
쫀 듯하고 간 듯하네	如琢如磨

『모시』「서」에 따르면, 이 시는 위衛나라 무공武公의 덕을 칭송한 것이라고 한다. 덕은 저절로 이루어지는 것이 아니라, 끊임없이 연마하고 수양하여 조금씩 정진하기에 가능한 것이다. 그래서 시에서는 무공의 덕을 옥공이 옥을 깎아 구슬을 만드는 과정, 곧 자르고 다듬고 쪼고 가는 절차탁마切磋琢磨의 공정에 비유하여 읊은 것이다.

흥이 여기까지 이르니 공자는 자공이 시를 이해하기 시작했다고 여기고는 마침내 "이미 있던 말을 일러주니까 아직 일러주지 않은 것까지 알아내었다"고 그의 추리력을 칭찬했다.

요컨대 아첨하지 않고 교만하지 않음을 깨달은 것부터 『시삼백』「기욱」편까지의 연상과 추리는 기실 작은 차이의 감각에서 출발했다. 그리고 이 차이의 감각은 비比에서 비롯되었다. 그래서 흥은 비의 결과라고 말한 것이고, 또한 이것이 고대 문헌에서 자주 비흥比興을 함께 붙여 부른 이유다.

이처럼 시에는 미세한 차이를 기초로, 비유·연상·추리 등의 방법을 써서 이전에 몰랐던 것을 자발적으로 알아내는 작용과 과정이 녹아 있다. 그래서 고대 중국인은 직설적으로 말하기 곤란한 경우에는 시를 이용해서 은근히 일러주거나 스스로 깨닫게 했다. 이 때문에 한나라의 훈고학은 『시경』이 직설적인 표현을 피하고 비유를 통해 말한다는 이른바 주문主文과 완곡하게 풍자한다는 이른바 휼간譎諫이 주요 내용이라고 간주했다. 그리고 여기에 초점을 맞춰 억지 해석을 하여 천착부회穿鑿附會의 경향을 만들기도 했다.

이러한 경향 때문에 『시경』이 인성을 온유돈후溫柔敦厚함으로 향하게 지향하는 것은 ― 훈고학이 권력이 설립한 제도 학문이라는 사실과 연관하더라도 ― 매우 자연스런 결과였다. 그래서 비흥을 기조로 하는 한나라의 문학은 완곡하게 에둘러서 표현한다는 이른바 완전곡절婉轉曲折이 주요한 수사 방식이 되었다. 이는 현실 정치에도 그대로 반영되어, 황제에게 건언하는 일도 이 방식에 의존하는 경향이 등장했다. 이것을 당시에는 풍風이라 했는데, 『모시』「서」는 이에 대해서 다음과 같이 설명한다.

> 임금은 풍으로써 아랫사람들을 교화시키고, 아랫사람들도 풍으로써 임금을 자극해야 하니, (이렇게 하려면) 비유를 통해 말하고 완곡하게 풍자해야 한다. 그러면 말하는 사람은 죄를 짓지 않게 되고, 듣는 사람에게는 충분히 훈계가 된다. 그래서 풍이라고 부르는 것이다. 上以風化下, 下以風刺上, 主文而譎諫. 言之者無罪, 聞之者足以戒, 故曰風.

풍은 고대 시가의 한 형식으로서 흥을 일으키는데, 바로 이 흥의 기능을 이용하여 임금에게 간언하면 듣는 이가 스스로 깨닫기에 간언하는 사람이 다치지 않는다는 말이다. 이러한 풍간諷諫은 한나라 때 형성되어 그 뒤에도 계속 이어져 결국에는 중국 전통문화의 한 속성으로 자리 잡았다. 이와 같이 상징적 수법으로 완곡하게 서로 의사소통한다는 점에서 비흥은 예와 동일한 기능을 수행했다.

반고班固의 『한서』「식화지食貨志」에 보면 이런 구절이 있다.

> 음력 정월이 되면 마을에 모여 살던 농부들이 바야흐로 전원으로 (일하러) 흩어지는데, 이때 행인行人이라는 벼슬아치는 목탁을 흔들며 길을 두루 돌아다니면서 시를 채집한다. 이것을 태사大師에게 바치면 그가 순서를 잘 맞춰서 천자에게 들려주었다. 孟春之月, 群居者將散, 行人振木鐸徇于路以采詩, 獻之大師, 比其音律, 以聞天子.

이것이 이른바 주나라 때 있었다고 하는 채시采詩 제도다. 『사기』의 기록에 따르면, 『시삼백』은 바로 이렇게 채집한 시들 가운데 공자가 선별한 300여 수라는 것이다. 이것이 이른바 공자의 산시설刪詩說이다. 이에 대해서는 회의가 많지만, 아무튼 위정자들이 어떤 목적으로든 민간에서 시를 채집했던 것은 사실인 것 같다.

이뿐만 아니라 『예기』 「왕제王制」편에 보면, "천자는 5년에 한 번 제후국들을 시찰하러 다닌다(天子五年一巡守)"는 구절이 있다. 이 순회 시찰하면서 하는 중요한 활동이 "악관인 태사大師에게 명하여 시를 들려주어 백성들의 교화 상태를 살피는 일(命大師陳詩以觀民風)"이었다. 다시 말해서 시정施政의 득실을 따지고, 백성들의 동정을 살피기 위해서 민간의 노래(시)를 채시采詩하거나 진시陳詩하여 듣는다는 것이다.

류스린劉士林은 이런 채시 및 진시의 목적이 민간의 가무 가운데 새로운 자극과 쾌감이 될 만한 것을 찾아서 천자의 정신적인 무료함을 달래려는 오락적인 면이 더 크다는 비판적인 시각으로 본다.[17] 그러나 더 근본적인 이유를 찾자면 이렇다. 앞서 설명한 바와 같이 중국 고대의 봉건 정권은 신분제도를 공고히 하고자 예악을 중시했다. 그리고 이를 위해 이른바 제례작악制禮作樂을 하자면 특별히 음악 수요가 많았을 것이다. 그 결과 빈번하게 채시와 진시를 시행한 것이 아닌지 짐작한다.

채시 및 진시의 목적이 무엇이었든지, 민간의 노래가 궁중으로 흘러들어갔다는 것은 위정자들의 인식을 변화시키는 데 일조했을 것이다. 앞에서 '연정제례緣情制禮'를 설명할 때 언급한 바와 같이, 예란 감정을 올바로 (윤리적으로) 토로하기 위한 방도였다. 여기서 '올바로'란 말은 곧 의義를 가리키는 것으로서, 이는 예가 정치적 의미를 함의할 수밖에

---

17) 류스린劉士林, 앞의 책, 278쪽 참조

없음을 나타낸다.

권력은 하나의 의를 재인식re-cognition시키는 과정을 반복하게 된다. 그런데 그러다 보면 의는 경직되고, 예는 사람을 잡아먹는 이른바 식인食人의 예교가 될 수밖에 없음은 이미 앞에서 살펴보았다. 바로 이런 모순을 완화하고자 음악을 활용하는 것이다. 예가 경직되다 보면 '감정을 올바로 토로하기 위한 방도'라는 이른바 연정緣情 부분은 잊혀지고, 예라는 형식 부분만 절대화하여 음악을 예에 종속적인 보조 수단으로 간주하게 된다. 고대 사회제도에서 음악인들은 언제나 중인 계급을 벗어나지 못했다. 음악의 중요성에 비하여 음악인들이 누리는 사회적 위상은 턱없이 낮았다고 할 수 있다. 그 이유가 바로 음악이 예의 보조 수단으로 간주되었기 때문이다.

이런 상태에서 음악은 예라는 기호나 상징 활동 이상의 기능을 발휘하지 못한다. 그리고 종국에는 상투성에 빠져 처음과 같은 비흥을 일으키지 못하는 지경에 이른다. 오늘날 우리가 일부 음악인을 가리켜 '딴따라'라고 부르는 것은, 아마도 권력이나 돈이 요구하는 상투적인 음악을 작곡하거나 연주하기에 비흥을 일으키지 못하는 것을 폄하하려는 의도에서 비롯되었으리라.

콜브룩은 "예술이란 보편적으로 재인식되는 주체의 경험이 아닌 경험의 형식을 창조한다. 그뿐만 아니라 예술은 또한 감응들과 개념들 그리고 관찰들로 사유가 흩어지도록 하기 위해서 단일한 주체가 지닌 조화를 파괴시킨다"[18]고 했다. 궁중의 아악雅樂 ─ 이것을 통치자들이 예교의 수단으로 썼든지, 아니면 단순히 여흥으로 즐겼든지에 관계없

---

18) 클레어 콜브룩, 앞의 책, 126쪽에서 인용.

이 ─ 역시 그 원초는 감응에서 비롯된 경험의 형식이었다. 그러나 권력이 예를 절대화하는 과정에서 음악이 생성하는 감응을 예를 수행할 때 주체가 느끼는 보편적 경험으로 오인하게 하여, 음악을 재인식의 수단으로 전락시켰다.

우리는 이렇게 재인식 과정을 통해 하나의 예(또는 의)를 절대화하면 점점 끊임없이 변화하는 현실과 동떨어져 더 이상 극복할 수 없는 모순에 부딪친다는 사실을 역사에서 종종 목도했다. 이를 해결하려면 콜브룩의 지적을 역으로 활용하여, 반복되는 재인식의 결과로 이루어진 경직된 주체의 조화를 파괴함으로써 다양한 감응과 개념들을 감각할 수 있도록 흩어 놓으면 될 것이다.

바로 이 과정에서 채시 및 진시된 민간의 노래와 시는 단일한 주체가 지닌 조화를 파괴하는 데 훌륭한 기능을 수행한다. 곧 새로운 형식의 음악과 시가 생성하는 강도적인 질에 대한 경험은 새로운 흥을 일으키고, 여기서 환원될 수 없는 차이의 존재를 감각하게 된다. 차이의 감각은 자연히 동일성에 회의를 갖게 하는데, 이러한 회의가 바로 예가 경직되는 것을 예방하는 것이다. 그래서 민간의 노래나 시가 그것이 채집된 것이든 아니면 의도적으로 헌시獻詩된 것이든, 결과적으로 타자, 곧 일부 계층이나 백성을 의식한 정책이 하나라도 나오게 할 수 있었던 것이다. 이와 같이 시적 텍스트는 통치자의 자발적 각성을 유도할 수 있는데, 그 변화의 근본적인 메커니즘이 바로 비흥이다.

『모시』「서」에 다음과 같은 구절이 있다.

　　　잘 다스려지는 세상의 음악이 편안하고 즐거운 것은 그 시대의 정치가 조화롭기 때문이고, 어지러운 세상의 음악이 원망과 분노로 가득 찬 것은 그 시대의 정치가 어그러졌기 때문이며, 망해 가는 나라의 음악이 슬픔과 그리움으로 충만한 것은 그 나라의 정치가 곤경에 빠져 있기 때문이다. 治世之音安以樂, 其政和; 亂世之音怨以怒, 其政乖; 亡國之音哀以思, 其政困.

작자는 시대적 상황을 '치세治世' '난세亂世' '망국亡國'으로, 정치의 득실을 '화和' '괴乖' '곤困' 등으로 나누고 있다. 그리고 그 근거는 다름 아닌 그 시대에 유행하는 노래의 '편안하고 즐거움' '원망과 분노' '슬픔과 그리움'이라는 세 가지 속성이다. 곧 '안安과 락樂' '원怨과 노怒' '애哀와 사思'라는 비比로 구성된 속성의 노래가 치세, 난세, 망국의 신드롬임을 추인한다. 아울러 그 원인이 정치의 '화' '괴' '곤'에 있음을 입증하고 있는 것이다. 이것이 『예기』「악기樂記」에서 "소리의 도는 정치와 통한다(聲音之道與政通)"고 하는 이론의 실제이며, 그 원리는 바로 음과 현실 사이의 비에서 비롯된 것이다.

우리는 노래와 음악이 통치자의 자발적 각성을 촉발하는 예를 『시경』「고종鼓鐘」편의 다음 시를 통해 간접적으로 알아볼 수 있다.

쇠북 딩딩 울리네	鼓鐘將將
회수는 넘실거리는데	淮水湯湯,
시름에 잠긴 마음을 더 아프게만 하네	憂心且傷
훌륭한 군자님은	淑人君子
진실함을 지녀 마지 않으셨네	懷允不忘
쇠북 덩덩 울리네	鼓鐘喈喈

회수는 철철 흐르는데	淮水湝湝
시름에 잠긴 마음을 더 슬프게만 하네	憂心且悲
훌륭한 군자님은	淑人君子
그 덕이 훌륭하셨네	其德不回
쇠북 치고 큰북 치네	鼓鐘伐鼛
회수의 세 섬은 의구한데	淮有三洲
시름에 잠긴 마음을 더 서글프게만 하네	憂心且妯
훌륭한 군자님은	淑人君子
그 덕이 한이 없네	其德不猶
쇠북 둥둥 울리고	鼓鐘欽欽
비파 뜯고 거문고 치며	鼓瑟鼓琴
생황과 경도 함께 연주하네	笙磬同音
아악도 들리고 남쪽 노래도 들리며	以雅以南
피리 불며 추는 춤도 보이는데 질서가 정연하네	
	以籥不僭

『모시』「서」에 따르면, 이 시는 주나라 유왕幽王의 실정을 풍자한 것이라고 한다. 웅장한 악대의 연주 소리가 들리는 회수淮水 가에서 서글픈 마음으로 옛날 군자의 덕을 회상하고 있는 내용이니, 그 대상이 유왕인지는 정확하지 않지만 풍자시로 보는 것도 무리가 아니다.

그렇다면 이 시가 어떻게 듣는 이에게 자발적 각성을 불러일으키는지 살펴보기로 하자. 이 시는 모두 4장으로 구성되어 있는데, 제3장까지는 사실상 같은 내용과 형식을 반복하고 있다. 이 반복하는 형식 속에는 여러 형태의 비가 교차되어 있기 때문에 여기서 기본적인 흥이 발생한다.

고대 중국에서 종을 두드린다는 것은 대개 화려하고 웅장한 연주를 상징한다. 따라서 통치자가 실정을 걱정하기는커녕 강가에서 화려한 연주를 즐기는 소리가 들릴 때, 무심히 흐르는 회수의 물소리는 그렇지 않아도 답답한 마음에 시름을 더할 것임을 충분히 짐작할 수 있다. 곧 의성어인 '장장將將'과 '탕탕湯湯'이 같은 운韻에 속하면서도 전자는 인위적인 악기 소리를, 후자는 자연의 강물 소리를 표상한다. 이는 상반적인 감각을 대비시켜 더 깊은 시름의 고통을 경험하게 하는 비로 기능하는 것이다.

아울러 이러한 마조히즘적인 시름의 고통은 자연히 옛날의 성군을 그리워하게 하는 또 다른 비를 구성한다. 그러므로 이러한 비의 중첩은 불평·불만을 직서하지 않으면서도 이 노래를 듣는 통치자로 하여금 연민을 자아내게 하는 흥을 유발한다.

이러한 비의 구조가 제3장까지 반복되다가 제4장에서는 다른 형태로 반전한다. 무심하게 흐르는 회수와 대비하여 부정적으로 묘사하던 연주 소리를, 갑자기 아름답고 질서정연한 긍정적인 음악으로 전환시킨다. 강가에서 흥청망청 즐기던 연주가 다름 아니라 옛날 성군들이 훌륭한 정치를 위하여 작곡하거나 감상하던 아악[19]을 비롯하여, 삶의 음악의 발원인 남음南音[20]과 춤추며 부는 피리 연주[21]였던 것이다.

---

19) 주희의 『시집전詩集傳』은 '아雅'를 『시경』의 이아二雅로 해석했다.

그뿐만 아니라 이 음악은 편종, 비파, 거문고, 생황, 편경 등의 악기들이 극도의 조화를 이루어 아름답게 연주된다고 묘사한다.

이 반전을 통해 앞에서 연민의 흥을 불러일으키는 1~3장의 반복 구조와 더불어 비를 구성한다는 것을 느낄 수 있다. 이 비는 음악의 원초적인 아름다움이 어디에 있는지 깨닫게 한다. 백성의 어려움을 외면한 채 음악을 즐기고 있지만, 그럼에도 불구하고 연주되는 음악은 아름답고 반듯하다는 것이다. 왜냐하면 이러한 아악을 작곡하거나 즐긴 옛날의 성군들은 훌륭한 덕을 지녔기 때문이다. 그래서 음악이 본령을 떠나 엉뚱한 곳에서 잘못 연주되고 있다는 비판적인 의식과 함께, 덕 있는 옛날의 임금들을 더욱 그리워하게 만드는 것이다.

만일 이 노래를 듣는 통치자에게 어떤 흥이 느껴진다면, 그 흥은 음악이 단지 유희나 여흥을 위한 수단이라는 그동안의 경직된 동일성에 회의를 갖게 만들 것이다. 그렇다면 이 시는 『모시』가 말하는 것처럼 "간언하는 사람은 죄를 짓지 않게 되고, 듣는 사람에게는 충분히 훈계가 된다(言之者無罪, 聞之者足以戒)"라는 주문·휼간의 기능을 실현한 셈이다.

통치자의 자발적 각성은 언제나 선왕의 이념으로 돌아가는 일이다. 선왕의 이념은 기실 예악의 실현에 있다. 예악이란 정권의 창업과 수성守成 과정에서 얻은 특이한 경험, 곧 감응을 형식화한 것이다. 따라서 이를 실행하고 연주하는 가운데 그 감응이 살아나 느껴질 때 의미가 있는 것이다.

---

20) 주희는 '남南' 역시 『시경』의 「주남周南」·「소남召南」으로 해석했다. 이에 관해서는 본서 139~142쪽을 참조 바람.
21) 정현鄭玄의 전箋은 '약籥'을 '문악文樂'이라고 해석했다. 문악은 아악의 일종이다.

그러나 형식이란 그 형식을 만든 감응과는 무관하게 오로지 그 형식의 텍스트가 의미하는 것만을 따르는 법이다. 그래서 훌륭한 형식으로 이루어진 텍스트는 그것이 수행될 때마다 시대적 감응을 잘 반영하는데, 우리는 이것을 흔히 고전이라고 부른다. 고대 중국에서는 이와 같이 선왕의 이념과 시대적 감응을 잘 반영하는 예악을 총체적으로 일컬어 '아雅'라고 불렀다.[22]

『모시』「서」의 "아雅란 '올바르다'는 뜻이다(雅者, 正也)"라는 정의는 바로 여기에 기초한 것이다. 또한 이러한 감응을 망각하면 정권이 멸망할 수 있기 때문에 "천자의 정치가 이로 말미암아 폐하거나 흥할 수 있음을 뜻한다(言王政之所由廢興也)"라고 부언한 것이다.

청나라의 경학자 왕인지王引之는 "아는 '하夏'의 뜻으로 읽는데, '하'는 중국을 일컫는다(雅讀爲夏, 夏謂中國也)"[23]라고 해석했다. 이는 '아'자를 주변 국가나 민속들을 가리키는 '이夷'자와 차별하여, 우월한 중국이라는 민족주의적인 이념의 기호로 간주하고자 한 의도이다. 그런데 바로 이것이 『모시』가 '정권이 멸망할 수도 있다'고 우려한 '아'의 경직화이다. 이러한 경직화를 예방하고 감응을 살아 느낄 수 있도록

---

22) 『논어』「술이述而」편에 보면 "(선생님은) 『시』와 『서』를 읽을 때와 예를 집전할 때는 모두 아언雅言으로 말씀하셨다(詩書執禮, 皆雅言也)"라는 구절이 있다. 여기서 '아언'이란 원어原語라는 개념으로 봐야 할 것이다. 언어의 의미는 기표(시니피앙)에서 비롯되므로, 고전 텍스트에서 원래의 감응이나 또는 선왕의 이념을 느끼려면 원어의 시니피앙으로 읽어야 할 것이다. 그러나 원어의 재현은 현실적으로 불가능하므로, 원어로 읽더라도 시대적 변화의 영향을 받아 원어는 상당 부분 굴절될 수밖에 없다. 이뿐만 아니라 원어의 시니피앙은 당대의 시니피앙 체계에 영향을 받아 의미를 생성시킨다. 따라서 이 시니피앙의 변화와 작용에서 텍스트는 이미 시대적 감응을 반영하게 된다.

23) 왕선겸王先謙 찬撰, 『순자집해荀子集解』「영욕榮辱」편의 주.

하기 위해 시의 비흥이 필요한 것이다.

『한서』「예문지藝文志」에 보면, "그래서 옛날에 시를 채록하는 관리가 있었던 것인데, 이는 천자가 풍속을 살피고, 정치의 득실을 알고, 스스로 잘못된 것을 바로잡을 수 있는 방도였다(故古有采詩之官, 王者所以觀風俗, 知得失, 自考正也)"라는 구절이 있다. 이것은 시와 음악의 경험을 통해서 스스로 올바른 것이 무엇인가라고 사고하게 만들기 위한 것이다. 곧 선왕의 이념만 옳은 것이 아니고, 당대의 풍속인 시대적 이념만 옳은 것도 아니다. 바른 것은 선왕과 풍속 사이, 득과 실 사이에서 생성되는 비흥을 통해 깨닫는 것이다. 또한 이를 통해 '스스로 잘못된 것을 바로잡을 수 있는(自考正)' 의식이 생긴다.

이것이 바로 '아雅'를 '올바르다(正也)'라고 정의했음에도 불구하고 아무도 그 올바름이 무엇인지 구체적으로 말하지 않고 오로지 시로만 이야기한 까닭이다. 왜냐하면 올바름이란 동일성에 근거한 것이 아니라 저마다의 특이한 경험, 곧 차이에서 비롯되기 때문이다. 그리고 이 차이를 감각할 수 있는 방도가 바로 시와 음악이다. 이러한 경험적 이치에서 「고종鼓鐘」편의 시가 『시삼백』 속에 편입된 것이다.

비흥의 형식은 특히 민간 가요에서 발달했다. 왜냐하면 형식 자체가 간단하여 표현하고자 하는 내면성의 평면을 구성하기에 용이하기도 했지만, 감정을 억압해야 할 위치와 상황에서 상징적으로 비를 구성해야 했기 때문이다. 그래서 통치자들 사이의 모순, 이를테면 천자와 제후 사이의 갈등도 종종 이러한 민가 형식을 빌어서 표현하는 경우가 있었다. 「소아」의 「아행기야我行其野」편이 그 대표적인 시이다. 이런 상징성 때문에 이 시는 「국풍國風」이 아니라 「소아」에 편입되었다.

먼저 시의 내용을 보자.

들판을 가다가	我行其野
잎사귀 갓 튼 가죽나무 아래서 쉬네	蔽芾其樗
사돈이라서	昏姻之故
그대의 집 찾아갔는데	言就爾居
그대는 나를 먹여 주지도 않으니	爾不我畜
내 고향집으로 되돌아가려네	復我邦家
들판을 가다가	我行其野
소루쟁이를 뜯네	言采其蓫
사돈이라서	昏姻之故
그대 있는 곳 찾아갔는데	言就爾宿
그대는 나를 먹여 주지도 않으니	爾不我畜
되돌아가려네	言歸斯復
들판을 가다가	我行其野
예무를 뽑네	言采其葍
옛 혼인은 생각지도 않고	不思舊姻
새 짝을 찾고 있는데	求爾新特
정말로 부자를 찾는 게 아니라	成不以富
그저 새로운 것만 찾는구려	亦祇以異

이 시는 소박맞은 딸을 위해 친정 부모가 사돈집에 변명하러 갔다가 오히려 푸대접만 받고 돌아오며 사돈을 원망하는 내용처럼 보인다.[24) 이 시 역시 모두 3장으로 이루어졌고, 제2장은 기실 제1장의 변주 형식으로서 비를 구성한다. 이 비는 사돈에게 푸대접받고 쓸쓸히 돌아가는 모습을 똑같이 반복하며 묘사하는데, '저樗'자와 '축蓫'자만을 대비시키고 있다.

제1장은 사돈을 먹여주지도 않아 돌아가다 들판에 서 있는 가죽나무 밑에서 쉬는 모습을, 제2장은 사돈을 먹여 주지도 않아 돌아가다 들판에 난 소루쟁이 나물을 뜯어 먹는 모습을 노래했다. '저'자를 정현은 '쓸모없는 나무(惡木)'라고 주를 달고는, 그나마도 '나뭇잎이 갓 나와서(茒)' 그늘도 만들지 못할 정도라고 부언했다. 그리고 '축'자도 '(사람들이 잘 먹지 않는) 거친 나물(惡菜)'이라고 설명했다.

그렇다면 이 반복이 왜 비로 기능하는가? 왜냐하면 같은 내용일지라도 이 두 가지가 대비되지 않으면 푸대접의 정도와 그에 대한 원망이 잘 드러나지 않기 때문이다. 다시 말해서 똑같은 형식이 반복되는 가운데 특별한 위치의 단어만 변주되어야, 그 부분이 의미화되면서 비윤리적인 처사에 대한 분노를 공감시킬 수 있다는 말이다. '가죽나무'나 '소루쟁이' 가운데 어느 하나만 등장하면 푸대접받은 서러움을 불러일으킬 수 없다. 이 두 가지가 반복되어야 '그늘도 시원찮은 가죽나무'와 '먹지도 못할 소루쟁이'라는 의미가 생성되는 것이다.

이러한 의미론적인 원리는 아주 비근한 예를 통해 확인할 수 있다.

---

24) 근래에는 친정 부모가 아닌 버림받은 아내가 남편을 원망하는 내용으로 해석하기도 하지만, 비흥을 설명하는 데는 크게 차이가 없다. 여기서는 김학주 『시경』의 번역을 따르기로 한다.

우리는 남의 방문을 노크할 때 '똑'이라고 한 번 두드리지 않고, 무의식적으로 '똑똑' 두 번 두드리는 습관이 있다. 한 번만 두드리면 청자에게는 그 소리가 의도적인 두드림이 아니라 우연한 의미 없는 소리라고 여기도록 해, 방문객의 존재를 표상하는 기호로 받아들이지 않을 수도 있다. 그러나 두 번 두드리면 노크라는 기호를 성공적으로 전달할 수 있다. 똑같은 소리의 반복이더라도 두 번째의 '똑' 소리는, 첫 번째의 '똑' 소리가 우연한 것이 아니라 의도된 소리라는 기표가 틀림없음을 사후적으로 규정해 주기 때문이다.

제3장에서는 푸대접받은 이유를 하소연하고 있다. 사돈이 옛 사돈 관계를 저버리고 새 며느리를 찾았기 때문인데, 더 어이없는 것은 그것이 돈 때문이 아니라 단지 새 여자가 좋아서 그랬다는 것이다. 이 제3장은 앞의 제1·2장의 반복 형식과 더불어 역시 비를 구성한다. 푸대접받고 집으로 돌이키는 시리움과 단지 사돈이 새 것을 좋아하기 때문에 이렇게 당해야 하는 억울함이 대비를 이루면서, 시는 사돈의 비윤리적 행위에 대하여 분노를 촉발시키면서 공감을 일으킨다.[25]

이처럼 이 시는 일상에서 민중들이 흔히 겪는 갈등을 호소하면서 그 비윤리성을 적나라하게 폭로하여, 적개심을 불러일으키지 않으면서도 분노를 공감하게 한다. 아울러 사람이 지켜야 할 규범이 무엇인지 각인시키는 풍자 기능을 수행한다. 이러한 비흥의 효과를 천자와 제후 사이 또는 강대한 제후국과 약소한 제후국 사이의 정치적 모순을 상징

---

25) 천즈잔陳子展은 그의 『아송선역雅頌選譯』에서 이 시를 평하여 "천년 이래로 이 시를 읽는 독자들은 그 분노의 소리를 듣는 듯하였다"라고 평했다. 왕서우치엔王守謙·진슈전金秀珍 공역, 『시경평주詩經評注』(東北師範大學出版社, 1989) 487쪽에서 재인용.

적으로 고발하는 데 원용했기 때문에, 이 시는 민가임에도 불구하고 「소아小雅」에 편입된 것이다.

이처럼 비의 궁극적 목적은 흥을 일으키는 데 있다. 그러므로 비가 적절히 구성되지 않거나 수행되지 않으면 흥이 나질 않는다. 따라서 거기서는 감응을 느낄 수 없는 결과가 발생한다. 앞 장에서 말했듯이, 노래나 시는 세상사와 내적인 연관성이 있다. 그래서 고대 중국인은 흥이 일어야 할 비에서 그것이 느껴지지 않으면 그와 연관된 현실이 뭔가 부적절하기 때문이라고 보았다.

『좌전』「양공襄公 16년」의 다음 고사를 보기로 하자.

진나라 임금이 제후들과 더불어 온溫 땅에서 연회를 가졌다. 거기서 제후들의 대부들로 하여금 일어나 춤추게 하면서 말하기를 "시를 노래 할 때는 그것이 춤과 서로 어울려야 한다"고 했다.

그런데 제나라 고후高厚의 노래가 춤과 어울리지 않았다. 순언荀偃이 화를 내고는 다시 말하기를 "제후가 두 마음을 품고 있구나!" 했다. 그래 서 제후의 대부들로 하여금 고후에게 맹세하게 했더니, 고후가 도망하여 자기 나라로 돌아갔다.

이에 손숙표孫叔豹와 진나라 순언, 송나라 상술向戍, 위나라 영식甯殖, 정나라 공손채公孫蠆, 그리고 (노나라 부용국인) 소주小邾의 대부 등이 맹세하기를 "(맹주인 진나라에) 불충한 자를 함께 토벌하리라"고 했다.

晉侯與諸侯宴于溫. 使諸大夫舞, 曰：歌詩必類. 齊高厚之詩不類. 荀偃 怒, 且曰：諸侯有異志矣. 使諸大夫盟高厚, 高厚逃歸. 於是孫叔豹·晉荀 偃·宋向戍·衛甯殖·鄭公孫蠆·小邾之大夫盟, 曰：同討不庭.

비는 시나 노래를 구성하는 구조적인 개념만 뜻하는 것이 아니라,

작품이 연출하는 수행의 구조를 포함한다. 비가 남녀의 화창和唱에서 비롯되었다는 사실은 앞에서 이미 이야기한 바 있다. 그러므로 위의 기사에서 노래와 춤을 대비적으로 연출하여 흥을 일으키는 것도 비의 기능을 수행하는 것이라고 볼 수 있다. 이것을 일컬어 '가시필류歌詩必類'라고 말한 것이다. 그런데 이 연출에서 흥이 나질 않는다면, 그것은 비가 제대로 기능하지 않은 데서 이유를 찾을 수 있다. 순언이 고후의 속마음을 알아차린 것은 바로 이 비가 일으키는 흥의 유무 때문이었다.

(3) 부賦

주희는 그의 『시집전詩集傳』에서 부賦를 정의하며, "사건을 펴서 늘어놓고 그에 대하여 직접적으로 이야기하는 것이다(敷陳其事而直言之者也)"라고 했다. 주희가 의도한 바를 요즘 말로 하자면, 그는 비유·암시·과장 등의 수사법을 쓰지 않고 객관적으로 사건을 진술한 건조한 산문체를 염두에 두었던 것 같다.

그러나 아무리 객관적으로 직서直敍한 산문이더라도 언어 자체가 비유로 이루어졌기에 수사에서 자유로울 수는 없다. 더구나 사건을 그냥 '펴서 늘어놓는(敷陳)' 글쓰기가 가능하지도 않고, 또한 그렇게 펴서 늘어놓은 글쓰기를 문장이라고 부를 수 있는지 의문이 남는다. 주희와 같은 명문장가가 이런 오류를 개념으로 삼지는 않았을 것인즉, 우리는 부의 쓰임새를 분석함으로써 그가 내린 부의 정의를 재조명할 필요가 있다.

우리는 앞에서 부시賦詩를 "시를 지어 읊거나 또는 『시삼백』 가운데 상황에 맞는 시를 선정하여 읊어 자신의 의지를 완곡하게 전달하는 의사 표현 기술"이라고 정의한 바 있다. 반고班固는 "시를 노래로 하지 않고 읊는 것을 부라고 한다(不歌而誦亦日賦)"고 했다. 그리고 정현鄭玄은 "부란 새로이 한 편을 짓는다는 뜻도 되고, 옛 시를 읊는다는 뜻도 된다. 그러므로 부에는 두 가지 의미가 있다(賦者或造篇, 或誦古, 然則賦有二義)"고 한 적이 있다.26)

부의 이러한 쓰임새를 귀납하면, 부란 시를 연출하는 행위다. 연출이란 시를 읊는 사람이 자신이 의도하는 맥락에 따라서 소리로 시를 재현하는 것이다. 그래서 시의 의미가 변이되는 이른바 단장취의斷章取義가 되기도 한다. 따라서 부는 시 텍스트를 어떤 맥락 속에 넣어 연출함으로써 감정과 의미를 생성하는 행위라고 규정할 수 있다.

시(또는 노래)의 연출이 음악적 성격을 띠고 있다는 점을 감안한다면, 우리는 앞에서 인용했던 공자의 음악에 대한 언급인 "음악 (연주의 과정)은 알 수 있는 것입니다. 처음 연주가 (종소리로써) 시작되면 듣는 이들이 모두 하나같이 진작되고, 모든 악기가 연주되는 본장에 들어가면 한 사람도 빠짐없이 어울리게 되며, (그러면서도) 각 연주는 각기 뚜렷하게 들리면서 앞뒤의 곡조를 서로 이어갑니다. 이렇게 하면서 한 곡이 끝나는 것입니다"27)라는 구절을 다시 상기할 필요가 있다.

음악의 기능은 궁극적으로 감동에 있는데, 이는 여운을 통해서 실현된다. 순자는 이렇게 연주의 여운이 여러 사람을 감동시키는 것을 '일

---

26) 반고와 정현의 이 구절은 『춘추좌전』「은공 3년」의 공영달孔穎達의 소疏에서 재인용한 것임.
27) 『논어』「팔일八佾」, "子語魯太師樂, 曰 : 樂之可知也. 始作, 翕如也. 從之, 純如也, 皦如也, 繹如也. 以成."

창삼탄—倡三歎'28)이라고 했다. 이러한 여운은 하나의 주선율을 변주 형태로 반복하는 데서 발생한다. 이것은 노래나 음악이 하나의 동기 motive를 변형·반복하는 형식으로 하나의 곡을 완성하는 것과 같은 것이다.

이렇게 변주 형태를 반복하는 것을 부라고 한 것이니, 주희는 바로 이런 개념에서 '펴서 늘어놓다(敷陳)'라고 부를 표현한 것이다. 왜냐하면 '부賦'자는 '펼 부敷'자는 물론, '펴서 늘어놓다'라는 뜻의 '포布'자와도 음이 같기 때문이다. 이러한 부의 형식이 시에서는 어떻게 수행되는지 그 예를 다음의 「군자우역君子于役」편을 통해 살펴보자.

우리 님은 역사役事에 가셔	君子于役
돌아올 날 속절없네	不知其期
언제나 오시려나	曷至哉
닭은 홰에 오르고	鷄棲于塒
날이 저물어	日之夕矣
소와 양도 내려왔는데	羊牛下來
역사에 가신 우리 님이여	君子于役
내 어이 그립지 않으리	如之何勿思
우리 님은 역사에 가셔	君子于役
몇 날 몇 달인지 속절없네	不日不月
언제나 만나려나	曷其有佸

---

28) 『순자』「예론禮論」, "淸廟之歌, 一倡而三歎也."

닭은 우리에 들고	鷄棲于桀
날이 저물어	日之夕矣
소와 양도 돌아왔는데	羊牛下括
역사에 가신 우리 님이여	君子于役
목마름 굶주림이나 안 겪으시기를	苟無飢渴

　이 시는 모두 2장으로 구성되어 『시경』에서도 짧은 시에 속한다. 『시경』에는 몇 장부터 십여 장으로 구성된 장시가 많지만, 여기서는 편의상 단시를 예로 들었다.

　제1장과 제2장은 얼핏 보아도 그 형식은 물론 내용도 사실상 같거나 비슷함을 알 수 있다. 이를테면 "돌아올 날 속절없네(不知其期)"와 "몇 날 몇 달인지 속절없네(不日不月)" "오시려나(至)"와 "만나려나(佸)" "내려왔는데(下來)"와 "돌아왔는데(下括)" 등은 글자만 좀 다르지 같은 뜻이다. 그리고 "시塒"와 "걸桀"은 다른 단어지만, 모두 닭이 자는 홰를 뜻한다.

　그나마 다른 것은 "어이 그립지 않으리(如之何勿思)"와 "목마름 굶주림이나 안 겪으시기를(苟無飢渴)" 정도인데, 이 역시 님을 그리워하고 걱정하는 마음을 표현한 것이므로 실체적으로는 같은 마음을 다르게 표현한 것이라고 볼 수 있다.

　이것만 보더라도 제2장은 제1장을 변주의 형태로 반복한 것임을 알 수 있다. 이처럼 초장初章을 일종의 동기로 하여 변주·반복하는 것을 부라고 한다. 이러한 변주는 얼마든지 다양하고 길게 반복할 수 있다.

그렇다면 부의 형식이 시 안에서 작동하는 기능은 무엇인가? 궁극적으로 부는 흥이 지속되도록 하여 듣는 사람들이 감응을 사유하도록 한다. 그래야 공자가 말한 것처럼 "한 사람도 빠짐없이 어울리면서도 각자의 개성이 뚜렷하게 들리게 되어," 마지막에는 여운 때문에 여러 사람을 함께 감동시키는 순자의 이른바 '일창삼탄一倡三歎'이 가능해지는 것이다.

들뢰즈는 스피노자의 일의성 철학을, 한 마디로 "존재가 말해지는 대상은 다의적인 반면, 존재 자체는 일의적이다"라고 했다. 쉽게 말해서 존재는 하나지만, 그 존재를 묘사하거나 거기에 의미를 부여하는 사유나 행위는 다양할 수 있다는 말이다. 그러므로 실체를 표현하는 속성[29]은 동일한 존재의 다른 이름들로서, 형식적으로 구별된다. 다시 말해서 속성들은 존재에서는 동일하고, 형식에서는 질적으로 다르다는 것이다.[30] 따라서 양태(존재자)들은 이 속성에 의지해서만 존재하고, 실체는 양태들의 존재에 무관심하게 스스로 존재한다.

들뢰즈는 실체는 양태들의 존재에 무관심하게 스스로 존재한다는 스피노자의 말에 대하여, "양태들은 자신들과 다른 어떤 것에 대해 의존하고 있듯이 실체에 의존하고 있다. 실체 그 자체는 양태들에 '대해서' 그리고 오로지 양태들에 '대해서만' 말해야 한다"[31]고 비판했다.

---

29) 들뢰즈는 그의 『스피노자와 표현의 문제』에서 표현은 삼항일조triade로 나타난다고 하면서 실체, 속성, 본질을 다음과 같이 구별했다. "스스로를 표현하는 실체, 그것을 표현하는 속성, 그리고 표현되는 본질. 본질이 실체와 구별되는 것은 속성들에 의해서이지만, 실체 자체가 속성들과 구별되는 것은 본질에 의해서이다." 이진경·권순모 옮김, 『스피노자와 표현의 문제』(인간사랑, 2003) 38쪽.

30) 서동욱, 앞의 책, 121쪽.

31) 같은 책, 122쪽에서 재인용.

이것을 서동욱은 실체가 양태에 대해 무관심하게 존재하는 것이 아니라, 양태와 실체는 서로 다르게 존재한다는 뜻이라고 설명한다. 그렇다면 실체로서의 존재는 한낱 환영幻影에 불과해야 한다는 것이 들뢰즈의 생각이라는 것이다.[32) 따라서 니체의 영원회귀는 양태들의 반복 생성과 같은 개념이고, 이 반복 생성이 곧 존재로 이해되는 것이다. 다시 말해서 "회귀하는 것은 존재이긴 하지만 오직 생성이라는 존재"[33)인 것이다.

삶이 힘(역능)에의 의지에 의해서 유지되는 것이라면, 이 힘은 존재를 느끼게 하는 힘이다. 이는 존재자들의 변용, 곧 시뮬라크르로 출현한다. 그래서 존재는 환영이 되어야 하는 것이고, 이 환영 속에서 느껴지는 감응이 곧 삶의 근원이 되는 것이다. 여기서 우리는 공자가 말한 "아침에 도를 들음(朝聞道)"이 왜 영생으로 이어지는지 이해할 수 있다.

시에서 부는 형식의 변주를 통하여 이와 같은 감응을 지각하게 하는 기능을 수행한다. 하나의 형식은 다른 형식에 의해서 사후적으로 규정되지 않으면 의미를 갖지 못한다. 그래서 형식은 미분적인 변형을 통해 반복하지 않으면 안 된다. 위의 시를 예로 들어보자. 제1장은 문자 그대로 역사에 나간 남편을 그리워하는 내용을 표현하고 있다. 날이 저무니 닭도 홰에 오르고 소와 양도 돌아오는데, 우리 님은 왜 돌아오지 않느냐며 사무친 그리움을 노래하고 있다.

그런데 이 시가 여기서 끝났다면 너무 평면적이고 밋밋해서 시적 감응을 느끼기 힘들었을 것이다. 왜냐하면 이런 표현은 너무 상투적이

---

32) 같은 책, 123쪽.
33) 같은 책, 124쪽에서 재인용.

고 통속적이기 때문이다. 이러한 진부함을 깨끗이 날려 버린 것이 바로 제2장의 미분적 변용의 반복이다. 사실 제1장의 "돌아올 날 속절없네(不知其期)"라는 구절은 평범한 표현이었다. 하지만 제2장의 "몇 날 몇 달인지 속절없네(不日不月)"라는 변형된 구절이 반복됨으로써, 그 사이에서 속절없는 그리움을 감각하게 하는 경구의 감응이 생성된다.

또한 "언제나 오시려나 / 닭은 홰에 오르고(曷至哉, 鷄棲于塒)"라는 평범한 구절이, 뒤의 "언제나 만나려나 / 닭은 우리에 들고(曷其有佸, 鷄棲于桀)"라는 반복 구절 때문에 그 의미가 돋보이게 된다. 그리고 마지막에 가서 "어이 그립지 않으리(如之何勿思)"를 "목마름 굶주림이나 안 겪으시기를(苟無飢渴)"로 변형 반복함으로써, 이 존재자들 사이에서 그리움과 사랑을 실체로 표현했다.

이 실체는 언어적 형식이라는 존재자에 의해 생성되었다는 점에서 환영에 지나지 않지만, 시를 읊는 자에게는 분명히 자기 말고는 어떠한 근거도 지니지 않은 초월론적인 경험을 맛보게 한다. 어떠한 권력이라도 이러한 경험을 개념화하거나 이데올로기화하려고 시도해도 실패할 수밖에 없다. 이것이 바로 시의 힘이다.

이런 원리 때문에 부는 유사한 단위들이 반복하는 형식으로 구성된다. "오직 유사한 것만이 다르다"[34]는 들뢰즈의 명제를 상기한다면, 부에서 반복하는 단위 형식들이 비슷해 보이긴 하지만 사실은 서로 다른 존재자들임을 알 수 있다.

부의 이러한 반복 형식이 양적으로 늘어나면서 시를 산문처럼 쓰게 되었다. 그럼으로써 나중에는 부가 반복이 아닌 부연數衍의 개념으로

---

34) 같은 책, 99쪽에서 재인용.

바뀐 문학 장르가 된 것이다. 이 부 문학은 황제의 권위를 앙양해야
하는 한나라 정권의 정치적 수요에 힘입어 급속도로 발전했다. 부의
반복성은 시의 은유적 성격을 그대로 간직하면서 환유성을 보충하는
기능을 수행한다. 그래서 부는 시적으로 세밀하고 장황하게 황제의
권위를 묘사하고 사실화하는 데 매우 효과적으로 작용한다. 왜냐하면
한나라의 어떤 부 작품을 보더라도 하나의 실체를 수많은 존재자들을
써서 표현하는데, 이 존재자들을 구성하는 언어 형식들의 환유적 연계
와 반복은 황제의 권위를 환상적으로 만들기에 충분하기 때문이다.

그러나 한나라의 부 작품들은 너무 목적론적으로 경주된 나머지,35)
문학이 권위라는 종합적 범주의 하위 범주로 전락하면서 문학적 생성
이 결핍되었다. 그러면서 한부는 자연스럽게 쇠퇴의 길로 접어들었다.

육시(또는 육의)를 체體와 용用의 관계로 이분하여 본 공영달의 설이
나 경經과 위緯의 관계로 본 주회의 설은, 모두 스토아학파적인 개념으
로 말하자면 사물과 사건의 관계로 파악한 것이라 할 수 있다. 다시
말해서 『시삼백』의 시들은 각기 풍·아·송 가운데 한 형태로 존재하는
텍스트이면서, 부·비·흥이라는 언어의 생성 방식을 가지고 쾌락이나
감동을 자아내는 기능을 수행한다는 의미다.

그렇다면 육시에서는 궁극적으로 흥이 핵심임을 짐작할 수 있다.
왜냐하면 감응의 생성이 시의 궁극적 목적이고, 이를 위한 방도가 바로
비와 부이기 때문이다. 흥은 시를 읊고 즐기는 자들이 원시적 존재로
돌아가 존재론적인 삶을 살게 한다. 다시 말해서 노자가 칭송하는 어린

---

35) 한나라의 부 작가들은 부가 주문·휼간의 기능이 있다는 명분으로 목적론이라는
   비판을 피하려 했다. 하지만 주문·휼간 역시 목적론에서 자유롭지 않다.

이의 상태로 돌아가게 하고, 모든 물이 한데 모여 섞이고 어우러지는 계곡으로 회귀하게 한다. 거기에는 의미 과잉도 없고, 환원되는 이치도 없다.

앞에서 인용한 바 있듯이, 공자는 "이미 있던 말을 일러주니까 아직 일러주지 않은 것까지 알아내는구나(告諸往而知來者)"라는 말로 자공을 칭찬했다. 그러니까 흥에 젖은 사람들은 그저 지나간 일이나 이미 경험한 일을 감각함으로써 몰랐던 일을 자발적으로 생성하며 살 뿐이다. 그런데 한나라의 권력은 이를 그냥 놔두지 않았다. 그들은 훈고학을 통해서 시에 과잉 의미를 부여하고는 백성들을 환원되는 이치의 세계로 몰아갔다.

4. 주문主文·휼간譎諫

(1) 주문·휼간의 의의

앞서 설명한 바와 같이 음악으로 분화되지 않은 시 또는 시로 분화되지 않은 음악은, 이를 즐기는 사람들이 환원되지 않는 '나'가 존재론적인 삶을 영위하는 디오니소스를 지향하도록 한다. 이에 비하여 미래의 비전(환상)을 제시하고 이를 믿게 해야 하는 권력은 개인들의 이러한 힘을 와해시키려고 했다. 그리고 어떻게 해서든지 아폴론적인 동일자로 수렴되도록 온갖 재인식의 시도를 강구한 것이 역사의 현실이다.

그러한 시도 가운데 하나가 바로 음악의 기능을 왜곡하거나 음악을 하위 범주로 전락시켜 길들이는 일이다. 곧 음악 또는 음악에서 생성되는 감응을 언어로 개념화하여 이를 언어적 의미로 전환시키면, 음악은 언어와 등치가 된다. 이렇게 하면 시나 음악의 디오니소스는 무화되고, 재인식되는 상투성과 의미 과잉의 이데올로기만 남는다. 여기서 상투성이 초월적인 동일자의 기초가 됨은 말할 것도 없다.

권력의 이러한 의도로 한나라 때에는 훈고학이 성행하고 발전했다. 이 훈고학이 다름 아닌 음악성이 풍부한 시를 언어로 개념화하는 학술이다. 음악을 언어로 개념화하면 거기서 재인식시키기 위한 동일자의 의미가 나오기도 하지만, 무엇보다 중요한 것은 언어에 의해 디오니소스가 무화되는 효과가 있다. 이것을 니체는 허약한 자아가 음악적 황홀

때문에 무너질지도 모른다는 두려움을 언어와 극적인 줄거리로 이루어진 신화가 보호해 준다고 했다.36)

언어는 궁극적으로 소리의 분절을 기초로 하고 있으며, 이 분절에 따라서 의미가 범주화된다. 반면 음악은 소리의 연속을 통하여 내재성이 유지·감각되므로, 언어로 번역되거나 의미화되지 않는다. 그러므로 소리를 길들이려면 중성적인 소리의 연속체를 언어로 분절하고, 거기에 의미를 부여해야 한다. 그러면 『장자』의 '혼돈칠규混沌七竅'37)라는 고사처럼 디오니소스적인 감응은 사라지고, 예의나 의리와 같은 상투적인 이데올로기만 남는다. 이렇게 시에서 음악을 떼어내어 내러티브만 남겨 놓거나 또는 내러티브로 번역하지 않으면, 종국에는 잔류된 음악이 그 내러티브를 무너뜨릴 위험성이 있다.

음악이 거세된 시(또는 노래)는 다의성을 상실하기 때문에 일의성—意性을 가진 실체처럼 인식된다. 시의 언어가 개념화되어 일의성을 가지면, 기의가 기표에 고정되는 재인식의 수단이 될 수 있다. 따라서 이때의 일의는 곧 이데올로기가 되고, 앞서 설명한 바와 같이 시는 예의禮義와 같은 기능을 수행하게 된다. 그 구체적인 예가 바로 『시삼백』을 주문主文·휼간譎諫으로 해석한 일이다.

앞에서 이미 설명했듯이 주문·휼간이란 말하고자 하는 내용을 직설적으로 표출하지 않고 비유나 풍자를 통해 완곡하게 표현하는 수사법이다. 가부장 체제의 사회를 유지하려면 상명하복의 일사불란한 질서가 필요하다. 그러나 이러한 봉건 질서는 하의상달下意上達에는 효과적

---

36) 뤼디거 자프란스키, 앞의 책, 20쪽 참조.
37) 본서 179쪽 참조.

이지 않아, 이것이 아랫사람들에게 누적되면 결국에는 모순이 되어 체제를 위협할 수도 있다. 그렇다고 해서 마냥 하의상달을 열어 놓을 수도 없는 노릇이다. 만약 그렇게 하면 가부장의 권위가 약화되어, 관념적 이치로 다스려야 하는 중국 특유의 통치 방식이 불가능해진다.

그래서 가부장의 권위가 손상 받지 않는 형태로 하의상달의 길을 연 대안이 바로 주문·휼간이다. 주문·휼간은 비유·연상·추리 등의 방법을 통해 듣는 이가 몰랐던 것을 자발적으로 알게 하는 수사법이라서 가부장의 권위가 실추될 위험성이 적다. 그뿐만 아니라 상징성이 강한 의사소통 때문에 권위는 물론, 소통의 수행성이 강화되는 효과도 있다. 그리고 이러한 상징적인 의사소통 방식은 대화 참여자들의 인성을 온유돈후溫柔敦厚하게 만드는 부수적인 효과를 내기도 한다. 왜냐하면 주체는 상징의 결과물이자 비존재의 존재이므로 상징의 법칙을 따르지 않을 수 없기 때문이다.

그렇다면 시가 어떻게 주문·휼간으로 해석되는지 「정풍鄭風」의 「준대로遵大路」편을 통해서 구체적인 모습을 살펴보기로 한다.

한길 위에 나서서	遵大路兮
님의 소매 부여잡곤	摻執子之袪兮
나를 싫어 마시고	無我惡兮
옛정을 버리지 마세요	不寁故也
한길 위에 나서서	遵大路兮
님의 손을 부여잡곤	摻執子之手兮

| 나를 싫어 마시고 | 無我魗兮 |
| 옛사랑을 버리지 마세요 | 不寁好也 |

「정풍」의 시들은 이른바 '남녀상열지사男女相悅之詞'라고 일컬어지는 남녀의 사랑을 노래한 연애시가 대부분이다. 이 시는 내용만 보면 '이수일과 심순애'의 신파극처럼, 배신당한 여인의 애절하고 처참한 모습이 떠오르는 비극을 노래한 시 같다. 그러나 사람들이 왕래하는 한길에서 가지 말라고 옷깃을 부여잡고 애걸하는 여자와 사람들의 시선 때문에 난감해 하는 남자를 상상하면, 남녀 사이의 상투적인 사랑 행각을 익살스럽게 과장한 해학적인 시로도 해석할 수 있다. 이는 반복하는 부의 형식 자체도 그렇지만, 제1장과 제2장의 대문對文인 '오惡'와 '추魗,' '고故'와 '호好'라는 글자들이 같은 운韻으로 변주되어 익살스럽게 느껴지기에 그렇다.

그런데 이러한 감각을 생성하는 텍스트에 『모시』「서」는 다음과 같은 해석을 붙이고 있다.

> 「준대로」편은 군자를 그리워하는 시이다. 장공莊公이 도리를 잃자 군자들이 그를 떠났으므로, 도성 사람들이 그들을 그리워하며 돌아오기를 바랐던 것이다. 遵大路, 思君子也. 莊公失道, 君子去之, 國人思望焉.

이를 풀어서 이야기하자면, 정나라 장공이 무도하게 정치하여 인재들이 정나라를 떠나 나라가 어지러워졌다. 그래서 도성 사람들이 더 이상 인재들이 떠나지 말고, 떠난 사람들도 다시 돌아와 정치를 바로잡아 주기를 바라는 간절한 마음을 버림받은 여인이 떠나가는 남자를 부여잡고 애원하는 모습에 비유하여 이 시를 지었다는 것이다.

임금의 실정을 직접적으로 간언하지 않고 이렇게 시를 통하여 비유적으로 풍자하면 읽는 이(장공)가 비흥을 통하여 스스로 잘못을 깨닫게 된다. 그래서 이른바 "간언하는 사람은 죄를 짓지 않게 되고, 듣는 사람에게는 충분히 훈계가 된다"는 주문·휼간의 목적이 이루어지는 것이다. 목적론적인 훈고는 이처럼 해학적 의미가 담긴 시에서 버림받은 여인의 마조히즘적인 쾌락을 생성시켜, 그 애원哀怨의 감응이 현실성을 갖게 한다. 다시 말해서 마조히즘적인 쾌락은 애원을 절실한 현실로 감각하게 하므로, 통치자(군왕)에게 자비의 감정을 불러일으켜 각성하게 한다는 말이다.

이렇게 하나의 시가 본래의 모습과는 전혀 다른 모습으로 변환될 수 있었던 것은, 말할 것도 없이 시에서 음악이 배제되었기 때문이다. 곧 시를 문자 텍스트에 고정시키고, 여기에 문자적 의미만 부여해서 해석했기 때문에 가능했다는 말이다.

『시삼백』의 시가 이렇게 주문·휼간을 위한 비유가 될 수 있다고 믿게 된 배경에는, 실제로『시삼백』에 종종 역사적 사실에 근거해서 그 불합리성을 비판한 시가 있기 때문이다. 이를테면 「진풍秦風」의 「황조黃鳥」편이 그 대표적인 예다. 다음은 이 시의 제1장이다.

꾀꼴꾀꼴 꾀꼬리가	交交黃鳥
대추나무에 앉았네	止于棘
누가 목공穆公을 따라갔나	誰從穆公

자거子車씨의 엄식奄息이란 분이지	子車奄息
이 엄식이란 분이야말로	維此奄息
백 사람과 필적할 사람이었지	百夫之特
묘혈에 들어갈 때	臨其穴
덜덜 떨리셨겠지	惴惴其慄
저 푸른 하늘이여	彼蒼者天
어이 우리 님을 죽이셨는가	殲我良人
만약 그분 몸을 살릴 수 있다면	如可贖兮
백 사람과도 바꾸련만	人百其身

이 시는 진 목공이 죽어 그를 장사지낼 때, 진나라 삼량三良이라 불리던 엄식, 중항中行, 침호鍼虎라는 세 인재들을 함께 순장한 일을 안타깝게 여겨 애도하는 일종의 만가輓歌다. 위에 인용한 부분은 엄식을 노래한 부분이다. 이어지는 제2장과 제3장에서는 중항과 침호를 이와 같은 형식으로 읊고 있다.

고대 중국에서는 통치자들이 죽으면 그를 따르던 신하와 노예들도 함께 순장하는 풍습이 있었다. 『좌전』「문공文公 6년」에는 이 세 사람을 목공의 유명遺命에 따라 순장했다는 기록이 보인다. 그리고 『사기』「진본기秦本紀」에도 목공을 장사지낼 때 177명을 순장했는데, 그 가운데 진나라 삼량이 포함되어 이를 안타깝게 여긴 백성들이 「황조黃鳥」라는 시를 지었다고 기록하고 있다.

백성들이 이 시를 지어 부른 동기는 삼량이 진나라에 없어서는 안 될 유능한 인재임에도 불구하고, 목공 한 사람의 황당무계한 믿음 때문에 허무하게 죽은 것을 애석하게 여겼기 때문이다. 그리고 궁극적으로 이러한 잘못은 군주(목공)에게 있고, 아울러 순장 제도의 불합리성을 비판하고자 하는 의도가 숨어 있다고 볼 수 있다. 시에서 반복되는 "묘혈에 들어갈 때 덜덜 떨리셨겠지"라든가, "저 푸른 하늘이여! 어이 우리 님을 죽이셨는가" 같은 구절이 이를 뒷받침한다.

이성적 사고가 발달한 현대인의 시각에서 보면, 주인의 허황된 믿음 때문에 순장 당하는 신하는 이를 억울하게 생각했지만 저항할 힘이 없어 받아들였다고 믿는 것이 일반적이다. 그러나 신화적 시대의 인간은 삶과 죽음을 이성적으로 분절해서 둘이 이질적인 것이라고 여기지 않았다. 그렇기에 그들은 죽음을 그렇게 두려운 것으로 생각하지 않았다. 오히려 라캉의 지적처럼, 죽음으로써 상징이라는 대타자大他者를 극복하고 넘어가며 순간적으로 무한한 향락jouissance을 경험했을지도 모른다.38) 오늘날에도 자신의 종교적인 믿음을 위하여 기꺼이 지푸라기처럼 목숨을 버리는 사람들이 있지 않은가?

진나라의 삼량도 진 목공과 같은 믿음은 아니더라도, 뭔가 비장한 믿음을 가지고 순장에 참여했을 수도 있다. 『한서』「광형전匡衡傳」의 "진 목공은 신뢰를 귀중히 여겼기 때문에 많은 선비들이 그를 따라 죽었다(秦穆貴信, 士多從死)"는 기록은 이러한 짐작을 뒷받침한다.

또한 이 구절에 대하여 응소應劭도 "진 목공이 뭇 신하들과 더불어 술을 마시다가 분위기가 무르익자, 말하기를 '살아서는 이 즐거움을 함께 나누고, 죽어서는 이 슬픔을 함께 나눕시다' 하니, 엄식, 중항, 침호 등이 그렇게 하자고 동의했다. 나중에 목공이 죽자 모두 그를

---

38) 나지오, 앞의 책 214~216쪽 참조.

따라 죽었으므로 이것이「황조」라는 시를 지은 까닭이다(秦穆公與群臣飲酒酣, 公曰: 生共此樂, 死共此哀. 於是奄息中行鍼虎許諾. 及公薨, 皆從死, 黃鳥詩所爲作也)"라고 주를 달았다. 이러한 기록들을 전적으로 믿을 수는 없지만, 이를 통해 당시 사람들이 충성이나 의리와 같은 형이상학적 윤리를 위하여 목숨도 버릴 만큼 신화적 믿음을 갖고 있었다는 사실을 짐작할 수 있다.

그런데도 사람들이 "묘혈에 들어갈 때 덜덜 떨리셨겠지"라고 노래했다는 사실은, 통치자 계급과는 달리 백성들에게는 이미 이러한 신화적 믿음에 대한 회의가 퍼져 있었음을 반증한다. 아울러 이러한 동정심에 근거해서 "저 푸른 하늘이여! 어이 우리 님을 죽이셨는가"라고 표현했다면, 이는 나중에 형이상학적 이치와 도리의 필연성에 대하여 깊은 회의를 나타낸 사마천司馬遷이 한 "하늘의 도는 옳을 것인가, 그른 것인가(天道, 是耶非耶)"라는 말의 원전 텍스트였을지도 모른다.

그렇다면「황조」편은 백성들이 통치자들의 신화적 사고가 비합리적임을 비판하고, 아울러 각성하기를 바라는 풍자시가 된다. 곧 이 시를 들은 통치자는 그 노래의 음과 가락이 생성하는 감각 때문에 동정의 감응을 느끼게 되고, 이는 다시 현실을 비판적으로 볼 수 있는 안목을 갖게 한다. 그러므로 이 시는 기능적으로 주문·휼간이라는 말이다.

이런 각도에서 보자면, 『모시』가 "「황조」편은 진나라의 세 인재를 애도한 시다. 도성 사람들이 목공이 이 세 사람을 순장하여 따라 죽게 만든 사실을 풍자하여 이 시를 지었다(黃鳥, 哀三良也. 國人刺穆公以人從死, 而作是詩也)"라고 서문을 단 것은 사실에 근거한 이유 있는 평가라고 볼 수 있다. 그렇지만 사실史實에 근거한 이러한 몇몇 시들이 빌미가 되어 『시삼백』 전체를 주문·흉간으로 채색했다는 사실도 부정할 수는 없다.

봉건 전제군주 체제의 중국은 군왕의 권력 남용을 제한하기 위한 방편으로 일찍부터 간언 개념을 수립하여 제도화했다. 그래서 신하와 관료는 물론, 심지어 백성들에게까지 다양한 의견을 들을 수 있는 언로를 열어 두었다. 『후한서後漢書』 「이운전론李雲傳論」에 보면, "예법에 다섯 가지 간언 방법이 있는데, 풍간諷諫이 가장 좋은 방법이다(禮有五諫, 諷爲上)"라는 구절이 있다. 또 이현李賢은 오간五諫에 대해서 다음과 같이 주를 달아 설명했다.

풍간이란 환란의 조짐을 알고 이를 깨우치도록 알려드리는 것이다. 순간順諫이란 말씀을 올릴 때 겸손하고 온순하게 하여 군왕의 마음을 거스르지 않는 것이다. 규간闚諫이란 군왕의 안색을 살피며 간언하는 것이다. 지간指諫이란 조금도 꾸미지 않고 사실을 지적하여 간언하는 것이다. 함간陷諫이란 나라에 끼치는 해악을 말씀드릴 때 자신의 삶을 잊고 군왕만을 위하는 것이다.[39] 諷諫者, 知患禍之萌而諷告也. 順諫者, 出辭遜順, 不逆君心也. 闚諫者, 視君顔色而諫也. 指諫者, 質指其事而諫也. 陷諫者, 言國之害, 忘生爲君也.

이러한 간언 제도의 전통은 춘추전국시대에 백가쟁명이라는 일종의 지적知的 운동으로 꽃을 피웠다. 그러나 진나라가 통일한 뒤 강력한

---

39) 오간의 구체적인 예에 대해서는 『춘추공양전』 「장공 24년」의 하휴何休 주에 자세히 언급되어 있으므로 참조 바람.

전제군주인 진시황이 왕권을 강화하면서 사간司諫 제도의 기능이 위축되기 시작했다. 진나라가 통일하기 직전 진시황은 당시 상국相國의 자리에 있던 여불위와 권력을 놓고 투쟁했다. 마침내 왕권과 신권臣權의 권력 분점을 주장했던 여불위를 귀양 보내며 승리한 진시황이 신하들의 간언을 어떻게 받아들였을지는 충분히 짐작할 수 있다.[40] 게다가 사상을 통일한다는 명분으로 분서焚書까지 감행한 상황에서 언로는 더욱더 막혀 있었을 것이다.

진나라에 이어 들어선 한나라 정권은 이전 정권의 실책을 대폭 수정하고 보완했다. 거기에는 그동안 막혔던 언로를 개방하는 일도 포함되었다. 그러나 『사기』에 따르면, 평민 출신의 무관들로 채워진 당시 실세 관료들은 황제와 신하 사이의 의전 및 예의작법도 몰랐다고 한다. 그래서 의견을 개진하고 토론하는 과정에서 서로의 생각이 상충하기라도 하면, 감히 황제 앞에서라도 자기들끼리 칼부림을 자행했다고 기록한다.[41]

한나라는 진나라처럼 멸망하지 않기 위해서 신하들의 언로를 열어야만 했다. 하지만 이처럼 의전과 예의가 무시되는 상황에서 간언을 허락하는 것은 황제의 위엄과 정권의 권위를 무너뜨릴 수도 있는 위험한 일이었다. 그래서 숙손통叔孫通을 비롯한 문관들은 노나라에서 유자들을 초빙하여 조의朝儀를 제정·시행하고, 아울러 관리들과 백성들

---

40) 이에 관해서는 김근 저, 『여씨춘추』(살림, 2005) 39~56쪽을 참조.
41) 『사기』「숙손통열전叔孫通列傳」, "뭇 신하들이 술을 마시며 공적을 갖고 다투기나 할 때에는 취한 나머지 어떤 이는 함부로 고래고래 소리 지르기도 하고, 칼을 뽑아 기둥을 치기도 하였으니, 고조에게는 이것이 걱정거리였다(群臣飮酒爭功, 醉或妄號, 拔劍擊柱, 高祖患之)."

의 인성을 온유하게 교화하기 위한 문화 사업을 추진했다.42) 오경박사
五經博士 제도를 설치하고, 박사와 그 제자들을 우대하는 등 경학을
적극 장려하기 시작한 것이 바로 이때였다. 『시삼백』이 『시경』으로
이데올로기적 의미를 띠고 등장한 것은 바로 이런 맥락에서 비롯된
것이다.

정권의 건전한 생존을 위해서 필요한 간언을 직설적으로 해서 대립
하는 인상을 주거나 황제의 권위와 위엄에 손상을 주기보다는, 『시삼
백』의 비흥 기능을 통해 간접적으로 주문·휼간을 하는 쪽이 훨씬 낫다.
그러하면 진언을 받아들이고 황제의 권위도 지킬 수 있어, 『모시』에서
말하는 "간언하는 사람은 죄를 짓지 않게 되고, 듣는 사람에게는 충분
히 훈계가 되는" 효과가 발생한다. 그래서 앞에 인용한 『후한서』에서
도 오간 가운데 풍간이 가장 바람직하다고 한 것이다.

(2) 훈고의 기술 art : 미자美刺

이렇게 『시삼백』의 텍스트를 시적 감응의 차원이 아닌 예의나 교화
라는 기능적인 의미로 해석하고, 또한 그것을 합리적인 것으로 받아들
일 수 있었던 것은 단장취의斷章取義의 수사학적 전통에 힘입은 바가
크다고 할 수 있다. 자신의 의리를 말하기 위해서 편의대로 『시삼백』
의 시들을 인용하던 커뮤니케이션 문화는 자의적으로 시를 해석할
수 있는 여지를 조성해 주었다. 그리고 이는 다시 경학 텍스트를 목적
론적으로 해석하고자 하는 훈고학에 영향을 주었다. 한나라의 이러한

---

42) 이에 관해서는 김근 저, 『한자는 중국을 어떻게 지배했는가』 156~163쪽을 참조

훈고 경향은 그 형식에서 그대로 드러난다. 우리는 주문·휼간이 등장하게 된 시대정신을 이해하기 위해서 당시의 훈고 형식을 잠시 살펴볼 필요가 있다.

서한 시기에 주로 통용됐던 훈고 형식에는 전傳, 설說, 기記 등이 있다. 『한서』 「경십삼왕전景十三王傳」에 보면, 하간헌왕河間獻王은 선진의 경經, 전傳, 설說, 기記와 같은 옛 전적을 모으기 좋아했다. 이들은 모두 칠십이자七十二子, 곧 공자 제자들의 말씀에 관한 것이었다는 기록이 있다.[43] 여기서 경은 텍스트들이고, 전·설·기는 말할 것도 없이 이들 경에 대한 유가 제자들의 해설을 가리킨다.

전傳은 흔히 역사 인물에 대한 전기라는 의미로 통용되어 왔지만, 원래는 텍스트인 경을 보조하는 기능을 가진 저술을 가리키는 것이었다. 이를테면 한나라 때에는 유가의 텍스트들이 경의 개념으로 통용되었으므로, 유가와 다른 제자백가의 저술들을 동틀어서 전이라고 기술했다. 저 유명한 염철鹽鐵회의에서 『노자』의 문장을 인용할 때, "전에 아르기를(傳曰)"이라고 쓴 것이 그 대표적인 예다.

이러한 개념의 전이 나중에는 오경에 대한 해석을 적은 저술을 가리키는 말로 쓰이게 되었다. 곧 오경에 대한 공자와 그 제자들의 해석과 해설은 서한 이전까지는 구설의 형태로 전해 내려오다가, 한나라 때에야 비로소 책으로 만들어졌다. 그리고 이것이 바로 경학에서 전의 정확한 개념이다.

공양가公羊家의 『춘추』에 대한 구설 전수를 책으로 기록한 것을 『춘

---

43) 『한서』 「경십삼왕전十三王傳」, "獻王所得書皆古文先秦舊書, …… 皆經傳說記, 七十二子之徒所論."

추공양전』이라고 부른 것, 한영韓嬰의 『시경』 해설을 『시전詩傳』이라고 부른 것, 주왕손周王孫·채공蔡公·정관丁寬 등이 『역』을 해설한 작품들을 『역전易傳』이라고 부른 것 등이 그 예다. 특히 공자가 『역』을 해설한 저술이라고 하는 『단象』, 『상象』, 『문언文言』 등 이른바 십익十翼과 복생伏生의 『상서』 해설 등은 한나라 때의 경사들이 해설한 것과 차별화하여 대전大傳이라고 불렀다.

설說은 글자 그대로 서한 시기에 출현한 경사經師, 곧 경서를 전문적으로 연구하고 가르치는 사람들의 학설을 기록한 것이다. 전과 크게 다른 점은 전의 기록자는 저자인데, 설은 구설口說을 뜻하기에 기록자에 지나지 않는다는 점이다. 그래서 경서의 의미가 전은 문자 중심적으로 전개되는 데 비하여, 설은 언어 중심적이어서 설명하는 사람의 퍼포먼스에 따라 의미가 좌우되고 설득력이 제고된다.

예를 들면 예관倪寬이 무제에게 『상서』의 내용을 해석해 주자, 무제가 "나는 처음에 『상서』가 고리타분한 옛날 책이라고 생각해서 좋아하지 않았는데, 예관의 해석을 듣고 나니 볼 만한 게 있도다"44)라고 말한 일이다. 또 채의가 소제昭帝에게 『시경』을 해석해 주자 소제가 매우 좋아했다는 기록45) 등은 설의 언어적 연출이 발휘할 수 있는 강한 설득력을 보여준다. 물론 설이 기록된 뒤에는 문자라는 점에서 전과 크게 다를 바가 없지만 말이다.

기記 역시 문자 그대로 사건의 기록을 뜻한다. 중국 고대 정권들의 공식적인 역사 기록을 흔히 사기史記라고 하는데, 정사政事와 전사戰事

---

44) 『한서』「유림전儒林傳」, "初見武帝, 語經學. 上曰 : 吾始以尚書爲樸學, 弗好, 及聞寬說, 可觀."
45) 『한서』「채의전蔡義傳」, "上召見義, 說詩, 甚說之."

에 관한 기록을 '사史,' 제사에 관한 기록을 '기記'라고 불렀다. 이를테면 제사와 의전에 관한 프로토콜을 기록한 책이 『예禮』 또는 『예경禮經』이라면, 그러한 프로토콜이 수행된 구체적인 사건의 기록은 『예기』가 되는 것이다. 따라서 기는 경과 전에 모두 붙일 수 있다.

오늘날 우리가 흔히 접할 수 있는 고문헌들의 조판 형식을 보면, 경문(또는 본문)은 세로로 구획된 칸에 큰 글자로 한 줄씩 적어 넣었다. 그리고 주注와 소疏 같은 해설문은 주해하고자 하는 경문 바로 밑에 작은 글자로 두 줄씩 끼워 넣은 모양이다. 이러한 전주箋注 체제의 조판 형식은 동한의 정현鄭玄이 처음 시도한 것이다.

지금은 당연해 보이는 것이지만 당시에는 전혀 그렇지 않았다. 『삼국지』 「위지魏志」의 「소제기少帝紀」에 보면 이런 기록이 있다. 황제가 정현이 『단象』과 『상象』에 직접 주를 단 것을 보고는, 공자도 『역경』에 『단』과 『상』 같은 전을 한데 섞지 않았는데 어찌 네가 감히 공자의 전문에 직접 주를 달 수 있냐고 묻는 대목이 나온다. 이 말은 당시 사람들이 그만큼 공자를 신화적으로 존중했다는 의미도 되지만, 아울러 전이란 그 형식이 말해 주듯이 경과는 별도로 존재하는 일종의 담론이었음을 방증하는 단서이기도 하다.

이처럼 앞서 설명한 전, 설, 기 등의 훈고는 경문에 대한 해설이라는 개념에 근거하고 있지만, 형식적으로는 경문을 싣지 않고 독립적으로 쓴 저술들이었다. 이를테면 원래의 『공양전』에는 『춘추』 경문이 실려 있지 않고, 『예문지藝文志』에 따르면 『모시경毛詩經』 29권과 『모시고훈전毛詩故訓傳』 30권이 있다고 했는데 두 책은 각기 별개였다는 것이 공영달孔穎達의 주장이다.46) 그러므로 당시의 학자들은 경과 전을 번거롭게도 따로따로 읽었다.

그러다가 처음으로 경과 전을 한 책에 실어 편찬하여 번거로움을 해결한 사람은 마융馬融이었다. 그는 그의 『주례주周禮注』에서 자신의 전문 앞부분에 경문을 실어 놓았는데, 이는 당시로서는 매우 혁신적인 체제였다.

이렇게 전을 경과는 별개의 책으로 제작해서 읽은 것은, 기실 저술의 독립성에서 기인하는 것으로 봐야 옳다. 앞서 설명했듯이, 서한 초기에는 사회를 통합시킬 수 있는 이데올로기가 절실하게 필요했다. 이를 위해서는 텍스트에 얽매이지 않고 자유롭게 담론을 전개시킬 수 있어야 한다. 그래서 전문이 굳이 경문의 의미에 충실할 필요가 없었다. 따라서 경문 없이 전문만 쓰는 저술 형식이 사회적으로 통용되고 받아들여질 수밖에 없었다.

이러한 경향과 관념은 금·고문 경학 사이의 소모적인 논쟁을 겪으면서 차츰 바뀌었다. 곧 경학은 본래의 이데올로기적 기능이 퇴색하면서 문자 그대로 경전 해석학의 모습으로 변했다. 따라서 해설의 성격을 가진 전문은 경문의 본래 의미에 충실해야 하므로 전을 경에 종속시킨다는, 이른바 '이전부경以傳附經'의 형식인 마융의 『주례주』가 등장한 것은 필연적인 결과일 것이다.

서한 초기의 이러한 학술(경학) 배경에서 주문·흉간의 예교적 기능으로 『시경』을 해석한 것은 전혀 무리가 아님을 짐작할 수 있다. 『모시(시경)』를 해석한 『모시전』의 내용이 『춘추』 등 다른 경서에 대한 전들의 내용과 이데올로기적으로 일맥상통한다는 사실이 이를 충분히

---

46) 공영달의 『모시소毛詩疏』 권1 참조.

입증한다.

시는 감각을 생성시키고, 이 감각은 다시 시를 읊고 즐기는 사람을 감응에 사로잡히게 한다. 클레어 콜브룩은 "문학이란 우리 모두가 공유하고 재인식한 것을 재현하는 것이 아니다. 문학은 다른 세계를 열어 놓는 감응의 창조다"[47]라고 했다. 감응에 사로잡힌 사람에게 그 삶이 달라지는 건 어쩌면 당연하리라. 그래서 결과적으로 시에 주문·휼간의 기능이 있을 수 있는 것이다.

삶이란 습관의 응축이기도 하지만, 동시에 무엇인가를 창조하기 위한 응시이기도 하다. 따라서 삶은 사건으로 지속되면서 여러 가지 표현을 만든다. 바로 이 표현들 사이에서 감각이 생성되고, 감응을 느끼는 것이다. 이것이 바로 니체가 말한 '역능(힘)에의 의지'가 개인의 삶을 영위하게 하는 근본 메커니즘이다.

삶의 표현에서 느껴지는 이러한 감응은 다시 자아니, 성의니, 민주주의니 하는 삶에 필요한 관념적 허구들을 상상해 낸다. 그리고 이를 실재적인 것으로 조직하는 데까지 나아간다. 따라서 감응으로부터 조직된 최초의 허구들은 삶에 직접적으로 필요하도록 연관되어 있었지 소외되어 있지 않았다. 이것을 우리는 관념이나 제도에 본래의 정신이나 취지가 살아 있거나 배어 있다고 표현한다.

그러나 애초에 삶의 표현에서 나온 관습과 제도를 형식으로 개념화하고 다시 이것을 반복해서 재인식시키면, 이들 관습과 제도는 어느덧 초월적이 된다. 결국 사회 구성원들은 이런 초월적인 관습과 제도를 정당하지 못한 형식이라고 느끼게 된다. 이는 그 관습과 제도가 형식으

---

47) 클레어 콜브룩, 143쪽.

로 개념화됨에 따라 애초의 감응이 배제되었기 때문이다.

콜브룩은 사랑하는 남녀의 연대가 어떻게 결혼이라는 관습과 제도로 형식화되는지, 또 초월적인 선이라는 관념으로 변하는지 제인 오스틴은 자신의 소설을 통해서 보여준다고 주장했다.[48] 곧 결혼이란 경제적·사회적 그리고 감응적인 경험의 노선들로부터 형성되는 것이므로, 두 사람이 연대를 창조한다. 그리고 그것이 그들의 역능을 증진시킨다면 거기서 정당하고 내재적인 결혼 형식이 존재하게 된다. 그러나 이러한 내재적인 결혼 형식이 초월적인 선이라는 결혼 관념을 상정하게 되면, 이때부터 관념을 실현하기 위한 결혼 규범이 만들어져 사람을 지배한다. 이러하면 결혼은 정당하지 않은 형식이 되어 사회 구성원들에게 갈등을 야기하는 요인으로 기능한다.

시가 주문·흉간으로 기능하는 현상도 이와 같은 과정을 겪는다. 시는 비흥의 표현을 통하여 감응을 생성하므로, 이 감응이 충분히 간언 기능을 할 수 있다.

그렇다면 자의적인 해석이 용인되던 당시 시대적 상황에서 왜 하필 『시삼백』을 간언을 위한 텍스트로 선택했는가? 간단히 말하면 『시삼백』은 아름다운 말의 예술이기 때문이다. 공자가 『시삼백』을 한 마디로 평가한 저 유명한 "거짓됨 없이 솔직하다(思無邪)"라는 말이 이를 입증한다. 왜냐하면 거기에 실린 시들의 메시지 자체가 기호학적으로 '거짓됨 없이 솔직한' 감각을 생성해 주기 때문이다. 이뿐만 아니라 '거짓됨 없이 솔직한' 미적 감각은 간언하는 사람의 충정을 여실히 대변하는 효과를 발생시키기도 한다.

---

48) 같은 책, 144쪽.

또한 간언을 하려면 먼저 군왕이 지켜야 할 올바름의 기준이 설정되어 있어야 한다. 고대 중국에서는 이것을 '아雅'라고 불렀는데, 이는 선왕의 이념과 시대적 감응을 잘 반영하는 예악을 포괄적으로 뜻하는 말이다. 그러므로 당시에는 '아'라는 미학적 관점에서 수용되는 텍스트가 아름다운 것이었으니, 『시삼백』이 곧 이에 해당한다. 그래서 『모시』「서」는 주문·휼간만큼이나 선왕과 그 이념을 찬양하는 의미로 『시경』을 해석하는 부분이 많다. 그 대표적인 예로 「주남周南」의 「한광漢廣」편을 잠시 읽어보자.

남쪽에 우뚝 솟은 나무가 있다마는	南有喬木
그늘이 있어야 쉬지	不可休息
한수에 노니는 여인이 있다마는	漢有游女
만나야 사랑하지	不可求思
한수는 넓어서	漢之廣矣
헤엄쳐 갈 수도 없고	不可泳思
강수는 길어서	江之永矣
떼 타고 갈 수 없네	不可方思
더부룩한 잡목 틈에서	翹翹錯薪
싸리나무만 베어 오리	言刈其楚
그 아가씨 시집 올 땐	之子于歸
그의 말에 꼴을 먹여 주리	言秣其馬
한수는 넓어서	漢之廣矣

헤엄쳐 갈 수도 없고	不可泳思
강수는 길어서	江之永矣
떼 타고 갈 수 없네	不可方思

더부룩한 잡목 틈에서	翹翹錯薪
물쑥만 베어 오리	言刈其蔞
그 아가씨 시집 올 땐	之子于歸
그의 망아지에 꼴을 먹여 주리	言秣其駒
한수는 넓어서	漢之廣矣
헤엄쳐 갈 수도 없고	不可泳思
강수는 길어서	江之永矣
떼 타고 갈 수 없네	不可方思

김학주는 이 시를 강가에 나와 노니는 여인을 사모하지만 다가갈
수 없어 안타까워하는 젊은 남자의 노래라고 규정한다.49) 곧 한수가
넓고 강수가 길어 건너지 못한다는 말은, 여인이 양가良家의 처녀라서
신분이 낮은 청년이 감히 가까이 할 수 없음을 뜻하는 비유라는 것이
다. 싸리나무와 물쑥만 베어 오고 말과 망아지에게 꼴을 먹여 주겠다는
말은, 그 처녀가 자기와 결혼만 해준다면 무슨 일이든 할 수 있다는
뜻이니, 김학주의 주장은 매우 설득력이 있다.

한편 팡위룬方玉潤의 『시경원시詩經原始』에서는 이 시를 강변에 사
는 나무꾼의 노래였을 것이라고 추측한다. 내용으로 보자면 김학주의

---

49) 김학주, 앞의 책, 46쪽.

설이 옳고, 시의 실존적 형태로 보면 팡위룬의 설이 옳을 듯하다.

그런데『모시』「서」는 이 시가 덕이 널리 미치는 바를 노래한 것이라고 규정하며, "문왕의 도가 남쪽나라까지 덮여 아름다운 교화가 강수와 한수 유역에서도 행해졌다. 그래서 이 시는 예를 범할 생각을 말지니, (그렇게 해서) 구해 봤자 얻을 수 없음을 노래한 것이다(文王之道被于南國, 美化行乎江漢之域. 無思犯禮, 求而不可得也)"라는 해석을 덧붙였다. 양가의 처녀와 결혼하고 싶은 것은 솔직한 마음이지만 예법이 규정한 현실은 신분을 넘어설 수 없으니, 강렬한 욕망을 억제하고 예에 따르는 마음을 노래한 나무꾼은 바로 교화의 결과라는 것이다. 공자도 일찍이 "자신을 이기고 예로 돌아가게 하면 그것이 곧 인이 된다(克己復禮爲仁)"라고 말한 바 있으니, 이러한 해석은 설득력이 있다.

이처럼 나무꾼의 사랑 노래를 문왕의 교화로 찬양한 것은, 간언하기 위해 이념 기준을 마련한 것이었다고 할 수 있다. 이렇게 본다면 "예를 범할 생각을 말지니, (그렇게 해서) 구해 봤자 얻을 수 없음"이 바로 '아雅'가 지시하는 이데올로기다. 그리고 이러한 신분 구별이 한 왕조의 권력을 유지하는 틀, 곧 예의 준거가 된다.

이렇게 선왕의 덕과 교화를 이념적 틀로 설정·찬양하고, 이를 근거로 주문·휼간하는 것을 중국에서는 미자美刺라고 불렀다. 그러니까 찬양 속에 비판을 숨기고 있는 셈인데, 이러한 미자의 동시성과 혼재성은 시가 카오스와 아날로그 관계에 있기 때문에 가능하다. 다시 말해 시의 음악성은 근본적으로 원시적 존재로 회귀하는 쪽으로 방향이 맞춰져 있기에, 늘 미자를 동시적으로 해석할 수 있다는 말이다.

앞에서 인용한 바 있는『모시』「서」의 "군왕은 풍으로써 백성을 교화하고, 백성은 풍으로써 군왕을 비판한다(上以風化下, 下以風刺上)"는 말은 풍風 속에 풍諷, 곧 비판이 숨어 있음을 뜻한다. 여기서 풍은 말할 것도 없이 국풍, 곧 민간의 음악을 지시한다.

정현도 음악의 이러한 카오스적 성격을 파악한 『모시』의 관점을 그대로 이어받아 "풍으로써 교화하고 비판하는 것은 모두 비유로 깨우치게 하고, 직언으로 비판하지 않음을 뜻한다. 주문이란 음악의 궁·상과 서로 어울리게 하는 일에 관심을 집중하는 일이고, 휼간이란 노래를 부를 때 (악보에) 따르기도 하고 거스르기도 하는 것처럼 직간하지 않는 것이다(風化·諷刺, 皆謂譬喩不斥言也. 主文, 主與樂之宮商相應也. 譎諫, 咏歌依違, 不直諫也)"라고 주를 달았다. 『모시』에서 이미 '주문,' 곧 "문을 만드는 일에 관심을 집중한다"고 했을 때의 문이란 '소리로써 아름답게 꾸미는 일'50)이라고 말한 적 있다.

여기서 다시 눈여겨 볼 만한 구절이 있는데, 그것은 노래를 부를 때 "(악보에) 따르기도 하고 거스르기도 하는 것처럼 한다(依違)"는 말이다. 음악의 아름다움은 텍스트(악보)대로 연주하는 데서 오지 않는다. 텍스트대로만 연주한다면 오히려 흥을 잃는 것이 음악이다. 음악이란 기본적으로 악보에 따라 연주해야 하지만, 듣는 이의 기분과 연주 분위기에 따라 가끔씩 악보를 벗어날 때 더 흥이 나는 법이다.

다시 말해서 음악이 순리順理와 역리逆理 사이를 출몰하는 가운데 흥을 일으킨다면, 이는 곧 육시六詩의 비흥과 같은 개념이 된다. 곧 차이의 감각이 흥의 수단임을 전제한다면 흥을 일으킬 수 있는 언어는

---

50) 『모시』「서」, "감정은 소리로부터 피어 나오고, 소리가 아름다움으로 완성된 것을 음악이라고 한다(情發于聲, 聲成文謂之音)."

의사소통과 재현에 익숙한 일상적 언어보다는 그에 얽매이지 않은 시적 언어, 그것도 고대 언어로 짜여 있는『시삼백』의 언어에서 그 역능을 발현하기가 용이하다.

주나라 때 지어진『시삼백』은 똑같은 한자로 썼지만, 당시와 어음과 코드가 다른 한나라의 언어 환경에서는 이를 해석해야만 의미로 와 닿는다. 그렇기 때문에 이러한 언어에는 소통이라든가 재현의 개념을 적용하기 힘들다. 바꿔 말하면 말을 더듬거리는 가운데 일상적이지 않은 참신한 의미가 생성되는데, 이것이 흥으로 이어지는 것이다.『시삼백』의 이러한 언어적 조건들이 앞서 말한 순리와 역리의 기능으로 작용하기에 주문·휼간의 감응을 자아냈던 것이다.

그러므로 정현이 말한 '의위依違'는 간언의 '더듬거림'과 그 효과를 지칭하는 말로 보는 것이 옳으리라. 간언이 비유로만 일관한다면 의미가 모호해져서 본래의 의지를 간과할 수 있기에 가끔씩 직언을 섞어야 한다는 말이다. 이렇게 하는 가운데 주문·휼간이 의도하는 깨달음이 저절로 군왕에게 오는 것이며, 아울러 이러한 비흥의 생성이 곧 미자의 기준이라는 것이 정현이 의도한 바이다.

관념은 경험으로부터 형성된다. 들뢰즈에 따르면, 젖가슴을 경험한 아이는 젖가슴을 욕망한다. 다시 말해 아이의 입이 경험한 과거의 쾌락은 그 이상의 쾌락에 대한 관념이나 이미지를 생산하고, 그러면 그의 삶은 거기에 투자하게 된다는 것이다. 모성, 가족, 문화 등과 같은 관념과 제도는 바로 이러한 투자로 확장·조직된 것이다.[51]

마찬가지로 비흥의 경험이 주체의 자발적 깨달음으로 이어졌다면,

---

51) 클레어 콜브룩, 앞의 책, 140쪽.

이러한 경험이 군왕에게도 일어날 것을 기대하고 시(노래)를 연주했을 것이다. 그리고 이때의 비흥은 이따금씩 그 효과를 발생시키기도 했을 것이다. 여기서 자발적 깨달음이니 효과니 하는 말들은, 앞서 설명한 바와 같이 비판 의식의 발현을 가리킨다. 이러한 기대와 효과의 반복 속에서 시에는 주문·흉간의 이미지가 생겼고, 아울러 비판 의식을 욕망함이 훈고학이라는 제도를 정착시켰다.

그렇다면 찬양을 통한 비판 의식의 발로인 미자美刺는 한나라라고 하는 예교 사회에서 필요로 한 시대적 감응이라 평가할 수 있다. 그래서 한 왕조의 권력은 시의 미자 기능에 집중 투자하고 그 역능을 증진시켜, 시를 통해 정치적 논쟁의 모순을 완화하거나 해결하려고 모색하는 시학 정치의 길을 연 것이다. 이것이 가능했던 것은『시삼백』의 미자가 비판적 의식은 고취하면서 그 비판의 예봉은 무디게 하여, 결과적으로 제왕이 아래에서 올라오는 비판을 수용할 수 있었기 때문이다.

이러한 비판 기제의 작동은 어쨌든 제국의 권력을 운영하며 드러나는 상하 계층 사이의 모순들을 완화하고 소통시켜 봉건 체제를 유지하는 데 크게 기여했다. 시학의 이러한 긍정적 효과는 한나라 이후 문인 중심의 정치로 이어지면서 중국의 정치 문화에 시학 정치라고 하는 문화적 흐름을 형성했다.

(3) 감응의 이치화理致化

이러한 시적 감응이 일으키는 효과는 어디까지나 순간적으로 감각되는 사건인 시뮬라크르이지, 어떤 지켜야 할 당위성을 가진 형이상학적인 이치가 아니다. 그러나 『시삼백』이 지닌 비판 기능의 효과가 높이 평가되면서 권력은 이 감응 현상을 개념화하여, 이른바 '주문·휼간'이라는 이름으로 고정시켰다. 그리고 권력은 이를 사람들에게 재인식시키기 시작했다. 『시삼백』을 『시경』으로 경전화經典化하고, 경학(또는 훈고학)이라는 학술이 해석권을 장악하도록 정착시킨 일 등은 감응을 형이상학적인 이치나 개념으로 재인식시키기 위한 의도가 제도화된 결과다.

「소남召南」의 「고양羔羊」편은 감응을 이치나 개념으로 재인식시키는 과정이 그대로 드러난 대표적인 작품이다. 이 시를 잠시 읽어보기로 한다.

염소 털가죽을	羔羊之皮
흰 실 다섯 타래로 꾸몄네	素絲五紽
퇴근을 관청에서 할 때	退食自公
당당하고 유유하네	委蛇委蛇
염소 안가죽을	羔羊之革
흰 실 다섯 겹으로 꿰맸네	素絲五緎
당당하고 유유하게	委蛇委蛇
관청에서 퇴근하네	自公退食
염소 갖옷 솔기를	羔羊之縫
흰 실 다섯 겹으로 꾸몄네	素絲五總

당당하고 유유하게	委蛇委蛇
퇴근을 관청에서 하네	退食自公

왕서우치엔王守謙의 『시경평주詩經評注』는 이 시를 주나라 때 경대부들의 부패한 생활상을 풍자한 노래라고 정의했다.[52] 이는 실존적으로 볼 때 매우 일리 있는 추측이다. 그런데 궁정의 고위 관리들이 관복인 어린 양의 갖옷을 입고 유유자적하게 퇴근하는 모습을 노래하고 있는 시의 내용으로 보면, 이 시를 풍자시라고 단정할 만한 근거가 없는 듯하다.

그러나 형식으로 분석하면 수긍이 된다. 이 시도 모두 3장으로서, 제1장을 반복하면서 변주하는 형식으로 구성되어 있다. 제1장 첫 구절의 '털가죽(皮)'을 제2장에서는 '안 가죽(革),' 제3장에서는 '솔기(縫)'로 바꿔 부르는 것은 고대의 민가에서 흔히 볼 수 있는 형식이다.

하지만 "퇴근을 관청에서 할 때 당당하고 유유하네(退食自公, 委蛇委蛇)"를 "당당하고 유유하게 관청에서 퇴근하네(委蛇委蛇, 退食自公)"로 바꾸거나 "퇴근을 관청에서 하네(退食自公)"를 "관청에서 퇴근하네(自公退食)"처럼 똑같은 말을 빠른 템포로 변주하는 형식은 매우 이례적이다. 이는 희화나 익살로 풍자하는 노래에서 자주 나타나는 형식이다.

이러한 형식의 용법을 염두에 두고 다시 시의 내용을 읽어보면, 고위 관리들이 하는 일 없이 놀고먹으며 위세나 부리는 부패한 모습을 풍자하고 있음을 짐작할 수 있다. 백성은 헐벗고 굶주리며 노역에 시달리는데, 저들은 값비싼 갖옷을 입고 어슬렁거리며 편안한 집으로 퇴근

---

52) 왕서우치엔·진슈전金秀珍 공저, 앞의 책, 41쪽.

하는 즐거움을 누리고 있다. 이 시는 여기에서 오는 박탈감과 억눌린 감정을 반어적으로 희화하고 있는 것이다. 이를 통해 이 노래에서 생성되는 감응은, 주체로 하여금 자기 확대를 경험하게 한다. 그리고 잠시나마 각박한 현실을 초월하는 해방감을 맛보게 한다.

이 시에 대한 『모시』「서」의 해석은 다음과 같다.

「고양」편은 (앞의)「작소鵲巢」편의 효력이 이루어졌음을 노래한 것이다. 소남의 나라가 문왕의 정치에 감화되어 벼슬하는 사람들이 모두 근검절약하고 정직해졌으니, 그 덕이 마치 염소와 같다. 羔羊, 鵲巢之功致也. 召南之國化文王之政. 在位皆節儉正直. 德如羔羊也.

『모시』「서」에서는「작소」편을 제후의 작위를 받은 남자의 집에 덕 있는 여자가 시집온 것을 노래한 것이라고 해석했다. 그런데 여기서 그 효력이 이루어졌다는 것은, 제후 작위를 받은 남자가 천자를 위해 근면하고 정직하게 일해 나라가 평안해졌음을 뜻한다. 『모시』는 "당당하고 유유하네(委蛇委蛇)"에 근거해서 근검하고 정직한 고위 관리라고 해석했다.

그러나 기실 '위이委蛇'란 팔자걸음으로 어슬렁어슬렁 거만하게 걷는 모습[53]이니, 그와는 거리가 멀다. 아무리 해석이 권력에 속한 것이라지만 이런 말도 안 되는 견강부회는 해석 자체의 신뢰를 떨어뜨린다. 그래서 이를 우려한 당唐나라의 공영달은 『모시』의 "덕이 마치 염소와 같았다"에 초점을 맞추어, "잡아도 울지 않고, 죽여도 울부짖지 않고,

---

53) 주희의 『시집전詩集傳』에서는 '위이'를 '자신감에 넘치는 모양(自得之貌)'이라고 주를 달았다.

젖을 먹을 때는 꿇어서 받아먹으며, 의로움을 위해 죽고 예로써 산다(執之不鳴, 殺之不號, 乳必跪而受之, 死義生禮)"고 염소의 덕을 자세히 설명했다. 이러한 고위 관리들의 덕이 다름 아닌 문왕의 덕과 교화에 힘입어 이루어졌다는 것이 『모시』의 의도다. 이는 궁극적으로 통치자에 대한 찬양을 통한 비판, 곧 미자에 속한다고 볼 수 있다.

이렇게 시에 담긴 풍자의 내용을 관리들의 근검·정직으로 해석하고, 이를 다시 통치자가 본받아야 할 문왕의 덕과 나아가 형이상학적 윤리로 둔갑시킬 수 있었던 것은, 카오스인 시의 감응을 주문·휼간으로 개념화했기 때문이다. 이를테면 라오서老舍의 희곡 『다관茶館』을 영화로 제작한 동명의 영화에 보면, 막간(제3막 전)에 각설이 노인 사양傻楊이 죽판竹板을 두드리며 부르는 노래에 이런 구절이 나온다.

나무가 늙으니   樹木老

잎사귀도 성기고   葉兒稀

사람이 늙어 허리가 굽으니 머리도 들기 힘들다네

                              人老毛腰把頭低

이 구절은 기력도 없이 쓸쓸히 늙어 가는 노인의 비참한 모습을 노래하고 있는 것처럼 보인다. 그러나 여기에는 이런 의미 말고도 당시 중국의 무기력함에 대한 절망과 비애, 그리고 이를 조롱하는 듯한 반어적 풍자와 비판 의식이 한데 어우러져 있는 카오스적인 감응이 배어 있다.

이러한 감응은 시 구절 자체에서는 느끼기 힘들고, 죽판으로 박자를 맞추며 부르는 노래의 연출에서 모호한 감정으로 감각된다. 먼저 이 노래는 3·3·7 박자를 기초로 하는데, 앞의 3의 각운인 'ao(老 : lao)'와 뒤의 3의 각운인 'i(稀 : xi)'는 마지막 7의 'lao(老)' 'mao(毛)'[54] 'yao(腰)' 'di(低)'에서 정확하게 반복된다. 이러한 운율은 노래의 가사와 어울려, 위에서 언급한 감응을 생성시켜 주체들이 카오스적으로 감각하게 한다. 이와 같이 시나 노래에서 감각되는 감응이란 주문·휼간처럼 개념으로 범주화하여 재인식시킬 수 있는 것이 아니다. 그럼에도 불구하고 『시삼백』을 주문·휼간으로 훈고할 수 있었던 것은 시에서 음악성을 배제하고, 비흥을 재인식할 수 있도록 왜곡했기 때문이다.

주문·휼간이 유포하는 이러한 윤리는 권력 체제와 사회에 틀을 제공한다는 점에서 이데올로기였고, 또한 이것이 형이상학적이라는 점에서 초월적이었다. 들뢰즈는 이데올로기란 환각적인 더 높은 목적을 위해서 자신의 욕망을 포기하는 형식이라고 했다. 앞서 실명한 깃처럼 비흥은 자발적인 깨달음을 수반하고, 이는 다시 자신의 사고와 행동에 영향을 미친다. 여기서 자신을 반성하게 하고 변화시키는 깨달음이란 기실 자신의 욕망을 포기하는 것이 아니라, 한 차원 높은 쾌락이나 다른 세계로 열려 있는 감응을 향해 있는 것이다. 그럼에도 불구하고 주문·휼간은 이를 자신의 욕망을 포기하고 주체 밖에 있는 어떤 형이상학적 이치에 복종하는 것으로 오인하도록 작용했다. 그래서 한나라의 권력은 『시삼백』을 경전으로 추존하여 경학의 중심에 놓았던 것이다.

그러나 시의 이러한 역능을 너무 강조한 나머지 초월적이 되면, 더

---

54) '허리를 굽히다' 또는 '굽은 허리'라는 의미를 표현할 때 북경어에서는 흔히 '완이아오彎腰'로 쓰지만, 여기서는 앞의 각운인 'ao'에 맞추기 위하여 일부러 방언인 '마오이아오毛腰'를 썼다,

이상 감응을 생성하지 못하고 상투적이 되어 그 기능을 수행하지 못한다. 「종사螽斯」편55)의 모시 해석은 이를 잘 말해 준다. 먼저 「종사」편을 읽어보기로 한다.

누리 날개 소리	螽斯羽
슬슬 울리는데	詵詵兮
그대의 자손들도	宜爾子孫
누리처럼 번성하기를	振振兮
누리 날개 소리	螽斯羽
붕붕 울리는데	薨薨兮
그대의 자손들도	宜爾子孫
누리처럼 끊임없기를	繩繩兮
누리 날개 소리	螽斯羽
직직 울리는데	揖揖兮
그대의 자손들도	宜爾子孫
누리처럼 모여 즐기기를	蟄蟄兮

이 시는 잔칫집 같은 곳에서 그 집안에 많은 자손이 번성하기를 기원하는 노래인 것으로 추측된다. 농경 사회에서 살던 당시 사람들에

---

55) 김학주는 종사螽斯를 '여치'로 보았는데, 『설문해자說文解字』와 주희의 『시집전』에서는 이를 누리 황蝗자로 해석했다. 누리는 구름처럼 떼를 지어 날아다니며 벼를 갉아먹는 해충인데, 여기서는 많은 자손을 비유하는 말로 썼다.

게 한 번 들이닥치면 어떻게 손쓸 도리도 없는 해충인 누리만큼 많은 수를 감각하게 하는 경험도 없을 것이다. 그래서 해충이지만 많은 자손을 기원하는 노래에 비유로 쓴 것이다. 이것을 『모시』는 다음과 같이 황당하게 해석한다.

「종사」편은 (문왕의) 후비에게 자손이 많음을 노래한 것이다. 누리처럼 투기하지 않았으므로 자손이 많아졌다는 뜻이다. 螽斯, 后妃子孫衆多也. 言若螽斯不妬忌, 則子孫衆多也.

자손이 많은 것을 복으로 여겼던 농경 사회에서는 많은 자손을 얻고자 처첩들 사이에 서로 투기하지 않는 것이 윤리였다. 이 윤리를 잘 지켜 많은 자손을 둔 문왕의 후비를 칭송하려고 이 노래를 지었다고 해석하는 것은 그런대로 이해할 수 있다. 그렇지만 해충인 누리들이 투기하지 않아서 구름처럼 떼를 이루었다는 주장은, 아무래도 목적론적인 견강부회라는 비난을 피할 수 없을 것이다.

앞서 지적한 바와 같이, 주문·휼간의 형태로 출현한 비판 의식은 규범적인 주체를 상정하고 있다는 점에서 미약하나마 주체를 인식하기 시작한 것이라고 평가할 수 있다. 시의 감응을 통해서 비판을 수행했다는 사실은 당시 사람들이 개성과 영혼을 경험했을 것이라고 짐작케 한다.

일찍이 공자는 사람이 지켜야 할 도리와 갖춰야 할 덕에 대해 이야기했다. 그런데 이러한 도덕적 인격에 대한 개념이 한나라에 와서는 제국이라는 공간에서 살기에 적합한 주체로 변질된 것이다. 이 주체는 인격과는 달리 도덕보다는 법을 필요로 하고, 이 법은 다시 주체를 인정하도록 상호 작용한다. 제국이 원하는 이러한 주체는 범주적 인성으로 형성된다. 그리고 이 범주는 곧 보편성과 동일성을 기초로 한다.

주문·흉간의 비판 의식은 범주적 동일성, 곧 인간으로서 지켜야 할 형이상학적인 선을 상정한다. 이것을 중국에서는 '천도天道' '도리道理' '도덕' 등으로 불렀다. 이는 근본적으로 한나라의 권력이 중국을 통일 체제로 지배하고자 동일성에 기초한 집단적 사고를 선으로 인식시키려는 의도에서 비롯되었다.

그러나 주체가 하나의 사고를 진정한 선으로 인정하고 복종하는 것은, 그것이 자신에게 집중되고 되돌아올 때다. 그래서 도리와 이치는 궁극적으로 주체의 개성에서 발원해야 한다. 다시 말해 하나의 이치가 개성에 근거하지 않고 비개성적 타당성만 갖는다면 그것은 이데올로기라고 치부해도 무방하다는 말이다.

공자도 일찍이 "마음이 하고자 하는 바대로 좇아가도 규범을 넘지 않았다(從心所慾不踰矩)"고 말한 적이 있다. 여기서도 "마음이 하고자 하는 바대로 좇아가다(從心所慾)"라는 무한한 개성의 해방과 "규범을 넘지 않다(不踰矩)"라는 비개성적 타당성을 함께 언급하는 궁극적 선에 대한 정의를 엿볼 수 있다.

시(정확히 말하자면 시의 음악성)가 일으키는 비흥은 주체를 소외되지 않은 원시적 존재로 회귀시키기 때문에, 개성의 해방이나 이에 대한 욕구에 충실하다고 말할 수 있다. 우리는 앞에서 정현이 주문을 음악적 조화에 관심을 집중하는 일로, 흉간을 연주의 규범성과 일탈로 간주한 것을 살펴보았다. 이는 그가 여전히 시의 음악성이 수행하는 기능을 인정한다는 증거다. 따라서 권력의 요구에 충실한 훈고학자들이 보기에 시의 음악성은 범주적 인성을 형성하는 데 결코 유익하지 않은 요소다. 그래서 음악성은 제거 대상이 될 수밖에 없다.

훨씬 후대의 일이기는 하지만 송나라 때 주희가 주문을 "문사를 꾸미는 일에 관심을 집중하여 간언을 여기에 기탁한다(主於文辭而托之 以諫)"라고 해석한 것은, '소리로써 아름답게 꾸미는 일(聲成文)'이라는 시의 본질을 음악이 제거된 가사歌詞에 국한하고자 하는 의도를 드러낸 것이다.

『후한서』「두근전론杜根傳論」에 보면 다음과 같은 구절이 있다.

> 예에는 간언하는 방법이 있는데, 이 가운데 풍간諷諫이 가장 바람직하다. 사물에 의탁하여 진실한 마음을 보이고, 아름답게 꾸민 문장에 근거해서 (자신의) 의지를 담는다면, 말하는 자에게는 죄가 없게 되고, 듣는 자에게는 충분히 훈계가 될 수 있다. 그 주요 이유는 말이 완전히 전달되어 의미에 승복함으로써 이치가 올바름으로 귀결되는 데 있다. 禮有五諫, 諷爲上. 若夫托物見情, 因文載旨, 使言之者無罪, 聞之者足以戒, 貴在於言達意從, 理歸乎正.

앞서 여러 번 설명한 바와 같이 시의 감동은 음악성에 있고, 음악은 카오스적인 감응을 그 생명으로 한다. 잘 알려져 있다시피 언어에는 시적 기능이 있다. 시적 기능이란 시니피앙을 적절하게 조직하여 시니피에를 생성하는 것을 말한다.

이를테면 1971년 대통령 선거에 출마한 김대중 후보는 "대중은 김대중"이라는 선거 구호를 내건 적이 있다. 앞의 '대중大衆'과 뒤의 '대중大中'은 서로 시니피앙은 같지만 시니피에는 전혀 다른 사물을 가리킨다. 그럼에도 불구하고 두 단어 사이에는 어떤 연관성이 있을 것 같은 강한 인상을 주는데, 이와 같이 언어를 시니피앙의 차원에서 배합하고 조직하는 수사법을 유음중첩법paronomase이라고 부른다.

언어를 음의 유사성에 근거해서 중첩시키면 자연스럽게 시니피앙과 시니피에 사이에 동질성이 생성된다. 이것이 곧 프로이트가 말한 '무의미 속의 의미'이자 '비존재의 존재'인 것이다. 다시 말해서 시니피앙의 유사성과 반복이 논리로 작용한 셈인데, 시가 일으키는 감응의 본질은 바로 이런 메커니즘에 의거한다. 그렇다면 위의 구절에서 듣는 자가 승복한 이치의 본질은 '아름답게 꾸민 문장에 근거한(固文)' 것이고, '의탁한 사물(托物)'은 시니피앙을 빌려오기 위한 사물의 이름이 된다.

한나라 사람들은 이렇게 생성된 시의 감응을 주문·흉간의 기능으로 보았고, 그 작용의 본질이 이치에 있다고 여겼다. 그러므로 그들은 우주 만물 위에 '도리道理'라는 이름으로 형이상학적인 이치를 두었다. 정현이 그의 『육예론六藝論』에서 설파했듯이 "임금이 지켜야 할 질서는 강직하고 엄격한 반면, 신하가 지켜야 할 질서는 부드럽고 순종적이다(君道剛嚴, 臣道柔順)." 이러한 질서는 실질적인 세勢이자 거스를 수 없는 현실이다.

이 현실을 바꾸기 위해서는 보이지 않으면서 현실을 지배하는 형이상학적 도리를 설정할 수밖에 없다. 정현이 주장한 "도리로써 현실의 세력을 제어한다(以道制勢)"는 말은 바로 이를 가리킨다. 그러니까 시가 일으키는 감응의 감동을 이치의 순종으로 해석한 것이, 이른바 "말이 완전히 전달되어 의미에 승복함으로써 이치가 올바름으로 귀결되는 것(言達意從, 理歸乎正)"이다. 그렇다면 황제도 이 형이상학적 이치에 복종할 수밖에 없으니, 이것이 곧 주문·휼간의 본질이다.

따라서 중국에서는 전통적으로 이치가 언제나 감성 위에 군림했다. 이처럼 이치가 감성을 길들이고 지배한다는 관념에 따라 시를 기능적으로 발전시킨 것이 시교詩教이다. 곧 이치는 형식을 기초로 하므로, 사람들에게 정형시를 가르치고 즐기게 하면 온유돈후한 인성을 기를 수 있다는 원리다.

이치를 중시하는 한나라의 이러한 시대적 가치관은 철학에서도 그대로 드러난다. 당시에는 『주역』이 사회적으로 관심을 많이 받아 역학, 그 가운데 상수지학象數之學이 발달했다. 이는 결코 우연이 아니다. 『시경』에 대한 권위적 해설로 이름났던 한나라의 삼가시三家詩, 곧 제시齊詩·노시魯詩·한시韓詩는 모두 학관에 열입되어 있었다. 그들 각가各家는 나름대로 훈고(故)와 해설(傳)을 계승·전수하고 있었다.56) 그러나 삼가시는 모두 소실되었고, 이들보다 후대에 나온 『모시』만 전해 내려오고 있다. 이는 궁극적으로 『시경』을 이치적으로 해석하는 차원에서 경쟁하다 도태된 것으로 봄이 옳다.

이렇게 비흥에서 생성되는 감응을 이용한 '비판 의식과 행위(美刺),' 곧 주문·휼간은 개성에서 출발했지만 훈고를 통해 재인식의 과정을 거치면서 차츰 보편성을 가진 다수 문학으로 변질되었다. 음악이 제거된 『시경』에 대한 해설은 훈고가 중심이 될 수밖에 없었다. 아울러 그 훈고는 비개성적인 타당성, 곧 이치(이데올로기)의 추구에 초점이 맞춰져 있었다. 그래서 훈고는 시의 흥보다는 비에 더 많은 관심을

---

56) 이러한 훈고와 해설을 당시에는 가법家法 또는 사법師法이라고 불렀다.

기울였다. 왜냐하면 그들은 시에 등장하는 사물들이 의미를 기탁하려는 비유라고 믿었기 때문이다. 그들의 이러한 믿음은 공자의 "(시를 배우면) 가깝게는 아비를 섬기는 법을 알게 되고, 멀리는 임금을 섬기는 법을 알게 되며, 새·짐승·풀·나무 등의 이름에 대하여 많이 알게 된다(邇之事父, 遠之事父, 多識於鳥獸草木之名)"라는 말에 의하여 더욱 강화되기도 했다.[57]

이러한 비유에서 추출한 기탁된 의미라는 것은 더 말할 것도 없이 봉건 이데올로기를 그 내용으로 하고 있다. 이를테면 『모시』는 「관저關雎」편의 요지를 "「관저」는 즐거움으로 숙녀를 얻어 군자에게 짝을 지워 준다는 것이니, 그 아끼는 바가 현자를 나아가게 하는 데 있지 여색에 빠지게 하는 것이 아니다. 아리따운 아가씨를 사무치게 그리워하고, 어진 인재를 생각하면서도 착한 마음에 상처가 없도록 하는 것, 이것이 「관저」의 본뜻이다"[58]라고 해설했다.

정현은 『모시』의 이러한 해설을 확실하게 입증하기 위하여, '물수리(關雎)'에다가 "새가 정분이 도타우면서도 (암수를) 뚜렷이 구분한다(鳥摯而有別)"라는 설명을 덧붙였다. 새가 암수 사이에 정분이 도타우면서도 혼잡스럽지 않다는 매우 주관적인 해설은, 부부유별이라는 봉건 윤리를 겨냥하고 있음이 불을 보듯 뻔하다.

은유가 의미를 생성하는 메커니즘은 같은 계열체 안에 있는 시니피

---

57) 공자의 이 말은 『논어』 「양화陽貨」편의 구절이다. 그 근본 취지는 인에 도달하기 위해서는 마음을 넓히고 성정을 다듬어야 하는데, 그 방도 가운데 하나가 새·짐승·초목의 이름에 대하여 많이 아는 것이라고 한다. 주희도 이를 진심盡心의 방도라고 설명한 바 있다. 치엔무錢穆 저 『논어신해論語新解』(巴蜀書社, 1985) 424쪽 참조

58) 『모시』 「서」, "關雎樂得淑女, 以配君子. 哀在進賢, 不淫其色. 哀窈窕, 思賢才, 而無傷善之心焉, 是關雎之義也."

앙적 재료의 선택과 대체에 의존한다. 그러나 라캉의 주장에 따르면, 이보다 더 기본적으로는 은유 작용에 현존적으로 참여하고 있는 시니 피앙들이 통사론적인 문법을 이룰 때 가능하다고 한다. 다시 말해서 환유가 전제되지 않은 은유는 성립할 수 없다는 것인데, 이 모든 작용이 궁극적으로는 시니피앙(기표)들의 관계에 의하여 의미가 생성된다는 것이다. 그러니까 은유가 생성한 의미는 시니피앙의 메커니즘에 따라 결과로 나온 시니피에(기의)이므로, 비유하고 비유되는 단어들 사이가 굳이 개념적으로 유사할 필요는 없다는 말이다.

그렇다면 정현은 시에 봉건 이데올로기를 주입하려다 보니 인간과 새가 생태학적으로 비슷하다는 점을 찾아 개념을 부회한 것이다. 이것이 바로 『시경』이 상투적인 다수 문학으로 흘러간 계기다. 뒷날 주희는 여기서 더 나아가 "(물수리는) 나면서부터 정해진 짝이 있어 서로 섞이지 않고, 늘 함께 노닐면서 서로 희롱하지 않는다. ……『열녀전列女傳』에 '사람들은 이들이 두 마리씩 짝지어 살면서도 암수가 한데 붙어 있는 것을 일찍이 본 일이 없다'라는 구절이 있는데, 이는 본성이 원래 그렇기 때문이다"59)라고 극단적으로 부연해 시의 개념화를 더욱 강화했다.

이와 같이 『시경』의 시어들은 비를 구성하기 위한 시니피앙을 제공하는 단어가 아니라, 이치나 봉건 윤리를 구성하기 위한 개념적 도구로 변할 수밖에 없었다.

---

59) 『시집전詩集傳』, "生而定偶而不相亂, 偶常並遊而不相狎, …… 列女傳以爲人未嘗見其乘居而匹處者, 蓋其性然也."

제4장

다시 읽는 굴원屈原과 초사楚辭

1. 굴원의 일생과 초사에 대한 전통적 인식

『시경』의 부·비·흥을 다시 정의하면서 함께 재조명해야 할 작품이 바로 초사楚辭이다. 초사는 전국 시기 초나라에서 발생한 일종의 신체시로서, 흔히 『시경』과 더불어 중국 고전문학의 양대 산맥을 시작하는 작품으로 꼽힐 만큼 중요하다. 초사는 '초성楚聲'이라고도 부르는데, 이는 4언 위주의 북방 음악에 기초한 『시경』과 달리 6언 위주의 초나라 음악에 기초했기 때문이다. 초사 역시 『시삼백』과 마찬가지로 음악성이 풍부한 서정시라는 점에서 옛날부터 중국인에게 애송되었다.

그런데 무엇에 근거했는지 모르겠지만, 근래의 초사 연구자들은 처음 초사를 지은 굴원屈原을 낭만주의 시인이라고 정의한다. 아울러 목숨을 걸고 임금에게 충간하고, 나라와 고향을 사랑한 애국 또는 우국憂國 시인이라고 칭하고 있다. 굴원 자신이 한 말을 빌자면 "노여움을 발설함으로써 진정한 마음을 표현하고(發憤以抒情)"[1] "진정한 마음을 내놓음으로써 자신의 행위를 고백하고자(願陳情以白行)"[2]한 작품을, 엉뚱하게도 낭만주의라고 부르는 그 근거가 의심스럽다. 더군다나 거기에 충간이니 우국이니 하는 봉건 이념의 냄새가 짙은 평가를 내린 데에는 의도적으로 현실 이데올로기를 개입시켰음을 짐작케 한다.[3]

---

1) 굴원, 「구장九章」의 「석송惜誦」편 구절.
2) 같은 작품, 「석왕일惜往日」의 구절.
3) 심지어 양중이楊仲義는 「이소離騷」를 '정치 서정시'라고까지 말하고 있다. 양중이 저, 『시소신식詩騷新識』(學苑出版社, 1999) 36쪽 참조.

여기서 의도된 개입이란 구체적으로 말해서 해석하는 행위를 뜻한다. 그러기 위해서는 먼저 의미를 부여할 수 있는 근거가 있어야 한다. 이 근거 위에 세운 봉건 이념 ─ 그 가운데 이 연구를 통하여 특별히 관심을 갖는 것은 주문·휼간이다 ─ 이 굴원의 작품에 얼마나 진실성을 갖는지 알아보기 위하여 우리는 잠시 그의 행적을 살펴볼 필요가 있다.

굴원(서기전 343~서기전 277?)은 초나라 3성[4] 귀족 출신으로서, 회왕懷王의 두터운 신임을 받아 당시 당면 과제였던 개혁 정치를 선봉에서 담당한 헌령憲令에 임명되었다. 그리고는 법령 정비와 부국강병을 내용으로 하는 이른바 '미정美政'의 이상을 추진했다. 당시 중국 사회는 혼전을 거듭하던 전국 중기였다. 이때는 동쪽의 여섯 나라가 연합하여 진나라의 동진을 막자는 합종合縱과 동쪽의 어느 나라든 진나라와 연대하여 다른 나라들의 영향력을 악화시키자는 연횡連橫이 주요 화두로 등장했던 시대였다.

초나라 회왕은 진나라의 동진을 막자는 합종 진영에서 가장 영향력 있는 인물이었다. 하지만 군왕이나 맹주의 자질이 부족하여, 자주 다른 사람의 이간하는 말에 현혹되었다. 그래서 회왕이 굴원을 신임하는 것을 시기하던 근상靳尙과 왕자 자란子蘭 등이 무리를 지어 굴원이 권력을 전횡한다고 참소하자, 왕은 화가 나서 그를 멀리 했다.[5] 굴원은 이렇게 첫 번째 정치적 좌절을 겪는 동안 창작에 전념하여 이때 「이소離騷」, 「천문天問」, 「구장九章」의 일부 작품을 지었다.

---

4) 3성은 굴씨屈氏, 경씨景氏, 소씨昭氏이다. 초나라의 역대 왕은 이 3성에서 나왔다.
5) '멀리 하였다'는 말은 『사기』의 '疏屈原'에 근거한 것이다. 그러나 이 말이 한직으로 좌천시켰다는 뜻인지 아니면 귀양을 보냈다는 뜻인지는 확실치 않다.

굴원이 소외당한 뒤, 합종책을 유지하던 초나라의 정책에 일대 변화가 발생했다. 회왕 16년, 진나라가 제나라와 단교하면 초나라에게 6백 리의 땅을 주겠다고 약속했다. 그러자 눈앞의 이익에 눈이 먼 왕이 이를 덜컥 수락하고 만 것이다. 왕은 제나라와 단교한 뒤에야 진나라에게 속았다는 것을 깨닫고, 다시 외교에 능란한 굴원을 기용하여 제나라에 사절로 보냈다. 그리하여 잠시 제나라와 관계를 개선했지만, 그리 오래가지는 못했다. 회왕 26년과 28년, 제나라는 두 번에 걸쳐 한韓·위魏와 연합하여 초나라를 공격했다. 그리고 29년에는 진나라가 쳐들어와 초나라를 크게 패퇴시켰다.

굴원은 회왕 24년에 진나라 공주를 며느리로 맞아야 하는 굴욕적인 일에 극력 반대하다가 두 번째 귀양을 갔다. 이후 회왕 30년에 다시 수도인 영郢으로 돌아왔다. 하지만 그렇게 당하고도 정신을 차리지 못한 회왕은 또 진나라에 속아, 무관武關으로 조약을 맺으러 갔다가 붙들려 함양咸陽에 억류되었다. 그러다 4년 뒤 타국에서 죽고 말았다.

회왕이 무관으로 가려고 할 때 굴원은, "진나라는 범과 승냥이의 나라이므로 믿을 수 없사오니, 가지 않으시는 게 나을 것입니다"라며 극구 말렸다. 그러나 왕자 자란 등이 적극적으로 미는 바람에 갔다가 화를 당한 것이다. 이 사건 때문에 굴원을 비롯한 초나라 사람들은 왕자 자란을 거세게 비난했다. 그러자 자란은 경양왕頃襄王에게 굴원을 참소하여, 이에 격분한 왕이 굴원을 추방해 버렸다.

추방당한 굴원은 장강長江, 상강湘江, 원수沅水 등의 지역을 떠돌아다니며 유랑 생활을 했다. 그러나 이 기간 동안에도 시작詩作을 계속하여 마침내 「구장」의 나머지 작품을 완성했다. 그러다가 결국에는 멱라수

汨羅水에 스스로 몸을 던져 파란 많은 인생을 마감했다고 『사기』의 기록은 전한다.

송나라의 황백사黃伯思는 그의 『동관여론東觀餘論』「익소행翼騷行」에서 "초나라 말로 쓰고, 초나라 음악으로 지었으며, 초나라 지명을 기록하고, 초나라 사물의 이름이 등장하므로, 이를 초사라고 부를 만하다(書楚語, 作楚聲, 紀楚地, 名楚物, 故可謂之楚辭)"라고 지적했다. 이렇듯 초사는 초나라 문화를 기반으로 한 시가임이 틀림없다.

초사가 내용적으로는 종경宗經, 곧 경서의 정신을 잇는다고 믿는 유협劉勰도 초사가 다음과 같은 네 가지 점에서 유가 경전과 다르다고 설파했다.

> (이소에서) 구름과 용에 (말하고자 하는 바를) 기탁하고, 허황되고 괴이한 일들을 말하며, 풍륭豐隆에게 (낙수의 여신인) 복비宓妃를 찾아보라 하고, 짐새를 중매인으로 내세워 융국娀國의 미녀에게 구혼한 일 등은 허황된 괴이한 이야기들이다. 공공共工씨가 전욱씨와 다투다가 하늘을 받치고 있는 기둥을 건드려 땅이 동쪽으로 기울었다는 이야기, 활 잘 쏘는 후예后羿가 아홉 개의 태양을 쏘아 떨어뜨렸다는 이야기, (하루에 나무를 9천 개나 뽑는) 사나이는 머리가 아홉 개라는 이야기, 토지 신에게는 눈이 세 개라는 이야기 등은 믿기 힘든 괴이한 이야기들이다. (임금이 자신의 간언을 받아들이지 않았다고 해서 강물에 투신한) 팽함彭咸이 남겨 놓은 방법에 의존하고, 간언하다가 죽임을 당했어도 이를 편안히 여긴 오자서伍子胥를 따라간다는 것은 성급하고 편협한 의지다. 남녀가 한데 앉아 뒤섞이고 구분되지 않은 것을 가리켜 즐거움으로 여기고, 술 마시기를 그치지 않아 밤낮으로 술에 절어 사는 것을 모두 들어서

기쁨으로 여기는 것은 방탕한 의도다. 이렇게 지적한 네 가지 사항이 경전과는 전혀 다른 것이다.6)

유협이 지적한 바와 같이 초사는 분명 유가의 경전과 세계관이나 가치관이 확연히 다르다. 특히 "나라에 도가 행해지지 않으면 숨는다(邦無道則隱)"7)거나 "나라에 도가 행해지지 않으면 어리석은 자처럼 행동한다(邦無道則愚)"8)는 말로 대표되는 유가의 명철보신明哲保身 사상에서 보면, 간언하다가 자살하거나 피살당한 팽함과 오자서의 행위는 비윤리적으로 보일 만하다.

그리고 "남녀가 한데 앉아 뒤섞이고 구분되지 않은 것을 가리켜 즐거움으로 여기고, 술 마시기를 그치지 않아 밤낮으로 술에 절어 사는 것을 모두 들어서 기쁨으로 여기는 것"은 디오니소스의 모습을 그대로 묘사한 것이다. 이러한 모습을 방탕함으로 규정한 것은 카오스의 세계에 관념적 질서를 부여해야 하는 아폴론적인 유가에서 보면 당연한 일이리라.

이처럼 초사는 글쓰기는 물론, 문학적 배경과 지향하는 바가 유가의 경전과 완전히 다르다는 사실은 옛날부터 별다른 이견 없이 인정되었다. 그런데도 중국 문학의 주류에서는 굴원을 고대 성인들의 이른바 우환憂患 의식9)을 계승하는 우국憂國시인으로 추앙해 왔다. 또한 초사

---

6) 『문심조룡文心雕龍』「변소辨騷」, "至于托雲龍, 說迂怪, 豊隆求宓妃, 鳩鳥娀女, 詭異之辭也; 康回傾地, 夷羿彈日, 木夫九首, 土伯三目, 譎怪之談也; 依彭咸之遺則, 從子胥以自適, 狷狹之志也; 士女雜坐, 亂而不分, 指以爲樂, 娛酒不廢, 沉湎日夜, 舉以爲歡, 荒淫之意也∶摘此四事, 異乎經典者也."
7) 『논어』「태백泰伯」.
8) 같은 책, 「공야장公冶長」.

도 군왕에게 충간하고 권력을 비판하는 것은 물론, 더 나아가 이상 정치인 이른바 미정美政을 토로한 유가적 성격의 텍스트로 간주하며 읽어 왔다.

유협도 『문심조룡文心雕龍』에서 "「국풍國風」과 「소小·대아大雅」의 노래 소리가 잠잠해져서 어느 누구도 그 실마리를 뽑아내지 못하고 있을 때 기이한 문장이 우쩍 일어났으니, 그것이 바로 「이소」로다!"[10] 라며 초사가 『시경』을 계승한다고 전제했다. 그래서 그 내용이나 형식 면에서 풍風·아雅와 완전히 같다고 주장했다. 유협은 그 구체적인 네 가지 예를 다음과 같이 지적했다.

> 요임금과 순임금의 광명정대光明正大함을 진술하고, 우임금과 탕임 금의 경건과 근신을 칭송한 것은 (『서경』의) 「요전堯典」이나 「탕고湯誥」 와 같은 문체다.[11] 걸왕과 주왕의 광기와 편벽됨을 비판하고, 활 잘 쏘는 후예와 힘센 요澆의 멸망을 슬퍼하는 것은 경계하고 풍간하고자 하는 의도다. 교룡蛟龍으로써 군자에 비유하고, 구름과 무지개로써 참소하는 사악한 자들을 비유한 것은 비흥의 의미다. 고개를 돌릴 때마다 눈물을 훔치고, 임금에게 다가가는 길이 아홉 겹이나 됨을 탄식한 것은 충성의 마음속에 한 맺힘이 엿보이는 글쓰기다. 이 네 가지는 (『시경』의) 국풍과

---

9) 『역易』에서 유래한 말로서 신화적 사고에 대한 이성적 사고를 지시한다. 간단히 설명하자면 이렇다. 은나라는 모든 정책적 판단을 신에게 물어 결정했다. 그런데 주나라는 그들의 이런 태도를 비판하면서 모든 결정은 인간의 이성적 힘에 의존해 야 하고, 또 스스로 내린 결정은 스스로 책임져야 한다고 주장했다. 이것이 유가에 서 표방하는 주나라 사상 및 문화의 핵심이다. 이에 관해서는 김근 저, 『한자는 중국을 어떻게 지배했는가』 72~73쪽을 참조하기 바람.

10) 『문심조룡』 「변소辨騷」, "自風雅寢聲, 莫或抽緒, 奇文鬱起, 其離騷哉."

11) 전典과 고誥는 『서경』의 양대 문체이다.

소·대아와 같은 것으로 보인다.[12]

초사를『시삼백』이 아닌『시경』의 개념으로 파악한 유협의 이러한 지적이 과연 근거가 있는 것인지는 앞으로 면밀히 분석할 터이지만, 이러한 관점은 그의 사적인 관찰에서 얻은 결론이라기보다『시삼백』이『시경』으로 정착되는 오랜 과정에서 형성된 결과일 것이다. 그래서 초사도 훈고의 틀 속에 포섭되면서 노래라는 모습이 소외되었을 것이라고 짐작할 수 있다.

먼저 정치적 상황에 따라서 부침을 거듭한 굴원의 파란 많은 생애가 우국과 충간이란 이미지를 심기에 적절했을 것이다. 그리고「이소」를 비롯한 그의 작품이 그 이미지를 '의義'로 해석하기에 적합했으리라. 앞서 설명한 바와 같이, 시란 어디까지나 감응의 소산이다. 그런데 이를 의견doxa으로 동결시켜 시에서 생성되는 감응을 이데올로기로 활용하고자 하는 것이 권력의 속성이기 때문이다.

초사를 이렇게 해석한 것은 사마천이 처음 시도했을 가능성이 크다. 잘 알려져 있다시피 사마천이『사기』를 편찬한 동기는 이른바 '발분저서發憤著書,' 곧 자신의 파란 많은 생애에서 맺힌 한을 토로하기 위해서다. 그래서「태사공자서太史公自序」에서『시삼백』을 일컬어, "무릇 현인들과 성인들이 분노를 발설한 나머지 지은 바이다(大抵賢聖發憤之所爲作也)"라고 규정했다. 이러한 개념을 가지고 있던 그에게 굴원이「석송惜誦」에서 노래한 "애통하게 읊음으로써 고통스런 근심을 드러내고,

---

12)『문심조룡』「변소」, "其陳堯舜之耿介, 稱禹湯之祗敬, 典誥之體也; 譏桀紂之猖披, 傷羿澆之顚隕, 規諷之旨也; 蛟龍以喩君子, 雲霓以譬讒邪, 比興之義也; 每一顧而掩淚, 嘆君門之九重, 忠怨之辭也; 觀此四事, 同于風雅者也."

분노를 발설함으로써 진정한 마음을 토로한다네(惜誦以致愍兮, 發憤以抒情)"라는 구절은 충분한 공감을 제공했을 것이다. 그래서 사마천은 「굴원열전」을 마감하면서, 그의 작품을 읽고는 "그의 의지를 애석하게 여겼다(悲其志)"고 술회했다.

사마천의 이러한 평가에도 불구하고 그의 행위에는 근본적으로 유가적 관념에서는 용납할 수 없는 부분이 있을 수밖에 없다. 그래서 반고는 다음과 같이 비판했다.

또한 군자가 가는 길이 곤궁한 것은 운명이다. 그러므로 물속에 잠겨 있는 용은 나타나지 않는 법이니, 이렇게 하면 번민이 없다. (『시경』의) 「관저關雎」편은 주나라의 도를 애석해 하지만 마음을 다치게 하지는 않고, 거원蘧瑗은 품어 감출 줄 아는 지혜를 지녔으며, 영무寧武는 바보와 같은 본성을 가졌으니, 이들은 모두 이로써 생명을 온전히 하고 해를 피할 수 있어서 세상의 환난을 받지 않았다. 그래서 「대아」에 말하기를 "밝고도 어질게 그의 몸을 보전하네"라고 하여 이(생명)를 중요하게 여겼던 것이다.

그런데 이제 굴원의 경우에는 자신의 재주를 드러내고 나라를 위태롭게 하는 뭇 소인배들 사이에서 다투다가 참소와 해를 당했다. 그러고도 자주 회왕을 질책하고, (간신배인) 자초子椒와 자란子蘭을 원망하고 미워하며, 자신의 심신을 괴롭게 하는 일인데도 그들을 강력하게 비난하다가 분노와 원한을 삭이지 못하고 끝내 강물에 몸을 던져 죽고 말았으니, 이는 곧은 절개를 지키며 대도를 가는 선비의 고결함을 폄훼하는 행위이기도 하다. 그는 (작품에서) 곤륜崑崙, 명혼冥婚, 복비宓妃 등 근거 없는 허황된 이야기들을 많이 언급했는데, 이는 모두 법도로써 바로잡는 일도 아니고 경서의 의리에 실려 있는 바도 아니다. 이를 일컬어 『시경』의

풍·아를 아우르고 있어서 일월과 더불어 그 빛을 다툴 정도라고 말하는
것은 너무 지나쳤다.[13]

정신분석학적으로 말하자면, 자살이란 큰 타자(大他者)를 극복함으
로써 향락 jouissance을 느끼는 행위다. 여기서 큰 타자를 극복한다는
말은 곧 상징에 저항하고 부정하는 행위로서, 이는 궁극적으로 질서를
흔들고 체제에 도전하는 행위다. 그리고 허황된 신화 이야기를 제도권
안에 그대로 방치해 둔다는 것은 사람들에게 존재론적인 사고를 허용
함을 뜻한다. 그렇다면 이는 카오스를 분절하여 구성한 법도의 세계를
스스로 훼손하는 행위가 된다. 위의 인용문에서 굴원의 작품이 "법도
로써 바로잡는 일이 아니다"라고 한 구절은 바로 이 뜻이다.

그러므로 가부장적인 상징을 생명으로 여기는, 이른바 유술독존儒術
獨尊을 기치로 내건 한나라의 권력 체제에서 굴원의 행위는 어떠한
경우라도 정당화될 수 없다. 이런 의미에서 반고의 논리는 지극히 당연
하다. 경서의 의리에도 없을 뿐만 아니라 풍·아를 아우르고 있다는
평가가 말도 안 된다고 비판한 것은, 바꿔 말하면 초사의 실존을 확인
하고 그 차이를 인정한 말이라고 할 수 있다.

그러나 사람들이 좋아하는 시에서 일어난 감응을 이용해야 하는
통치자의 입장에서는 이를 어떻게든 해석으로 포섭해야 하므로 훈고

---

13) 반고班固,「이소서離騷序」, "且君子道窮, 命矣. 故潛龍不見, 是而無悶, 關雎哀周
道而不傷, 蘧瑗持可懷之智, 寧武保如愚之性, 咸以全命避害, 不受世患. 故大雅
曰 : 旣明且哲, 以保其身. 斯爲貴矣. 今若屈原, 露才揚己, 競乎危國群小之間, 以
離讒賊. 然責數懷王, 怨惡椒蘭, 愁神苦思, 强非其人, 忿懟不容, 沉江而死, 亦貶
絜狂狷景行之士. 多稱崑崙冥婚宓妃, 虛無之語, 皆非法度之政·經義所載. 謂之
兼詩風雅而與日月爭光, 過矣."

를 적용할 수밖에 없다. 그래서 왕일王逸은 반고의 글을 반박하면서 유가적 가치관에 입각하여 굴원의 작품을 다음과 같이 재평가했다.

첫째, 강물에 몸을 던진 굴원의 충절은 반고가 말하는 것처럼 결코 지나친 행위가 아니라고 주장한다. 충절은 신하된 자의 의리이므로 올곧은 말이 나라를 보존시킬 수 있고, 자신을 죽이는 일이 인仁을 이룰 수 있는 것이다.[14] 그는 충간을 하다가 죽임을 당한 오자서伍子胥와 비간比干이 원망하거나 후회하지 않은 것은 바로 이 때문이라고 했다. 그뿐만 아니라 유가에서도 주나라에 합병 당한 백이伯夷와 숙제叔齊가 주나라 땅에서 난 곡식을 먹을 수 없다며 수양산에 들어가 고사리만 먹다 굶어 죽은 사건을 충절의 행위로 높이 평가하지 않는가? 굴원의 행위도 이와 같으므로 비난할 수 없다는 것이다.

둘째, 『초사장구楚辭章句』「서序」에서 "굴원은 충정을 이행하다가 참소를 당하자, 근심과 슬픔에 잠긴 나머지 오로지 『시경』의 시를 지은 사람들의 의리에 의지하여 「이소」를 지었으니, 위로는 이로써 풍간하고, 아래로는 이로써 자신을 위안하려는 것이었다"[15]라고 말했듯이, 왕일은 「이소」를 근본적으로 풍간을 위한 작품으로 보았다. 그가 말하는 '『시경』의 시를 지은 사람들의 의리(詩人之義)'란 말할 것도 없이 주문·휼간의 정신을 의미한다. 주문·휼간이란 비유나 풍자를 통해서 군왕이 스스로 깨닫도록 완곡하게 간언하는 방법인데, 굴원의 방법은 과격했기에 반고에게 비난을 받았다.

---

14) 왕일王逸, 『초사장구楚辭章句』「서序」, "人臣之義, 以忠正爲高, 以伏節爲賢. 故有危言以存國, 殺身以成仁."

15) 같은 책, "屈原履忠被讒, 憂悲愁思, 獨依詩人之義, 而作離騷, 上以諷諫, 下以自慰."

그러나 왕일은 이것 역시 근본적으로는 『시경』의 정신에 속한다고 주장하면서 "아아, 젊은이들은 선하고 악함을 알지 못하네. 직접 명령할 뿐만 아니라 그들의 귀를 잡아끌어야 하네(於乎小子, 未知臧否. 匪面命之, 言提其耳)"라는 「대아」의 「억抑」편 구절을 인용했다. 곧 풍간의 말은 절박하기 때문에 듣지 않으면 귀를 잡아끌어서라도 가르쳐야 하므로 공자가 「대아」에 편입해 넣었다는 것이다. 따라서 군왕을 질책하고, 간신배들을 원망하고 미워하며, 나아가 강물에 투신한 행위 등은 유가의 가르침에 부합할 뿐만 아니라, 「이소」역시 오경에 기초하여 유가 사상을 실현한 작품16)으로 볼 수 있다는 것이 그의 주장이다.

셋째, 반고가 굴원의 작품에는 허황된 신화 이야기가 등장하므로 오경의 취지와 근본적으로 다르다고 비판한 것을 왕일은 이러한 신화는 오경에서도 이미 언급한 것이라며 반박한다. 이를테면, "나는 고양임금의 후예라네(帝高陽之苗裔)"라는 구절은 「대아」의 「생민生民」편에 나오는 "처음 백성을 낳으신 분은 바로 강원姜嫄이란 분이네(厥初生民, 時維姜嫄)"와 같은 구조와 기능을 가진 말이고, "저녁에는 강 가운데의 섬에서 숙망17) 풀을 뜯네(夕攬洲之宿莽)"라는 구절은 『주역』의 "물속에 잠겨 있는 용18)은 쓰지 않는다(潛龍不用)"와 같은 뜻이라고 한다.

또 "순임금에게 나아가서 충정을 아뢰다(就重華而陳詞)"라는 구절은 『상서』「고요모皐陶謨」에서 고요모가 순임금에게 정책을 건의하는 말과 비슷한 뜻이고, 「이소」에서 굴원이 곤륜산에 오르고 사막을 건넌다

---

16) 같은 책, "夫離騷之文, 依託五經以立義焉."
17) 숙망宿莽은 향초 이름으로, 겨울에도 죽지 않는다고 한다. 그래서 성품이 곧은 사람이 수양중에 있는 자신을 비유하는 상징물로 자주 쓴다.
18) 잠룡潛龍은 숨어서 수양하며 때를 기다리는 인재를 비유하는 말로 쓴다.

고 기술한 것은『상서』「우공禹貢」에서 우임금이 천하를 직접 뛰어다니며 강토를 넓히고 다스린 이야기와 같다는 것이다.

그러나 굴원과 그의 작품을 유가적 관점에서 재평가한 왕일의 이러한 논증에는 몇 가지 모순이 있다.

첫째, 충절이란 거칠게 말하자면 가치관의 선택이자 그에 대한 책임의식이라고 규정할 수 있다. 따라서 자발적인 선택에 타자의 시선이 영향을 미치지 않았다면 이를 진정한 충절이라고 평가할 수 있으리라. 그래서 공자도 "다른 사람이 알아주지 않아도 원망하지 않으면 군자가 아니겠느냐(人不知而不慍, 不亦君子乎)"라고 말한 것이니, 이처럼 때가 아니면 물러나 수양하며 기다릴 줄 아는 사람이 유가에서 말하는 물속에 잠겨 있는 용(潛龍)이다.

이에 비하여 앞서 살펴본 바와 같이 회왕은 "군왕이나 맹주의 자질이 부족하여 다른 사람이 이간하는 말에 자주 현혹되었을" 뿐만 아니라, 굴원은 실제로 이 때문에 몇 번이나 소외되었지만 줄기차게 회왕을 질책했다. 그러나 그러했다가도 다시 임금이 부르면 달려와 명을 받고, 그러다 또 참소 당하는 일을 반복했다. 이는 때를 기다릴 줄 아는 잠룡의 속성과 거리가 멀다.

공자가 다른 사람이 알아주지 않아도 원망하지 않는다면 군자라 부를 만하다고 말한 것은, 그만큼 타자의 시선을 의식하지 않으면서 도덕적으로 살기란 힘들다는 사실을 시사한다. 다시 말해서 군자의 행위는 감응에 근거하고 있기 때문에, 도덕과 상징 사이에 간극이 존재하지 않는다는 말이다. 반면 도덕적 감응이 없는 사람은 도덕적으로 '보이기' 위해서 도덕적으로 보이는 상징 자체에 집착한다. 그러니까 공자는 상징을 부정하는 것이 아니라, 상징이 감응으로부터 소외되지 않는 것을 중시했던 것이다. 그러나 굴원의 투신은 아무리 그것이 정당하더라도 죽음으로써 상징을 부정한 행위다. 그러므로 유가의 사상과는 정면으로 배치될 수밖에 없다.

또한 왕일은 유가에서도 충절을 지키기 위해서 스스로 굶어 죽은 백이와 숙제를 숭상하지 않느냐고 반문했다. 그러나 주나라 땅에서 난 곡식을 먹지 않겠다고 수양산首陽山에 들어가 고사리를 뜯어먹다 죽은 행위와 투신자살한 행위는 근본적으로 다르다. 공자가 백이와 숙제를 평하여 "마음이 편한 쪽을 선택하여 마침내 마음이 편해졌으니, 무엇을 원망했겠느냐(求仁而得仁, 何怨)"19)라고 했듯이, 그들은 스스로 마음이 편한 쪽, 곧 감응에 순응하는 삶을 선택했다. 그래서 그들의 행위는 상징과 간극을 만들지 않았을 뿐이지, 상징을 부정하는 죽음을 선택하지는 않았다. 그렇기 때문에 왕일 스스로도 인정했듯이, 그들은 세상에 대하여 바라는 바도 원망도 없었던 것이다.20)

수양산 바라보며 이제夷齊를 한흐노라
주려 주글진들 채미採薇도 흐는 것가
비록애 푸새엣 거신들 긔 뉘 ᄯᅡ헤 낫ᄃᆞ니

그러나 조선의 성삼문成三問에게 위의 시조에서 비판당했듯이, 백이·숙제가 죽음으로써 충절을 증명하려 했다면 고사리도 먹지 않았을

---

19) 본서 156쪽 참조.
20) 왕일, 앞의 책, "豈可復謂有求於世而怨望哉."

것이다. 왜냐하면 그 고사리조차 주나라 땅에서 난 것일 테니 말이다. 요컨대 굶주려 죽었더라도 백이·숙제의 행위는 상징에서 벗어나지 않았다. 그렇기에 왕일이 굴원을 이들에 비유한 것은 적절치 않다.

둘째, 그는 「이소」에 나오는 신화가 유가 경전에도 나오므로 「이소」와 『시경』은 이질적이지 않고, 오히려 유가 사상을 발현하고 있다는 점에서 동질적인 것이라고 주장했다. 그러나 이는 차이를 인정하지 않고 이치라는 관념으로 환원시키려는 이데올로기적인 발상이라고 할 수 있다. 대일통大一統의 의견doxa은 동일성에 근거해야 하는데, 동일성은 차이를 무화함으로써 가능하다. 「이소」에 등장하는 신화나 신화적 인물들이 오경에도 등장하는 것은 동일할지라도, 전자가 무시간 속의 신화로 쓴 데 비하여 후자는 역사화된 신화로 인식했다는 점에서 이질적인 것이다.

이를테면 굴원이 "나는 고양 임금의 후예라네(帝高陽之苗裔)"라고 한 것은 주체의 영적 기원을 설명하고자 신화로 말한 것이라면, 「대아」의 「생민生民」편에 나오는 "처음 백성을 낳으신 분은 바로 강원姜嫄이란 분이네"는 국가의 정통성이라는 의견doxa을 확보하고자 신화를 역사로 만든 것이다. 다시 말해서 전자는 도구이고 후자는 대상인 셈으로, 둘은 모티프는 같을지언정 동질화될 수 없다. 그럼에도 불구하고 이들을 동일하게 보려는 왕일에게 이데올로기적인 저의가 있음을 짐작하는 일은 그리 어렵지 않다.

또한 그는 「이소」에서 곤륜산에 오르고 사막(流沙)을 건넌다고 묘사한 부분이 『상서』 「우공」에서 우임금이 천하를 직접 뛰어다니며 강토를 넓히고 다스린 이야기와 같다고 논증했다. 그러나 '곤륜산'이니

'유사流沙'니 하는 말들은 당시의 세계관을 상징하는 말로서, 당시 사람들이 상용하는 언어에 지나지 않는다. 이러한 상용어를 공유한다고 해서 동일한 사물이나 사상으로 간주하는 것은 무리가 아닐 수 없다.

2. 초사의 문학성

그렇다면 왕일이 주장한 초사의 주문·휼간은 근거가 있을까? 이를 밝히려면 먼저 굴원의 초사를 본질적인 면에서 분석할 필요가 있다.

왕일이 "초나라 사람들은 그의 행위와 의리를 높이 여기고, (그의) 문장의 아름다움이 특별히 뛰어나다고 평가하여 서로 가르치고 전했다"[21]라고 기술한 바와 같이, '문장의 아름다움(文采)'이 초사와 그 가운데 「이소」가 사람들에게 사랑받은 진정한 이유다. 권력은 바로 이런 민중의 애호를 이데올로기적으로 이용하려 했으니, 이것이 바로 주문·휼간이다.

그렇다면 주문·휼간 이전에 민중에게 사랑받던 초사는 어떤 의미에서 문장이 아름답다는 평가를 받았을까? 이를 밝히기 위하여 잠시 문학의 본질로 돌아가 보자.

(1) 문학의 본질

프로이트의 논문 「쾌락의 원칙을 넘어서」(1920)에는, 한 살 반쯤인 어린아이가 실이 달린 실패를 침대 밖으로 던져 커튼 밑으로 사라지게 했다가 다시 실을 당겨 나타나게 하는 놀이를 즐기는 모습을 관찰하고서 이를 기술한 대목이 나온다. 어린아이가 실패를 던질 때는 '오 -

---

21) 같은 책, "楚人高其行義, 瑋其文采, 以相教傳."

오 - 오 - 오(Fort)'라는 소리를 내고 실을 당길 때는 '다(da)'라고 외쳤다 하여, 일반적으로는 이를 '포르트—다(Fort—da)' 놀이라고 부른다.[22]

실패를 던졌다가 다시 당김을 반복하는 포르트—다 놀이는 어머니가 사라진 현실에서, 그녀가 다시 돌아오기를 기다리는 욕망을 수동적인 차원에서 인내하지 않고 이를 놀이라는 상징으로 대체하여 능동적인 위치로 자리바꿈한 사건이다. 다시 말해 경험의 세계에서는 어머니가 돌아오기를 앉아서 기다릴 수밖에 없지만, 놀이라는 상징 안에서는 얼마든지 능동적으로 어머니를 돌아오게 할 수 있는 것이다. 더구나 실패를 던지고 당길 때 '오'·'다'라고 외친 것은 언어로 다시 분접分接 articulation시킨 것인데, 언어는 기호이기 때문에 상징에 비해서 훨씬 자의적이라는 점에서 더욱 능동적이고 창조적인 활동이라고 할 수 있다.

그러나 수동적인 현실을 단지 상징이나 기호 체계 속에서나마 능동적인 국면으로 전환하기 위하여 이러한 놀이를 한다면, 이는 백일몽 daydreaming에서 대리 만족을 추구하는 행위라고 치부할 수도 있다. 마치 루쉰이 『아Q정전』에서 아Q가 '정신적 승리법'을 즐긴 것처럼 말이다. 그러나 우리는 일상에서 상징 또는 기호 놀이를 한다고 백일몽을 즐긴다고 말하지는 않는다. 이러한 놀이가 작동할 때에는 분명 어떤 쾌락 같은 것이 그 주위에 흐르고, 사람들은 여기에 공명하면서 즐거워하는 것이리라. 환언하면, 즐거움을 생산하기 위하여 조직된 어떤 자의

---

22) 이에 관해서는 S. 프로이트 저, 『쾌락의 원칙을 넘어서』 박찬부 역(열린 책들, 1997) 19~25쪽을 참조하기 바람.

적인 체계는 그것이 작동하는 동안에만 즐거움을 만들어 낸다.

우리가 생물학적인 감각 기관으로 직접 느끼는 즐거움을 쾌락plaisir 이라고 부른다면, 놀이 주위에 흐르는 즐거움은 향락 jouissance에 속한 다고 말할 수 있다. 향락享樂이란 '소유(享)'와 '즐김(樂)'의 복합체로서, 글자 그대로 '누리는 즐거움'이다. '누리는' 일은 소유의 상실을 통해 서 그 존재를 감각할 수밖에 없으므로 상실의 고통을 수반한다. 환언하 면 향락은 고통 때문에 야기된다는 말이다. 우리 속담에도 쓴맛이 다하 면 단맛이 온다는 '고진감래苦盡甘來'라는 말이 있듯이, 고통이 해제된 이후의 즐거움은 그 강도가 배가되는 경향이 있다. 따라서 이러한 향락 은 잉여-향락이면서 환상이기도 하다.

우리가 즐기는 놀이의 시작은 포르트―다 놀이처럼 대부분 경험 세 계를 반영하는 형식으로 출발한다. 그러나 이 형식이 일단 텍스트 체계 로 형성되고 난 다음에는 더 이상 경험 세계를 반영하시 않는다. 왜냐 하면 체계란 언제나 완성된 것이자 외부에 닫혀 있는 것이기 때문이다. 그래서 그 놀이의 즐거움은 텍스트 체계 자체가 생산한 고유의 즐거움 이지, 결코 경험 세계의 즐거움이 아니다. 그러니까 포르트―다 놀이의 경우에도 실패를 던지고 당기면서 '오'‥'다'를 외칠 때 생기는 즐거움 인 향락인 것이지, 실제 어머니의 귀환을 반영하거나 대체하는 즐거움 은 아니다. 기실 어린아이는 이 향락을 향유하려고 실패를 던지고 당기 는 상징 행위와 '오'‥'다'를 외치는 기호 조작 행위를 반복한 것이다.

앞에서도 말했듯이 향락은 상실을 복구하는 과정에서 생성된다. 다 시 말해서 상실된 대상이 '대상 a(objet a)'가 되면서 이를 회복하려는 욕망의 도정道程에서 향락이 자신을 실현하는 것이다. 따라서 향유하려는 대상은 근본적으로 잃어버린 대상이 될 수밖에 없다. 왜냐하면 대상이란 근본적으로 향유할 수 없을 뿐만 아니라, 설사 향유하더라도 일시적으로 그리고 국부적으로만 가능하기 때문이다. 게다가 대상을 늘 향유한다면 거기에서 즐거움은 발생하지도 않는다. 그러니까 향락은 대상을 잃어버린 뒤에 이를 회복하려는 욕망의 도정에서 생기는 것이다. 그래서 이 향락을 실현하려고 대상을 끊임없이 상실하고 회복하는 과정을 반복한다. 그리고 이 과정에서 '대상 a'는 계속 환유적으로 이동함으로써 향락의 요구에 복종한다.

이는 마치 아킬레스가 헥토르를 잡으려고 해도 끝내 잡지 못하고 만다는 제논Zeno의 패러독스처럼, 거의 잡았다가 놓치고 다시 잡을 뻔했다가 놓치면서 즐거움을 찾는 것이 삶의 의미이리라. 그러므로 아킬레스는 오히려 정말로 헥토르를 잡지는 않을까 걱정하고, 우리는 자신의 욕망이 정말로 실현될까 두려워하고 있다고 보는 편이 더 실제에 부합한다. 이를테면 우리 자신이나 주위에 자신이 마치 중독된 사람처럼 어떤 고통스런 행위를 반복하기에, 한시라도 빨리 이를 그만두어야 한다는 것을 잘 알지만 거기에서 좀처럼 벗어나지 못하는 사람을 경험하거나 볼 수 있다. 그러나 이는 그들이 거기에서 벗어나지 못하는 것이 아니라, 사실은 정말로 벗어날까 두려워한다는 말이다.

이처럼 대상은 상실되었다가 복구된다. 아니, 실은 복구하기 위해서 상실한다고 진술하는 것이 더 정확할 것이다. 복잡하게 얽힌 것 같은 내러티브들도 사실은 이 모델로 이루어졌다. 처음에는 독자에게 침입자 때문에 안정된 상태가 무너지는 고통을 안기지만, 이내 복구의 즐거움으로 이를 보상한다. 따라서 내러티브는 '병 주고 약 줌'의 근원인 셈이다.

이렇게 보면 우리는 기표들로 이루어진 외부의 텍스트에 농락당하는 것이 아닌가? 그렇다면 그들은 우리를 그들의 욕망대로 움직이는 우리의 주인이 아닌가? 우리는 파롤의 소지자들로서 언어에게 살 곳을 제공해 주는 그들의 거주 공간이다. 그래서 그들이 우리를 넘어뜨리고 해치더라도 어쩔 수 없이 복종해야 하는 존재들이라 그럴 수밖에 없다.[23]

시 역시 언어 기호로 즐기는 놀이의 일종이라는 측면에서 보면, 본질적으로 포르트–다 놀이와 다를 게 없다. 단지 즐거움의 긴장을 지속시키기 위해서 상징과 기호 조작에 변화를 주어 좀 더 창조적인 행위를 지속하는 것이 다를 뿐이다. 어린아이는 놀면서 실패를 던지고 '오'를 외치는 불쾌함을 경험하지만, 그 이후에는 당김과 '다'란 외침을 통해 쾌감을 보상으로 받는다. 던질 때와 '오'할 때는 상실히는 불쾌감이 있지만, 끌어당길 때에는 쾌감이 있다.

(2) 상징과 피안彼岸의 세계

굴원은 합종책의 지지자였기에 연횡책을 획책하는 진나라와 어떤 관계에 있느냐에 따라서 그의 운명이 좌우되었다. 초나라와 진나라의 친소 관계가 바뀔 때마다 그의 삶은 상실과 복구를 반복했던 것이다. 그는 이러한 반복적인 운명에서 거기(연속되는 사건들)에 흐르는 향락의 회로에 따라 움직이고, 그 회로에서 생성되는 감각의 강도를 느꼈을

---

23) J.-D. 나지오 지음, 앞의 책 68쪽 참조.

것이다. 그는 이 감각의 강도를 확장하기 위하여 언어를 연결했는데, 그것이 바로 초사라는 형식의 노래(시)였다. 이 노래에서 그가 느꼈던 감각의 강도는 새롭게 변형된 감응을 생성하여, 이를 읊는 이들에게 공감을 불러일으켰던 것이다.

굴원이 초사라는 작품을 통해 생성하는 감응을 이해하려면, 먼저 향락의 메커니즘을 구성하는 한 축인 상실을 느껴야 한다. 굴원에게 상실은 말할 것도 없이 현실 사회를 형성하고 지탱하는 상징이 무너지는 고통이었을 것이다. 그는 이 고통을 「이소」에서 다음과 같이 토로한다.

걸과 주의 미친 짓이나 괴팍한 짓인데도
　　　　何桀紂之猖披兮
오로지 샛길로만 다녀서 실족하는구나
　　　　夫唯捷徑以窘步

처음엔 나와 더불어 언약했건만
　　　　初旣與余成言兮
나중엔 이를 저버리고 다른 마음을 품었다네
　　　　後悔遁而有他
나는 본래 이별을 두려워하지 않지만
　　　　余旣不難夫離別兮
임금이 무시로 마음 바꾸는 일에는 가슴이 아프다네
　　　　傷靈修之數化

설사 시들어 말라 버린들 그게 뭐 마음 아플 일일까 마는
　　　雖萎絕其亦何傷兮
뭇 방초들이 잡초에 가려 더럽혀질까 애타 한다네
　　　哀衆芳之蕪穢

세상이 어두컴컴하여 눈이 보이지 않고 미혹되니
　　　世幽昧以眩曜兮
누가 내가 선한지 악한지를 분별할 수 있다고 말할 수 있으리
　　　孰云余之善惡

본디 세속이란 바람 따라 이리저리 흐르는 법
　　　固時俗之流從兮
누가 변하지 않을 수 있으리
　　　又孰能無變化

위에 인용된 구절들은 반복적으로 상징이 무너지는 것을 가슴 아파한다. 이를테면 "오로지 샛길로만 다녀서 실족하는구나(夫唯捷徑以窘步)"라는 말은, 법도가 있으나마나 하여 나라가 엉망이 되었다는 뜻이다. "임금이 무시로 마음 바꾸는 일에는 가슴이 아프다네(傷靈修之數化)"라는 구절은, 법도를 굳건히 지켜야 할 임금이 자꾸 변덕을 부려 불안을 야기하는 것을 걱정한 말이다.

또한 "뭇 방초들이 잡초에 가려 더럽혀질까 애타 한다네(哀衆芳之蕪穢)"라는 구절은, 법도 안에 있는 현인들이 법도를 무시하는 소인배들

에 의해서 보이지 않는 존재가 되는 현실을 안타까워하는 말이다. "세상이 어두컴컴하여 눈이 보이지 않고 미혹되니(世幽昧以眩曜兮)"라는 구절은, 옳고 그름을 분간하게 해주는 기준인 법도가 없음을 한탄하는 말이다. 그래서 바람결 따라 이리저리 변하는 세상에서 꿋꿋하게 상징의 자리를 지키는 군자가 없음을 절망적으로 여겨, "본디 세속이란 바람 따라 이리저리 흐르는 법 / 누가 변하지 않을 수 있으리(時俗之流從兮, 又孰能無變化)"라고 노래하였다.

이러한 표현은 「이소」의 전편에 일관되게 나타난다. 그에게 참을 수 없는 고통을 안겨 준 실체는, 궁극적으로 인간과 사회를 구성하고 지탱하는 상징의 무너짐이다. 이 상징으로 형성된 세계가 무너지면 그 안에 사는 주체가 불안을 느낀다는 사실은 이미 앞에서 설명한 바 있다.[24]

상징은 사람과 사람 사이의 약속(또는 약정)에 기초할 때 힘을 발휘한다. 계약서에 쓴 문자(말)의 의미가 어제 오늘이 다르다고 가정해 보라. 굴원이 당시의 정치적 상황에서 경험한 실망과 좌절은 그가 극도의 불안을 느끼기에 충분했으리라. 그래서 위에 인용한 시구에서 볼 수 있듯이, 그는 일정한 기준도 없이 조석으로 변하는 세태를 불안한 마음으로 한탄했던 것이다.

선진先秦 시기의 문헌을 찾아보면 굴원의 초사 말고도 이러한 한탄과 고통을 읊은 시가 많았음을 금세 알 수 있다. 그런데도 사람들이 유독 굴원의 작품, 그 가운데 특별히 「이소」를 특별히 애송한 것은 그가 불안과 고통의 감각을 7·6언으로 반복되는 리듬[25]을 바탕으로

---

24) 본서 148~150쪽 참조.

출구出句와 대구對句26)의 형식을 갖춘 음악성이 풍부한 짜릿한 언어로 구성했기 때문이다. 위의 두 번째 인용구를 예로 들면, '초初'와 '후後'의 대우는 '언약(成言)'과 '다른 마음(有他)' 사이의 괴리를 실제적인 의미 이상으로 벌려 놓고 있다. 마찬가지로 '두려워하지 않다(不難)'와 '가슴 아파하다(傷)'의 대우도 수시로 말이 변하기에 야기되는 상징의 위기가 이별의 아픔보다 더 무섭고 고통스러움을 웅변한다.

이렇게 7·6언의 리듬을 바탕으로 자신의 고통스러운 존재를 다양한 변형으로 표현한 그의 노래는, 앞에서 설명한 바와 같이27) 생성을 통해 존재를 보여준다는 점에서 새로운 형태의 부賦 문학을 열었다고 평가할 수 있다. 전통적인 『시경』의 시가 단순하게 4언 리듬을 반복하는 부 형식에 비하면 초사가 만든 이런 새로운 부 형식은 색다른 강도의 생성을 감각할 수 있게 한다. 물론 단순한 반복으로 『시경』의 시가 생성하는 이른바 일창삼탄一唱三歎의 여운을 따라잡을 수는 없지만 말이다.

상징이 무너지는 상실의 고통은 복구를 통해서 보상되어야 한다. 그러한 복구는 자신을 지탱시킬 수 있는 피안의 세계를 설정하고, 이를 강렬하게 동경함으로써 이루어진다. 그래서 이 복구에서는 전통적으

---

25) 7·6언은 '♪♪♪♪♪♪♩ / ♪♪♪♩ ♩'과 같은 리듬으로 읽는다.

26) 당시唐詩의 주요 시체詩體 가운데 하나인 율시律詩를 구성하는 형식에 대장對仗이 있다. 이는 시·사詞와 같은 운문의 대우對偶를 가리키는데, 이는 고대 중국의 의장대儀仗隊가 병사들을 둘씩 짝 지워 구성한 데서 온 말이다. 거칠게 설명하자면, 중국의 운문은 두 구절을 한 쌍으로 하는 대우를 기본 틀로 이루어지는데, 선행 구절을 출구出句, 후행 구절을 대구對句라고 부른다. 이것이 의장대의 제대梯隊 형식과 비슷하기 때문에 전체적으로 대장이라고 부르는 것이다. 초사의 대우가 당시의 그것처럼 엄격하지 않았음은 말할 것도 없다.

27) 본서 201~202쪽 참조.

로 민중들이 동경하고 성인들이 제시한 피안의 세계가 그의 감응 속에서 재구성되었다. 그가 상상하는 피안의 세계는 이렇게 시작한다.

옛날 훌륭한 세 분 임금님들은 덕행에 흠이 없으셨으니
　　昔三后之純粹兮
자연히 뭇 인재들이 모여드는 곳이 되었다네
　　固衆芳之所在
분지나무와 계수나무를 한데 모았으니
　　雜申椒與菌桂兮
어찌 혜초와 백지 풀만을 엮겠는가
　　豈維紉夫蕙茝

이 구절은 훌륭한 인재들을 등용하여 백성을 다스리는 덕 있는 임금과 그러한 세상을 동경하는 열렬한 마음을 표현하고 있다. 여기서 세 임금, 곧 삼후三后가 구체적으로 누구인지는 정확하지 않다.[28] 그래도 문맥으로 보아 굴원이 민중의 여망이 담긴 영웅의 이미지를 빌려와 설정한 피안의 세계임이 틀림없다. 다시 말해 사람들이 「이소」를 즐겨 부른 것은 그 노래를 통해서 자신의 무의식적인 욕망을 느낄 수 있었기 때문이다.

　이런 의미에서 「이소」는 내면으로 들어가 볼 수 있는 하나의 훌륭한 평면이다. 이것은 앞서 말했듯이 6언의 리듬 위에서 실현되는 음악적

---

28) 훈고학자들은 당연히 우임금·탕임금·문왕이라고 주장하지만, 일설에는 초나라의 개국 임금인 웅역熊繹·약오若敖·분모蚡冒라고 주장하기도 한다.

인 언어의 미적 감각 때문에 가능하다. 이를테면 그냥 건조하게 덕 있는 임금과 훌륭한 인재들이 다스리는 세상을 외쳤다면, 그것은 흔한 정치적 구호에 그쳤을 것이다. 그러나 일정한 리듬을 바탕으로 이상적인 세 임금의 완전한 덕은 '순수純粹'로, 또 인재들은 각종 향초로 표현했다. 그리고 이들의 유기적인 조직을 '잡雜'과 '인紉' 등으로 비유한 수사법은 말의 감각을 감칠맛나도록 생성했으니, 이 말맛은 자연히 욕망과 공명하여 감응을 일으키게 마련인 것이다.

따라서 상징의 상실에서 복구되기를 욕망함이 야기한 감응의 세계에서는,

모난 것과 둥근 것이 어떻게 서로 맞물릴 수 있으며
　　　何方圓之能周兮
서로 다른 길을 가면서 어떻게 서로 편안할 수 있으리
　　　夫孰異道而相安

라고 굴원이 노래한 것처럼, 각과 원이 절대로 서로 맞물릴 수 없을 정도로 상징이 단단하게 고정되기를 바라는 것이다.

굴원이 욕망하고 있는 피안의 세계는 선대의 성인들을 평면으로 하여 그 내면성을 이루고 있다. 그래서 「이소」의 곳곳에는 고대의 성인과 현인들의 이름이 잃어버린 대상처럼 등장한다.

원수와 상수를 건너 다시 남쪽으로 내려가
　　　濟沅湘以南征兮

순임금에게 나아가 나의 충정을 호소하리라

　　就重華而陳詞

탕임금과 우임금은 엄숙하고 공경하는 마음을 가졌고

　　湯禹儼而祗敬兮

주 문왕과 무왕은 도를 따져서 추호도 어긋남이 없었도다

　　周論道而莫差

영척은 흥얼거리며 노래만 했을 뿐인데

　　寧戚之謳歌兮

제 환공이 듣고서 그를 불러 보좌진을 완벽하게 채웠다네

　　齊桓聞以該輔

　잘 알다시피 우임금, 탕임금, 문왕, 무왕 등은 유가에서 숭상하는
성왕들이다. 그런데 제 환공은 궁극적으로 실패한 통치자임에도 굴원
이 자신의 노래에서 그를 거론한 것은, 그가 소먹이 머슴들 가운데서
노래 한 마디를 듣고 인재를 알아본 신화적인 능력 때문이다.

　굴원이 의지하고자 하는 피안의 세계는 단편적인 신화들로 구성된
상징의 세계다. 이러한 신화는 역사가 아닌 공간을 형성한다는 점에서
무시간 속의 신화가 된다. 따라서 같은 모티프를 써서 신화를 역사로
만든 유가의 그것과는 근본적으로 다르다. 그렇기 때문에 유가의 문헌
에서는 순임금에게 충심을 아뢰고 또 위로받는[29) 굴원의 표현을 찾아

---

29) "앞 옷자락을 펴고 꿇어앉아서 충정을 말씀드렸더니 / 올바른 도리가 무엇인지를

보기 힘든 것이다.

이렇게 그의 피안의 세계는 무시간적이기 때문에 초나라의 신화도
모티프로 사용할 수 있었다.

흰 용을 끄는 마차를 부리고 봉황새를 타고서
　　　　駟玉虬以乘鷖兮
먼지바람 일으키며 하늘로 날아오르네
　　　　溘埃風余上征
아침에 창오를 출발하여
　　　　朝發靭於蒼梧兮
저녁에 나는 현포에 다다랐네
　　　　夕余至乎縣圃

앞에는 망서를 먼저 보내 길을 인도하게 하고
　　　　前望舒使先驅兮
뒤에는 비렴을 뒤따라오게 했네
　　　　後飛廉使奔屬

나는 풍룡에게 명하여 구름을 타게 하고는
　　　　吾令豐隆乘雲兮
복비가 있는 곳을 찾게 했네

명백하게 깨달았도다(跪敷衽以陳辭兮 / 耿吾旣得此中正)"라는 구절이 순임금에
게 위로 받은 대표적인 예이다.

求宓妃之所在

가슴과 허리에 찬 패물을 풀어서 신표로 삼고

解佩纕以結言兮

나는 건수에게 중매를 서라고 명했다네

吾令蹇脩以爲理

여기서 '창오' '현포' '망서' '비렴' '풍륭' '복비' '건수' 등은 모두 중국의 남방 신화에 등장하는 지명이나 인명이다. 이들은 내러티브의 체계를 갖춘 신화라기보다는, 앞서 말한 바와 같이 상징 세계를 구축하기 위한 모티프에 지나지 않는다. 이러한 단편적 모티프는 「이소」에만도 수없이 나온다. 무시간적으로 등장하는 이러한 모티프들은 그의 상실감과 동경을 표현하는 상징적 수단이기도 하지만, 전체적으로는 자신의 영혼이 거주하는 세계를 구축하는 재료다.

앞서 설명한 바와 같이 삶이란 상실과 복구라는 반복의 얼룩에서 발생하는 감응으로 유지되는 법이다. 그래서 굴원이 상상하는 그 세계 역시 모든 것이 이루어지는 완전한 곳이 아니라, 여전히 미인과 만났다 헤어지기도 하는 이별의 아픔도 존재하는 곳이다.

내가 짐새에게 중매를 서라고 명했더니

吾令鴆爲媒兮

짐새는 그녀는 나를 좋아하지 않는다고 말하네

鴆告余以不好

숫비둘기가 (이번엔) 자기가 해보겠노라고 조잘대지만

雄鳩之鳴逝兮

나는 오히려 그의 경박함과 발린 말이 마음에 들지 않네

余猶惡其佻巧

막 떠오르는 태양의 찬란한 빛에

陟陞皇之赫戲兮

저 고향을 힐끗 보았네

忽臨睨夫舊鄕

마부는 슬퍼하고 나의 말도 아쉬웠든지

僕夫悲余馬懷兮

몸을 구부려 돌아보며 나아가려 하질 않네

蜷局顧而不行

이처럼 신화에서도 상실이 반복된다는 것은 아무리 굳건한 상징체계로 세계를 설정했더라도 그것이 욕망을 충족시킬 수 없음을 말한다. 또한 주체는 어디까지나 이 상실과 복구 사이에서 발생하는 감응으로 살아가는 일종의 기계임도 말하고 있다.

이에 굴원은 흔들리지 않는 굳건한 상징 세계를 상징하는 순임금에게 하나라의 계啓와 그 아들 태강太康의 이야기를 비롯하여, 하나라의 제후 예羿와 그 신하인 한착寒浞의 자손들이 멸망한 고사는 물론 걸왕과 주왕의 무도한 짓을 아뢰겠다고 한다. 이것은 바로 상징이 흔들릴 경우 세계와 그 안의 주체들이 얼마나 불안해지는지를 토로하기 위한 것이다.

우임금의 아들 계가 하늘의 음악인 「구변九辯」과 「구가九歌」를 훔쳐 오니

      啓九辯與九歌兮

그 아들 태강太康이 음악에 빠져서 스스로 방종해졌다네

      夏康娛以自縱

앞으로의 환난과 이후에 일어날 일을 계획하지 않으니

      不顧難以圖後兮

태강의 다섯 아들도 가문을 잃었다네

      五子用失乎家巷

하나라 제후인 예는 무절제하게 놀기 좋아하여 사냥에 빠졌고

      羿淫游以佚畋兮

저 큰 여우들만 겨누기를 즐겼도다

      又好射夫封狐

본디 방탕하게 노는 자에게는 좋은 결말이 없나니

      固亂流其鮮終兮

자신의 신하 한착에게 다시 마누라를 빼앗겼다네

      浞又貪夫闕家

한착의 아들 요는 힘이 세고 싸움을 잘했으므로

      澆身被服强圉兮

제 하고픈 대로 하며 참질 않았다네

      縱欲而不忍

날마다 향락에 빠져 자기가 누구인지도 잊고 살다가

      日康娛而自忘兮

그 머리가 그(소강)에게 베어져 땅에 떨어졌도다

    闕首用夫顚隕

하나라 걸왕은 도리를 어기며 살더니

    夏桀之常違兮

마침내 망국의 재앙을 만났다네

    乃遂焉而逢殃

은나라 주왕은 사람을 절이고 장을 담그더니

    后辛之菹醢兮

은나라의 종묘 제사가 이로 인해 이어지지 못했네

    殷宗用而不長

신화적으로 하늘의 음악이라고 하는 「구변」과 「구가」는 그것이 아무리 즐거운 것일지라도 우임금의 아들인 계가 하늘에서 훔쳐 온 것이다. 그렇기에 거기에는 이미 도덕적 상징이 무너져 있다. 그러므로 도덕성을 결여한 천상의 쾌락은 이를 즐기는 자의 멸망을 예고한다. 또한 하나라 제후인 예도 쾌락에 윤리적 상징을 결여했기 때문에 멸망했다. 큰 여우를 쏘는 걸 좋아했다는 것은 그것만 잡으려고 사냥에 몰두했을 뿐만 아니라, 궁극적으로 살상을 많이 했다는 것이다. 이는 윤리적으로 무절제한 행위다.[30]

굴원이 비분강개하게 여긴 것은 이와 같이 군왕의 무절제가 상징을 무너지게 하여 멸망으로 이끌었기 때문이다. 다시 말해서 굴원은 카오

---

30) 『서경』「오자지가五子之歌」에도 태강이 낙수의 남쪽으로 사냥을 가서 100일이 넘도록 돌아오지 않은 일을 비난한 구절이 보인다. 이처럼 사냥은 사람을 쾌락에 탐닉케 하므로 중국에서는 고대부터 군왕이 가장 경계해야 할 일 가운데 하나였다.

스의 세계를 사람이 살 수 있는 현실의 세계로 만들려면 상징이라는 일종의 뼈대나 법을 가져야 한다는 사실을 감응으로 느꼈다. 그래서 이러한 구조의 글쓰기를 반복한 것이다.

상징이 흔들려 백성들에게 불안을 야기하는 현실 세계는 굴원이 굳건한 상징 세계에 대한 욕망과 감응을 경험하게 했다. 그러나 그 감응은 주체의 무의식적인 욕망을 통해서 감각된 것이므로 근본적으로 표상할 수는 없다. 그러나 역설적이게도 욕망은 시니피앙과 결부되어 그 밑으로 사라져야만 드러나는 것이기에 저자는 글을 쓰지 않을 수 없는 것이다.

여기서 감응을 지각하기 위하여 우리는 어쩔 수 없이 세계라는 외부와 주체라는 내부를 나누게 된다.31) 「이소」에서는 상실을 경험한 현실 세계가 전자이고, 그가 욕망하는 상징 세계가 후자에 해당한다고 볼 수 있다. 그러니까 앞서 말한 바와 같이 「이소」의 상징 세계는 "완전한 곳이 아니라, 여전히 미인과 만났다가 헤어지기도 하는 이별의 아픔도 존재하는 곳"이다.

글쓰기에서 굴원이 감각하는 이러한 감응은 궁극적으로 안과 밖을 구분하는 기호와 이들 기호들로 구성된 텍스트, 곧 언어라고 하는 매체를 통해서 지각하게 된다. 그런데 매체는 화자와 청자 간에 의미 부여와 해석 작용이 동반되어야 하므로 어쩔 수 없이 오해를 낳을 수밖에 없다. 그동안 굴원이 당한 참소의 본질은 똑같은 텍스트에 각기 다른 의미 부여와 해석에 근거한 것이었다. 그러니 그가 이 매체 자체에 깊은 회의를 품었을 것임은 쉽게 짐작할 수 있다.

---

31) 이에 관해서는 클레어 콜브룩, 앞의 책, 128~129쪽 참조.

이 사실은 「이소」의 구절을 통해서도 입증된다. 앞에서도 인용한 바 있듯이, 굴원은 「이소」에서 복비를 만나려고 건수에게 중매를 서게 하지만 결과는 그리 신통치 않았다.

복비의 태도가 모호하여 올 듯 말 듯 하더니
　　　紛總總其離合兮
갑자기 돌아서며 내 뜻에 따르기 어렵다고 하네
　　　忽違繡其難遷

자신은 가슴과 허리에 찬 패물을 풀어 신표로 삼아 충심을 보였는데, 건수는 복비에게 이 마음을 제대로 전하지 못한 것이다.

또 유융국의 미녀 간적簡狄을 보려고 짐새에게 중매를 부탁했다가 거절당하기도 한다. 그러자 수비둘기가 대신 나서겠다고 했지만 별로 미덥지 않다는 이야기 등은 그가 매체 때문에 당한 고통스런 경험을 충분히 짐작케 한다. 매체에 대한 회의와 두려움은 그 뒤에도 계속된다.

소강이 아직 장가들지 않았을 적에
　　　及少康之未家兮
유우씨有虞氏에게 시집가지 않은 두 딸이 있었다네
　　　留有虞之二姚
중매쟁이가 신통치 않고 매파가 우둔하니
　　　理弱而媒拙兮
전하는 말이 흔들릴까 걱정되네

恐導言之不固

  '중매쟁이(理)'와 '매파(媒)'로 상징되는 매체는 본디 믿을 만하지 못하고, 아둔해서 자신의 말을 제대로 전하지 못할까 언제나 불안하기 짝이 없다.

  라캉은 상상계에서의 자기 인식은 오해와 동의어라고 주장한 바 있다. "왜냐하면 자아가 거울 단계에서 형성되는 그 과정이 존재의 상징적 결정으로부터 소외시키는 체제이기 때문"[32]이라는 것이다. 다시 말해서 큰 타자에 의해 자아 ego가 주체(S)에서 분열되는 오인을 불러일으킨 것처럼, 언어라는 큰 타자는 언제나 나를 타인과 오인 관계에 놓이도록 만든다. 그래서 라캉은 이러한 편집증적 망상 구조 때문에 현실은 체계적으로 오인될 수밖에 없고, 따라서 진실은 언제나 불분명하게 실현된다고 설파한다.[33]

  궁극적으로 인식은 오해의 숙명에서 벗어날 수 없다. 설사 불분명하게 실현되더라도 진실은 오해 속에서 드러나는 것이므로, "오해한다는 것은 인식을 의미한다."[34] 굴원이 이러한 언어의 모순적 현실을 인식함과 아울러 "전하는 말이 흔들릴까 걱정되네"라고 불안하게 여긴 것은, 바로 오해의 숙명적 구조를 혹독하게 경험한 데서 얻은 감응 때문이었을 것이다.

---

32) 딜런 에반스 지음, 『라캉 정신분석 사전』, 김종주 역(인간사랑, 1998) 262쪽에서 인용.

33) 같은 책, 263쪽 참조

34) 같은 책, 263쪽에서 재인용.

(3) 굴원의 욕망

이러한 오해 구조로 인해 불분명하게 실현될 수밖에 없는 진실 때문에 말하거나 글을 쓰는 일이 겁날 수 있다. 그러나 앞서 설명한 것처럼 그렇다고 해서 글을 쓰지 않으면 그나마 욕망의 진실조차도 스스로 드러나지 않기에 굴원이 갈등했던 것 같다. 다음 구절은 이를 잘 대변한다.

규방은 본디 깊고 멀어서
    閨中旣以邃遠兮
현명한 임금이라도 깨닫지 못하거늘
    哲王又不寤
충정이 가슴 가득히 차 있어도 표현할 수 없으니
    懷朕情而不發兮
내 어찌 차마 이를 안고 옛날의 시작이 끝나는 것을 볼 수 있으리
    余焉能忍而與此終古

그래서 그는 매체 없이도 타자를 이해할 수 있는 세계를 갈구했으니, 「이소」의 다음 구절은 이를 잘 반영한다.

하늘과 땅을 부지런히 오르내렸다네
    勉陞降以上下兮
(그대처럼) 법도와 똑같은 사람을 찾느라고

求桀辥之所同

탕임금과 우임금은 경건하게 자기와 함께할 인재를 찾았더니

湯禹嚴而求合兮

이윤伊尹과 고요가 화답할 수 있었네

摯咎繇而能調

진실로 마음속으로부터 (도덕적인) 수양을 중시한다면

苟中情其好脩兮

굳이 저를 위해서 중매 설 필요가 있을까

又何必用夫行媒

부열傳說은 부암 땅에서 공이를 들고 노역한 자였지만

說操築於傅巖兮

은나라 무정은 그를 등용하고는 조금도 의심하지 않았다네

武丁用而不疑

강태공 여망은 칼을 휘둘러 가축을 잡는 백정이었지만

呂望之鼓刀兮

주나라 문왕을 만나서 들어 쓰였도다

遭周文而得擧

영척은 흥얼거리며 노래만 했을 뿐인데

寧戚之謳歌兮

제 환공이 듣고서 그를 불러 보좌진을 완벽하게 채웠다네

齊桓聞以該輔

탕임금, 우임금, 무정, 문왕, 환공 등은 각각 이윤, 고요, 부열, 여망,

영척 등과 같은 현신賢臣을 만나 역사에 성왕이나 현군이란 이름을 남길 수 있었다. 이러한 역사적인 만남은 임금이 신하를 알아볼 수 있는 능력이 있어야 가능한데, 매체에 의지해서는 그럴 수 없다는 것이 굴원의 깨달음이다.

그래서 그는 성왕과 현신의 만남은 언어에 의하지 않고 정성으로써 충심을 읽을 수 있는 마음, 바꿔 말하면 종교적 믿음이 있어야 가능하다고 읊는다. 은나라 무정 임금이 인재를 찾고자 3년 동안 한마디도 하지 않고 있다가, 마침내 꿈속에서 현몽한 얼굴을 보고 부열을 찾아냈다는 고사35)가 그 대표적인 예다. 위에 인용한 시에서 "하늘과 땅을 부지런히 오르내렸다네"라든가, "진실로 마음속으로부터 (도덕적인) 수양을 중시한다면" 등의 구절은 바로 이를 가리킨다.

그러나 정성스런 마음으로 현신의 충정을 읽는다는 것은 기실 현실성 없는 신화일 뿐이다. 왜냐하면 어떠한 형태로든 매체 없이는 상대방의 마음을 읽을 수 있는 현실적인 방법이 없기 때문이다. 굴원 자신도 이 신화가 현실성이 없다고 낙담했든지, 심처에 있는 규방처럼 깊고 깊은 자신의 마음은 "현명한 임금이라도 깨닫지 못하거늘(哲王又不寤)"이라고 토로했다. 그뿐만 아니라 앞으로도 이러한 모순된 현실이 매체에 의해서 지속될 것을 염려했다.

세월이 끝나기엔 아직 늦지 않았고
  及年歲之未央兮

---

35) 이 신화의 이데올로기적 성격에 대해서는 김근 저, 『욕망하는 천자문』 397~399쪽을 참조하기 바람.

때도 아직 다하지 않았으려니

  時亦猶其未央

두렵기는 두견새가 먼저 울어

  恐鵜鴂之先鳴兮

뭇 풀들이 이 때문에 향기 내지 못할까 하네

  使百草爲之不芳

두견새는 초가을에 울기 때문에 가을의 시작을 표상하는 매체로
기능한다. 그는 비록 쫓겨난 상태지만 그래도 여전히 고대의 성왕들처
럼 매체에 의하지 않고 자신의 충정을 알아줄 때를 간절히 희망하고
있었던 것 같다.

　하지만 누구보다 매체가 갖는 숙명적인 모순을 뼈저리게 경험한
그는, 그러한 신화가 실현되기도 전에 먼저 매체가 개입하여 지금과
같은 고통이 반복될까 두려워하는 마음을 떨칠 수 없었을 것이다. 왜냐
하면 가을이 아니더라도 두견새 울음소리 하나로 가을이 되는 게 현실
이기 때문이다. 그래서 자연스럽게 이런 모순을 안고 평생을 사느니,
"내 어찌 차마 이를 안고 옛날의 시작이 끝나는 것을 볼 수 있으리(余焉
能忍而與此終古)"라는 탄식이 흘러나왔던 것이리라.

　이처럼 그는 궁극적으로 언어라는 매체 없이 지각할 수 있는 진실성
의 세계를 갈망했다. 「이소」의 종결부에서 그는 이것을 '미정美政'이라
고 불렀다. 후대의 주석가들은 '미정'을 굴원이 상상하는 정치적 이상
으로서, 우임금·탕임금·문왕·무왕 같은 성왕들을 본받아 현자들을 등
용하여 개혁 정치를 실현하는 것이라고 해석했다. 그러나 「이소」의

문맥으로 보아, '미정'을 그렇게 이데올로기적인 차원에서 쓴 것 같지는 않다. 왜냐하면 역사적으로 중국의 민중들이 굴원을 기리고 「이소」를 즐겨 불렀다는 것은, 단지 그가 이상적인 정치를 노래한 것 이상이기 때문이다.

세상은 언제나 거짓이 판치기 마련이고, 사람들은 이에 상처받는 것이 시대를 초월한 보편적 현실이다. 그렇게 상처받은 민중들은 진실만으로 충만한 종교적인 세계에서 위로받기를 욕망하기 마련이다. 민중들은 굴원의 생애와 그의 작품이 그들의 욕망에 부응했기 때문에 좋아한 것이다. 다시 말해서 굴원의 감응에 민중들이 공명한 것이다.

그러한 감응은 이데올로기적인 정치 이상을 초월하는 내재성을 지니고 있다. 굴원은 바로 이 내재성의 평면을 구성하려고 순임금을 비롯한 고대 성왕들의 신화적 고사와 초나라 신화를 동원한 것이다. 그러므로 이들 신화 자료들은 이디끼지니 그 감응의 내재성과 ㄱ 세계를 지각하기 위한 평면에 지나지 않는다. 그래서 앞에서 「이소」에 나오는 신화들은 유가의 역사화된 신화와 달리 무시간적이라고 표현한 것이다.

거짓과 오해 없이 진실만 충만해서 매체가 필요 없는 저 피안의 세계를 이해해야만 굴원과 그의 작품을 제대로 이해할 수 있다. 역설적이게도 굴원은 언어(매체)를 매개로 하여 언어가 필요 없는 세상을 꿈꿨다. 이러한 세계에 대한 감응은 영적이자 감각적인 것이라서 이성적으로는 이해하기 힘들다. 그래서 굴원은 「이소」의 마지막 구절에서 "절망적이로다! 도성엔 현자도 없고 나를 알아주는 자 아무도 없으니 (己矣哉! 國無人莫我知兮)" "이제 더불어 미정을 행할 자 아무도 없도다

(旣莫足與爲美政兮)"라고 절규한 것이다.

　주석가들처럼 이데올로기적인 목적으로 굴원의 노래를 언어로 이해하려면, 굴원에게 이런 개탄밖에 듣지 못할 것이다. 그러나 거짓 때문에 상처받은 사람이 위로를 구하는 마음으로 이 노래를 '부르면 (perform),' 굴원이 말하고자 하는 미정의 내재성과 그 영적인 의미를 이해할 수 있을 것이다. 변절과 거짓에 염증을 느낀 사대부들과 민중들이 굴원의 노래를 즐겨 불렀다는 사실이 이를 증명한다.

　우리는 굴원이 매체가 없는 세상을 꿈꿨다는 사실에서, 그가 매체인 언어로 이해하기보다는 감성으로 감각했던 사람이었음을 짐작할 수 있다. 그는 감각으로 사물과 상황을 파악했기 때문에 역설의 동시성과 모순의 연속성을 읽는 능력이 있었다. 역설과 모순은 본질적으로 동시적 또는 연속적으로 발생하는 것이기에, 분절에 근거하여 선적線的으로 기술하는 언어로는 지각하기 힘들다.

　굴원은 이러한 직관력 때문에 눈앞의 이익보다 아직 드러나지 않은 재앙을 지각할 수 있었다. 그래서 회왕이 또 진나라에 속아서 무관武關으로 가려고 할 때, "진나라는 범과 승냥이의 나라이므로 믿을 수 없사오니, 가시지 않는 게 나을 것입니다"라고 경고한 것이다. 날로 강대해지는 당시의 진나라는 범처럼 무서운 나라라는 것이 모든 사람들이 인정하는 보편적인 관념이었다.

　비유에 대한 고전적인 정의는, 비유되는 사물(A)의 일부 속성을 이해시키기 위해서 익히 알고 있는 사물(B)로 대체substitution하는 것이다. 이처럼 비유란 어디까지나 사물의 일부를 이해하기 위한 것이다. 그럼에도 불구하고 사물 B가 A를 대체하면, A의 현실적인 속성은 모두 억압되고 그 자리에 B의 속성만 남는 것이 일반적이다.

예를 들어 진나라를 범으로 비유하면, 진나라의 강대한 속성만 이해시키는 것이 아니라 다른 속성들까지도 모두 범의 그것으로 대체되는 효과를 생산한다. 진나라의 실제를 보면 강대하다는 속성 말고도 역설적으로 교활하거나 추악한 속성들이 존재했겠지만, 범이라는 비유로 대체된 뒤에는 그런 부정적인 것들이 모두 범의 속성 밑으로 억압되어 사라지게 마련이다. 그래서 범과 어울리지 않는 속성들 − 이를테면 교활함은 범과 잘 어울리지 않는다 − 은 잘 감지되지 않는 것이니, 이것이 바로 비유의 힘이다.

그러나 감각으로 사고하는 사람은 역설을 지각하는 능력이 있다. 곧 굴원은 진나라에게서 범의 속성을 보는 동시에 교활한 승냥이의 모습도 보았다. 그래서 진나라를 '호랑虎狼,' 곧 범과 승냥이라는 감각적인 말로 표현했다는 말이다. 그래서 앞서 말한 비와 같이 눈앞의 이익보다는 그 이익 뒤에 이어질 재앙을 느낄 수 있었다. 그리고 이것이 바로 한치 앞을 내다볼 수 없는 전국 시기라는 격변 속에서 오직 합종만이 생존할 수 있는 유일한 방도임을 믿게 하여, 이를 끝까지 밀고 나가게 만든 것이다.

앞서 설명한 바와 같이 굴원은 상실과 복구의 반복 회로에서 감각의 강도를 느꼈을 것이다. 그리고 이를 시(초사)라는 언어로 연결하면서 거기에서 새로운 감응을 생성했다. 시란 일상의 언어를 탈영토화하여 내재성의 평면을 구성하는 것이므로, 여기서 생성되는 감응은 영혼의 쾌락을 경험하게 한다. 고대 중국에서, 특히 도가에서 '도'라고 부르는 것의 본질은 아마도 이러한 경험을 추상적으로 표현한 것이라고 보는 것이 옳을 것이리라.

그렇다면 상실 또는 상처는 궁극적으로 감응의 원천인 셈이다. 만약 육체가 이 감응을 향유하면 우리는 육체를 잃어버린다. 이것을 나지오는 "상처는 분리를 낳는다"고 정의했다.[36] 곧 반복되는 연습의 고통을 감내한 댄서의 민첩한 발이 주이상스의 회로 속에 있을 때, 이미 그 발은 댄서의 육체에서 분리된 상태라는 것이다.

따라서 굴원은 주이상스 속에서 초월론적인 감각 작용을 경험했을 것이고, 이 경험은 육체에 근거를 두고 있는 주체와는 다른 초월론적인 주체를 스스로 상정하게 했을 것임은 어렵지 않게 짐작할 수 있다. 슬라보이 지젝이 정의한 '삶의 과잉'이란 바로 이러한 초월론적인 주체를 지적하는 것이리라.[37] 고통이 진리를 경험하게 하고, 그 진리가 텍스트를 생산한다는 세속의 경험론적인 속담이라든가, 자신의 울분에 찬 생애가 『사기』를 쓰게 했다는 사마천의 이른바 '발분저서發憤著書'는 여기에 근거를 두고 있는 듯하다.

실체의 환상이 텍스트라는 양태에 의해서 진실처럼 다가와 감응을 일으키는 초월론적인 세계에서는 사실상 상징이나 언어도 필요 없다. 그래서 굴원은 상징에 희망을 걸지 않고 부정했다. 그리고는 상징과 언어(매체)가 필요 없는 세상을 동경했다. 그곳이 바로 팽함彭咸이 있는 곳이다.

이제 더불어 미정을 행할 자 아무도 없으니

---

36) 나지오, 앞의 책 212쪽.
37) 슬라보이 지젝, 앞의 책, 154쪽 참조.

旣莫足與爲美政兮

팽함이 사시는 곳으로 따라가리라

　　吾將從彭咸之所居

　　왕일의 주에 따르면, 팽함은 은나라의 어진 대부로서 임금에게 간했
으나 듣지 않자 스스로 강물에 투신했다고 한다.[38] 곧 선현인 팽함은
이미 자신과 똑같은 경험을 한 사람이므로, 굳이 말하지 않아도 저절로
알 것이기에 그곳이야말로 자신이 동경하는 세계인 것이다.

　　결국 굳건한 상징의 세계를 갈망하던 굴원은 불안정할 수밖에 없는
상징과 매체의 한계 때문에 그 세계를 부정하고, 초월론적인 경험의
세계에 의지했다. 다시 말해 세계 속에서 안정되게 살려면 어쩔 수
없이 의지할 수밖에 없는 상징이 무너졌기 때문에, 실재에서 육체로
침범해 들어오는 주이상스를 방어하려면 강도 있는 감각 속에 몸을
맡기는 것 말고는 출구가 없다는 말이다.

　　초월론적인 감각이 생성한 경험론적인 세계에서는 상징이 극복되
어 있거나 무너진 상태이므로 타자의 시선은 의미가 없다. 이것이 자아
에게는 진실한 세계로 인식되는 것이다. 좌절 뒤에 경험하는 이러한
세계는 영생永生의 의미를 깨닫게 하여, 자아가 죽음을 초월하게 한다.
이는 공자가 일찍이 "아침에 도를 들으면 저녁에 죽어도 괜찮다(朝聞
道, 夕死可矣)"라고 한 말의 본질이기도 하다.

　　그렇다면 굴원이 멱라수汨羅水에 몸을 던진 것은 좌절로 인한 단순
한 우울증적인 행위가 아니라, 좌절의 경험에서 생성된 감응에 근거하

---

38) 왕일王逸 주, "殷賢大夫, 諫其君不聽, 自投水而死."

고 있음을 짐작할 수 있다. 이를 니체의 이른바 "역능에의 의지"라는 관점에서 본다면, 굴원에게 투신은 자아의 파멸이 아니라 일종의 자아의 생성이나 확대라고 규정할 수 있다. 이렇게 굴원이 「이소」처럼 상징성 질은 작품을 통해 초월론적인 감각을 추구했다면, 역설적으로 그는 상징을 통해서 상징이 필요 없는 세계를 욕망했다는 뜻이다.

3. 이소와 주문主文·휼간譎諫

굴원이 좌절을 반복한 경험은 하나의 상처가 되어 그로 하여금 소리를 내지 않을 수 없게 만들었다. 그리고 그 소리는 감응을 생성하여 죽음을 초월하게 했다. 이것이 곧 문학의 힘인 동시에, 들뢰즈의 개념으로 말하자면 문학의 기계적 기능이다.

그런데 문학의 이러한 기능은 개인의 새로운 삶을 창조하는 것이기에, 대중을 다스려야 하는 통치자 입장에서는 그리 바람직하지 못한 것이 사실이다. 왜냐하면 정치는 동일성의 기초 위에 있어야 하기 때문이다. 그럼에도 불구하고 한나라의 정권이 문학, 특히 시를 중시하여 『시삼백』을 경선으로 받든 것은 분명 어떤 정치적인 의도가 있었음을 짐작케 한다. 왕필王弼이 「이소」를 『이소경離騷經』으로 부른 사실도 이러한 맥락에서 연유한 것임은 말할 것도 없다.

이와 같은 정권과 시의 밀착 관계는 문학의 본질이라는 관점에서 보면 잘 납득이 가지 않는 것이 사실이다. 물론 문학에 일부 감성을 순화하는 기능이 있어서 이것을 시교詩敎로 활용하긴 했지만 말이다. 여기에는 분명 정권이 권력을 유지하는 데 필요한 가치관을 백성들에게 심으려는 의도가 숨어 있다. 가치관이나 이데올로기는 주로 문학 텍스트를 통해서 형성되기 때문이다. 텍스트란 기실 텅 빈 형상과 다르지 않으므로, 이를 해석으로 채우는 일이 곧 시대적 보편자의 모습이자 정체성이 되는 것 아닌가?

문학작품은 감응을 일으키는 텍스트다. 감응이란 자기 말고는 어떠한 근거도 지니지 않은 감각의 생성에 기초하기에 명백한 개별자에 속한다. 그러므로 극단적으로 말하면 문학은 보편자에 호소해야 하는 정치와는 대척점에 있다고 해도 무리가 아니다. 따라서 권력은 텅 빈 문학 텍스트에서 일반성을 합성하여 감응을 포장하는 작업을 수행하게 된다.

여기서 일반성이란 대중의 요청에 부응하는 이데올로기적인 덕목이나 시대성에 부합하는 윤리 덕목을 가리킨다. 권력은 이러한 것들을 사회적 욕망으로 형성시키고자 문학 텍스트의 감응을 이용하는 것이다. 곧 감응이란 주체가 느끼는 특이성인 동시에 카오스이기도 하므로, 이를 어떻게 포장하느냐에 따라서 쉽게 이데올로기와 같은 보편자로 인식/오인시킬 수 있다.

그렇다면 개별자인 감응은 어떤 경로를 통해서 보편자로 오인되는가? 이것은 감응의 비인칭성을 코드로 도식화하여 공통 감각으로 인식시킬 때 가능하다. 앞서 말했듯이 감응은 개별자에 속하는 동시에 비인칭적이기도 하다. 여기서 비인칭적이라는 말은 블랑쇼의 "문학은 '나'를 말할 수 있는 힘을 앗아가는 삼인칭이 우리 내부에서 일어날 때 시작된다"[39]라는 말이 시사하듯이, 개별자이면서도 비개성적 타당성을 갖는 진리의 속성과도 같은 의미를 지시한다.

그렇다고 해서 이 비개성적 타당성이 동일성을 뜻하는 것은 물론 아니다. 그러므로 감응의 비개성적 타당성을 동일자로 환원하면 누구나 긍정할 수 있는 보편자로 재현시킬 수 있다. 다시 말해서 비개성적

---

39) 이진경, 앞의 책, 24쪽에서 재인용.

타당성이란 기실 카오스에 속하는 것이므로, 여기에 코드를 부여하면 동일성의 기호로 독해될 수 있다는 말이다. 그러면 감응이 공통 감각으로 고정되어 동일자로서 (재)인식시키기에 매우 유리해진다.

이뿐만 아니라 감응의 본질인 잠재적인 차이의 반복이 중지되어 개별자의 속성이 사라지기도 한다. 잠재적인 차이의 반복을 중지시키면 텍스트로부터 새로운 감응이 생성되지 않아 이내 상투적인 작품으로 변질될 수도 있다. 하지만 그렇더라도 작품이 원천적으로 지니고 있는 감응 자체가 사라지는 것은 아니다. 그래서 권력이 유지되는 한 그 감응을 권력의 보편자로 포장하고 오인시키는 데는 여전히 유효하다고 할 수 있다.

한나라 때에는 평민 출신이 천자가 되었기 때문에 권력의 정통성을 수립하고, 또 그것을 납득시켜 체제를 안정시키는 일이 무엇보다 시급한 시대적 요구였다. 그래서 천자의 권위가 손상 받지 않는 형태로 하의상달의 길을 열어 준 대안이 바로 주문·휼간이라는 것은 앞에서 이미 알아본 바와 같다.

동한 시기에 이르러서 이 주문·휼간의 윤리는 이미 『시경』을 통해서 사회적 욕망이 된 상태였다. 그러나 앞서 설명한 대로 훈고는 잠재적인 차이의 반복을 중지시키며 수행하는 것이라, 더 이상 감응이 일지 않는 『시경』의 훈고로는 주문·휼간의 윤리를 지속시킬 만한 효력을 기대하기 어려웠다. 그래서 권력은 새로운 효력을 발생시킬 수 있는 문학 텍스트가 필요했다. 그것이 바로 굴원의 초사, 그 가운데에서도 「이소」였다.

「이소」는 원래 매우 감응이 풍부한 시다. 앞에서 인용한 바 있는

"초나라 사람들은 그의 행위와 의리를 높이 여기고, (그의) 문장의 아름다움이 특별히 뛰어나다고 평가하여 서로 가르치고 전했다"라는 왕일의 말에서 알 수 있듯이, 「이소」의 감응은 무엇보다 '문장의 아름다움(文采)'에 기초하고 있다. 다음은 그 아름다움의 내용을 입증하는 행위와 의리에 있다. 따라서 굴원의 작품이 백성들에게 애호를 받은 것은 상징이 무너져가는 거짓된 세상에서 진정한 충절을 사모하는 백성의 사회적 욕망도 일부 있었을 것이다. 하지만 그보다는 먼저 문채文采에 있었음을 인정하지 않을 수 없다. 다시 말해서 문채와 충절이 어울려 비인칭성을 형성한 것이다.

왕필은 이런 「이소」를 『시경』의 기능을 계승하는 텍스트로 선택하면서[40] 이 비인칭성을 주문·훈간으로 채색한 것이다. 이러한 채색 작업은 말할 것도 없이 훈고에 의해 수행되었지만, 그 시발은 이보다 앞서 사마천에서 비롯되었다. 『사기』「굴원열전」에 다음과 같은 구절이 있다.

> 「국풍」은 여색을 즐겼으면서도 음탕하지 않았고, 「소아」는 원망하고 비방했으면서도 질서를 어지럽히지 않았다. 「이소」의 경우는 이 두 가지를 겸하고 있다. 國風好色而不淫, 小雅怨誹而不亂. 若離騷者, 可謂兼之矣.

이 구절의 "국풍은 여색을 즐겼으면서도 음탕하지 않았다"는 말은, 공자의 『시경』「관저關雎」편에 대한 평어인 "즐거우면서도 지나치지

---

40) 이것은 왕필이 「이소」를 『이소경離騷經』이라고 부른 일을 통해 입증된다.

않았다(樂而不淫)"를 다시 쓴 것이다. 그리고 "소아는 원망하고 비방했으면서도 질서를 어지럽히지 않았다"는 말은 다름 아닌 주문·휼간이다.

이미 앞에서 살펴본 바와 같이, 중국은 전통적으로 『시경』의 정치적 효용을 "주군을 원망하고 임금을 비판(怨主刺上)"하기 위한 수단으로 보았다. 이는 공안국孔安國이 『논어』「양화陽貨」편의 "시는 이로써 자신을 일으킬 수 있고, 천지의 사물을 보는 법을 알 수 있으며, 무리 중에서 어떻게 처신할지를 알 수 있고, 어떻게 원망할지를 알 수 있다 (詩可以興, 可以觀, 可以群, 可以怨)"라는 구절의 '원怨'을 "원怨은 임금의 정치를 비판한다는 뜻이다(怨, 刺上政)"라고 훈고한 것만 봐도 금세 알 수 있다.[41]

'어떻게 원망할지를 안다'는 말은 천자나 임금의 잘못된 정치는 비판하되 질서를 어지럽히지는 않도록 한다는 뜻인데, 이것이 곧 주문·휼간의 요체다. 바로 이런 의미에서 사마천은 「이소」도 주문·휼간을 근간으로 하는 작품이거나, 적어도 그러한 기능을 위한 작품으로 간주했다는 뜻이다.

왕일도 「이소」를 『시경』의 정신을 계승하여 주문·휼간의 기능을 수행하는 작품으로 보았다. 그의 『초사장구楚辭章句』「서」에 나오는 다음 구절에서 이 맥락을 읽을 수 있다.

---

41) 물론 공안국은 당唐나라 때의 사람이지만, 『시경』을 보는 관점은 한나라의 맥락을 그대로 계승하고 있다. 단지 '원怨'을 '풍諷'이라고 하는 완곡한 비판으로 간주하던 한나라의 관점으로부터 좀 더 자극적인 의미인 '자刺'로 발전했다는 점이 다를 뿐이다. 이는 그만큼 세상이 비판에 무뎌져서 강도intensity를 높이지 않으면 안 될 만큼 각박해졌음을 반영하는 예라고 볼 수 있다.

홀로 (『시경』의) 시인들이 갖고 있던 이념에 의지하여 「이소」를 지었으니, 이로써 위로는 (임금에게) 비유로 간언을 올리고 아래로는 스스로를 위로하기 위한 것이었다. *獨依詩人之義而作離騷, 上以諷諫, 下以自慰.*

이 구절에 따르면, 「이소」에서는 두 가지 의의를 찾을 수 있다. 하나는 임금의 실정에 대한 우회적인 비판이고, 다른 하나는 스스로를 위로하기 위한 것이다. 여기서 스스로를 위로한다는 말은 굴원 자신이 표현했듯이, 억울함에 대하여 "노여움을 발설함으로써 진정한 마음을 표현하는(發憤以抒情)" 일일 것이다. 감응의 생성에 의미를 두는 문학의 관점에서 본다면, 이 부분에 「이소」의 진정한 가치가 있을 것이다.

그러나 경학자들의 입장에서 이는 부수적인 의미이고, 오히려 풍간, 곧 주문·휼간이 핵심적인 의의다. 따라서 이 부분을 심화한 왕일은 더 나아가 "「이소」의 문장은 오경五經에 의탁하여 거기에 근거해 이념을 세웠다"[42]고 하여, 「이소」가 『시경』뿐만 아니라 오경 전체의 이념을 담고 있다고 확대 해석했다.

그렇다면 경학자들은 어떤 방식으로 문학의 감응을 경학의 이념(또는 윤리)으로 변질시켰는가? 앞에서 살펴보았듯이, 「이소」는 궁극적으로 굴원이 자신의 삶에서 겪은 '노여움'과 '진정한 마음'을 외친 것이자 노래다. 이 외침은 '진정한 마음'이라고 하는 그의 내면성을 감각할 수 있는 평면이기 때문에 동일성을 표상하는 기호로 의미를 고정시킬 수 없다.

그런데 『이소(경)』 경학자들은 이 외침의 이면에 해독할 수 있는

---

42) 『초사장구』「서」, "夫離騷之文, 依託五經以立義焉."

대상이 존재하는 것처럼 훈고하여, 「이소」에서 노래를 제거하거나 또는 노래의 기능을 축소시켰다. 이것은 『시경』의 영향을 그대로 받은 것으로서 사부辭賦도 예외가 아니었다. 『한서』 「왕포전王褒傳」에 다음과 같은 선제宣帝의 말이 있다.

사부 가운데 훌륭한 작품은 (『시경』의) 시와 의리를 함께 하고, 보잘 것 없는 작품이라도 언사가 아름다워서 즐길 만하다. 비유컨대 길쌈하는 여인 가운데 아름답게 수놓은 비단이 있고, 음악에 (요염한) 정鄭·위衛의 노래가 있는 것과 같다. 오늘날 세속에서는 오히려 이로써 눈과 귀를 즐겁게 하기도 하지만, 사부는 비유를 하는 가운데 오히려 인의와 풍간諷諫이 담겨 있고, 새와 짐승, 풀과 나무 등에 대하여 많이 들을 수 있는 바가 담겨 있다.[43]

여기서 "사부가 비유를 통하여 인의와 풍간을 남았나"는 구질과 "새와 짐승, 풀과 나무 등에 대하여 많이 들을 수 있다"는 구절은, 곧 한나라 『시경』학의 비흥과 주문·휼간의 관계를 그대로 초사에 재현한 말이다.[44] 다시 말해서 흥을 일으키기 위한 대상들의 대비를 상징적인 의미로 고정시킨 것은, 재인식을 위해서 노래의 기능을 제거하거나 축소한 행위다.

또한 선제가 평범한 사부라 하더라도 오락성의 기능이 있다고 말한 것은 일단 사부의 음악성을 인정한 것으로 보인다. 그렇지만 사부의

---

43) 『한서』 「왕포전王褒傳」, "辭賦大者與古詩同義, 小者辯麗可喜. 辟如女工有綺縠, 音樂有鄭衛, 今世俗猶皆以此虞說耳目, 辭賦比之, 尚有仁義風諭, 鳥獸草木多聞之觀."
44) 『시경』의 비흥과 주문·휼간에 대해서는 본서 제3장을 참조

작품성을 『시경』의 의리를 기준으로 삼은 것은 사부에서 음악적 속성을 부수적인 것으로 인식하고 있음을 그대로 보여준다. 음악성이 축소된 시와 노래는 삶의 외침이라는 실재에서 언어라는 상징으로 변질될 수밖에 없으니, 여기서 시의 감응은 언어가 지시하는 의미나 대상으로 치환된다.

음악성이 제거되어 노래가 언어로 해독되는 순간 「이소」가 생성하는 감응은 개념으로 동결된다. 그러면서 어떤 보이지 않는 대상을 재인식시키게 되는데, 그것이 바로 주문·흉간이다. 이렇게 함으로써 주문·흉간은 질서를 어지럽히지 않는 범위 안에서 비판한다는 윤리를 작품을 읽는 사람들의 뇌리에 헤게모니로 각인시키는 것이다.

따라서 영욕의 부침, 배신과 참소 등 인생의 쓴맛 단맛을 모두 경험한 소수의 사람들만 공감할 수 있는 「이소」가 다수의 대중이 전범典範으로 떠받드는 문학이 된 것은, 경학의 관점에서 감응을 개념으로 재인식시킨 작업에 힘입은 바가 크다. 왜냐하면 개념은 차이에도 불구하고 동일성으로 사물을 보게 하는 기능이 있기 때문이다.[45]

---

45) 클레어 콜브룩, 앞의 책, 198쪽.

4. 발분發憤의 진정한 의의

앞에서 인용한 것처럼 사마천은 굴원의 작품을 읽고는 "그의 의지를 애석하게 여겼다(悲其志)"고 술회했다. 사마천이 애석하게 여긴 것은 다름 아니라 굴원의 작품이 생성한 감응을 표현한 말일 것이다. 그는 이 감응을 역사가답게 '의지'(志)라는 대상으로 치환했다. 이 의지가 애석하다고 한 것은 현실에서 좌절함을 의미할 터인즉, 그렇다면 이는 아무래도 현실을 비판적으로 보는 역사의식의 발로로 보는 것이 옳을 것이다.

이것이 무슨 말이냐면 사마천이 좌절로 규정하는 굴원의 현실이, 그것이 감응인 이상 굴원 자신에게도 똑같은 좌절로 삼각되는 것은 아니라는 뜻이다. 왜냐하면 그에게 현실의 좌절은 이미 존재로 회귀하는 계기가 되었기 때문이다. 역사가는 발분發憤의 과정을 겪은 뒤 — 사마천 자신의 역경처럼 말이다 — 생성된 내면적 세계를 미래에 그 세계가 당위적 존재로서 실현되기를 기다리며 글을 쓰는 입장이다. 그러나 시인에게는 생사를 초월하는 감응만이 있을 뿐이다. 앞서 인용한 공자의 표현대로 이미 '도'를 들은 상태인데 현실의 좌절이 무슨 의미가 있겠는가?

제1장에서도 잠깐 언급한 바 있지만, 한유韓愈의 「송맹동야서送孟東野序」에 다음과 같은 구절이 있다.

무릇 사물은 평정을 유지하지 못할 때 웁니다. 초목은 소리 내지 못하지만 바람이 이를 흔들어서 울게 하고, 물도 소리 내지 못하지만 바람이 물결을 일으켜 울게 합니다. …… 쇠와 돌도 소리 내지 못하지만 누군가가 그것을 때려서 울게 하는데, 사람이 말과 갖는 관계도 이와 같습니다. 어쩔 도리가 없고 난 다음에라야 말하게 되므로, 그 노래에 그리움이 있고 통곡 소리에 한이 있는 것입니다. 무릇 입으로부터 나와서 소리가 되는 것에는 모두 그를 평탄치 않게 하는 바가 있겠지요? 大凡物不得其平則鳴, 草木之無聲, 風撓之鳴, 水之無聲, 風蕩之鳴. …… 金石之無聲, 或擊之鳴, 人之於言也亦然. 有不得已者而後言, 其歌也有思, 其哭也有懷, 凡出乎口而爲聲者, 其皆有弗平者乎?

울음이란 소리 내는 일인데, 이는 '평정을 유지하지 못할(不平)' 때 발생한다. 그런데 '평정'이란 무엇인가? 평정을 잃었을 때 우는 것이 주체에게 발생한 모종의 감각 때문이라면, 평정은 어떤 감각도 없는 상태일 것이다. 그렇다면 평정은 존재를 가리키는 것이고, '불평'은 존재에게 일어난 사건이자 시뮬라크르(존재자)이다. 주체는 존재 자체를 인식할 수 없으므로 존재를 확인하고자 반복적으로 사건을 만들고, 시뮬라크르를 생성시킨다. 왜냐하면 시뮬라크르는 힘의 출현이기 때문이다.[46]

그러므로 주체가 존재를 확인하는 순간은 힘을 느꼈을 때이고, 힘은 역설적이게도 '불평' 즉 균열의 상태에서 비롯된다. 신경증자가 스스로를 의식儀式, 습관, 규정 등으로 옭아매 평정 상태를 유지하려고 하면서도, 자신이 죽었는지 살았는지 확인하려고 강박적으로 그 평정 상태

---

46) 서동욱, 앞의 책, 116쪽.

를 늘 의심하며 불안해하는 것도 바로 여기에서 기인한다. 따라서 우리는 '불평' 상태를 통해서 존재를 알 수 있는 것이다.

그래서 한유는 다시 다음과 같이 말을 이어간다.

음악이라는 것은 마음속에 맺혀 있다가 밖으로 새어나온 것으로서, 잘 우는 것(사물)을 골라 그것을 빌려 (대신) 울게 하는 것입니다. 구리·돌·명주실·대나무·박·질그릇·가죽·나무 등 여덟 가지가 사물 가운데 잘 우는 것들입니다.

생각건대 하늘이 때에 대하여 갖는 관계 역시 이와 같아서, 잘 우는 것을 골라 그것을 빌려 (대신) 울게 합니다. 그래서 새로써 봄의 소리를 울게 하고, 천둥으로써 여름의 소리를 울게 하며, 벌레로써 가을의 소리를 울게 하고, 바람으로써 겨울의 소리를 울게 한 것입니다. 네 계절이 돌아가면 바뀌는 일에는 틀림없이 평정이 유지되지 않는 바가 있을 것입니다.

이것은 사람에게도 마찬가지입니다. 사람의 소리 가운데 정수가 말이고, 문사가 말에 대하여 갖는 관계 또한 그 정수가 되므로, 더욱이 잘 우는 이것을 골라 이를 빌려 (대신) 울게 하는 것입니다.

樂也者, 鬱於中而泄於外者也, 擇其善鳴者而假之鳴, 金·石·絲·竹·匏·土·革·木八者, 物之善鳴也. 維天之於時也亦然, 擇其善鳴者而假之鳴, 是故以鳥鳴春, 以雷鳴夏, 以蟲鳴秋, 以風鳴冬. 四時之相推敚, 其必有不得其平乎! 其於人也亦然, 人聲之精者爲言, 文辭之於言, 又其精也, 尤擇其善鳴者而假之鳴.

꼭 막혔던 것이 새어나올 때는 소리를 내는데, 그냥 나오면 소음이지만 소리를 잘 내는 사물을 통해 나오면 음악이 된다. 그러니까 아름다운 음악도 그 모티프는 '불평'의 상태에서 비롯되는 것이니, 이 '불평'은 존재의 표현, 곧 속성이 되는 것이다. 이를테면 봄이라는 존재는 새소리의 선택에 의해서 새소리의 실체를 갖고, 여름은 천둥소리의 선택에 의해서 천둥소리의 실체를 갖는다는 말이다. 소리는 단순히 존재를 상징하는 것을 넘어 존재를 직접적으로 느끼게 하기 때문에 실체인 것이다.

앞의 제1장에서 언어는 매개체인데 비하여 음악은 직접적이면서 원시적 존재라는 사실을 상기하자.[47] 사계절이 변천하는 양상은 봄·여름·가을·겨울이라는 말처럼 분절되어 일어나는 것이 아니라, 끊이지 않고 연속적으로 이어진다. 그러므로 이는 '불평'이라는 균열된 소리, 더 정확히는 소리와 소리 사이로밖에는 그 실체를 설명할 방도가 없다.

들뢰즈는 존재의 일의성이란 개념을 설명하면서 "수많은 목소리를 내는 모든 다수를 위한 단 하나의 동일한 목소리, 모든 물방울을 위한 단 하나의 동일한 대양, 모든 존재자를 위한 존재의 단 하나의 함성"[48]이라고 비유했다. 그렇다면 새소리·천둥소리·벌레소리·바람소리 등은 생성된 존재자로 감각할 수 있는 물방울이고, 봄·여름·가을·겨울은 저 존재자들로써 인식하게 되는 대양에 해당한다고 볼 수 있다. 그러니까 '불평'으로 만들어진 물방울들의 생성이 바다를 이루듯, '불평'으로 우는 소리들의 생성이 곧 사시四時의 존재가 되는 것이다.

그래서 한유는 요순 이후의 위대한 문인과 작가들의 불후의 텍스트

---

47) 본서 60쪽을 참조

48) 같은 책, 125쪽에서 재인용.

들을 '울음(鳴)'의 결과라고 묘사했다. 앞서 말한 바와 같이 울음은 '불평'의 상태에서 나오고, '불평'은 소리라는 표현을 통해 존재의 속성을 알려준다. "사람의 소리 가운데 정수가 말이고, 문사가 말에 대하여 갖는 관계 또한 그 정수가 되므로, 더욱이 잘 우는 이것을 골라 이를 빌려 (대신) 울게 하는 것입니다"라는 한유의 말을 분석하면 바로 이 뜻이다. '불평'의 상태에서 우는 것은 많지만 그 정수가 되는 것은 순간적으로 최고의 힘을 느낄 수 있는 시뮬라크르이니만큼, 감응이 강한 언어와 문사가 불후의 텍스트(울음)로 선택되는 것이다.

이에 한유는 이어서 "하늘은 바야흐로 선생님(공자)을 목탁으로 삼고자 한다(天將夫子爲木鐸)"는 『논어』 「팔일八佾」편의 구절을 인용했다. 목탁이란 쇠붙이로 만든 주둥이에 나무로 된 혀를 달아 흔들어서 소리를 내는 왕방울인데, 천자가 교시를 반포할 때 청중의 주의를 환기시키려고 사용했다. 이는 소리가 존재의 속성을 표현하기 때문에 생긴 도구였을 것이다. 위衛나라의 세관장(封人)이 공자를 목탁에 비유한 것은, 곧 공자의 고생스러운 주유천하周遊天下가 '불평'에서 비롯되었기 때문에 그에게서 나오는 말이 도의 표현이라는 뜻을 말하고 싶었던 것이다.

그렇다면 한유가 말하는 '불평'은 텍스트를 생산하기 위한 조건 아닌가? 이를테면 자신의 파란 많은 생애가 『사기』를 낳게 했다는 사마천의 이른바 '발분저서發憤著書'나, 구양수歐陽修의 "시는 궁핍해진 다음에라야 작품으로 태어난다(詩窮而後工)"[49]는 말처럼 말이다. 곧 암흑 속에서 작은 횃불이 더욱 밝아 보이는 것처럼, 주체는 세상사의 부침

---

49) 구양수, 『매성유시집梅聖俞詩集』 「서序」의 문장.

속에서 잉여 향락을 느낀다. 이것은 앞서 니체가 설파한 바와 같이, 음률의 파도 속에서 느끼는 디오니소스적 황홀경과 같은 맥락의 생성물이다.

다시 말해서 인생의 부침이 사마천의 이른바 '발분'이라는 감응을 생성시키고, 이 감응이 언어라는 소리와 결합하여 텍스트를 만든다는 말이다. 식물의 광합성은 빛과 물과 탄소의 우연한 결합에서 생긴 일종의 감응이다. 이 감응은 힘의 표현이기에 식물은 이 힘을 유지하려고 광합성을 계속할 뿐만 아니라, 힘을 확장시키고자 끊임없이 진화를 시도한다.

이처럼 시인이 '발분'을 통해 새로운 주체로 태어나고, 다시 소리와 결합하여 더 큰 감응을 생성시킨 것이 시라는 텍스트다. 이런 의미에서 시인이라는 주체와 텍스트인 시 사이는 대리 보충의 관계라고 말할 수 있다. 아울러 독자가 다시 그 시를 통해 새로운 주체로 태어났다면, 이 역시 그 사이도 대리 보충의 관계인 것이다.

사마천은 굴원의 전기를 쓰면서 그를 100여 년 뒤에 살았던 한나라의 가의賈誼와 한데 엮어 「굴원가생열전屈原賈生列傳」으로 편찬했다. 이는 두 사람의 생애와 사상이 갖는 의미를 같은 반열에 놓았다는 뜻이다. 사마천은 이 열전의 끝을 이렇게 맺는다.

나는 「이소」, 「초혼招魂」, 「애영哀郢」을 읽고 그의 의지를 애석하게 여겼다. 장사長沙에 가서 굴원이 스스로 몸을 던졌다고 하는 깊은 물을 둘러보니 일찍이 눈물이 주르르 흘러내리지 않은 바가 없었고, 그의 사람됨을 상상으로나마 알게 되었다. 나중에 가의가 그를 애도하여 지은 부도 읽어 보았고, 또 굴원이 자신의 재주로써 제후들을 유세한다면 어느 나라든 받아 주었을 텐데도 스스로를 이렇게 만든 것에 대해 책망도 해보았다. (가의의)『복조부鵩鳥賦』50)를 읽으면 죽음과 삶을 같은 것으로 여기고, (인생이) 뜨고 지는 것을 가벼이 여기며, 아울러 마음 편하게 자신을 잃어버리게 된다. 余讀離騷天問招魂哀郢, 悲其志. 適長沙觀屈原所自沉淵, 未嘗不垂涕, 想見其爲人. 及見賈生吊之, 又怪屈原以彼其材, 游諸侯, 何國不容, 而自令若是. 讀鵩鳥賦, 同死生, 輕去就, 又爽然自失矣.

굴원의 재주라면 어느 제후에게라도 몸을 의탁할 수 있었을 텐데, 그가 굳이 유랑 생활을 선택한 것은 충정이라는 가치 때문이라는 것이다. 이 충정은 무엇보다도 숭고하기에 굴원과 가의는 삶과 죽음을 같은 것으로 여기고, 입신영달의 자리에 나아가고 물러나는 것을 가벼이 여겼다는 것이 사마천이 말하고자 하는 바이다.

그러나 앞서 「이소」의 분석을 통해 알아본 문학적 감응의 본질을 감안한다면, '발분'을 통해 새롭게 태어나는 존재인 주체가 생사를 초월하는 것은 그리 놀랄 일이 아니다. 다시 말해서 굴원의 시와 노래는 감응이 텍스트로 생성된 결과이지, 인생의 최고 가치가 충정이라고 표현한 글이 아니다. 따라서 굴원이 좌절의 내용을 시로 읊었다고 해서 실제로 좌절했다고 볼 수도 없을 뿐더러, 게다가 그의 투신이 좌절

---

50) 『복조부』는 초사 형식에 매우 가까운 한나라 초기의 소체부騷體賦이다. 가의는 이 작품에서 수리부엉이가 방안으로 날아 들어온 사실을 빌어서(당시에는 수리부엉이가 집안으로 날아들면 집주인이 죽는다는 전설이 있었음) 생사·화복·명리에 대한 자신의 인생관을 노장사상에 입각하여 피력했다. 이는 자신이 조정으로부터 소외된 회재불우의 심경과 고민을 달래기 위한 것이었다.

때문인 것은 더더욱 아니다. 언제나 당위적 세계를 상정하고 또 기대하는 사마천과 굴원의 관점이 서로 근본적으로 다르다는 것을 인정해야 굴원을 제대로 이해할 수 있다.

5. 역대 권력과 이소

그러나 역사의식에 근거한 사마천의 평가는 이후 역대 정권들이 굴원을 충정의 상징으로 표상하게 만들었다. 왜냐하면 앞서 설명한 것처럼 체제를 유지하는 데 가장 중요한 요소가 바로 '의견doxa'이다. 그런데 정치 상황에 따라 부침을 거듭한 굴원의 파란 많은 생애는 그에게 우국과 충간이란 이미지를 심기에 적절했다. 그뿐만 아니라 「이소」를 비롯한 그의 작품들이 생성하는 비인칭적인 감응은, 충정이라는 동일자로 환원하면 이데올로기로 활용하기에 매우 적합했다. 그래서 정권들은 이러한 의미를 키우는 데 집중적으로 투자했다. 이를테면 「이소」를 주문·휼간으로 보고자 한 한나라 훈고학사들의 노력은 바로 이러한 투자의 결과라고 봐야 옳다.

앞에서 이미 설명했다시피, 지혜로운 권력자들은 권력을 보호하면서도 건전하게 체제를 유지하려면 풍간 기능이 중요하다는 것을 절박하게 깨달았다. 이 풍간은 말할 것도 없이 시에 의해서 수행되었다. 그러나 안타깝게도 더 이상 주문·휼간의 성질을 띤 시들이 맥을 잇지 못하는 현실을 우려하며 『수서隋書』「경적지經籍志」는 다음과 같이 말했다.

주나라 왕실이 쇠하여 천하가 어지러워진 이래로 시인들도 잠들자, 약빠른 말재주로 아첨하는 기술이 일어나고 (군주가 깨우치도록) 풍간하는 말들이 사라졌다. 초나라에 어진 신하인 굴원이 있었는데, 참소를 당하여 쫓겨나서는 「이소」 8편을 지었다. …… 이렇게 풍간으로써 임금이 각성하기를 바랐지만, 끝내 (임금이) 반성하지 않았으므로 마침내 멱라수에 가서 빠져 죽었던 것이다. 自周室衰亂, 詩人寢息, 諂佞之道興, 諷刺之辭廢. 楚有賢臣屈原, 被讒放逐, 乃著離騷八篇. …… 因以諷諫, 冀君覺悟. 卒不省察, 遂赴汨羅死焉.

이처럼 아첨이 득세하는 분위기 속에서 간언하는 일, 그것도 『시경』 풍으로 전아하게 에둘러서 간언하는 풍간은 난세에 보기 드문 일이 틀림없다. 따라서 이 풍간이 받아들여지지 않자 스스로 죽음을 선택한 굴원이 정권에게는 매우 바람직한 신하의 모습으로 떠오를 수밖에 없었을 것이다. 설사 「이소」가 『시경』의 전통을 이은 주문·휼간의 시라 하더라도, 간언이 받아들여지지 않았다 하여 스스로 죽음을 선택한 과격한 행위는 결코 풍간의 개념이 아니지만 말이다.

그래서 육조六朝 기간 반복된 흥망의 역사에서 간언의 중요성을 절감한 당 고조 이세민李世民은 "홀로 우뚝 서서 절개를 지키고 외로이 정직하여 스스로를 해친 자가 있으니, 굴원이 바로 그 사람이다"[51]라며 충절과 풍간의 차원에서 굴원의 행적과 작품에 의미를 부여했다.

이후 당의 역사학자인 유지기劉知幾도 그의 『사통史通』에서 다음과 같이 주장했다.

선공宣公과 희공僖公이 행한 선정의 경우에는 그 훌륭함이 주나라 시에 실려 있고, 회왕懷王과 양왕襄王의 도리에 맞지 않는 정치는 그

---

51) 『전당문全唐文』 권10, 「금경金鏡」, "孑身而執節, 孤直而自毀, 屈原是也."

사악함이 초부楚賦에 그대로 기록되어 있다. 독자들이 길보송吉甫頌[52]을 아첨이라고 여기지 않은 것은 무엇 때문이고, 굴원과 송옥은 (임금을) 비판했다고 하는 것은 어째서인가? 왜냐하면 이들은 근거도 없이 칭찬하지 않았고, 악행을 숨기지 않았기 때문이다. 이것은 곧 문학이란 (결국) 사학으로 가게 되어 있는데, 그 흐름 가운데 한 단계인 셈이다. 그러므로 당연히 위대한 사관인 남사南史[53]와 동호董狐[54] 등과 어깨를 나란히 하여 '어질고 정직한 인물'이라고 함께 일컬어야 한다.[55]"

윗글에서 '주나라 시'는 『시경』을, '초부'는 초사를 가리킨다. 이렇게 역대 제왕의 치적 및 과오와 관련하여 『시경』과 초사를 나란히 거론한 것은, 말할 것도 없이 초사를 주문·휼간의 맥락에서 보았다는 증거다. 굴원의 주문·휼간이 『시경』과 다른 점이 있다면, 간언이 받아들여지지 않자 그 진정성을 입증하려고 스스로 투신했다는 점이다. 그래서 사가들이나 또는 사관의 관점을 가진 사람들은 초사가 비록 주문·휼간이긴 하지만, 그 진정성으로 보아 간언 가운데 직간으로 분류하기를 원했던 것이다. "문학이란 (결국) 사학으로 가게 되어 있다(文之將史)"라든가, 심지어 직필을 생명으로 삼는 사관의 상징인 남사

---

52) 주나라 현신인 윤길보尹吉甫가 주 선왕을 찬미하여 지은 시들을 말함. 『시경』 『대아』의 「숭고崧高」·「증민烝民」·「한혁韓奕」·「강한江漢」 등의 시는 윤길보가 지었다고 전한다.

53) 춘추 시기 제나라의 사관. 사실을 있는 그대로 기록해야 한다는 사관의 전형을 세움. 『좌전』 「양공 25년」 참조.

54) 춘추 시기 진晉나라의 사관. 진의 신하인 조순趙盾이 임금을 시해한 사건을 직필한 사건으로 유명함. 『좌전』 「선공 2년」 참조.

55) 『사통』 「재문載文」, "若乃宣僖善政, 其美載于周詩. 懷襄不道, 其惡存乎楚賦. 讀者不以吉甫, 奚斯爲諂. 屈平宋玉爲謗者, 何也? 蓋不虛美, 不隱惡故也. 是則文之將史, 其流一焉. 固可以方駕南董, 俱稱良直者也."

와 동호 등과 나란히 일컫고자 한 것은 모두 이런 배경에서 나온 말이다.

그런데 문학적 글쓰기가 어떻게 역사 기록이나 사관의 기능으로 환원될 수 있단 말인가? 이것은 문학(초사)을 간언의 기능으로 활용 또는 제한하고자 하는 욕망이 집중 투자된 결과다. 그러나 앞서 설명한 바와 같이 굴원의 초사는 감응에 의해 만들어진 언어 텍스트가 그 비인칭성으로 독자에게 새로운 주체를 생성하게 하는 문학이지, 직필의 역사 기록이 아니다. 카오스의 존재로 돌아가게 하는 초월론적인 감응에 어떻게 형이상학적인 당위와 미래의 비전이 함께 공존할 수 있단 말인가?

이렇게 형이상학적인 당위성에 무리하게 투자한 예는 여기서 그치지 않는다. 이를테면 한유의 제자인 도학자 이고李翺는 초사에 대하여 다음과 같이 썼다.

> 그러므로 『춘추경』을 읽어보면 마치 일찍이 『시경』이 없었던 것 같고, 『시경』을 읽어보면 마치 일찍이 『역경』이 없었던 것 같으며, 『역경』을 읽어보면 일찍이 『서경』이 없었던 것 같고, 굴원과 장자를 읽어보면 일찍이 육경六經이 없었던 것 같다. 故其讀春秋也, 如未嘗有詩也. 其讀詩也, 如未嘗有易也. 其讀易也, 如未嘗有書也. 其讀屈原莊周也, 如未嘗有六經也.56)

윗글에서 반복되는 "~를 읽어보면 마치 일찍이 ~이 없었던 것 같다(其讀~也, 如未嘗有~也)"라는 표현은 오경들 사이의 우열을 말하려는 것이 아니라, 이들 경서에서 느끼는 감응과 그 감응의 기능이 같다는

---

56) 『이문공집李文公集』 권6, 「답주재언서答朱載言書」.

뜻을 말하기 위한 것이다. 다시 말해서『춘추경』을 읽어보면『시경』이 새로워 보이고,『시경』을 읽어보면『역경』이 새로워 보이며,『역경』을 읽어보면『서경』이 새로워 보인다는 것이다. 이는 곧 오경이란 하나의 형이상학적인 이치를 각기 다른 모습으로 보여준 것과 다르지 않다는 말이다.

도학자인 이고는 굴원도 이 오경의 반열에 두었으니, 그에게 문학이란 도를 재현하는 수단일 뿐이라는 사실은 충분히 미루어 짐작할 수 있다. 이처럼 굴원의 초사를 경서의 개념으로 규정하는 것도, 형이상학적인 당위성에 투자함으로써 궁극적으로 초사도 이데올로기적인 기능을 수행하도록 하기 위한 권력 행위인 것이다.

이에 비하여 이백과 두보 같은 문인들은 어떻게 초사를 보았는지 잠깐 살펴보면 그 차이를 확연히 알 수 있다. 이백의「강상음江上吟」에 다음과 같은 구절이 있다.

굴원의 글은 일월과 함께 걸려 빛을 발하지만
　　屈平詞賦懸日月
그 옛날 초왕의 높은 누대는 간 데 없이 언덕만 남아 있네
　　楚王臺榭空山丘
　　……
공명과 부귀가 만일 영원히 존재한다면
　　功名富貴若永在
한수도 틀림없이 서북쪽으로 역류하리라
　　漢水亦應西北流

이 시에서 이백은 권세와 부귀공명을 추구할 수 있는 기회의 공간을 벗어나서 유랑하며 그 감응을 시로 승화한 굴원의 자유로운 생활을 기리고 있다. 굴원을 내친 초왕의 호화로운 누대는 허물어져 아무 것도 남아 있지 않지만, 굴원의 시는 하늘의 해와 달처럼 여전히 빛을 발하고 있는 것이다. 굴원의 시가 이렇게 영원할 수 있는 것은 "아침에 도를 들으면 저녁에 죽어도 괜찮을" 초월론적인 감각의 경험에서 비롯된 텍스트인데다가, 이것이 독자들에게 새로운 주체의 탄생을 경험하게 하기 때문이다. 이러한 경험을 바탕으로 부귀공명이 영원하리라고 믿는 것은 "동남쪽으로 흐르는 한수가 서북쪽으로 역류하는 것처럼" 불가능한 일이다. 이것이 바로 문학적 글쓰기가 추구하는 바이다.

두보 역시 그의 「희위육절구戱爲六絶句」 제5수에서 다음과 같이 읊었다.

오늘날의 시인을 천히 여기지 않으면서 옛 시인을 아껴야 할 것은
　　不薄今人愛古人
간결하면서도 참신한 말과 아름답게 꾸민 말은 꼭 이웃해야 하기 때문이라네
　　清詞麗句必爲隣
마음속으로 굴원과 송옥에 매달려 나란히 달려야 한다고 생각하는 것은
　　竊攀屈宋宜方駕
제齊·량梁의 문인과 더불어 그 말류나 되지 않을까 두려워함 때문이라네

恐與齊梁作後塵.

육조 시기의 제·량 문학은 유미주의로 유명하다. 여기서 '청사淸詞'
란 『시경』과 같이 간결하면서도 참신한 시어로 지은 고전 시가를, '여
구麗句'란 형식미를 강구한 제·량의 유미주의 시가를 가리킨다. 곧 두
보는 훌륭한 시가 되려면 '청사'도 중요하지만 '여구'도 가벼이 여겨서
는 안 되므로, 제·량의 문학에서 이 점을 취할 만하다는 취지에서 이
시를 쓴 것이다. "오늘날의 시인을 천히 여겨서는 안 된다(不薄今人)"는
말은 바로 이 뜻이다.

또한 위 시에서 '후진後塵'이란 마차가 달릴 때 뒤에 일으키는 먼지
로서, 어떤 집단의 말류를 상징한다. 이는 감응 없이 시의 형식만 아름
답게 꾸미는 시인들을 가리키는 말이다. 곧 두보가 비판하는 것은 형식
미의 추구가 아니라, 형식에만 매달리는 형식주의인 것이다.

따라서 두보가 "마음속으로 굴원과 송옥에 매달려 나란히 달려야
한다고 생각하는 것"의 본래 의도는 이렇게 짐작할 수 있다. 곧 좋은
시를 짓기 위해서 아름다움을 추구하다 보면 자칫 형식주의라는 말류
에 떨어질 수 있는데, 이렇게 되지 않으려면 시에 감응이 있어야 한다.
이 감응이 바로 굴원의 초사를 읽을 때 생성되는 초월론적 감각의
경험이고, 두보는 바로 이것을 선망했던 것이다.

이처럼 시인이 굴원을 보는 관점은 사학자나 도학자의 그것과 전혀
다르다. 그러나 주문·휼간이라는 이데올로기적 해석은 현대에도 그대
로 계승되어, 애국주의57) 또는 종국宗國 의식58)이라는 형태로 재현되

---

57) 니에스챠오聶石樵 저, 『굴원논고屈原論稿』(人民文學出版社, 1982) 93쪽 참조.

었다. 심지어는 「이소」의 종결부에 언급된 미정美政을 하나의 이념으로 간주하여, 이를 중국 대일통大—統 사상의 원조라고 치켜세우기까지 했다. 이는 모두 앞서 설명한 것처럼, 인생의 부침 속에서 언어와 접속된 초월론적인 감각의 경험을 동일자로 환원시켜 이데올로기로 동결·해석한 결과다.

그러나 시인은 근본적으로 디오니소스를 지향하고 있고, 그의 시는 그가 존재로 회귀한 모습에 지나지 않는다. 만일 이러한 시 속에 훈고학자들이 말하는 것처럼 형이상학적인 당위나 미래의 비전 같은 것이 담겨 있다면, 사람들이 이렇게 오랫동안 그 시를 읽지는 않았을 것이다. 따라서 우리는 이제 굴원의 초사를 문학으로 되돌려 놓고, 그로부터 생성되는 주체에 새로이 관심을 가질 필요가 있다.

---

58) 양중이楊仲義, 앞의 책 41쪽.

시와 노래야말로 소외당한 자들의 외침

　지금까지 우리는 『시경』과 초사, 그 가운데도 특히 「이소」를 통하여 권력이 어떻게 시가 자아내는 감응, 다시 말해서 삶의 넘침을 이데올로기로 덧칠하여 권력의 진실을 이야기하려 했는지 살펴보았다. 권력의 이러한 시도를 단순하게 비유하자면, 대중들의 밋밋한 삶이나 또는 암울한 삶에 흥분과 재미를 불러일으키려고 고안한 프로야구나 축구에 슬그머니 민족주의를 덧칠하여 스포츠 이데올로기로 변형시킴으로써 정권은 국민의 권력에 대한 비판을 마비시키는 이득을 얻고, 기업은 국내 시장을 단단하게 확보하는 이익을 얻는 기획과 같은 이치이다.

　이것은 하나의 원형이 되어 이후 중국의 역대 정권에 큰 영향을 끼쳤다. 그러나 중국 사회가 불안하여 권력의 집중이 상대적으로 약해졌을 때에는, 시와 노래의 본래 속성이 그대로 드러나 권력의 이러한 시도에 강력하게 저항하기도 했다. 위진육조魏晋六朝·오대五代·만청晩

淸 등의 시기가 그 대표적인 예이다.

그러나 노래를 통해 드러내고자 하는 개성적인 시인들의 저항 속에서도 우리는 궁극적인 일탈을 스스로 경계하는 여러 가지 흔적들을 발견할 수 있다. 이는 권력의 그러한 덧칠 작업이 얼마나 강력했는지 짐작하게 하는 증거이다.

시니피앙의 예술인 시와 노래가 갖는 반이데올로기적인 정치성을 희석하려고 중국의 권력이 취한 조치는 이를 언어로 치환하는 훈고학적인 방법이었다. 그들은 이 훈고학을 통해 시의 초월론적인 감응을 주문·흉간 등의 윤리적 덕목으로 해석하여 시대정신을 대표하는 보편자로 정착시키려 했다. 그러나 보편자란 근본적으로 사회에서 배제당하여 제 자리가 없는 사람들에게서 나와야 정당성을 얻는 법이니,[1] 시와 노래야말로 소외당한 자들의 외침이라는 점에서 그 자체가 이미 보편성을 획득하고 있지 않은가?

그런데 권력은 특정한 이해관계를 대변할 수밖에 없다. 그래서 그들이 부르짖는 보편자는 시대가 지나면 늘 도전받는 위치에 처하게 된다. 그렇기 때문에 나온 대안이 시와 노래를 해석에 의존하지 않고, 시 자체가 반이데올로기적인 정치성을 벗어던지게 하는 방법이다. 다시 말해서 노래에서 느낄 수 있는 삶의 과잉을 비전vision으로 각인시키거나, 아니면 이지적인 것으로 인식시키는 것이다. 우리가 한시를 감상할 때 느끼는 특유의 '대아大我'적 감정이나 중국 고전시 비평의 끊임없는 화두가 된 풍골風骨 등이 그 대표적인 예이다.

그것만이 아니다. 오늘날 우리가 한시를 읽을 때 격률格律의 맛을

---

1) 슬라보이 지젝, 앞의 책 177쪽 참조.

느끼기보다는, 자구의 의미에 집착해 텍스트 밖에 있다고 가정된 시인의 세계를 찾으려는 무의식적 노력도 바로 이 영향의 결과이다. 시의 이러한 변화는 형식(또는 시니피앙)보다는 내용(또는 시니피에)에 무게를 두게 된다는 점에서 시의 산문화라고 볼 수 있다. 시니피앙의 음악성을 탈피하여 산문화로 치닫는 이지적인 추세는, 필연적으로 시라는 형식 너머의 초월적인 것을 겨냥하게 된다. 그래서 이러한 시는 궁극적으로 권력의 밥이 될 수밖에 없는 운명이다.

이것이 당과 송나라 때에는 산문으로 시를 쓴다는 이른바 '이문위시 以文爲詩'라는 노골적인 형태로 나타났다. '이문위시'의 이지적 성향은 시를 철학으로 환원시켜, 급기야 텍스트 바깥의 진경眞境 또는 영감을 추구하는 신운설神韻說로 귀착되었다. 왕사정王士禎이 송宋·명시明詩가 주류인 분위기 속에서 당시를 내세웠다는 사실로 보면, 신운설은 얼핏 형식에 초점이 맞춰져 있는 것처럼 보인다.

하지만 텍스트 바깥에는 아무 것도 없음에도 불구하고 시와 선禪을 같은 것으로 보았다는 점에서, 이는 '이문위시'가 다다를 종착이었던 것이다. 말하자면 노래(시)가 종국에는 철학이 된 것이니, 이것은 맹자의 저 유명한 "천자의 흔적이 사라지자 『시(삼백)』가 없어졌고, 『시』가 없어진 다음에 『춘추』가 지어졌다(王者之迹熄而詩亡, 詩亡然後春秋作)"라는 개탄의 실상인 것이다.

모든 것을 명료하게 이해하려고 이치라는 개념을 만들었는지는 몰라도, 이 이치를 끝까지 따라가면 결국에는 신비주의가 등장할 수밖에 없는 것이 운명이다. 바로 이 부분에서 권력이 개입하는 것이니, 신비주의는 시에 특별한 권위를 부여하고, 시가 겨냥하는 초월적 세계는 특정한 계급의 소유가 되어 사람들과 사회를 분할시킨다. 이것은 주체가 원초적 존재로 돌아가게 하는 시의 본래 기능이 아님은 말할 것도 없다.

중국 고전시의 이러한 흐름은 중국 사회에서 언제나 주류로 자리 잡아왔다. 그러나 이러한 흐름에 맞서 시와 노래의 본래 속성에 충실하고자 하는 개성적인 시인들도 많이는 아니지만 늘 존재했다. 곧이어 출간할 제2권에서는 이렇게 권력과 모순에 부딪치며 시인들이 겪은 고민과 함께 그동안의 편견에서 벗어나도록 중국 고전시의 모습을 새롭게 그릴 것이다.

찾아보기